茅盾文学奖获奖作品全集

张 洁／著

无 字

第三部

本书荣获第六届茅盾文学奖

人民文学出版社

献给我的母亲张珊枝

大音希声,大象无形。

——老子

第 一 章

一

当一副黄牙不可避免地将要成为吴为不得不日夜面对的景物时,她遇到了一个极限。

并非因为那时的吴为像一只刚从树上摘下的苹果,新鲜得让人无可挑剔。

即便她是一只满是虫眼的苹果,或后来穷途末路为一只烂苹果,相信黄牙或口臭这些鸡毛蒜皮,仍然会成为她的忍受极限。

她对嘴以及嘴里的东西实在过于敏感。

甚至她在丧失意识前干的最后一件事,就是与黄牙们的遭遇战——

当她走进洗澡间,对着镜子,将自己如孤狼一般歹毒的脸细细打量时,明白了在无有穷期的险恶中她已彻底荒废。没人可以救她,也无药可救,她只能孤军一人。

回眸之间,镜子里突然映出许多大而黄的牙齿。那些牙齿,胜利在握、不慌不忙地从她身后逼压过来,她的全身于是就咬在了那些大而黄的牙齿里。她感到了直穿内底之痛。

猛然回身,想从那些牙齿里挣扎出去,却一头撞在身后的墙上。

血从她的额角蜿蜒流下,在她久已无味的脸上,增添了一些婉约,甚至是略显风尘的动人之处。

在疼痛中她慢慢清醒,原来那不是牙,而是墙上的一块块瓷砖。但那些瓷砖怎么看怎么像一排排的牙齿,而且是侵华战争时期那些日本人才有的、大而黄的门牙。

经过半个多世纪的人种进化以及牙科医学的进步,现在的日本人肯定不会再有这样大而黄,并像蟋蟀那样向外龇着的大门牙了。但在侵华战争期间的日本人,却不得不尴尬地长着这样的大门牙。

而她洗澡间里的这些牙,不但黄而大,不但像蟋蟀的门牙那样向外龇着,每个牙缝之间还嵌着根深蒂固的黄色牙垢。

她不由得拿起凿子,信心十足地想要剔除那些牙垢。剔着剔着她忽然明白,这么多牙和这么多牙缝,她是无论如何也剔不干净了,于是就拿起凿子和榔头,连撬带敲,一块块敲碎了那些牙。

她干得很安静,很从容,一点也不疯狂。

过后她只是觉得有点累,便点了一支烟,对着那支烟低叫了一声"宝贝儿!"又对着空中高喊了一声"妈!——"

吸烟的感觉真好。现在,最让她放松的时刻、最让她感到亲切的事,就是吸上这样一支既不对她怀有怜悯,也不对她怀有恶意的烟了。

她坐在厕所门前的地板上,一面瞧着那些被她敲碎的大黄牙,一面冥想着世事的无定。可不,转眼之间,这些大黄牙就碎了,就像一个本来形影不离的人,突然之间躺进了棺材。

这时她一回头,一个头戴纱帽、身穿朝服的男人走了进来。那男人的脸上,眉毛、眼睛、鼻子、嘴巴全无,只光板一张。光板上纵横地刻满隶书,每笔每画阔深如一炷线香,且边缘翻卷。

这张刻满隶书的脸板,无声无息地跟踪着她,与她一起在房间里走来走去,她就转身俯向那张脸,问道:"让我看看,这上面写的什么字?"

可她怎么看也看不懂。

从此她逢人便问:"你能告诉我,那脸上写的什么字吗?"

于是人们把她送进了疯人院。

忽然之间,不是党委书记请她看电影,就是办公室主任的太太请她吃饺子。如果看电影,邻座肯定是黄牙;如果饺子刚出锅,黄牙肯定凑巧来做客,自然就坐下来与吴为共享那锅饺子。

起始吴为真以为巧合,后来就明白无巧不成书。黄牙决定着单位大小头目的升迁!

在大学里,吴为的野性已被改造不少。新生一入学,校长就在迎新大会上宣告:"我们这所大学,共产党员的比例比部队还高。"

这样的大学即便不是炼钢炉也是炼铁炉。

从这个大门走出来的吴为,对无处可逃的局面自然有一定的了解,不要说户口本、粮本……一个档案袋就能把人套牢。

于是她卑劣地想起了远在北京、当初被她拒之门外的韩木林。

拒绝的理由说出来真让人莫名其妙,与房子、钞票等重大题材无关,而是一个非常不足道的细节:韩木林有口臭之疾。

那时候,吴为不但像一只刚从树上摘下的苹果,也没有像后来那样嗜咖啡成瘾,牙齿上沾满咖啡渍,不可避免地也是一嘴黄牙。口里更没有异味,即便吃了葱蒜,刷一次牙就能解决问题。

试想,当那个风花雪月的夜晚,这样一只新鲜的苹果,这样一副洁白无瑕的牙齿,这样一张没有异味的嘴,在北海公园面临与一个臭嘴接吻的进退两难时,对吴为这样一个吹毛求疵的人,即便韩木林身价百万,恐怕也难以摆平。

像面对哈姆雷特"活着还是死去,这真是个问题"那个千古之题,吴为不得不在一副黄牙和一个臭嘴之间进行抉择。

吴为迷恋北京,其理由也与政治、经济中心,机遇等重大题材无关。她的北京,是总有一天会演绎《战争与和平》中某个情节的北京——娜塔莎在某个舞会上与包尔康斯基公爵相遇——而对中国和世界都已进入二十世纪后半叶的现实毫无概念。

又以为生活就像西方古典小说里读到的那样,无非恋爱和party,户口本、粮本、档案袋等等则于此时隐退……

又毕竟北京是文化之都。吴为一生迷信文化,哪怕是文化的影子,也足以让她热烈渴望。

如果想过文明一点的生活,比如说听听歌剧《茶花女》;在什刹海赏赏荷花;在老胡同的细沙路上遛遛,想一想路边老房子里住过什么样的人,如今这些人都上哪儿去了……

当生活如此像一首歌唱的那样"生活像泥河一样流……"地域在最后的权衡上起了作用。

韩木林占了地利的优势。

与韩木林的婚姻只能说是吴为的一个阴谋,不但以他替换了那嘴黄牙,还将他作为回到北京的跳板和一个生殖工具,后来更将一顶绿帽子戴在韩木林头上。那么韩木林对她所做的一切,都可以理解并无可谴责。

吴为又有什么资格对不论任何一种市场的交换行为嗤之以鼻!

二

新婚之夜,忽有巨片乌云掠过如洗的天空,像给月亮盖上了一件黑色披风。吴为冷不丁地想起了芭蕾舞剧《罗密欧与朱丽叶》在教堂里私订终身那段双人舞,朱丽叶穿的可不就是一件黑色披风?接着就猜想罗密欧和朱丽叶做爱的情景,他们不能老在教堂里跳下去是不是?却无论如何链接不上自己这段双人舞。不知道是不是朱丽叶那光洁宽阔的前额和身上那件肃穆的黑色披风阻挡着以后的情节……接着吴为就不清不楚、不明不白地叹了一口气。

"怎么了?"韩木林问道,顶温柔的。

他的气息吹送在吴为的后耳上,温热且有些混浊。她便不再看月亮,而朝实实在在成为她丈夫的人望去,强迫自己不考虑接吻时必得面对的口臭。

她虽然躲过了一嘴黄牙,却跳进了一个臭嘴,而且是她自己的选择——她又不是在洞房花烛夜才和韩木林接吻,才知道他有口臭。

一个女人既然和一个男人有点什么,就得和那个男人接吻,不接吻叫有点什么吗?

好在有点什么的结果是结婚,结了婚就不见得非接吻不可,因为有了档次更高的取代行为,一上床就不妨直接进入实质性阶段,万一接吻……只好屏住呼吸。

唉,既然和这个嘴结了婚,不管有无口臭,都是不能打退票的了。

结婚以后,吴为果然再也没有与韩木林接过吻,不知道韩木林对此有否察觉?

这一望让吴为吃了一惊。

韩木林的睫毛本来就长,月光的暗影把它们拉得更长,又摘了眼镜,于是那双眼睛媚得像个女人。

接着韩木林俯下脸来吻她,两颊居然也像女人那样多肉!

多肉,而不是胖。

他那颜色本来就略深而曲线分明的唇,在黑夜里,简直像一张涂了口红的女人唇。一霎间,吴为有一种可怖的幻觉:她该不是在和一个女人做爱吧?

这个夜晚之前,吴为始终没有仔细研究过韩木林的脸。她害羞,无法持续对一个也许会与之有点什么的男人的脸看上一分钟。

除了怕羞她还怕别的。很多事都耐不住推敲和研究,很多东西近看和远看的结果大不相同。万一从这个准备与之谈婚论嫁的男人脸上挖掘出一点什么,那该如何是好?既然已经决定嫁给他,还是不看为好。

就是这样,为了一个小怕,最后她只好接受一个大怕。

更没想到,一个男人的脸在做爱时和不做爱时是那样不同。

接着她进入了一座黑城,走在街道正中,听到、嗅到这城市的声色、气味,好比一棵树、一面墙、一个人、一只狗、一朵花、一杯酒……甚至嗅到那杯酒的颜色、酒杯的形状。而酒的味道好不诡奇!不禁伸手去取那杯酒,酒杯却遁入了黑暗,可还能感到近在咫尺。

她跟着往前走了一步,树、墙、人、狗、花、酒就往后退一步,与她近在咫尺地相持着,她着急地往前一扑,却跌在了地上……黑城立刻化作团团黑雾,隐向不可知的深处。

事情有些蹊跷。

韩木林翻下身去四仰八叉地躺在床上,一动不动,一声不响。

问题是结婚以前他无法得知吴为这方面的水准,十分后悔结婚前夜没有坚持到底——他找了个借口去敲吴为的门,她居然只开一条小缝,还用一条腿顶着门板,说:"太晚了,有事明天再说吧。"

一点不肯通融。他们不是已经领了结婚证?

这种事到了现场再说,即便不合适,还能打退票吗?

和女人恋爱应该是水深火热,可与六十年代女大学生恋爱,却如隔岸观火。

有个星期日想找吴为去划船,事先也没约好,不知在哪儿才能找到她。大学里正在开春季运动会,高音喇叭在树杈上一声接一声鼓噪,校园里到处是穿运动衫、吃冰棍的学生。

韩木林信步走到操场,恰见吴为参赛女子八十米低栏,这才得以一见庐山真面目。两个小乳房,如距开放时期尚远的二月花蕾,毫无意趣地杵在运动衫后。两条腿大肌,像两条擀面杖,随着她的奔跑,擀动在皮肤之下,此外没有多余的肉。难怪她不费吹灰之力就跑了第一,没有负担啊!

韩木林宽厚地想,未经男人点化的女人大多如此。他期待着她结婚以后的变化。

可她始终硬邦邦地不肯软下来,硌得他不舒服。一个女人怎么可以成熟得这样慢?

韩木林喜欢胖女人,压在身子底下像躺在软硬适度的沙发上。他毫不忌讳地向吴为说起这方面的偏爱,说:"……可你呢,你不是女人,是块木头。"

"那你为什么还操练不误?"她问。

一个女人怎么可以问丈夫这样的问题!

很凑巧,新婚之夜,这两个人同时想到了不能退票的问题。

与周围的女人相比,吴为相貌平平,只是她有股不同的劲儿,还挂着一种读了很多书的学问相。

后来韩木林总结,因为那时他还年轻,所以才有这些不切实际的想法。日子根本用不着学问,越是有学问的女人越过不好日子;不但过不好日子,还可能把好端端的日子搞得相当复杂。

这种不同的劲儿,多年后再见,已演变为一种气质。

韩木林一眼一眼看着吴为从身边走过,穿一条长及脚踝的裙子,使她本来就长的身条儿更长了。

她还是喜欢长裙子。

裙子的质地也不算好,她现在应该是有钱的了。

头发已经花白,比几十年前胖了许多,一门心思找座位。这种神情他很熟悉,即使和她做爱的时候也是如此,老好像在研究什么,不过到了什么也没研究明白。

身旁有个上了年纪的男人,想必就是她的现任丈夫。记不得在哪张小报上看到她再婚的消息,像这种名人,就是生了脚鸡眼媒体也会大炒特炒,现在这样的小报很多,他喜欢。

吴为让那老男人坐在靠中间的位置上,然后自己在他身旁坐下。

唉,如今坐在她身旁的,已不是自己,而是另一个男人了。不过他发现,他们看上去只是亲密而不是亲爱。一旦和一个女人睡过,多半就能猜出她和另一个男人是怎么回事。

不过吴为又能和哪个男人亲爱得起来?做她的丈夫,恐怕还是徒有其名而已。难道在这许多年里,她没有一点进步吗?

说到女人的魅力,通常是指光艳四射,使人无不迷恋的力量。她没有,她仍然只适于站在远处,一旁观赏。

吴为向熟人点了点头,扬了扬手,像在外交部的使节招待会上,可又有老朋友间不拘俗礼的默契,这感觉也许来自她那位颇像外交官的丈夫。正像俗语所说,此人长着"登科一双眼,及第两道眉"。

韩木林曾立誓要在禅月十八岁生日那一天,将吴为的丑事对她从头到尾和盘托出。可现在,任何丑闻对这个女人来说都没有意义,也不能伤害她了。

要是他现在走上去对她的丈夫说三道四,简直就是自找没趣。

再说,女儿又在哪里呢?

怕现在的妻子误会,他曾委托老朋友去学校看望禅月。那禅月小小年纪,一副滴水不漏的本事,既不像吴为也不像他。

朋友说:"告诉你母亲,让她到我们家来玩儿,过去的事就让它过去,别不好意思。"

禅月不动声色地反问:"有什么不好意思的?"——不是不明白她母亲的过去,而是明白得一清二楚,倒叫朋友说不出话来。

显然,不等韩木林把吴为的丑事一一对禅月道出,她早就知道了一切。不但知道,而且自有一套对付这些事情的主意。

他是再不能对吴为为所欲为了。她们那个没头没脑的家,终于有了顶门立户之人。

后来听说禅月去了美国。就是不去美国,也同样没了他的份儿。韩木林惊讶地发现,他竟有些伤感。

难道是在追悔?韩木林懊恼地摇摇脑袋,好像不甘承认自己的追悔。

他有什么可追悔的!

试问天下男人,谁能平心静气听任自己老婆偷人养私生子?何况他并没有时刻揪着这件事不放,不过偶尔发作一下。

如今吴为已是别人的囊中之物……

不,他没有追悔,不过是残留的一点旧主人的感觉。相信所有的男人,看到曾经属于自己的女人已然易主,恐怕都会有这种感觉。

她对谁都不合适,哪个男人碰上她就算倒了大霉。她也不应该一而再地结婚,这要不是成心害人就是没有自知之明。

对一个家庭来说,最基本的要素不是郎才女貌、家财万贯,也不是惊天动地、轰轰烈烈的爱情,而是平和、简单、明了,像他现在的妻。

他侧过头去看看妻,平头正脸,富富态态。这样的头脑,绝不会给你生出花样,只会给你生孩子。那些孩子也一定安静、健康,绝不会一会儿发高烧,一会儿消化不良,一会儿长湿疹,弄得你三天两头、半夜三更地送他们上医院。

而吴为灵魂里总有一种不安分的东西在骚动,这种东西即使不给他戴顶绿帽子,也会措手不及地给他一个别的什么。

见他摇头,妻子接口说道:"是,我也觉得女主角的演技太差。"

"嗯?噢,演技太差。"

与三十年前他们那个夜晚一样,舞台上的人物面临家庭的分崩离析。

在街道居委会办完离婚手续出来,大战告捷的韩木林眼睛里突然有了泪,情不自禁对吴为说:"我不应该那样整你……其实我并不想整你。"

吴为相信。

到了现在,她也不认为韩木林是个心肠歹毒、工于心计的男人。可是……"别说了,说什么都晚了。"语气温婉,渐渐像个长大成人的女人了,不过实在姗姗来迟。

"要是你不反对,咱们再走一走?"韩木林说。

那是一个仲夏之夜,下着夏季才有的瓢泼大雨。整个城市、胡同、胡同两旁的院落、院落上的围墙、院内的房子、斜在胡同里的电线杆……像泥巴捏就的,在豪雨中不停地往下流着泥汤。

他们的脚掌,在泥泞里拍打出叭叭叭叭的声响,缭乱的雨丝好像无处可去,急骤地穿过街灯昏暗的光晕,落入一片麻木的泥泞。

吴为缩在又旧又小的雨衣里,大绺头发从过小的雨帽挤了出来,无处躲藏地让雨水淋成贴片,贴在了脑门儿上。

既然再没有什么可争吵、可诅咒,剩下的反倒是一点惜别之情。

但惜别不等于不别,何况……

韩木林此时的优柔只是因为星星点点的反省,这反省只能在他们之间没有了义务和权利时才能产生,一旦再度承担起彼此的权利和义务,谁都不会把对方对自己的伤害一笔勾销。

"平心而论,你不是个坏女人……"作为男人,韩木林实在明白好女人和坏女人的区别在哪里。

吴为畏缩了一下。什么是好女人,什么又是坏女人呢?

接着她茫然问道:"你为什么现在才告诉我?"

在人们的轻蔑和羞辱下,吴为也相信了自己是个坏女人,现在突然得到大赦,宣告无罪释放,她反倒有些茫然。

韩木林无法回答,好像以前明明知道是冤案,却有意不告诉她。

又好像家里散落的一些东西,不到大搬家、大清理的时候,是找不到的。

吴为缩在小雨帽下的瘦脸,凄迷又无助,韩木林和她打了几年架,也没在她脸上看到过这样的神情,好像这句话才真正触到令她伤心的痛处。

"你要不要和我换件雨衣?"他问。

"好吧。"

也许是因为分手在即,她变得特别通融。从他们相识到结婚、到离婚,这是吴为第三次接受他的馈赠。

第一次是结婚前,吴为生日,韩木林送给她一条手帕,手帕里包着四个苹果。

第二次是结婚以后怀了孕,冬衣瘦得穿不进,他把自己的羊皮大衣给了她。

最后就是这件雨衣了。也可以说,在他们关系的每个历史阶段,都有一个纪念物。

吴为就是不肯接受男人的馈赠,连自己丈夫也不行,这也是当初乃至现在都让他觉得可贵的地方。而他也像所有的男人一样,并不喜欢为女人花钱。

就连给禅月的抚养费她也不要,说:"我会把孩子养大。再说你还要结婚呢,结了婚还要生孩子,要是你每个月给我们抚养费,怎么负担你将来的那个家呢?"

当吴为不是作为一个男人的妻子的时候,真是一个再好不过的人了。

后来他们就无话可说地在雨中走了很久,专心致志地倾听他们的脚掌如何在泥泞里拍打出声响。

就是现在,只要回忆起那个仲夏的夜晚,韩木林的耳边也是脚掌拍打泥泞,还有雨滴敲在雨帽上的声响。

后来就送吴为回家,穿过那条他在那里把她杀得落花流水的胡同。

恰巧有个男人从院子里出来去公厕,见他们在雨地里告别,就阴怪地嗽着嗓子,那动静连韩木林都觉得猥亵得难以忍受,好像他和她是在雨地里野合,而不是和他的老婆——哪怕是前老婆告别,弄得韩木林礼义廉耻地不安起来。

吴为反倒一副久经锻炼的模样。

………
从此一别,再未相见。

剧院这个晚上当然算不得再见。今生也不会再见了。想到这里,韩木林不得不逼着自己承认,他是在追悔,当初实在不该把吴为逼得上天无路,入地无门。

三

韩木林和吴为不像夫妻倒像同学,说到结婚,不过是一起搬进了同一间宿舍。当韩木林向人介绍"这是我爱人"时,人们的目光总是先绕几个圈子,发现周围没有其他女人,才会把目光落在吴为的身上。

没心没肺的吴为,碰见了同样没心没肺的韩木林,他们一拍即合,这大概就是他们结合的根本。

既不求上进也不自甘堕落,既不幸福也不烦恼,更不会过日子,像小孩子玩"过家家",发了工资大家往抽屉里一放,谁也不管,几天就把一个月的工资花完,然后就变卖一切可以变卖的东西,包括旧书废报纸,最后连结婚戒指也卖了。

最荒唐的是他们变卖旧书报的时候,竟然把韩木林夹藏在旧书中的一张银行存单也卖掉了。那是韩木林的父亲一九四九年之前在美国银行一张几千美金的存单。这两个没心没肺的人,只一声"噢——"的惋惜就算了事。换了胡秉宸,就绝对不会发生这样的事,也绝对不会善罢甘休。

吴为一直穿着学生时代的衣服,看见女人们装扮得时新漂亮,只知欣赏,也不觉得没钱买一套有什么遗憾。

其实这样的日子相当不错,如纽约西区一些穷艺术家的生活,无牵无挂,很是潇洒。如果不是生了禅月,吴为还觉悟不到日子不能这样过。

可是他们相安无事,更难得的是非常平等。同学嘛,后来出了问题另说,那是吴为的责任,与韩木林无关。

吴为也不是一开始就明白应该怎么办。

如果不和盘托出,谁也不会知道那档子事。女人生孩子,比预产期不要说是早几天,就是早一个多月的情况也是有的,可她就得鬼鬼祟祟过日子。

如果只是鬼鬼祟祟过日子倒也罢了,最难耐的是得昧着良心,藏着这个见不得人的隐情,假装正人君子,一直到死——实在太长了,而她刚刚二十几岁。

她更没想到,为这段短暂的婚外情,会负上如此深重的罪恶感,没有一时不在考虑如何从这罪恶中逃出,而且明白必得采取一种决绝的办法,方能斩草除根。

可她也将随着她的坦诚下地狱,《红字》女主人公海斯特·白兰遭受的一切,她一分一毫都不会差地受下去,直到离开人世,而她刚刚二十几岁。

如果和盘托出,韩木林能容忍吗? 如果他就此提出离婚,她能不能得到禅月的抚养权?

好像早知此生必定找不到那个男人。

开天辟地以来,就为那个独一无二的男人准备的一腔情爱,也就无处抛撒。

非得在那个独一无二的男人点化后才能幻化的一身柔媚,也只好躁动在天地玄黄之中,看不到出头的日子。

所以早就立下志向,生个女儿继续找。

叶莲子又常说:"不如意事常八九,能与人言无一三。"

一个人必得如此孤绝地在世上走一遭吗? 好可怕啊!

生个女儿吧,既可为她继续圆梦,也可成为言无不尽的朋友和伴侣。

吴为果然如愿以偿。

待产室里待产的女人,比赛似的大呼小叫,似乎不是因为疼痛,而是在宣告自己的战绩。

吴为脸对墙,专心致志等待着禅月的到来,一声不哼地咬破了一团有紫丁香小碎花的手帕。后来禅月也喜欢紫色,那是她们家三代女人的颜色。

禅月就要来了,正在用尽全力迈出她的第一步,也许就要像吴为那样开始艰辛的人生之旅。她不能乱喊乱叫消耗气力,她得集中心力领着禅月迈过这吉凶难卜的门槛。

既然知道这个世界的险恶,当初也死活拒绝过到这世界上来,现在为了自己,不问一问禅月是否同意,就把禅月生到这个世界上来,吴为该说是很自私的了。

当生活越来越为艰险,吴为多次对禅月说过:"真抱歉,妈妈把你生到这个世界上来。"

和她们家上两代女人不同,禅月说:"为什么?到世界上来走一趟,尝尝各种滋味儿,我觉得挺好。"

吴为嘴上不说什么,心里却想,初生之犊啊,将来就知道厉害了。

护士把她们母女从产房送回病房那一刻,吴为迷糊了一会儿,觉得她和禅月不是躺在医院的手推车上,而是躺在一个无所依托的大摇篮里。这只摇篮,摇摇晃晃不知向何处去,心里一惊就清醒过来,可是右腿外侧那个暖烘烘的小布包,立刻让她踏实下来。小布包里包着她这一辈子最杰出的作品!这就是吴为熬成作家后,每每回答记者"你认为你最成功的作品是哪一部"那个问题时,总是说"我女儿"的缘故。

为此,她感念让她生出一个女儿的韩木林。如果没有韩木林,她能生出一个女儿来吗?半个也不行。

根本无法想象,几十年后,社会进步到女人可以买个精子做单身母亲!让她好不羡慕。

右腿外侧那个小布包这时淘气地拱了一拱,好像知道她想了些什么,用胳膊肘捣了捣她的腿,一定是这样。

当禅月还生活在她肚子里的时候,如果有两块硬硬的小东西撑起她的肚皮,接着那两块小东西又抖一抖的话,肯定是禅月在她肚子里伸懒腰呢,两个硬硬的小东西就是她举过头顶的小拳头。禅月出生后,每每伸懒腰时就是这个样子。

还有,吴为没有勇气开口。

吴为其实是个非常懦弱平庸的人,既不具备人杰的大德,也不具备宵小的大恶。

如果她的道德观如铁打的江山也好,不,她的道德观相当虚伪。如果没有私生子这个实物为证,就是和十个男人睡了,只要神不知鬼不觉,还不是一个正人君子?那她还会忏悔吗?她的忏悔是逃遁无术——是社会舆论所迫,还是良心所迫?

那么有种就将偷人养私生子的事情进行到底也行。可又马上懊悔不及,出卖了自己也出卖了一干人马,如果投身革命,肯定像胡秉宸领导下的那个李琳。她没有白帆那样的气魄,几十年来隐秘着私生子的问题,如果不是审查干部的政治运动,如果对方不交待出来,如果没有 DNA 技术的应用,白帆可能就一直隐瞒下去了。

就像禅月说的那样:"您总是这样!不管做什么,结果都是自己的错。即便没做错什么,也永远不会理直气壮。有人找您调查、找您了解情况了吗?没有!您总是自己主动跳出去说个清楚。好比这件事,为了您良心上那点儿安宁,您不但牺牲了姥姥和我,也牺牲了枫丹,还有您自己。坦诚没错,结果却未必如您所愿。"

当她这样想来想去的时候,惟独没有想到她的坦诚将给叶莲子、禅月和枫丹带来怎样的遭遇;或若缄口不言,她们另一种命运的可能。

直到枫丹的第一声啼哭宣告了她的存在之后,才逼得吴为刻不容缓做出抉择。

助产士抱着枫丹在她眼前晃了一晃。吴为对那张小脸匆匆瞥了一眼,只瞥了一眼,好像再瞥一眼或是稍有迟缓,就是对禅月更大的背叛。

那时吴为只知自己罪孽深重,不像后来经反复清算后那样清楚。而且她的思路很怪,觉得自己伤害最多的是禅月和禅月的将来。

于是躺在产床上,将这件神不知鬼不觉的事对韩木林交待出来:"枫丹不是你的孩子。"

韩木林问:"还有呢?"

她不说话了。

又何必说仅此一次!

难道一次就不是背叛?一次和若干次并没有本质上的区别。

又何必说得那样凑巧!

凑不凑巧反正是既成事实,有了私生子。

那一刻,吴为的良心真获得了安宁。

她安静地躺在病床上,等待着一个逆来顺受、没脸见人、苦行生活的开始,坚信在那种生活中,定会熬煎出一个纯净的她,并将赎回偷人养私生子的罪恶。

哪里懂得一个人为爱情,哪怕是自己虚拟出来的爱情犯下的过错,算什么错?!

不论怎样,韩木林是个大度的男人,只说事到如今,吴为当然没有了对禅月的抚养权,他不能把禅月交给这样一个母亲——他没有说"这样一个道德败坏的母亲"。

他还答应,如果吴为痛改前非,还可以和他们父女生活在一起,但必须在禅月和枫丹之间做个选择。

如果选择枫丹,他们只得离婚,禅月归他抚养;如果选择禅月,就必须抛弃枫丹,只有这样,才不会留给她的旧情一个纠缠不清的理由。

并非韩木林多虑,几十年后,吴为与前情人邂逅于某家电影院,对方竟写信要求她到公园一会。

——在经历过诉诸法律,遭遇过这个社会和公众所能给予一个下贱女人的最残酷、最不留情的践踏之后!

——在他们于法律面前狗咬狗之后!

也许男人可以如此?

既然吴为不得不在禅月和枫丹之间进行选择,也就是没有选择的选择。

为了禅月,她不能一错再错。

为了禅月,她只能再犯一次大错:她不可能选择枫丹。

吴为就这样可耻地逃避了一个母亲的天职。

韩木林拿出事先拟好的字据:吴为自愿将亲生女儿枫丹转送他人……

最让吴为没齿难忘的是,韩木林让她在字据下方,用最古老的办法按了手印——签名都不作数。

她就这样狠心地把枫丹扔进天连地、地连天的茫茫一片浊水,不见树木,不见房舍,不见河岸,从此孤零零的一个小人儿无头无绪地漂流起来。

吴为从未停止对自己的审问:

为什么对枫丹没有半点眷恋?

日后,当她成了作家,不论知道或不知道她过去的人,不但不再在她身后吐唾沫、扔石子或往她身上扔破鞋,甚至开始尊敬她,可是她对自己说,这笔账永远不会了结。

同样是自己的骨肉,为什么如此不同对待?

她必须回答。

因为枫丹是社会不承认的私生子。她对枫丹应有的母爱,被不得不面对社会和舆论的恐惧杀死了。

吴为不过是自私而懦弱的胆小鬼。

至于后来那套下三烂的生活勇气,不过是落水狗、癞皮狗被人打急眼时一种自欺欺人、虚张声势的哀吠,正像诗词所道"几声凄厉,几声抽泣"。

还要等上几十年,这几声哀吠,才能变为知耻而后勇的大气。

吴为很快又陷入了新的、更深的良心谴责。

她并没能以这样的代价,从韩木林那里换回家庭的苟安,韩木林还是将他们告上了法庭。法律行为使文学而不是爱情显示了它的不堪风雨。爱情的不堪风雨该是顺理成章,滑稽的是吴为所迷信的文学之不堪风雨。所幸吴为碰到了一个很人情的女法官,多少年来,她一直记得那位叫做杨柳的女法官。事情过去多年,她一直想要探访那位女法官,可是一直没有成行,或许往事不堪回首。

文学根本就不待见吴为,文学拒绝了她,所以给了吴为这样一个严重的警告。可是她并没有迷途知返,最后还是走上了文学之路,并再次受到文学毁灭性的打击——如果她不成为作家,还是胡秉宸麾下一个小职员的话,胡秉宸还会钓她这条鱼吗?

人们并没有因吴为的举手投降就饶过她们母女三人。叶莲子和禅月这无辜的一老一小,马上跟着她一起下了地狱,人们给她的惩罚有多重,给叶莲子给禅月的伤害就有多深。一辈子没让人戳过脊梁骨的叶莲子,为了吴为让人戳了脊梁骨。

叶莲子也无从知道,党小组已经全体通过,只等上级组织审批,眼看就要成为共产党员的她,突然被拒之门外的真正理由。

零霖村于一九四九年五月二十七日解放,叶莲子一夜之间,从顶替某个教师、只能领半工资、随时可能被解聘的"黑人",变成了光荣的人民教师,从此不再流落天涯。

将那另一半工资据为己有的朱校长,不知何处去了;李老师也再不敢将她对学生讲的"土豆是茄科植物"当做笑柄;"二校长"马文忠,不但不敢再找这个教师中最穷的叶莲子借钱不还,还于零霭村解放的第二天,报名参加了中国人民解放军。

两年后马文忠回到学校,向全体师生作了题为《英雄平叛四川残匪》的报告。那时候叶莲子还没离开零霭村,回想当年马文忠"借"钱的往事,只能是一片迷茫。

叶莲子的脸上,终于有了那种真正可以叫做笑的玩意儿。既不是顾秋水赏给她的,也不是为求一口饭吃强做出来的,而是完完全全属于自己的私人财产。

她在那位女军代表身上,看到了如她一样无依无靠的穷人的希望;认定那宽大的灰军装,就是她的护翼,以致每每看到那种宽大的灰军装,就想跑过去抓住它,放在脸上贴一贴。

特别是吴为得了风湿性心脏病,而且病情发展很快,军代表马上和医院联系,让吴为住进医院,病情很快得到了控制。直到治愈出院,叶莲子也没有为一分钱操过心。她老是说:"要是不解放,吴为早就没命啦!"

叶莲子对共产党感恩戴德,也以叶家翻身的事实教育着吴为。在她退休前的几十年里,孜孜不懈地追求着进步,以成为共产党中的一员为至上的荣幸。

她拼却全力奔向那个目标。二十世纪中期,一个具有共产主义理想的人想要加入共产党,必得经过脱胎换骨的改造、奋斗,说是脱几层皮也未尝不可。不像二十一世纪,就是有的拥有个人资产的人,只要符合条件,也可加入共产党。

在脱了几层皮的追求奋斗之后,叶莲子确实接近了她的目标,但在最后的冲刺中被拦在界外,并且永远不知道她被罚"出局"的真相。

将叶莲子几十年追求毁于一旦的人,正是她亲爱的女儿吴为。她那几层皮是白脱了!

那一夜大雨滂沱,因为幽会吴为很晚才回到家。小学校的大门紧闭,她进不了门、回不了家,本就做了见不得人的事,更不好麻烦吵醒校工开门,只能翻墙而过。

不知道是不是她疑心生暗鬼,那校工再见到她,眼神就暧昧起来。事发之后,法院到叶莲子供事的小学校外调,校工说了什么谁也不知道,但叶莲子加入共产党的事从此搁浅。

早知如此,不如大学毕业时就与班级党支部书记进行"等价交换",不就是上床?以后各奔东西,谁也见不到谁。那就可以留在北京,不必在黄牙或口臭之间非此即彼,让她左右不是,无以筹措,以后也就不会既然有了一个 A 就得有个 B。

吴为也不得不那样想,如果缄口不言,独自承受这份罪恶的折磨,虽然卑劣,却不能不说是另一种大勇。

比起她的坦诚带给母亲和女儿的苦难,缄口不言的卑劣、胆怯、自私又算得了什么?而且她承担的毕竟是她个人的、良心的审判,而不是三代人的全军覆灭。

可那时的吴为,还不具备这样的人格力量。

四

如果不是几个月后的那场"文化大革命",即便经过了法律程序,他们的日子还是可以凑合下去。

如果许多事物不是在"文化大革命"中颠倒,像吴为与韩木林这样的人很难进入"主流社会",顺便也挖掘出韩木林喜欢赶热闹的潜能。结果是韩木林莫名其妙地成为一个革命组织的小头目,"革命""进步"这样的字眼竟与他有了关联,真让他受宠若惊。这副重担激励着他,进步、进步、再进步。

拿什么作为与革命的见面礼?先砸了家里的磨砂玻璃花瓶再说。但磨砂玻璃花瓶怎能对得住革命的垂顾?看看周围的革命行动,只好背弃"原谅一切,既往不咎"的约定,到吴为单位贴了她的大字报,就像电影《英雄儿女》里的英雄王成那样"向我开炮"。

开炮之后,只好划清界限。

自此,他们开始分居。分居后,韩木林与吴为展开了争夺禅月的拉锯战。韩木林最后将禅月劫持到他的住处,并且不允许叶莲子和吴为看望。

冬天,很冷。叶莲子一言不发地坐在火炉边,自韩木林把禅月劫走之后,她就这么坐着,不腌咸菜,不收拾屋子,不买菜,不做鞋子,不缝衣……要不是怕吴为饿着,恐怕连饭也不做。蒸的馒头不是碱大就是碱小,碱放对了也揉不开,馒头上老是点散着一块块黄褐色的碱块,焖米饭自然也是夹生或是煳锅。

叶莲子的眼睛盯着炉子,屈伸着她那些纤细可是粗糙的手指,又在默数禅月被带走多少日子。

这时,她脸上什么东西都没有了——鼻子、眉毛、眼睛、嘴巴什么的,只剩下一脸的皱纹。

如果那时有人问吴为:母亲是什么?她一定回答说:母亲就是一脸的皱纹。

吴为试图在脑子里描绘叶莲子的脸,怎么画都是那一脸的皱纹,其他部位全都画不出来。有时顶多画出她那双细长的眉,也是被烦心事折成了几道弯,而不是风平浪静的样子。

吴为像是蛮有城府地说:"妈,咱们不能显出着急的样子,那样韩木林就更用这个法子整治咱们了。"

那时吴为成长了不少,以后她还将继续成长。在韩木林将禅月劫持之后,她立刻到托儿所,将禅月的户口迁至她的名下,并将户口本藏匿到抄家行家也无法抄出的地方,以为这就可以将禅月留住,岂不知法律不会让一个道德败坏的女人得逞。

"对,不应该显出着急的样子。"叶莲子伸直用来默数的手指,让它们平躺在膝头,却把计算放进心里,到现在为止,禅月走了一个月零三天。

这时门嗵的一声开了。那个让她们想念得难以自处的小人儿,自己走了进来,那个死了的屋子眼看着就活了过来。

"韩木林送你回来的吗?"

"我自己。"禅月那个"我自己"还说得不大清楚,听起来是"我几几"。

"你怎么回来的?"

"走走。"禅月不会坐公共汽车,也没有钱,只能走。

围巾在脖子上围着,帽子在头上戴着,口罩、手套、大衣,一样不少、一样没落,全副武装地回来了。

大衣放在箱子上。很高,禅月够不着。可是有一只大衣袖子垂了下来,只要拉着这只袖子,大衣就会掉下来。

帽子、围巾在什么地方? 在床上。

口罩、手套在什么地方? 在大衣口袋里,禅月记得很清楚。

现在床上堆了很多大衣、帽子、围巾,她得从那堆衣物下把她的帽子围巾掏出来。禅月爬上床,把脑袋扎进那堆衣物。那些衣物很沉,拱起来非常吃力。她像只在雪地里刨食的小松鼠,吃力地刨着,累得呼哧呼哧鼻涕直流。总算抓住一块粉红色的东西,拉了一拉,是她的围巾,不是帽子,又继续往那堆衣物里拱。她得找到她的帽子,不论妈妈还是小姥姥,每次带她出门,这五件东西一样也不能少地给她穿戴整齐,怕她冻病。她一病,她们就急得天翻地覆,所以她不能病,她得找着她的帽子和围巾。

"你干什么呢?"韩木林问。

"玩儿藏猫猫呢。"禅月吓了一跳,赶快把脑袋从那堆衣物下缩回来,通红的小脸上全是细密的汗珠。

其实她不怕韩木林,小姥姥怕,妈妈也怕,她不怕。现在吓一跳,是怕韩木林发现她的秘密。

"方块儿七。"韩木林说。他没回头,忙着和一伙儿人打扑克,"好好玩儿,别淘气。"又说。

韩木林不骂她也不打她,也不逼她按时睡觉,随她玩到什么时候。有时她玩得连衣服、鞋子都不脱就睡下了。

要是她想吃花生,可以一直吃下去,连饭也不用吃;要是想吃蛋糕,也可以一直吃下去,连饭也不用吃。起床后、吃饭前,也不用洗手洗脸。

有好几次韩木林还给她酒喝,那些和他一起喝酒的人,个个拍手叫好。

要是她没让开水烫着,要是她没拉肚子,要是她没从楼梯上滚下来……只能说她运气好。

可她就是要回到妈妈和小姥姥那里去。

幸亏韩木林背对着她。禅月继续在那堆衣物下找,终于找到了她的帽子,又把帽子戴在头上,这没有什么特别,不会惊动那伙儿打扑克的人。

现在只剩下把大衣从箱子上拽下来了。禅月用力一拉,大衣就从箱子上滑了下来。她也就势蹲下,以为韩木林一定又得大吼一声:"禅月,你干什么呢?"可是韩木林没有吼,他们正在算得分。

她抱起大衣,打开房门之前又回头看了看打牌的人,他们还在算分,在那张小桌子上,四个男男女女的头差不多顶在了一起。

禅月轻轻打开房门,轻轻走了出去,又把门轻轻关上。她得把门关好,不能给韩木林留下一点异常的感觉。

然后她捣腾着小腿,迅速往楼下跑。跑到二楼楼梯拐角处,禅月才停下来围围巾,戴手套,戴口罩,穿大衣。

只有口罩戴不好,禅月扎不紧口罩的带子。她照小姥姥或妈妈的办法,扎了三次也不行,其他全如小姥姥或妈妈给她穿戴得那样服帖。

这时鄂百灵阿姨突然走上楼来。禅月又吓了一跳,以为鄂百灵阿姨一定会问她:"禅月,你上哪儿去?不要自己瞎跑,我要告诉你爸爸去。"

要是鄂百灵阿姨这样问,她就没办法了。可是鄂百灵阿姨什么也没说、什么也没问就过去了,就像没看见她。

这时禅月还站在那里一动不动,等鄂百灵阿姨转上楼梯,看不见她了,她才跑起来,一口气跑到大街上。

大街上的汽车、大街上的行人,比妈妈、小姥姥或韩木林带她上街时不但多了许多,也大了许多,而且好像全朝她开过来、走过来,这时她真有些害怕了。

她怕那些汽车,也怕那些人,想起了妈妈讲过的那个故事——

有个不听妈妈话的孩子,自己偷偷跑到街上去玩,被玩杂耍的人骗走,玩杂耍的人在孩子身上披了一层狗皮,孩子就变成了一只玩杂耍的狗。过了很多年,孩子跟着玩杂耍的人回到家乡,在围观的人群中看到了妈妈,孩子大声叫着"妈妈,妈妈!"可是妈妈认不出他了,因为他已经变做一只狗。禅月为这故事哭得非常伤心,就是听"白雪公主""小红帽"那样的故事,也没有这样哭过。

禅月回头看了看韩木林住的那栋楼,不远,只要一转身,就可以从这条可怕的大街上回到那个安全的地方。

禅月站在了她人生的第一个十字路口,那时候她四岁。

只有四岁就做出了她的选择,她要去找妈妈和小姥姥。

汽车一辆接一辆从她面前驶过,她不知道这些车到哪里去,韩木林和妈妈、小姥姥知道,她不知道。她也没有钱买汽车票,韩木林和妈妈、小姥姥有,她没有。

她只能走。

沿着右边的人行道,一直往南走。韩木林多次骑自行车带她走过这条路,她记得很清楚。

现在走过了那座学校。学校放学了,学生们叽叽喳喳从学校里走出来,有个男孩子在她的头上敲了一下,说:"嘿,小孩儿!"还青面獠牙地往她脸前一凑。

"你小孩儿!"禅月回嘴道。那男孩反倒一愣,不敢再捉弄她。

然后就到了十字路口,路口有拉粮、拉砖、拉木头的马车。禅月第一个认识的动物是猫,第二个就是在这个路口认识的马。她会说的第一句话是"妈妈",第二句话是"大马"。

刚走到十字路口中间,从西边来了一辆拉水泥的大马车。

"站住！——站住！——"她听见有人嚷嚷。让谁站住？她不知道,她得赶快走,天快黑了。

大马突然就站在了她的跟前。大马很高、很大,禅月抬起头,只能看见大马的胸脯,听见大马生气地喷着鼻子。

"吱——"的一声,从东边来的一辆大卡车又停在了禅月的身旁。她就这样被挤在了大马和大卡车的中间,赶大车的老爷爷和开卡车的叔叔都在嚷:"这是谁的孩子？这是谁的孩子？"说着,他们就要跳下车来。

禅月不哭。她不能哭,一哭他们一定嚷嚷得更厉害了,只能一直往前跑,不敢回头地往前跑。她听见他们还在后面嚷嚷:"这是谁的孩子？要是让车轧了怎么整？谁的孩子？怎么让孩子闯红灯？"他们不能撵她,他们还得关照他们的车呢。好在那时的行人车辆比后来稀少许多,那个路口也比后来的农村还荒凉。

禅月一直往前跑,跑得好累啊,累得脚丫子上都是汗。小朋友就是这样唱的:"那么好的天儿,下雪花儿,那么好的姑娘抠脚巴丫儿。"她真想把棉鞋脱了,晾晾她的脚巴丫儿。棉鞋是小姥姥做的,放了很多棉花,小姥姥一到冬天,就恨不得把她用棉花包起来,在妈妈没有成为作家之前,她们全都穿小姥姥做的鞋。等到禅月上小学,吴为才给她买了一双减价猪皮鞋,两只鞋还不是同一个号码,其中一只像是让热水烫抽巴了,鞋底往上拧着,幸好它们还是同一个颜色。妈妈虚荣地说:"不管怎么说,它是一双皮鞋。"妈妈最不甘心的是别的孩子都有的东西禅月却没有。无论如何她也得让禅月像别的孩子一样,好比那双猪皮鞋,好比这件棉大衣。

棉大衣是妈妈自己缝的,她们穿的衣服都是自己缝制,用手而不是用缝纫机,她们没有钱买缝纫机。

大衣又长又大,现在就更沉了。妈妈说:"做大点儿,可以多穿几年。"

然后禅月来到火车道口,她不明白为什么所有的人、所有的车都停了下来,天快黑了,其实差不多就是黑了。因为房子里的灯亮了,路上的灯亮了,车上的灯也亮了。

她只好跟着停了下来,夹在人们的腿和车轱辘中间,挺着圆圆的小肚子,叉着两条小腿,与那些形形色色的知道从哪里来,也知道到哪里去的大人们一样站着,担心又会有人嚷嚷"这是谁的孩子?这是谁的孩子?"幸好这回没人嚷嚷。

不一会儿从东边开来一列火车,轰隆隆、轰隆隆,震得脚下地皮都颤颤的。一节节车厢,像会走路的小房子,车厢里的灯光明亮,看上去又舒服又干净,有些人在说话,说的一定都是很有趣的话。

火车开过去后,又跟着人们一起向前拥,有一条腿绊住了她,她侧歪了一下,撞在另一条腿上,可是她没有摔倒。

等到看见胡同口卖豆浆油条的小铺,禅月就觉得不那么累了,等到又在胡同里看见虎子,她觉得一点也不累了。

她就这么回到了家,看到了她想念的小姥姥和妈妈,那时禅月只觉得这一趟经历挺好玩,并不懂得这是她与小姥姥和妈妈的一份缘。

更不要说禅月渐渐长大、越来越懂得羞耻之后,知道自己有个多么不称职、多么丢人现眼的母亲。但她无怨无悔地伴着吴为,把自己的生命、尊严和吴为紧紧地贴在一起,不但用她的小手搀扶着吴为走过了最为艰难的荆棘之路,并勇敢地捍卫着她。

这样的女儿世上怕也难找。

如果没有叶莲子那副老肩膀和禅月的这副小肩膀保护着吴为,为吴为分担那些凌辱的伤害,吴为怕是走不过这条路了。

所以当韩木林委托朋友到学校看望禅月,对她说:"告诉你母亲,让她到我们家来玩儿,过去的事就让它过去,别不好意思。"

禅月才会不动声色地反问:"有什么不好意思的?"

她以此向那朋友,也等于向韩木林表示,她不是不明白吴为的过去,而是明白得一清二楚,因此,谁也别想再欺侮那个是人就能欺侮的吴为。

等到吴为成为作家之后,禅月反倒不再像从前吴为备受凌辱时那样,总是冲锋在前护卫着她,而是隐身在后。在大学读书时,有个同学问禅月:"听说作家吴为的女儿就在你们系读书?"

禅月脸上哪怕最敏感的肌肉,也不曾牵动丝毫,回答说:"不知道。"

直到大学毕业,也没几个同学知道,她是吴为的女儿。

知根知底的朋友有时就会说:"禅月是太心疼你了……要是枫丹也能谅解一点你的难处,不到处张扬是你的私生子就好了,她对这个人世的险恶也该有点了解啊!"

"只要能抵消一点儿我对枫丹的罪过,不论她怎样待我,我都心甘。"

怎么能这样要求枫丹?

社会给一个私生子的冷漠和歧视,恐怕得从枫丹出生一直纠缠到她这一生的结束了。吴为至少还有叶莲子和禅月的保护,枫丹呢?养父养母待枫丹不薄,但谁能顶替一脉血缘的牵系?

谁又能为枫丹修复无父无母、独自漂流闯荡的创伤?

枫丹又有什么义务继续承担这无由无根的尴尬?

她能如此对待吴为,已经是对吴为极大的恩典了。吴为难道不该对她感激涕零吗?

韩木林抄起一个方凳,一凳子把叶莲子砸昏在地。

叶莲子当然想不到在顾秋水之后,还有一个与她什么债权关系都说不上的男人,对她拳脚相加。

公寓里所有的门都紧闭着,门窗后,贴着公寓里所有的耳朵。

韩木林家里的架天天打,一打几年,持之以恒。

起先人们还拦一拦。一个女人被打成这个样子,总是可怜的。

后来人们就不拦了。人们先是从韩木林的咒骂里得知了吴为挨打的原因,而后又从街道居民大会上了解到全貌。

她们的家具不多,所以三人只能横睡在大床上。

禅月睡当中。

半夜里,禅月有时被叶莲子的哭声惊醒,有时被吴为的梦话惊醒。

开始禅月有些害怕,后来发现这对小姥姥和妈妈不但没有什么伤害,反倒和白日里窝窝囊囊的她们大不相同。好比叶莲子在梦中的哭叫,前半部透着由恐怖而生的绝望,后半部就变成了哭号和争辩,最后从绝望生出拼死一战的嘶号。而吴为在梦中却是胸有成竹,所向披靡。

慢慢地,禅月习惯了她们在梦中的生活,不声不响地躺在小姥姥和妈妈中间,静静听着,从不打搅。只是眼睛眨呀眨的,一心想着长大之后,怎么才能在梦里不哭不叫不争辩不说梦话,怎么才能让小姥姥和妈妈在梦中也不哭不叫不争辩不说梦话。

她又慢慢懂得,她们在梦里,才能有那么点随心所欲,那么点成功。

好不容易!

屋子里还有三个窗户。一个窗户朝南,一个窗户朝西,一个窗户朝北。听风楼似的。

大床横在北窗下,西窗下冬天放煤炉,又取暖又做饭。到了夏天,煤炉就搬到屋外的南窗下。叶莲子搬,或者是吴为搬,那时叶莲子还搬得动这种老式的铸铁炉子。

小碗橱靠东墙放置,三个方凳各据碗橱一方。吃饭的时候,禅月跪在中间的方凳上,几岁的小人,如果坐在凳子上筷子就不够长,够不着饭菜。吴为和叶莲子或朝南坐,或朝北坐。

韩木林抄起的方凳,就是这三个方凳中的一个。

昏倒在地的叶莲子好像缩了水,突然变得那么小,那么老。

她的白发披散下来,挡住了一只眼睛。血从额上流下,像皇上用朱笔在她脑门儿上批了一杠。

禅月不怕韩木林打架,她只怕温暖的小姥姥永远这么小、这么老,闭着眼睛躺在地上起不来了。

妈妈张着两条胳膊的样子很怪,像一只灰色的蛾子,翅膀歪斜地向小姥姥飞过去。

也许因为她的脸是歪斜的,从鼻子正中分开,一半脸看上去还是妈妈的脸,这个妈妈上班、下班,与小姥姥说着极其琐碎的事,抱着她亲亲热热……另一半脸随时抽搐着,抽着、抽着,就抽搐出各种令她恐怖的事。

比如抱着她钻了公共汽车的轱辘。

人们把她们从汽车底下拉出来的时候,好像不是为了救她们,而是为了揍她们一顿。

汽车司机吓得嗓子都岔了,"你不想活别人还想活呢!"他说。

妈妈迷怔着双眼,好像睡着了。她迷怔着眼睛的样子真可怕,禅月紧紧搂着妈妈的脖子叫着:"妈——妈——"可妈妈就是醒不过来。

有人掰开妈妈两只死死扣着的手,把她从妈妈的怀里抱了过去,然后使劲拽着、摇着妈妈的两条胳膊,像要把她一撕两半……

可是妈妈说:"没有,我没有睡着。"

没睡着那些事她为什么想不起来?

直到最近妈妈才对她说:"噢——想起来了,你用两条小胳膊勒着我的脖子,可有劲儿了。那时候你几岁?两岁,对不对?"

现在禅月五岁。

而后妈妈又来了一次跳楼未遂。

禅月不能相信妈妈。

…………

没等妈妈扑到小姥姥身上,就被韩木林一个拳头搌到床上去了。他一迈腿又上了床,两条腿一叉就骑在了妈妈身上,两只手掐着妈妈的脖子问道:"回不回去?回不回去?"

妈妈的嗓子眼里就出来一个长长的"不！——"不是她说出来的,而是韩木林那两只手挤出来的。

"回去不回去？"

韩木林的两只手又从妈妈的嗓子眼里挤出一个短短的"不！"

妈妈那两条腿开始蹬跶得还挺有劲,渐渐就成了老挂钟的慢摆……

于是禅月在韩木林后背猛地一声尖叫："韩木林,不回去,不回去,就是不回去！"

禅月不管韩木林叫爸爸,只叫韩木林。

等她再长大一些,即便对吴为的父亲也称之为"老顾"。

有一天吴为提起顾秋水的时候说："我爸爸……"

禅月插嘴道："您还管顾秋水叫爸爸？"她没说吴为该叫或者是不该叫,她只是问问。

韩木林放开了吴为,扭过头来奇怪地看着禅月,禅月一溜烟跑到了楼下。

外面下着很大很大的、灰色的雨,廊子被雨水溅得精湿。大门、台阶、瓦楞、楼墙散发着霉朽的腥气,然而雨水的喧哗却并不晦暗。

禅月看见韩木林靠在廊子里的自行车,想了想,先拔掉自行车上的气门心,然后再把自行车推进院子里的水洼里。自行车躺在水洼中,像一堆死了的烂铁。

五

后来吴为常对禅月说："其实,韩木林算不上恶人,他只是不能忍受这样的耻辱。想想看,哪个男人受得了这样的事？不,不,他没有要求街道居委会召开大会,没有。他只是向街道居委会解释一下他为什么打我。你想,那个时候,街道居委会那些人从来不愁事情太多,而是愁事情太少。又赶上'文化大革命',人们想革命想得不得了,所以居委会就召开了一次居民大会……"

吴为的声音和黑暗一样安静。

所以禅月觉得吴为的说法是公正的。而且,吴为这时的脸已经不歪了。

禅月没有远走他乡之前,常常喜欢晚上关了灯,和吴为躺在床上说话。

到了能和吴为躺在床上说话的时候,她们已经多了一张小床和一间给小姥姥的小屋。

很多亮着灯时不便说出的话,在黑暗中就不那么难以启齿了。就是黑着灯,说到这些的时候,她们也是眼睛看着天花板,而不是彼此相对。

"可韩木林当时不是说,他能原谅一切,还既往不咎吗?"

"不容易,设身处地想一想,真的非常不容易。"

"您爱那个人吗?"

"我爱文学。"

"这是一个理由吗?"禅月实在不能理解。

"就像邓肯想要嫁给爱因斯坦的那种心态吧?当然我不是邓肯,对方更谈不上是爱因斯坦。好像现在的文学女青年,总是把写了几笔的人当做文豪,以为是为文学献身吧?你妈妈是个糊涂的人,即便到了现在也没什么长进。"

又何必告诉禅月韩木林偷查她的晨尿?对一个男人来说,这种鼠盗狗窃的事,真不够磊落。毕竟韩木林是禅月的父亲,还是为亲者讳吧。

…………

在这些谈话中,禅月长大了。

在那张床上,禅月也对吴为谈过她在理智上不能接受的一段初恋。

"我绝对不会像您那样去爱,妈。"可她还是哭了,"……不过说出来了就好过多了。"

吴为无言地抚摩着禅月,掌心里流淌出阵阵无名的愧怍。

就像是人总得出一次麻疹一样,从那以后,禅月再也没为爱情流过泪。那是第一次,也是最后一次。

有时吴为会向禅月求证:"你觉得我和胡秉宸有前途吗?"

不知道是不是从叶莲子而来,叶家三代女人多少都有些通灵异的能力。

"说不好,因为您离我太近了……好像有那么点儿意思,但我不能肯定。"

当胡秉宸终于抛弃吴为后,禅月才说:"其实我早就看出没有好结果,可又不忍伤您的心……永远不能和有妇之夫有所纠缠。玩儿玩儿可以,但不能动真格的。不谈道德,从结局来说,拼死拼活得到的都是残缺破损的……我也不是没有遇到过这样的情况,但不论那个男人如何让我中意,一旦知道他是有妇之夫,马上收兵。何苦把大好青春葬送在这种得不偿失的事情上?"

吴为无言以对。

吴为是自觉的。即便他人暂停对她的敲打,她也不会忘记对自己的回审,而且刻意。找一个原因或拣一个特别的时辰,完完整整、从头想到尾,而不是轻易地、零打碎敲地想。

好像那是一个盛典——真不能说不是。

好像担心那些往事会被她的成功湮没。

好像一个已经得到超度的人,回过头去审看自己的皮相如何在地狱里历练,担心自己如何熬得过来,庆幸自己终于熬了过来,惊讶自己居然熬了过来……

所以这种回审也可以说是一种享受,一种自我欣赏,虽然每每又像是在地狱里重过一趟,弄得她大汗淋漓,如洗桑那浴。

最后,她带着一份感恩之情对着地狱合掌深拜,没有这一番历练,哪来的超度?

她在黑暗中大睁着眼睛,好像要把几乎被岁月和荣辱淹没的往事,看得更清楚一点。

韩木林一只脚站在大门外,一只脚踩在大门里,脸朝着胡同里的来往人等,喊道:"革命的同志们,你们想想,她偷人养汉不说,还养了私生子……"期期艾艾,完全没有了平时的气势汹汹。

即使在这种时候,吴为也没有想过,她应该站起来以牙还牙说点什么。哪具凡胎上,没藏着掖着一些可圈可点的东西?一旦见了天日,都是可以引起轰动效应的热点。

吴为不,可能因为愚笨,应变能力差,也可能觉得那样做很不道德,不免落入以牙还牙以及揭人老底的下作。而且她也不想赖账,韩木林说的,句句都是她实实在在的罪行。

门口很快围上了几十个人,也许全胡同的居民都来了。那可是说打斗就打斗、说抄家就抄家,大闹革命的时候。

女人的脸上个个严肃起节烈的神情,男人的嗓子好像一起出了毛病,此起彼伏咳嗽得十分蹊跷,又用他们的眼珠斜斜地叮着吴为。

"这些,我不计较,毛主席说了'犯了错误,改了就好'……换了谁,谁能咽下这口气?现在她倒要跟我打离婚了……"

真的,那时韩木林还不想离婚,他在吴为的俯首帖耳和唯唯诺诺中得到了在同事中从来不曾得到的满足,他们大部分都不尊重他。

可是吴为倒要离婚了。韩木林没有像他们当初说定的那样——如果他不能容忍这件事,就痛痛快快离婚;如果他能容忍,就不要老翻老账。

天天这样翻老账,日子还怎么过下去?

更不巧的是吴为赶上了一个咬牙切齿的时代。人们不由得咬牙切齿地说:"打,这样的女人还不该打?打都轻啦!"围观的人狠狠地盯着吴为,恨不得替韩木林打她一顿才好。

居委会认为,根据吴为的罪行,划个坏分子让她劳动改造去算了,或至少应该按照对待"黑五类"的办法,对她实行群众专政。

这种时候,吴为偏偏逼着自己高昂着头,直视着韩木林的眼睛。她得对自己的所作所为负责到底,包括面对一切后果,还要看看自己到底有多大的承受力。

人们说:"瞧这个不要脸的女人,一点儿也不知道害臊,你骂她,她还对着你瞧。"

这时韩木林掏出了《毛主席语录》,翻开早就准备好的一段,对吴为说:"念吧,好好念念这一段儿。"

这下吴为不干了,她怎么能把毛主席语录拖进这种荒唐!

人们更愤怒了,"念,念!"他们站在冬天的冷风里,耐心等着。

不论人们怎么喊口号,或是辱骂,吴为就是不念,直到他们的手脚冻得发麻才渐渐散去。

露天批斗会后,只要吴为一出门,胡同里的人就在她身后啐唾沫,或扔石头子儿砸她。不但叫她"破鞋",更有甚者,还脱下鞋来甩她,真是比霍桑的《红字》更"红字"。

越是这样,吴为越是逼着自己放慢脚步,她要"好汉做事好汉当",不能在公众的审判面前临阵脱逃。

她一面挨着那些砸在背上的破鞋一面想:人们真还能找得出这许多破鞋,可能胡同里有人发动过一场找破鞋的运动,家家户户把能找到的、穿破的鞋都搜罗出来了……

事实上吴为对自己比谁都残酷。有多少次她含着眼泪,低声重复着"婊子""破鞋"这些字眼,甚至这样大声地称呼自己,一次又一次体味着这些字眼砸在心上的声音和感觉,一次又一次算计着,是不是能顶上一些她欠韩木林的债。

这还不算可怕,最可怕的是那些男人,紧跟在身前身后,说些流里流气的话来狎弄她。那些话让她感到好像被人扒了个赤身裸体,摁在当街行淫一样——还不是强奸,强奸至少带有邪恶强暴无邪的性质,终归让人同情,而谁能同情她这样的女人,被人摁在当街行淫呢?

她只能梗着脖子,贴着墙根而行,好像墙边有什么东西可以为她藏起其实已经没有的面皮。

有时真想一逃了之,寄希望于一旦搬离这个胡同,可能就不会有人这样对待她,并不知道那个红色的"A"字烙在她胸脯的同时,也烙进了人们的,尤其是男人的心里,甚至她的至爱——对她始乱终弃者胡秉宸的心里。

她又能逃到哪里去?就算她逃到另一个地方,韩木林还会在那里发动这样一场群众运动。

每天每天,她都得经过那条胡同;每天每天,她都要穿过这样一场枪林弹雨,才能回到有叶莲子和禅月的爱的家。

至于韩木林到吴为所在单位贴她的大字报,也算不得什么。大字报是"文化大革命"时期的日常生活,好比日后人们一出门就"打的"那样。

最喜欢当众调戏她、侮辱她、捉弄她的是食堂里的大师傅,他们的侮辱确实像出苦力者干的那些活儿,一锤子下去,就砸出一个坑⋯⋯

直到多年后,一个男同事竟还轻薄地用手指撩她的下巴。而吴为偏偏不像有些偷过人的女人那样,从此以后任人轻薄,哑巴吃黄连地受着;或撕破了脸皮,从此大开偷戒,正中下怀地发扬光大。

她真不明白一起工作多年的同事怎么下得了这个手,质问道:"你这是干什么?"

"你跟别人睡都睡了,我摸一下都不行?"可却不敢直视她的眼睛。

她挺着腰板,追逐着他的眼睛,一追上就牢牢铆住,"你这样做就太不对了,'文化大革命'的时候,你被冤打成反革命,停发工资,被人专政,关在牢里,那时候谁也不理你,是我母亲照顾着你的老婆和孩子,有我们一口饭吃,就有你老婆和孩子的一口饭吃⋯⋯

后来就是放了出来也没人理你。到了干校,人人都能回北京探亲,你却没有权利享受探亲的机会,是我问你有没有什么东西带给你老婆和儿子,你交给我一个三十多斤的樟木大菜墩。千里迢迢,还要换两次火车,我除了背自己的行李,还得背着你那个三十多斤的大菜墩……那是为什么？因为我不相信你是反革命,因为我想给你和你老婆一点儿同情和安慰。你倒相信我是'破鞋',是个拆烂污的女人！"

说完她就转身离开,可是眼泪簌簌地掉了下来。

还有韩木林的那个同事鄂百灵也来找她。

当时吴为正坐在小板凳上洗衣服,忙忙地起来招呼:"请坐,请坐！"来不及找抹布,用自己的巴掌把凳子擦了又擦。

可是鄂百灵不坐,背着手在她屋子里走来走去,就像在一个不属于任何人的公厕那样,无所顾忌地平蹚过来又平蹚过去。

吴为只好讪讪坐下,仰头看着鄂百灵来回踱步。

鄂百灵脸上的皮肤又细又光,是命好的女人那种脸。这张脸让吴为觉得她的小板凳太矮,洗衣服的大铁盆太破,煤炉子不够暖和,屋子里灰尘太多……

"你也要闹离婚？"鄂百灵不看吴为,而是仰着头把屋子里几扇光秃秃的墙面看了又看,好像墙上挂满了镜子。

"我觉得这个关系再维持下去没什么意思。"

"那你为什么不痛痛快快办手续？"

"我要禅月的抚养权。"

"你要孩子的抚养权?！""孩子"两个字是从嗓子里旋出来的,每个字的尾音都高不可攀地向上回旋,"这就怪了,你既然那么舍不得孩子,干吗把那个私生子给人？"

吴为就明白了鄂百灵到这里来没别的,只是为了对她说这句话。

女人干起女人来,可能比男人干女人下手更狠。

这可能是日后吴为总否认自己是女权主义者的一个原因?

那时候,谁都可以站下来,对着吴为的脸问这个问题。虽然他们和鄂百灵一起早就把这件事的前前后后,吐出来、咽进去地嚼成了渣儿。

直到那时,吴为还不后悔自己的坦诚。她还很清纯,还不够坏,只是觉得人生和她想象的有点不同。

后来才知道,很多人不但和她一样,甚至比她更应该受到惩罚,可是一个个都非常地圣洁着。

当吴为继续成长,有时难免不像白帆与胡秉宸核对杨白泉的"着陆点"那样,歹毒地想起枫丹的"着陆点"。

不知哪位高人给韩木林出的点子,有一阵儿韩木林从外地出差回来,总是先将她的晨尿偷去,在医院做过妊娠反应才与她交欢。

偷尿在技术上是个相当困难的事情,不知道毫无心计的韩木林是怎么完成的。

那时吴为还是一点渣滓也没有的人,放到哪里也是一个不张扬的节妇,根本不在意他的蚍蜉撼树之举,还乐得他被这种证明击得铩羽而归,一点也不觉得这是对女人的奇耻大辱,只说:"你再这么干,我就让你好瞧。"

"这叫什么话?"

"这叫'勿谓言之不预'。"

韩木林也没往心里去,他觉得吴为是个不成熟的女人,就喜欢装疯卖傻说些吓唬人的话。可反过来,吴为也觉得韩木林不是个成熟的男人。

的确,换了胡秉宸,肯定不会让吴为知道偷查她晨尿的事,这可能是吴为总觉得韩木林并不坏的原因。

等到吴为真的出了事,韩木林偏偏没有查出来。

多少次,韩木林费尽心机偷取吴为的晨尿,又不辞辛苦地提溜着一瓶子尿液,送到医院去化验,节骨眼儿上却偏偏来了个万一。要么是医院的化验有问题,要么枫丹根本就是他的孩子……

可是吴为一口咬定,枫丹不是韩木林的孩子,心里还坏坏地想:要真是韩木林的孩子,这份儿报应才叫痛快!

六

世界上的事有一还就有一报。

这就是吴为看完那封信之后,两眼呆望窗外那片混浊的天空时想到的。

吴为知道这封信早晚要来。

现在它终于来了,在她已经不太在乎人们知道她有一个私生子的时候。

也正是在她所预料的、差不多的时候。

枫丹,吴为念着这个陌生的、十几年毫不相干,实际上又紧贴着她的、形影不离、没有一日忘记过的名字。

枫丹还站在门廊的暗影里,吴为就觉得她非常像自己,比禅月还像——不过只是形式上的,也一眼看出底层社会给枫丹的烙印。为此,吴为的心又愧疚地一缩。

尽管在这一场人间悲剧中,本不应该有观众,吴为和枫丹还是把她们攒了多年,单等这个时刻一泻的眼泪流泻出来。那眼泪来得十分急骤,如狂风暴雨,但煞得也像来时一样急骤——

也许在社会的挤压中,她们已经历练出一副铁石心肠;

也许因为一旁坐着胡秉宸;

也许因为吴为不知道怎么办才好……人生的根本经验在于恰如其分,而吴为恰恰在不该抑制的时候抑制,该抑制的时候又发泄得淋漓尽致。

胡秉宸可能是好意,怕吴为上当受骗。谁都可以骗吴为,在没了解清楚之前,他得在旁助她一臂之力。同时也不想放过这个了解吴为过去的机会,尽管在与胡秉宸热恋时,吴为对自己的过去已交代得一清二楚。

他不是不相信吴为,也不完全是为了刺探吴为过去的奸情,而是经验使然——无论什么,都以亲自掌握为好。

枫丹带来了自己的照片,也许想用这些照片来填补她们之间的空白。

有几张差不多是半裸的,或用换头术的办法,将自己的头像安在模特儿的照片上。

照片上的枫丹和眼前的很不一样。如果不仔细看,眼前的枫丹还是一个甜丝丝的小女孩,而看过照片,再回头看眼前的枫丹,就发现这个甜丝丝的小女孩,已是在社会上真真假假周旋过的成熟女人了。真是太早、太早了。

这自然也是自己的过错,还不是她亲手把枫丹扔了出去!

"私生子"这三个字,本就是一种宿命的暗示。

"私生子"意味着生命伊始就被扔进了没有一丝光亮的野地,只有一星鬼火在闪闪烁烁。"私生子"们非得跟着那一星闪闪烁烁的鬼火走到底不可,走进这个社会为私生子准备的那座地狱。

地狱大门上镌刻着这样一句话:你,私生子,是你们淫荡无耻的母亲,将你们送入了这个地狱,因此你们注定要遭受世人的唾弃,只有少数幸运者才可以逃出这个劫数。

…………

在她们终于把彼此几十年不着边际的空白接上之后,枫丹说:"让我看看姐姐的照片好吗?"

这是一个比较,枫丹早就想要在这个比较中了解作为吴为的私生子和一直跟随在吴为身边享有母爱的另一个有什么不同。

社会给一个私生子的伤害枫丹早已熟知,现在她要探知的是吴为给她的另一种伤害。

这才是让枫丹伤心断肠的时刻。

照片上,吴为和禅月相依着,心有灵犀的样子。在罗马,在巴黎,在维也纳……在世界上的一切好地方。

她们的脸上,有种从苦海挣扎出来到达彼岸后的宁静。尽管这宁静像烧伤者刚刚长出的嫩皮,一时还遮不住皮下痉挛变形的肌肉。

这一切偏偏没有她的份儿——既没有分享这份宁静的份儿,也没有分享那痉挛之痛的份儿。

而那个可以称作姐姐的人,用不着刻意装扮,一眼就能看出是长期生活在西方,又必定是有学养的、上等人家出身。

养父养母待她虽然如同己出,把一个小户人家的小日子所能给她的满足,一分不剩地给了她,可是一看他们的举止,一听他们说话的腔调,就知道他们是大杂院里的人。

就是眼前这个可以叫妈又不能叫妈的女人,不顾一切地把她扔进了那个大杂院,让她费尽心机,怎么抠哧也抠哧不掉那个大杂院的烙印。

就是这个女人,把私生子那不名誉的身份给了她,使她从小就备受世人歧视,她所有的不遂心、不满意全是她的赠与。

正因为狠心扔了她,这女人才得以功成名就,她们如今的好日子,难道不是牺牲她来换取的?

…………

换了任何一个大杂院出来的女孩,都会毫不迟疑地把这些话,吐在吴为那作家的、文雅的、有教养的假面上。可枫丹不会,无论如何,她是吴为生的。

她是吴为生的。

有那么一会儿,枫丹又像回到五六岁,相信自己就是养母所生那样天真了一会儿。

有那么一刹那,枫丹真有了那么点依恋的感觉,可是很快就闪过去了。

那句话吴为说了好几遍:"要是你有困难,我可以每个月给你一百块钱……"

听起来就好像给她一千、一万那样隆重,还是有条件的"要是你有困难",还是"我可以",而不是"我一定"。

吴为以为"要是你有困难,我可以每个月给你一百块钱",就能补偿她的罪过吗?亏她说得出口!对她那成千上万的稿费来说,一百块钱值得一提吗?

枫丹当然不知道,吴为的月工资不过三百多元,还要支持两个家。

吴为当然不知道,枫丹的收入已是中产阶级,如果她知道,还会说出这寒碜的一百块吗?

吴为也没有像枫丹想象的那样,作为一个行为不端的女人,将私生子抛弃多年又终于见到时,抽风,下跪,昏厥,悲痛欲绝,心脏停跳……而是稳稳坐在沙发上,流几行迟迟疑疑的泪——就连这几行泪,可能也是计划之外的。

她的老丈夫也坐在一旁,拐弯抹角地问这问那,以验证她是否冒牌。

她的家具也很寒碜,穿着也很普通……本以为如此辉煌的吴为,该是何等完美!

如果一直不见吴为,也许她还有点让人琢磨的地方,现在枫丹很有些失望。

送枫丹离开时,吴为问道:"你去找过你的生父吗?"

"没有。"

"你不打算去找找他吗?"

没回答。

"那么我能不能知道,你找我的原因?"

"有那么一点儿血缘上的原因,也因为你是一个名人。"

非常率真。

亏心的吴为有时也想关心一下枫丹的生活,试着给她换来换去的地址打个电话,先是一个男人的声音,说:"枫丹你的电话。"

然后听见枫丹问:"谁呀?"

那种声音让吴为觉得自己很不礼貌,好像窥测了不该窥测的他人生活。

得知叶莲子过世的消息,枫丹也曾写信给吴为——

吴为:

刚刚听到姥姥故去的消息,想你心情一定很怆然,又得知你得了很重的病,我便有些不知怎么办才好。极想去看看你,为你做点能做的事,但是想来想去,怕你仍然不希望见到我。所以还是决定写信,权且把它算做我的一份挂念吧。

有时候,我觉得活着真是无可奈何的,那么多无从意料的事情,说来就来,逃也逃不过。八八年,我曾经历了最绝望的事,就是我老母的死。我清楚地记得那天早晨,我被带到太平间,看着她从冷冻箱里推出来,我用从家里带来的温水最后擦了擦她的手和脸,送到八宝山火化,然后我们把她装进那个小盒子……在我想她的时候,常常出现这一幕。我想,无论我们在这个世上是一个什么样的人,做过什么样的事,奔奔波波,悲悲乐乐,最后,都会被烧成灰,放进一个小盒子里。小盒子放在一屋子同样的小盒子中间,你不知道你周围的人对你好不好,他是善良还是不善良。

我知道你想起姥姥会多难过,人这一生,谁能像母亲对我们那样好呢?但是你如果想她,别老想姥姥这一辈子受了多少苦,你不妨想想那些好过的日子,想一想姥姥看着你写出了一本又一本的书,姥姥看到了你的成就。我不知道怎么说,可是我真的希望你活得好好的,我不怀疑,人活到一定的境界,一定是能用较为超脱的心态面对世事了吧!

不觉要提起我去找你的那年,至今还有点后悔,那时仍是一个心智尚未健全的孩子,而想到你每次都能善待我,心里也温暖过一阵。我还记得你给我做过一条鱼,还有我爱吃的汤圆,你说是特地跑到东单去买的。我给你带去一大堆很烂的照片,想起来脸红。我也送过你两本小孩子才看的书,我想你一定特别看不上。

今年我已经二十七岁了,可以说,我是真的明白自己是怎么回事了。我一直工作着,很有责任感,人际关系也很好,同事间不是离得那么远。

我想告诉你,我们不是陌生人,即使你永远不想再见到我,我仍然是你的女儿,我心里怀揣着对你的爱,我不知道为什么,就是这样!

今年我去度假,中途路过一个寺庙,我在庙里烧了香,我想到了你,觉得应该替你许个愿,我不知道灵不灵,我祝你将来的生活里多好运。

写来写去,就让这句话作为这封信的结尾吧,真的,如果你什么都指不上,记住,你还有我。

枫　丹

看完枫丹的信,吴为凄绝地想,她不是不希望见到枫丹,她是没脸见枫丹。枫丹这份爱,她有什么资格坐享其成?

一个女人不管自身有多少缺陷,但作为母亲,应该是个十全十美、无所不能牺牲的人。

既然当初她没有对枫丹尽到母亲的责任,反倒把枫丹扔进不见树木、不见房舍、不见河岸,天连地、地连天的一片茫茫浊水,也就差不多是毁了枫丹的一生,现在,她又有什么资格当一个现成的母亲?!

…………

坐而论道,吴为和枫丹相亲相近,真要建立起骨肉之情,却是梦想。

她们之间隔着太多的创伤、距离和误解,以致她们无法走近对方。

于吴为是隔着对枫丹的罪过,且是无法补偿的罪过。

枫丹所有的不幸,说是应该由她负责,怎么负呢?她再不能给枫丹一个白纸一张的人生,让她和枫丹都从头开始……所以吴为的负责不过是一句空话。

如果世上有什么惩罚,可以切实有效地抹去、改善枫丹因她而致的不幸,吴为愿意以身试之。之后再谈她们的亲情,相信那时她才可以心安理得做枫丹的母亲。

可是没有!

惨就惨在这里,没有!

吴为又如何能够心安理得地面对这个由她残害,而又没有了救赎之道的女儿呢?

于枫丹,对吴为的感情大部分是理论上的,特别是当她在生活中遭遇挫折而又无法诉之于人的时候。然而也正是这样的时候,对吴为的怨怼也油然而生。

她不能不想,作为母亲,吴为没有对她伸过一个指头,呵护过一分一毫。

如果吴为是个默默无闻的普通女人也就罢了,但她知道,吴为不仅在国内,就是在国际上也是有名声有地位的人了。

为什么这一切都有禅月的一份,却没有她这个女儿的一份?她不是更应该得到吴为的补偿?!

得机会就宣扬自己是吴为的私生女,倒不一定是炫耀有这么一个著名的母亲,而是让许久没有什么话题可供人谈论的吴为尴尬一下。

在文坛这个多事、好事之地,除了对胡秉宸那份坚贞的爱情,多少年来让人没有话题可说的吴为,显得太正经了。

难道不就是这个现如今顺顺当当过着上等人日子的吴为,把她一下子扔进了大杂院?又何止是扔进了大杂院啊!难道吴为不该支付她为从大杂院里挣扎出来所付出的艰辛吗?

…………

枫丹看到的，只是吴为熬出苦海的情形。要是让枫丹像禅月那样，和吴为一起在拔不出腿的沼泽里挣扎，感同身受人们给她们的那些凌辱，枫丹受得了吗？

吴为、禅月、叶莲子，也没想到她们能挣扎出来。

要是那时让枫丹选择，是和吴为一起遭人歧视、欺凌，还是跟她的养父养母过宁静的小日子，枫丹会选择哪一种呢？

哪一种都让枫丹无所适从。

凡此种种，都是吴为一手制造的人间悲剧。

第 二 章

一

如果那天吴为不回头,是否就不会有后半生的那场大戏?那么她也就可能逃过那一劫,她的后半生就会是另一个样子。

可惜这样的"如果"是没有的,她那个句号必定由胡秉宸来画上。

二

直到来年秋天,胡秉宸才和吴为接轨。

无论何时,想起这一天,吴为仍然会联想起那个老掉牙的童话《小红帽》,虽然已是另类版本,后面还是万变不离其宗地跟着一只老灰狼。

如果吴为知道厄运已经踩上了她的脚后跟,她还能这样头碰头地顶着秋天的一个朝阳,背着手作逍遥游吗?还能这样心无旁骛,妄图一解既然秋天已经来临,山林里的来风为什么还残留着绿意?……

那是谁?自得其乐,仰面朝天,向山而行,好像在赶回自己的家,而不是去负重劳动。

步伐里有种不寻常的动感,而且走路的样子很像他,背着手,步履轻捷。哪有女人背着手走路的！哪有女人步履竟如男人似的轻捷！胡秉宸不觉加快了脚步,等到距离近些就发现,前面走着的女人,就是那个独自在雪寰中优哉游哉、声名狼藉的吴为。

到了此时,胡秉宸对吴为的所知已不算少,首先在记忆中涌现的却仍是那个雪日的经历。

在这之前,胡秉宸与吴为不是没有过接触。

当时他政治上还没有得到"解放",每日在造反派的监督下劳动改造,又病得很厉害,一面咳着一面埋头扛着一根电线杆前行,极力稳住颤抖的脚步,万万不能让自己在"革命者"面前跌倒。举手擦汗的工夫,见吴为坐在路旁一块石头上,皱着眉头,阴沉地打量着他。当他的目光接触到她的目光时,她很快将眼神闪开,好像担心胡秉宸在她目光中读到什么,比如他看上去多么狼狈之类,而且知道他并不希望人们如此看待。

待到政治"解放",又渐渐恢复了"文化大革命"中失去的一切,下面的干部就常到他这里汇报吴为。有关她放荡不羁的淫秽传闻遍及干校,人们总是用非常猥亵的言词说到她,说到有个男人当街把她揍了一顿,只因她不愿同他恋爱,可是不久之后,又听说她和那个揍她的男人在蚊帐里干了什么勾当。

一个女人一旦到了谁都可以随便揍的地步,怕是连狗都不如了。

又有人说,偏偏农忙时吴为罢工,不肯为农机焊接铧片,原因是要求焊接铧片的人叫了她一声小吴。

"我说过多少次我的名字叫吴为,不叫小吴。谁要是叫我小吴,可别怪我不干活儿。"她说。

"叫小吴有什么关系？"人说。

"我明明三十了,为什么还要装嫩？"

吴为那个班的班长就住在胡秉宸隔壁,班组活动常常在班长宿舍进行。

每天早上或下午政治学习时,她就搬个小板凳坐在班长宿舍外,《毛泽东选集》摊在膝头,对着日出或远处的山峦发愣,并不认真阅读,即便寒冷的冬季也是如此,鼻子冻得通红。

她平时也是独来独往,不像别的女人总喜欢三个一群,五个一堆。难道她们真是那样相亲相爱?

可能她行为不端,人们不屑与她为伍,更可能是她不愿与人为伍。

见到她日日如此学习"毛选",胡秉宸既没批评她也没告诉她的班长,也说不出自己为什么采取这种不闻不问的态度。

有时甚至毫无缘由地走出房间,好像有什么事要办,不过借故看看那个学习"毛选"的吴为。有天早上刚走出房间,食堂那只狗就跑来与他亲热。他弯下腰去拍拍狗头,坐在室外学习"毛选"的吴为冷冷提醒道:"小心,它刚吃过屎。"

他不由得想要幽他一默,并且知道吴为懂得他的幽默,回答说:"难怪它那么高兴。"她果然似笑非笑,很有保留地翘了翘嘴角。

他注意到她嘴角下的两个小酒窝。想,别人的酒窝都在面颊上,她的酒窝却在嘴角下。

天气晴暖的时候,他们班的活动就移到室外,大家坐在一堆原木上政治学习或是开班组会。吴为老是一言不发,坐在最高一根原木上。

有一次开鉴定会,班长挨个儿念了每人的鉴定,吴为的鉴定真是糟糕透了:"政治学习不认真,群众关系不好,生活特殊,劳动表现娇气,要求发放劳保护脚,因无护脚便停止电焊工作,今后仍需加强改造……"

那正是能否结束劳动改造、提前返回北京的关键时刻,这样一份鉴定,算是彻底毁灭了吴为返回北京的希望。

可是电焊条的熔化温度在一千度以上,电焊时掉下的焊渣即使没有一千度也有几百度,脚是肉长的,怎能禁得住那高温的焊渣？即便在工厂,也必须给这个工种的工人发放劳保护脚套。

难怪吴为脚背上老是贴着一块块纱布或橡皮膏,可能都是烫伤。

即便这女人放荡不羁偷人养私生子,但要求劳动保护用品没有错。

吴为什么也没解释,接过鉴定表,当着全班给她做鉴定的那些人,慢吞吞地把那张纸撕了。先撕成一条条,又把一条条撕成一块块,巴掌一扬,那些小纸片就随风散去。胡秉宸从窗里看得很清楚。

全班人马义愤填膺,班长气得脸红脖子粗,下面干部很快就把这个情况汇报给了胡秉宸,他又是什么也没表示,下面的同志也就不好有所动作。

吴为反正回不了北京,这还不够吗？

这女人现在就走在他的前面。

冷眼看去,吴为绝对谈不上蕴藉深远、仪态万方,不过是一种退色的情调。时间长了,才会发现蕴藉深远那一类颜色或神思,浸润点染在她的底色上,笔深笔浅不肯通融,浓妆淡抹总不相宜。

她不论何时都是众矢之的,不论怎样伪装也必然不同。即便一身补了又补的蓝布衣衫,也难掩书卷之气和一身傲然,哪里像个改造对象！

此外这女人有一股中药味。

日后当他们有了肌肤相亲的机会,吴为的枕上果然总有一股中药味。

美国得克萨斯州立大学心理学教授德文达拉·西恩,差不多在二十世纪末才发现,男人在选择与哪些女人调情时有非常敏锐的嗅觉,只要闻一闻,就知道这女人是否处于生殖周期的最高峰,并认为这个时期的女人更具吸引力。

而胡秉宸要比西恩超前许多,他像《闻香识女人》那部电影中的男主角一样,何止闻出女人是否处于生殖周期的最高峰,还可以闻出各种女人的质地。

他认为每个女人都有一股独特的味道,不一定好闻,有的甚至很腥,可是性感,好比吴为那个班组里姓赵的女劳模,好像永远处于生殖周期的最高峰。

如果中国没有一场翻天覆地的变革,胡秉宸可能会像他的先祖那样,风流倜傥,坐拥女人之城,如明代唐寅的那幅仕女吹箫图(不是二十世纪末叶有个叫做陈逸飞的画的那一幅),而现在,他只能对一个发出中药味、一个有着褪色情调的女人发生兴趣喽。

但谁又能说,吴为狼藉的名声对胡秉宸不是更大的吸引?不要以为胡秉宸从里到外都是"宋明理学"。

好比此时,他心中就在暗暗叫道:吴为,吴为,你怎么不回过头来?

不但生活开除了吴为,"革命"也开除了她。"革命"派们互相打斗起来,你是反革命,他是叛徒,天下马上没了一个好人。吴为看不过去,说了一句:"坏人有那么多吗?干部也不能一律打倒。"

一个眼瞅就要被打成反动阶级孝子贤孙的男人,向她杀来一枪,"我们政策水平不高,可我是我妈怀胎十月名正言顺生下来的。"这当然是影射吴为有一个私生子。

不但吴为张口结舌,全场人也都静默下来。幸亏他将人们的注意力引向吴为,否则这个前国民党三青团员马上就面临"革命派"的绞杀。

吴为又怎能不自量力地对"革命"说三道四?这不是自取其辱又是什么!

不要以为人们给了她活下去的机会,就忘了她不能和他人平起平坐的身份。

此后她不再参与"革命",而是站在一旁看别人"革命"或"被革命",反倒逍遥起来。

只要不和人在一起,吴为就觉得自在,甚至变得聪明,所以在大队人马出发的时候,她总能找到落队的理由。革命领导不止一次批评过她,可她仍然没脸没皮,继续落队。

走着走着,就听见有人在后面叫她。

回头看看,一个人也没有,只有那个"解放"了的副部长胡秉宸走在后面。是他在叫她吗?当然不是,估计他也不会知道如她这样一个小职员的名字。

她调转头继续前行,遗憾着不能独自走在这条路上了。

可是吴为在劫难逃。

胡秉宸拿出去大别山送情报的行路速度,很快赶上了吴为,并对她点点头。

很礼贤下士,吴为想。也就点头作答,然后无言地继续前行。

此时的吴为,绝对想不到日后会和这个身材矮小,一副"宋明理学"面孔的男人有什么瓜葛。而且更不自在地想,现在不但不能独自走在这条路上,还得和这个男人并肩而行。

虽然吴为回头看了他一眼,也是非常不经意的一眼,但草帽下眯成一条缝的眼睛,继续无所谓地扫荡着四周。

这女人似乎不善与人共处。就算和人走在一起、说在一起、坐在一起、生活在一起,无非这样不经意地眯着眼睛,肯定也是这样不经意地活着。这种活法,自然会有种种的不合规矩。

如何与女人搭话是难不住胡秉宸的。

一看吴为那张谈不上沉鱼落雁的脸,料定不能从一般女人感兴趣的话题入手,便来个深入基层:"听同志们反映,是你首先发现了那个自杀的反革命?"

如果胡秉宸像当今某些男人那样,只能借鉴地摊上的调情速成读物并开始他的进攻,"请问你用的是什么牌子的香水?"一定会让吴为嗤之以鼻——"你知道多少种香水?你又知道哪一种香水用于哪一种场合？哪一种女人会选用哪一种香水？……"

所幸他问的是反革命自杀，于是这场谈话就不可能半途而废了。

吴为脖子一拧，阴阳怪气地说："可能还不止反映我发现有人自杀吧……前不久他还是红五类，学'毛著'的标兵呢，怎么转眼之间就成了反革命？"

"……这就是'文化大革命'吧。"

她纠正道："应该是'大革文化命'……"想了想又接着说，"毛主席不是说了吗，'要警惕睡在身边的赫鲁晓夫'！非常英明。问题是睡在谁的身边。像我们这种人，谁睡在身边都无所谓，要是毛主席身边睡了个'赫鲁晓夫'，麻烦就大了。"

千万不可把吴为这一通发泄看做是对政治的悟性，她只不过喜欢对"正经"事反其道而行之，对"正经"话反其意而用之，即便有点意思，也是歪打正着。

最后她还较真地反问："您真觉得他是反革命吗？"

胡秉宸吓了一跳。他原不过是找个话题，也以为她会像所有人那样，说一句"这是自绝于人民"也就完了，没想到是一副不肯善罢甘休的架势，而且惊世骇俗，暗藏杀机。这让刚刚获得政治自由的胡秉宸心惊，可又与他的许多想法不谋而合。

而且她说"您"。有多少年胡秉宸没有听过"您"了，革命队伍里不说"您"。

胡秉宸是压抑的，在机关里不能讲真话，在家里也不能随便说话，与白帆谈话就像是在党小组会议上的发言。

曾与白帆谈到庐山会议上的问题，她竟劝诫道："同志，我觉得你现在的思想很危险。也许解放后你工作有所成效，渐渐滋长了自满情绪？"脸上是一副六亲不认的周正。

何止解放后工作有所成效，难道解放前他的工作就没有成效？可是胡秉宸不能对白帆这样说。

这样的话只能让未来留给吴为。

多年后,吴为对他说:"不论怎么说,你在你那个阶层里,还是最优秀的一个。"

胡秉宸终于可以随心所欲地从鼻子里"哧"出一个当仁不让,并且倨傲地说:"何止我这个阶层?"可是他那时已然忘记,从与白帆的谨言慎行到与吴为畅所欲言之间的沧海桑田了。

等到白帆越来越"社论化",越来越像他的党小组长后,即便睡到半夜,身体的某一部分不安分起来,伸手就摸到解决问题的白帆,也不再和白帆交流,只是闷声操练。多少次让白帆感到意犹未尽,声嘶力竭地让他"顶住,顶住!"他本可以像他们同居初期那样,两人豁出命去,求得生死与共的酣畅,可现在,白帆越让他"顶住",他越是到点就放闸,似乎存心闪她一下,心中还暗暗对白帆笑道:哪个人敢调戏社论,又怎敢操社论呢?不是说"一句顶一万句"吗?你总能在那一万句里找到解决"顶住"的办法。

其实,只要白帆说一句自己的话而不是社论上的话,胡秉宸都可以把这件事干得有声有色。可是白帆偏不,一旦从他身下抽身而去,就翻脸不认人地对他说:"抓紧时间休整一下,明天还要工作呢。"好像刚才忘形大呼,让他"顶住,顶住"的不是她,而是党小组长暂时脱了一下裤子。

而一旦下了床,胡秉宸自然也不再是白帆的丈夫,而是她的部长。

就是胡秉宸哪天情绪不错,和白帆开个玩笑,也会被她解释得面目全非。

如此,下了班还留在办公室工作,就不仅仅是"全心全意为人民服务"了。

胡秉宸官复原职后,时逢一九七五年东欧某国政府代表团访华,人民大会堂宴会厅举行招待宴会。胡秉宸就座于第三桌主位,同桌还有几个部级干部,其中有位江青的 boyfriend。对方是计划委员会主任,带领三位局级干部。

该国是毛泽东钦定的修正主义,又长期没有接触,彼此都不知说什么为好。虽是"文化大革命"后期,胡秉宸也不便说什么,很尴尬,只好没话找话。

对方有位女客指着桌上的花问:"这是什么花?"

胡秉宸说:"假花。"便乖巧地拿了几朵放在她的面前。在对付女人方面,再没有比胡秉宸更得体的男人了。

又有客人问江青的 boyfriend:"你们中国的义务教育是几年?"

boyfriend 回答说:"我们是一边练功一边学习。"

客人们愕然相对。

胡秉宸一看要惹祸,就对 boyfriend 说:"人家问的是我们的义务教育是几年,你要是知道就告诉他。"

其他几位部级干部想笑又不敢笑,只好含糊过去。

他后来对白帆说:"要是一个人哪儿都找不到一个讲真话的地方,非发疯不可。"

前不久白帆来干校探亲。看看已是"文化大革命"后期,胡秉宸早已幡然醒悟,想到全党全民命运系于一人之身,如果这个人身体或指导思想有问题,后果就太可怕了,还有那位旗手的问题,便对白帆说:"这个问题恐怕要等到毛之后才能解决了。"

白帆说:"你居然说出这种话,思想太有问题了!"然后沉默不语,想着是否应该把胡秉宸这些思想向组织汇报,以挽救胡秉宸于一旦。

白帆想些什么,胡秉宸一清二楚,不管工作关系还是夫妻关系,几十年他们没有白白日夜厮守。这个共同生活了几十年的女人,与他哪里有一点相似之处?

要不是胡秉宸连哄带骗,非惹出大祸不可。

其实胡秉宸把自己估计过高了,他和白帆不同的只是皮毛,越接近底线,他们之间的差距越小。在奠定他们人生观的关键时期,他们喝的是同一口水,吃的是同一种粮。不过完全推诿到同一口水、同一种粮似乎也不全面,还有个吸收问题,再说各人的吸收能力也未必相同。说到底,胡秉宸还是个"不忘朝市"之人,这一点也许和吸收的营养有关,也许天性如此。

不过眼下这个吴为又太肆无忌惮,怎么能随便对一个不知底细的人说这样的话?闹不好就可能掉脑袋。她果真轻浮得可以。

胡秉宸就收起自己的轻薄,小心谨慎以防被吴为抓到什么政治把柄,却忘记防范不要掉入别一种陷阱。

如果胡秉宸保持以往的冷静,就可能从这些细节上发现吴为不肯随便玩玩的脾性以及浑不吝的秉性,不如趁早收兵,那么他以后的日子也就会平安无事。

可是他小看了吴为的偏执,偏偏自己又余兴未尽。

去田里割稻子的路上,他们就一路天南地北地唱和下来。

三

由于一同到达劳动地点,自然就落到一块地里干活。

割秋天最后的稻子。

吴为长腿一叉,八行稻子就跨在了她的胯下。胡秉宸毕竟上了年纪,又没有多少体力劳动的经验,跨了六行就很勉强。

另一旁就是那个姓赵的女人,干校有名的女劳模,自然也是一跨八行,把他夹在了当中。

镰刀一开,刷,刷,刷,刷,吴为就把他胯下的六行搂过去一行,变成了五行。

女劳模也搂过去一行,他就剩下了四行。

虽然只剩下四行稻子,也得努力才行,瞟着吴为的脚跟紧往前赶。

吴为腰太细,脚踝也细,人又高,身高上就不占优势,至少比女劳模弯度大出许多,这样的体形只适合竞技项目。可她居然并不落后,暗中较着劲,好像存心要做些使他这位在各种会议上颁发嘉奖状的干校校长以及被他嘉奖的女劳模尴尬的事情。

女劳模确是各方楷模,被评选为名目繁多的优秀分子,常在各种大会上作活学活用报告,揭发批判各个时期的反革命。

胡秉宸在这方面很有些经验了,任何时候都能拔头筹的人,就难免让人想一想。不过他照常在各种大会上为这样的人鼓掌,念嘉奖这些人的讲话稿。

一条蚂蟥爬上了吴为的腿,又一条。蚂蟥不吃他,也不吃女劳模,偏偏吃吴为。很快,那两条蚂蟥就从饥馑的"贫下中农"变成滚瓜溜圆的"地主"。

难道吴为没有感到有蚂蟥在腿上吸血?可她就是不肯停下手来把蚂蟥从腿上打掉。她不能停手,她与女劳模的差距不过两三行,最后终于抢先半分钟到达地头。

她这才直起身来,拍打腿上的蚂蟥。轻轻一拍,蚂蟥们就懒懒地掉在地上,它们实在吃得太饱。鲜血从蚂蟥叮咬过的嘴眼流出,在吴为的泥腿上划出弯弯曲曲的红线。

工间休息时,女劳模就像可以淋到每个男人头上的雨,让那个男人给磨一下镰刀,往这个男人肩上轻捶一拳。那一推、一搡、一靠的巧劲儿,哪个男人不酥了骨头?谁能说那些先进榜与此不无关系?

女人真是得天独厚,就是延安时期,女人也比男人"少花钱多办事",不知她们还不知足地闹什么"女权主义"。倒是男人,该不该闹点"男权主义"?

人们对这种女人偏偏没有戒备,不但没有戒备,还会觉得安全保险。可是和吴为在屋子里谈个话试试,保证有人在窗外探头探脑。

突然女劳模高呼一声:"嘿,同志们唱个歌怎么样?"

"行啊,你带个头儿。"于是女劳模就起了个头,"起来,饥寒交迫的奴隶……"

在这种场合下唱这种歌?不过胡秉宸还是跟着大家唱了起来。吴为不唱,抬着头眯着眼睛看天,看云。

好端端的阳光灿烂,突然就密布阴云。

重又开始割稻时,吴为对胡秉宸说:"您的每个音符都不准,不是升了半个音,就是降了半个音。"

"这么说,还是对了一半儿,该给六十分?"一旦与吴为对话,胡秉宸就情不自禁地诙谐起来。

"不,只能是零分。您大概不知道您是音盲吧?"

回去的路上,胡秉宸清醒了,有意不与吴为同行。他犯不上为了那股中药味、那点政治上的宣泄以及那个"您",招致群众的"看法"。

割稻之后,吴为发现老与胡秉宸照面。

如果说她在室外阅读"毛选"时,隔壁的胡秉宸过来搭个茬儿还不为奇的话,那么他像影子似的,无时无刻、无声无息地跟在身后的情况,就着实让她有些恐惧。

最吓人的一次是晚上她独自徜徉在通往小镇的大路上,天光下,路面上一条好端端的木棍突然立了起来,原来是条蛇!吓得她往后一跳。

虽然吓了一跳,还不至于惊叫起来。可这一跳正好跳在后面一个软软的物件上,这比那条蛇还可怕地让吴为惊叫起来。

回头一看是胡秉宸,原来她这一跳之后,撞到了胡秉宸身上。

胡秉宸说:"对不起。"

怎么会这么近!

他一直在跟踪她,还是偶然?

连胡秉宸也发觉他们碰面的机会是不是太多了。休息日,胡秉宸常常在山野里走来走去,觉得是一种很好的休息。上个休息日到一条很远的河去,远远听到有人哭得好不凄怆。会不会是干校的人？此人会不会寻短见？便循声而去,等到走近才发现是歌声,真是长歌当哭了。

于是在离河滩不远的梨树下站住,不知怎么就知道,躺在梨树下的那个歌者,定是吴为。

他不禁心头一悸,她有什么苦处吗？这样的女人居然会有痛苦？

河边,梨树,歌声,孤男,寡女……真不是个好场景,赶快反身回走。晚秋的太阳晒得他的背好暖好暖,吴为的歌声却又阴又冷,那是什么歌呢？当然不是语录歌,也不像中国歌曲。

那一天,胡秉宸的耳边不断响起那凄怆如泣的歌声。

这是个什么样的女人呢？平时见她走路,脸子都快仰到天上去了。难怪人们要整治她,若不整治还不知会怎样,可她却躲到那么远的河边去唱。

胡秉宸盼上了早上或下午的政治学习;盼上了那个坐在室外,拿着一本"毛选"对着远山发愣的吴为。

有时更拿了几行传抄的诗句去搭茬儿:"你觉得这是陈毅写的诗吗？"

胡秉宸真是用了心,字体是他难得一见的工整。吴为反复琢磨胡秉宸抄在纸上的诗句——

二十年来是与非,一身系得几安危？
浩歌归去天连海,鸦噪夕阳任鼓吹。

南国风云二十年,一头须向国门悬。
后死诸君多努力,捷报飞来当纸钱。

胡秉宸却打量着低头读诗的吴为。她的头发很浓,中间那条发缝白得让他心跳。

吴为随即在"一头须向国门悬"下面画了一笔,显然是欣赏的意思;又在"一身系得几安危"的"一"字上画了一个圈,认真说道:"用字重复……倒是像他的性格。可他会写诗吗?哪儿抄来的?"

胡秉宸没有继续求证是不是陈毅写的诗,却缓缓地说:"有人问曹禺为什么不写东西了,曹禺说:'写什么呢?'……《王昭君》是失败的,奉命嘛,命题作文总是不好写的……他应该有勇气写点儿什么。抗战期间他写过一个很好的剧本,说的是国民党一个伤兵医院,自院长而下腐败透顶,有位女大夫是个正面人物,来了个马专员,大力整顿,把院长撤了职,医院才面目一新,在暴露国民党腐败这个问题上很受观众欢迎。这个戏解放战争期间还在上演,后来却被说成是'为国民党涂脂抹粉',从曹禺的作品中消失了。如果不谈这些时代背景,只是就戏论戏,真是个好剧本,当时演出的剧团也是进步剧团,女主角由舒绣文扮演……我实在为曹禺可惜,他的才华没能全部发挥出来。他应该有勇气,为什么没有呢?只要不离谱儿就行了嘛!我老认为老舍《茶馆》里三个老人扔纸钱的结尾,是'曹禺式'的结尾,也许是曹禺给老舍出的主意,或者至少是受了曹禺的影响。真希望曹禺再给中国留下几个经典剧本。"

吴为说:"什么叫'不离谱儿'?不离谱儿还能写出您所谓的经典剧本吗?"

一副与胡秉宸没的可说的姿态。

一看话不投机,胡秉宸及时调整了话题:"小时候读冰心的文章,可能是《寄小读者》吧,老记着那个在海边骑着一匹白马的小姑娘,这个形象好像凝固在脑子里了。十几岁又读了意大利人写的《爱的教育》,一个孩子为从马车底下救出一个更小的孩子轧断了腿,他的同学又如何帮助他去学校……当时老想,什么时候我也能牺牲自己,去救一个更小的孩子……"

吴为这才不说怪话,开始认真听他说。

日后,随着他们关系的深入,胡秉宸将不断发现,吴为与他的一些趣味竟那样相似——不过相似而已。

胡秉宸不能停顿,一停顿就很难继续这个谈话,也很难保存这种谈话的质地。他不能一再重复这种走近她的机会,吴为不觉得奇怪才叫见鬼。

而且这是一个多么合适的场合。大庭广众之下,吴为的膝头还摊放着一本"毛选",绝对不会有人另作他想,便不慌不忙侃侃而谈:"就说林黛玉,怎么不可以有个林黛玉?而且没有林黛玉就没有《红楼梦》,为什么要用大抹子把一切都抹平?连主席都肯定了《红楼梦》嘛!不要把每个作品都样板化,否则就不能丰富多彩。京剧还得有各个流派,大名旦四个,小名旦还有四个……

"Dickens 的陈腐的阶级观点和大团圆结尾让人厌烦,但文字是美的。我大学一年级读的英文课本就是原文版的《大卫·科波菲尔》。"

刚才还打算认真听个仔细的吴为,说话就是东边日出西边雨,又开始一脸狐疑地看着胡秉宸。他说的都是什么?东一榔头西一棒子,像个杂货铺,不知专营什么买卖。是不是有点急于表现自己?又为什么要表现自己?

"您是不是觉得,狄更斯应该先学习学习马克思的阶级观点?"她拍拍摊在膝上的"毛选"说道。

吴为的刁钻此时已见端倪,如果胡秉宸早有所悟,将来也就不会悔青了肠子喝道:"你这个刁钻的女人!"此时千不该万不该把吴为的刁钻当有趣,大人不见小人怪地接着说:"……我想起牛津,古老风味儿十足,还有莎士比亚住过的那条小街也是如此。"然后转身回到隔壁的屋子里去,留下吴为继续对着远山发愣,百思不得其解:胡秉宸今天怎么一反平日的矜持,话多得出奇?

回到屋里,胡秉宸对自己大发其火。

吴为不是不明白胡秉宸这些姿态传递的是什么信息。像她这样一个自小就读《白雪公主》以及各类西方文学的人,怎么能不懂得男女间的那些密码?

她只是怕了男人,既怕与哪个男人坠入爱河,更怕和哪个男人谈婚论嫁。

不是没有男人对吴为感兴趣,但无法让她相信那是真爱。其实验证起来并不复杂,只要不让他们切入主题,马上拿她的前科说话。

那些男人不过耍她而已!

像她这样有过前科的女人,还奢望什么男人的真情实意!

可惜正大光明的"随便玩玩"一说,一九四九年后不但转入地下,而且至少七十年代之前,只能潜伏在某些老奸巨猾男人的内里,女人就更不可能搭乘这趟车。

如果条件像二十世纪末那样宽松,吴为何不可陪着他们玩上一把?

但她从来不是随便玩玩的人,那些随便玩玩的人,哪个会玩出一个私生子来!

别忘了吴为毕竟是顾秋水的女儿,别忘了顾秋水当年怎样轻易就将自己的一生交代给了包天剑!

恰恰相反,吴为不投入则已,一投入就是不知进退,有去无回。那真是将身家性命都押上去的豪赌,直到赔光输净才会回头,而不像有些女人,一旦发现没有赚头拨马便走。她那输光当尽的下场,实在怨不得他人。

而且爱好文学的吴为,早就显出创作的倾向,不但喜欢创作故事,也喜欢创作男人。

她总是把男人的职业与他们本人混为一谈,把会唱两句歌,叫做歌唱家的那种人,当做音乐;把写了那么几笔,甚至出版了几本书,叫做作家的那种人,当做文学。见到与文字沾点边的人,也就以为遭遇了文学,便热情澎湃地扑将上去,还以为自己是委身文学,"文学"也就何乐而不为地接受了她。过后再读契诃夫的《宝贝》,只好会心一笑。

因此她也把干过革命、到过革命根据地的那种人,当做革命……她后来对胡秉宸的迷恋,和胡秉宸的革命经历有很大关系。岂不知大部分情况下,会唱两句歌和音乐根本不是一回事。

同样,会写两笔甚至出版了很多书的人,和文学也不是一回事。就像那个会写两笔又出版了几本书的吴为,谁又能肯定说她与文学有关?

…………

吴为既热爱革命,又热爱音乐,还热爱文学,综观她这一生所选择的男人,差不多都和这种爱屋及乌的情结有关。《尚书大传·大战篇》有"爱人者,兼其屋上之乌",于她则是"爱乌者,兼其屋下之人",或双相通用。

她的热爱要是再多,怎么是好?那么她这一生更是非常、非常的热闹而且麻烦了。

所幸她热爱绘画的时候,已近日暮途穷。

…………

不过这种无可救药的女人,哪个时代都有。

直到冒天下之大不韪,为文学生了一个私生子,并遭天谴人怒之后才知道,"相似号"不是"等号",才知道不能轻许,才开始自我放逐。

而多年的羞辱也为吴为的敏感优柔穿上了坚而冷的盔甲,她能不如此脆弱又如此坚硬吗?

再说,这个博大精深、十足贯通宋明理学"无言笑"的男人,怎么可能对她有非分之想!

四

"文化大革命"如斗形龙卷风,裹挟许多生命,陀螺般地旋转而去。如果只留意它锥形的长尾,为人间留下的不过是个下流无耻的回味。

风过处,却是哀鸿遍野,万树凋零,这才是龙卷风的用意所在。

一盘残棋下到这里,就是不断有人调回北京,也陆续有人被分配出去。

吴为自然是被遗忘的角落。她早已习惯被遗忘,觉得这个地位不错。

干校里的人越来越少,也不赶着人们下地干活了。

于是吴为身背一把砍刀,型号和那个所谓反革命分子用于自杀的那把一样,独自爬上渺无人迹的深山。她时而陷身青云暗雾,时而倾听奇禽啼鸣于幽林深处。当地老乡说山中常有豺狼出没,她却从来没有遇到过,连蛇也没有看到过,也许蛇们只是绕在树上将她窥视,并不游下树来与她为难。她难免猜想,那夜在小镇路上遇到的蛇,是否有意帮胡秉宸一把?

漫山都是毛竹,吴为却非要爬到山顶,砍一根七八十斤重的巨竹背下山来。这样一来,不是可以消磨一个整天?

下得山来,将毛竹截锯为一米多的长段,用砍刀劈成细条,再用瓦片刮润,做了门帘送人。

或在成堆废弃不用的木头中,拣些硬木块到车间加工小玩意儿,台灯座或是小水桶,然后用水彩在上面随意乱画,再涂一层清漆。

哪一桩是女人玩的活儿!可是,车床、砍刀、锯子、锉子,她样样玩得得心应手。

除了机油味、破车床、东一堆西一堆成形不成形的加工件,车间里什么也没有,真让人不能相信这里曾是心术角斗的沸腾场地。

吴为游走在这些破东烂西中,不是开怀坏笑就是嗷嗷怪叫,偏偏不作哈姆雷特式的严肃思考,不知这是否为她日后成为作家的一个缘由?

那天,又是如此这般在车间里翻江倒海,然后又上车床车一个螺钉,一手摇着进刀的手柄,一手拿着油壶往加工件上喷射冷却油降温,冷不丁听见背后有人说:"带水枪的女工。"

就像那个晚上在路上看到那一条蛇,猛然往后一跳,踩上一个软软的物件那样,又是一个惊恐。

回头一看,又是胡秉宸。

调过头来继续干活,心里一慌,进刀猛了,眼看螺纹车坏了,可她还是装模作样继续车下去。等胡秉宸转身走开才停下床子,把那个废螺钉从夹具上取下,拿着那个废螺钉好一阵发呆。方才还能翻江倒海的吴为,转眼就变成一只瘪了的轮胎。

似乎有一只蚊子在很远处飞,越飞越近,到了近处才知道那不是蚊子振翅,而是一种不祥的声音。她伸出双手,妄图挡住那不祥之兆,可是它们比她的手臂有力,不容抗拒地向她渐渐逼近。

天色已暗,她拿起抹布擦了擦满是机油的手,出了车间。

有星星冷锋在她脸上交错相击,抬头一看,雪片如席。冬天已经过去,春天就要来临,可是这场春雪比冬雪还大,地上积雪足有一尺多厚。

树枝被积雪压得咔咔轻响,有些细枝还断裂下来。什么都听得清清楚楚,何止细枝的断裂声,连自己的呼吸也听得清清楚楚,心情也就好了起来。

积雪没过了吴为的脚踝,她一面数着自己的脚印一面前行,雪片边落边融,将她的头发湿贴在额上,凉丝丝地爽,毕竟是春雪了。

可是,绝非一人独处的感觉向她袭来,转身缓缓四顾,天色苍暗,漠漠飞雪,如烟如梦,是焉非焉的一个胡秉宸,靠着一棵树站在雪地里。

难道在等她?帽子和身上的积雪,说明他已在雪地站了不少时间。

吴为脸上那点本就不多的笑意变成了严酷。

胡秉宸的确在等吴为。刚才到车间巡视,还没进门之前就想,要是能看见吴为就好了,一旦看到她,胡秉宸兴奋得简直有点莫名其妙,否则怎么会说出"带水枪的女工"那样明目张胆的调笑之词。

胡秉宸对吴为的调笑绝对始于性,哪个男人听了有关一个女人的那样传言,不往性上靠?可不知什么时候起,渐渐变成对她气质、素养、清雅外形的倾慕。

多少次胡秉宸在车间外面窥视吴为,越来越发现她不像一个淫荡的女人,就连对"带水枪的女工"也浑然不觉。换了另一个女人,比如那位女劳模,就完全可以体味个中滋味。

这女人可真是个谜,她到底是聪明还是糊涂?是单纯还是放荡?……

胡秉宸毕竟是胡秉宸,男人也毕竟是男人,将来他对吴为的兴趣还会回归为性,不过现在正缓慢地进入认识的第二阶段。

胡秉宸那个站立的姿态,让吴为的心隐隐一动,就像接上了阴阳两个电极。

那不祥的声音又靠近了。

胡秉宸让她渐渐放松了对男人的戒备……原来她是怕自己对他好感有加。

望着吴为在雪中渐渐模糊的身影,胡秉宸相当失望。难道她没有看出他等在这里,只是为了再看她一眼,很有节制的一眼?只是为了再打个照面,说几句"多好的雪"之类不热不冷的话?

似乎并不因为她是女人。

仅仅想和她说几句不热不冷的话吗?

实在又因为她是女人。

这个与已然中止的旧日生活似乎有着千丝万缕关联的女人哪!

这让他想起旧时家园点着的一盏灯;

一幅有些破损却还挂在老地方的画;

一瓶被人忘记也就没有被喝掉,所以才会陈年的老酒;

一部不知遗忘在哪里,就再也找不到的书……

他笑了笑,渺然而无稽。

可吴为一句话没说就过去了,生怕他会和她怎样似的。

怎样?

就像中了邪,一个可怕的念头突然渗入胡秉宸的脑子,"早晚有一天,我非把这个女人搞到手不可!"

怎么搞?

哪一天?

"早晚有一天,我非把这个女人搞到手不可!"好像一种赌气,一个较量。与什么较量?他也说不清楚,也许就是和吴为的较量。只有在这个较量中,才能充分挖掘显示他鲜为人知的魅力。

他一直耿耿于怀的是,他那被革命生涯湮没的魅力,始终没有得见天日。与革命队伍里的女同志们是不需要这种较量的,如果他们觉得彼此需要,互相通知一下就行了。可是直觉告诉他,吴为,可能就是那个与他惺惺惜惺惺的人。

他放纵地想着……

放纵一下又何妨?调令已经下来,他很快就要回到北京去,官复原职。干校也要解散,一旦离开干校,离开吴为,他又会像上了笼头的牲口,中规中矩地拉车去了。

让吴为开始对胡秉宸动心的是那一次。

叶莲子来信说禅月高烧,不过现在好了。但是,万一,禅月再有个急病……

要是母亲这样说,那就是情况严重,她感到了孤独无助,希望吴为回去。

怪不得吴为梦见暴风雪、悬崖。不知怎么禅月就掉下了悬崖,她的两只小手紧紧抠着悬崖边上的石头,叫着:"妈妈!——妈妈!——"

吴为拼命往悬崖边上跑,两条腿却陷在深雪里,怎么拔也拔不出,急得声嘶力竭地大喊起来。一下子把自己从梦中喊醒,醒来很久睡不着,听老鼠们在天花板上赛马般地一阵又一阵隆隆跑过,想着母亲独自带着禅月在北京的艰辛日子。

可她怎能调回北京?想想她的那份鉴定,还有她对待鉴定的态度吧!

像她这样的人,即便是有回北京的名额,也不会分配给她。

每天每天,只能看着人们一个个兴高采烈乘车离去。

想到叶莲子的困难,真是忧心忡忡,从车间回宿舍的路上,迎面碰上胡秉宸,没头没脑地对她说了一句:"高兴起来,吴为同志。"

她没有回答也没有停下脚步,匆匆与他擦身而过。

山岚,暮鸦,破碎参差的田地,老树枝上挑着的残阳……一下混沌起来,一派天昏地暗的模样。难道眼睛里有了泪?

多少年了,她的人格早在羞辱的研磨下一厘厘研磨为佝偻,有谁对她说过一句这样的话?

她以为自己早已刀枪不入,却原来还是如此脆弱,却原来还是等着一个骑士向她走来并对她这样说,却原来还没死掉对一个骑士的企盼。

难道胡秉宸知道她的等待?他实在不年轻了,也不英俊高大。

当天晚上吴为做了一个梦,先是和胡秉宸打着伞在淅淅沥沥的雨中散步,接着又梦见胡秉宸参加一个什么晚宴回来,穿一身黑色细毛呢礼服,上衣纽扣敞开着,两只手插在裤袋里,走进她的房间,坐在她的床边。她对胡秉宸说:"讨厌,为什么这么晚才回来?"像一对老夫老妻。

完全是吴为的自作多情。"高兴起来,吴为同志。"不过是胡秉宸没话找话。

五

叶莲子真觉得自己老了,她的疲劳竟变成疼痛,像是躺在荆棘上,那些尖刺缓缓地、深深地刺进身体内部,极细致地布遍了全身。

公共汽车在她还剩两步就赶到的时候,却关上车门开走了。

谁知道下一班车什么时候才能来?

由于体力不支,她的背越弯越厉害。可她不能放下禅月,禅月一直疼得紧,现在刚刚停止呕吐,刚刚在她背上睡去。

禅月被邻居的儿子踢伤了。那男孩本是与妹妹打架,站在楼梯上,飞起一脚就冲妹妹踢去。禅月忙张开胳膊去保护他妹妹。十四五岁、"血气方生"的一脚,全部落实在禅月的胃部。禅月当时就疼得从楼梯上滚下,躺在地上起不来了。

兄妹二人的父母,不但没有对禅月说一声谢谢,连过问一下禅月的伤势也没有,更不要说负担禅月的医药费,他们甚至对两兄妹说:"谁让你们和禅月玩儿的?咱们是什么人家,她们是什么人家?她们一家子都是下贱货,她妈还是破鞋。你们看看,这个院子里的孩子哪个和她玩儿?跟这种孩子在一起玩儿丢不丢人!"

医生说是软组织受了损伤,除了开些止疼药别无他法。禅月还是疼得不行,叶莲子只好带她到远郊一家中医院去做按摩。

叶莲子难得出门,对本市地理环境所知甚少,又上了年纪,腿脚不便,禅月胃部又受了损伤,挤乘公交车的远郊之行,对这一老一少无异于艰难的远征。

途中须多次换乘,路面不好,车身摇晃,禅月本就胃疼,不断的摇晃使受伤的胃以及胃里的食物极为愤怒,便开始造反逆行,禅月却咬着牙不让它们得逞。叶莲子见禅月憋得满头冷汗,不忍地说:"你想吐就吐吧。"

小小的禅月却说:"那样就会把汽车弄脏,多不好。"直到下车,直到找到一处隐蔽的地方,她才将胃里的食物一吐而尽。

中医按摩也不甚见效,禅月仍为剧痛所苦,白天夜晚无法入睡,叶莲子只好背着她在地上走溜儿。

那天吃了大剂量的止疼药才睡着,楼上人家的孩子偏偏在屋子里跳皮筋。叶莲子上楼恳求他们安静一会儿,央告他们:"求求你们了,我们家禅月胃疼得不行,几天几夜也睡不成觉,现在刚刚睡着,请你们别在楼上跳皮筋了好吗?"

那家孩子的父母,不但把叶莲子堵在门口,而且不等她把话说完,砰的一下就关上了门。接着叶莲子听到那孩子在门里编着歌谣边说边唱道:"就跳,就跳——张爸爸,李爸爸,不知谁是禅月她爸爸……"

这些话、这些事,叶莲子从不对吴为说,吴为为那个错误受到的惩罚还少吗?

禅月蠕动了一下,可能睡得不舒服。叶莲子背上有太多的骨头却没多少力气,所以禅月就渐渐下滑。叶莲子屈了屈腿,把禅月往上颠了颠。

她的眼睛往上翻着,透过披到额上的白发,注视着来往的车辆,专心致志等待着下一趟公共汽车。果然就等来一辆,只隔了十分钟的时间,也许二十分钟?到底等了多长时间叶莲子也不知道。

为了给禅月看病,叶莲子毫不犹豫地把跟了她十几年的手表卖了,那是她最后一点值钱的东西,也曾是对她那个"优秀小学教师"的奖励。她不十分看重那荣誉,她看重的是一个从靠查字典起家,以教书糊口的小学教师,变成称职的优秀教师所付出的努力。正像她后来并不十分看重吴为那个作家的头衔,而看重的是吴为从人下人,从人们的脚底下挣扎出来的努力一样。

那条旧俄国毯子也卖了。抗日战争时期,她用那条毯子包着吴为逃日本飞机,那时候也是这么穷,这么累。看来她这一生不会有另外一种生活了。都是命!

六

轮到吴为无奈地找她的顶头上司胡秉宸谈谈回北京的问题时,胡秉宸却公事公办,一点不肯帮忙。用不着考虑,为吴为这样一个女人说话,等待他的会是什么舆论!

谈话过程中,胡秉宸不但屡屡瞟着窗外,身子也尽量往屋角的阴影中缩,好像窗外有人监视,好像吴为不是和他谈公事而是和他偷情。这一来,他那副"宋明理学"上得殿试的面孔,就像了后街引车卖浆者流。

而且没等吴为把困难说完,他就打断说:"好吧,就谈到这儿吧。"生怕吴为求着他什么、影响他什么,又怕沾上点什么,好像她会散布病菌⋯⋯

吴为这时本该看出胡秉宸的问题,可她大事不抓,不去探究胡秉宸那副"宋明理学"面孔为什么转眼就成了引车卖浆者流,而是任性地耍小脾气,一气之下起身就走,还为胡秉宸的自私、虚伪,不像她想象中的那样完美而感到悲哀和惋惜,甚至为自己找胡秉宸解决困难懊悔不已,以为胡秉宸这样对待她,是由于对她的误解。

难道她是想利用胡秉宸对她的那点好感吗?

与胡秉宸谈话之前,吴为曾再三审度,在得到肯定的否定之后,才肯去找领导胡秉宸反映问题。

不找眼下这个惟一的领导又能找谁?哪个人能做得了主!

胡秉宸就要回北京去了。

总该对吴为说一声"再见"吧,可他思量再三,无从下手。不是苦于没有借口,而是苦于如何将吴为吁请帮助时的胡秉宸,向道别的胡秉宸转换。

他每日守在窗前,每日看着吴为从门前小路走过,或从宿舍去车间,或从车间返回宿舍。如果没有这条吴为的必经之路,胡秉宸也许一走了之。谁让吴为每天必得经过他的眼前？许多大事有时正是由这样的小事促成的。

终有一天忍耐不住，见吴为走过，急忙奔出房门。好在阡陌交通，为了不让吴为看出他有意等待，绕了一个大圈，从对面迎着吴为走去。偶然遇到的样子，偶然提到的样子，说："你好，吴为同志，过几天我就要走了。"

即便如此，胡秉宸还是不敢对吴为说一句：你有什么困难需要帮助吗？

吴为翻了他一眼，"您当然应该回去。"没有一点惜别的意思。

"上午收拾行李，还看到你留下的墨宝呢。"他又何苦留下把柄，对她说，他一直珍藏着她画了一笔、圈了一个圈的那张纸？冰雪聪明的吴为，应该领会这就是有意留着的意思吧。

"什么？"她显然忘记了胡秉宸当初与她纠缠的借口。

"你忘了你在陈毅诗句上画的那一笔和那个圈儿？"

吴为终于明白了胡秉宸的用意。可那时，她对胡秉宸忽而挑逗忽而委琐的虚伪还算清醒，什么也没说，冷然地咧咧嘴，头也不回地走了。

当她晚上出去散步时，在离宿舍不远的地方，又碰到了胡秉宸。

没有前缀，胡秉宸张口就说："我也想散散步，再看看这个待了几年的地方。你不反对和我一起走走吧……我想我选错了职业，我应当做一个相声演员……假如有人能写出这样一个让别人都快乐的形象，也是不错的……"算是对自己那些出尔反尔行为的辩解。

见胡秉宸这样讨好，吴为毕竟不忍，说："那就当您的相声演员吧。"便不再做声。

他们无言地走下去，走了很久，越走越是惊心，越走越是于无声处听惊雷。

等到他们分手的时候，已是夜半时分。胡秉宸送吴为到宿舍门前,忍了许久最后还是把持不住,迸出一句:"……郴江幸自绕郴山,为谁流下潇湘去?"

秦少游的这个句子和句子的背景也算生僻,胡秉宸只是不觉抒发,并没想得到吴为的回应。

一句秦少游,立刻缴了吴为的械。

想不到这个"老共"居然知道秦少游,知道这样不常为人提起的句子!不似"剪不断,理还乱""一种相思,两处闲愁""今宵酒醒何处?杨柳岸晓风残月""十年生死两茫茫,不思量,自难忘""红酥手,黄縢酒,满城春色宫墙柳"之类动辄被人传诵的名句。

如果说胡秉宸以前对她妄谈曹禺、冰心、《红楼梦》、林黛玉以附庸风雅,更还有对 Dickens 阶级观点的批判以装腔作势,那么说到诗词,说到秦少游,可就得有点真本事了。

作为胡秉宸的下属,吴为未必不知道他的才能,未必不知道他可能成为多种行业高手的潜质,但也不过敬佩而已。比如人造卫星可是了得,与她又有何干?敬佩与滋生感情的仰慕、崇拜等等,有着明显的差别。

只有到了秦少游这里,才让她真正刮目相看。从此这个矮小的男人,让她觉得像了教授,而不再像副部长,也就是说,像了自己的同类,从此对胡秉宸有了一种原则上的认同。

也就是说,吴为又重新陷入"爱屋及乌"或"爱乌及屋"的泥潭。

好感也罢、爱情也罢,产生得就是这样没有道理,没有逻辑。但那时,吴为也还能对胡秉宸的把戏保持警觉,伶牙俐齿地回道:"客自长安来,还归长安去。"

没想到吴为回他这么一句,也叫胡秉宸不得不另眼相看。啊呀呀,这个女人哪——不寻常!

又一想,是暗喻他的虚浮吗?

不求利禄,功名何妨!

想来吴为也理解了他何以引用这个句子,所以才回了这么一句。

下面的句子就看怎么理解了,闹不好可就意蕴深长。她是有心还是无心?胡秉宸追问道:"下面呢?"

吴为不过想说,既然回去当京官,何谈不得已?没想到马失前蹄——

下面的句子该是:"狂风吹我心,西挂咸阳树。此情不可道,此别何时遇?望望不见君,连山起烟雾。"

李白这首诗,与男女之情完全无关,要不是胡秉宸步步紧逼、层层设套,接下去倒也无妨。可现在,很容易为移花接木制造可乘之机,她怎么能接这样的句子?只好说:"忘了。"

胡秉宸接着说道:"该是'不道风吹絮,但挂咸阳树……'"

果不其然!还是被胡秉宸移花接木了。

明知胡秉宸篡改,但那样明显地暗示了他的心思,吴为只好故作不知。

胡秉宸一向喜欢将古人的诗词改头换面,想当年他对表姐绿云说的那句"怎一个谢字了得?"还不是从李清照的《声声慢》"怎一个愁字了得"来的?

多年以后,当他又与吴为离婚与白帆复婚之后,还会不断地给吴为寄些改头换面的诗词——既表明对吴为专情,也表明了对白帆最后的忘恩负义;既表明拈花惹草本性难移,也暴露了"得拈且拈"的痞气,晚年的胡秉宸是越来越不堪了。

我自岿然不动的吴为,直等到胡秉宸的行程越来越近,才突然慌乱起来,想不到一句秦少游惹来这样的大祸。拉过一张纸,坐下写了:"梨花就要开了,您却要走了。"没有抬头也没有落款,用两个手指捏着那个条子,奔赴刑场似的走出门去。

一出门,就碰见胡秉宸背着手,在田埂上如笼中之兽焦灼地踱来踱去。

他在等她!

吴为觉得脑袋空了,心涨得就要爆炸,脸色惨白地捏着那张条

73

子向胡秉宸走去,一句话也没有,把条子递给了他。

胡秉宸好像等的就是这张条子,一把抢了过去,塞进兜里,然后各自转身走开。

他们就这样分别了。

七

胡秉宸走后,吴为天天到很远的小河那儿去,依在梨树下,坐看对岸的梨花。

漫山梨花让她想起宋代严蕊的词:"道是梨花不是,道是杏花不是,白白与红红,别是东风情味。曾记,曾记,人在武陵微醉。"

又记得严蕊因不明不白的牵累,押进牢房。真是文化人,传说在牢里还填了一阕词:"不是爱风尘,似被前缘误,花落花开自有时,总赖东君主。去也终须去,住也如何住?若得山花插满头,莫问奴归处。"

大半人在遇到不能为世人了解的冤屈时,就会向往超脱尘世的生活。

有时下河游泳,只要到了水里,马上就有一种古怪的感觉:她本不是这个世纪的人,二百年前的一场潮水把她带上了岸,潮水退去时却把她忘在了岸上……

那么胡秉宸呢,该是二百年后的人吧。

看着梨花盛开,又看着梨花谢了,直看到河边的芦苇茂密起来,这时干校就撤销了。她也跟着回到北京,又过起了上班下班的小公务员日子。

偶尔想起在干校与胡秉宸的相处,就如想起小时叶莲子逼她背过的那些唐诗宋词。

有天正在低头审看那些审不完的表册,听见办公室门嘡的一声开了,觉得那门开得有些异样,但还是没有抬起头来。接着有人站在她的面前,接着又听见那人说:"你好,吴为同志。"

她机械地握了握一只伸过来的手,又机械地看着那只手的主人快步走向办公室外。

办公室的门又关上了,这才明白刚才那个人是胡秉宸,这才感到她的五个手指那样疼,一个个像被捏在一起,分也分不开了。不知道胡秉宸用了多大力气,也实在看不出矮瘦的胡秉宸居然有这样大的力气。

从此没有了消停的日子,天天都有一种陷落、坠落的感觉,无缘无由,无法遏制。

胡秉宸当然知道吴为跟着干校一起撤回了北京,虽然他们每天由同一个大门进出,却也和天边一样的了。

就算在大门口碰见她,他也没有理由在众目睽睽之下,从专车里跳出来,只是为和她打个照面,说一句:"吴为同志,好久不见了。"

不好,好像他老在计算多久没有见到她。

那和她说什么好?

胡秉宸觉得自己好没意思。

他根本不会跳下车。既然不会跳下车,又何必费心琢磨见到她说什么?

每每在秘书送来的文件中,看到与吴为所在部门有关的文件,心里总是一惊,思绪便会从眼前一大堆庞杂的事务中游移开去,想起那些下雪的日子、雪地里扔雪球的那个女人和等在雪地里的自己……

怎么总是下雪的日子?

深思远虑的胡秉宸突然没了分寸,开始为找个理由与吴为见面而心烦。

万事难不倒的胡秉宸,却在这个问题前面徘徊不已。

这栋办公楼有几百个房间,不过搜索范围还是有办法缩小。

他在秘书办公桌的玻璃板下,看到一张下属各局所在楼层表,很容易在四楼找到吴为所在那个局的位置,但也有二十多间,她在哪一间呢?就没法知道了,又不便向秘书打探得那样具体,秘书就会想,一个副部长,为什么隔了若干级别打听一个普通下属?就算他能想出一个什么理由,也得由她所在那个局的局长来汇报,处长都靠不上。

最后忍不住跑到四楼,把吴为所在那个局的办公室二十多个房门依次推开,和每一个工作人员握了一次手,和每一个工作人员说了一句:"知道大家从干校回来了,来看看同志们,看看同志们。"

这理由倒也说得过去,却还是让那个局的所有职工觉得莫名其妙。

跑了几个办公室也没见到吴为,胡秉宸有点按捺不住,几乎把秘书叫来给他好好查查,又想,这样的事怎好让秘书去查?只好耐着性子一间一间办公室往下跑,终于看见她埋头坐在一大堆表册后面。和一般女人一样的齐耳短发,一件碎花的中式对襟小袄,一样的一个女人,一阵大喜过望,随之心也安静下来。

只得迂回前进,先和其他职工一一握手,不知第几遍地重复着:"听说同志们都从干校回来了,来看看大家。"

人们脸上漾起欣赏的微笑,胡秉宸倒是没有一阔脸就变。

吴为却没有听见,愁眉苦脸地对付着那些表册。胡秉宸便觉得这个与他应对"客自长安来,还归长安去"的女人,与那些表册纠缠在一起,果然荒谬。

等到握住吴为的手,情不自禁地加了力,胡秉宸当然要让她永远记住这一次握手。

他的手里,长久地留有握着吴为手指的感觉,既有如愿以偿的满足,又平添了更多的企望。本以为不过是想看看她,实在是担心她会忘记自己。

瞧她那一副愁眉苦脸的样子,难道不高兴与他再见?

为了这个"再见",他费了多少心思?握了多少并不想握的手?

他的手就那么容易握到!

胡秉宸快步走出吴为的办公室,恍惚地站在走廊里,心里有做错事的茫然和唐突,自责起自己的浮躁。

好像要惩罚自己,脸上便现出比往日更加严厉的神情。

要是现在碰到吴为,相信胡秉宸看都不会看她一眼。

每时每刻,吴为都想发出求救的呼声,可是没有人能够救她。就连走在马路上,她也不自禁地捏紧拳头,咬紧牙齿,一副准备抵抗到底的架势。可她的抵抗是徒劳的,就像在沙漠或沼泽地上垒筑的堤坝。

胡秉宸也想不到那样难以自持,又恢复了他在干校的作业,随时都在寻找与吴为"偶然"相遇的机会。

那天吴为站在印刷机房外,校对刚从铅版机上取下的文件,虽然低着头,却感到一阵不安的骚动从身上流过,从头到脚,像水淋又像火烤,冰凉而灼热。现在不用看就知道,胡秉宸来了。她万般无奈地从文件上抬起头,胡秉宸正坐在车里向她凝望,嘴唇不停地嚅动着,像在对她说些什么。在说什么?

他的样子看上去很可怕,难道他也像她一样为什么所苦?

吴为像被焊在地上,立刻不能动了。但还能明白胡秉宸下了车,向办公楼里走去,并隐没在门廊的暗影里。

直到喘息渐渐平息,吴为才继续校对那份文件。她怕出错,反反复复校对了许多遍,直到自认找不出差错才上机印刷。可是等到工人把印好的文件送到办公室后,处长把她叫了去,指出这份由她起草的文件,有几处非常明显的错误。

完全毁了!

可胡秉宸对她说过什么吗?没有。应允过什么吗?没有。

为了一个明确的答案,她提起笔来,给胡秉宸写了一封信。

又为了那个回音等得山穷水尽,走投无路,无所终日。

回到家里话也懒得说,靠着暖气面对墙壁,从傍晚坐到天黑,又从天黑坐到天亮,也许明天会带给她什么希望。

然后又到了下雪的日子。一到下雪的日子就想起那些下雪的日子,更加千头万绪。

叶莲子说:"你是不是病了?"

她摇头。

叶莲子忧心的目光,让吴为感到骚扰,便迟迟不想回家,在街上踽踽独行。不知怎么就敲响了胡家的门,也许因为那个晚上又下着他们两个人的雪。

实在太意外了!

吴为的脸在风地里吹得潮红,眼睛也亮得很不正常,一看那双眼睛,就是非出事不可的眼睛。不要说胡秉宸,哪个不想惹祸的男人见了这双眼睛都得往后缩。

现在玩笑闹大了,可不是飞两个眼儿、调两句情的问题。

全是在干校太闲闹出的事。

一个又一个对策飞快地掠过胡秉宸的脑际,他选择了其中之一,然后就像武装到牙齿,有备无患地让吴为进了门,客气得让人觉得他正在盼望这个机会。

可以说胡秉宸正盼望着这个机会。

吴为那封信来到时,他幸好在家,但还是出了一点汗。要是他不在家,肯定会被白帆拆阅,那样一来,家无宁日问题倒不大,闹到机关可就非同小可。虽说他的同僚不乏这方面的记录,可他不允许这样的闹剧发生在自己身上。

胡秉宸很为一生清白而自得,不但不愿玷污它,连溅上一点泥点也不行。就像那出家修行之人,马上就要修成正果,怎能让吴为这样的女人坏了金身?这样的女人只能随便玩玩,不能当真。

他绝不允许将来人们在他的追悼会上,带着嘲讽的微笑听主持人念他的悼词,像他常常在别人追悼会上做的那样。那些悼词,千篇一律地"伟大光明",所以他的伟大光明一定要足金足两。

而且他的地位来之不易,他是凭自己的聪明才智奋斗到这个位置上的,就是现在,多少有山头的人都在觊觎着这个位置,不谨慎从事岂不等于自戕?

与吴为的那些调笑,不过都是暗示,只可意会,了无痕迹。而对这样冰雪聪明、心有灵犀的女人,又足以说明心意。

综观胡秉宸对吴为前前后后的态度,实实在在是身体力行"想办法让她们主动"的八字方针。

难怪多年后他在对吴为的一次政策交底中说道:"我搞女人,从来不主动。"

吴为听了不觉一惊,"照你这样,又怎么能把女人搞到手呢?"

他嫌吴为少见多怪,"想办法让她们主动啊。"

确信滴水不漏之后,胡秉宸把吴为的来信交给了白帆。客观地说,他倒不是想出卖吴为,而是担心吴为再有来信落在白帆手里,就好像早有前科。

看完信后,白帆把信往茶几上一丢,提出一个实质性的问题:"你打算怎么办?"

原来不是把信一交就能了事!他与白帆真是棋逢对手,将遇良才。

这就是一个革过命和没有革过命的女人的不同。白帆不需要他的表白,表白有什么用?

"这不是和你研究、征求你的意见嘛。"

"和我研究?征求我的意见?"白帆摘下花镜,往沙发上一靠,"同志,这主要看你的态度。"

"这样一件小事?"

"恐怕你还是要有所表示才行。"白帆想起胡秉宸的那些旧账,以为这么容易就能向她交差?"这女人的文字不错嘛⋯⋯"

"不,不。"

一不小心就站在了女人的陷阱旁,胡秉宸有了被两个女人左右夹攻的感觉,可得小心从事。

或者这仅仅是她的疑心?除了和表姐绿云的那段情,即便后来和女秘书有过一段不紧不密的关系,和保姆有过一段很物质的关系,但都不似这次吞吞吐吐、闪闪烁烁、飘飘忽忽,和他一贯的果决甚至冷酷不大相同。

她为什么怀疑胡秉宸?

也许是他语气里那点不自觉的郑重,与他以前谈到女人的讥诮很不相同,就连跟她谈话也难免如此。

也许他的眼神有些怪,一瞟一瞟的,好像在窥测她的反应……

也许她的猜测不对,胡秉宸从来这么看人,趁人不备,极冷又极快地一掠,像一梭子冷枪。

也许是庸人自扰,一九四九年后,他们的关系稳如共产党领导下的社会主义江山……

但不管怎样,提高警惕没有坏处。

白帆这一瞬间想了什么,胡秉宸清清楚楚,也知道白帆不会轻易说出什么,做出什么,要求什么,可一旦发动起来就不得了,像一艘航空母舰,威力无边。

胡秉宸不是怕白帆,而是不希望出丑。谁说女人才嗜好贞节牌坊!

抬头看了看高悬在客厅门楣上"模范家庭"那块匾,烫了眼睛似的调转头去。那块毫无价值的匾,既让他轻蔑,也让他在意。

对"楷模"在各种台阶上的意义,胡秉宸早已了然于心。一九四九年后,他不是与白帆达成了默契?彼此既往不咎,大方向上保持一致,以致力于方方面面"楷模"的营造。

想到这里,就像吃了镇静剂,胡秉宸恢复了昔日的风头,一切也就随之正常起来。

于是对白帆详尽地说起人们对吴为的议论……胡秉宸本就会

刻薄人,在他刻薄的叙述中,吴为越发五彩缤纷。

最后胡秉宸说道:"你想,我怎能和这种偷人养私生子的女人如何如何?即便和女人鬼混,也轮不到这种女人!"

白帆的心放下了十之八九,还有十之一二须得胡秉宸继续努力。

"那好,对这种女人也用不着客气,咱们就联名给她回封信,你起个草……"

唉,既然有了这样的开篇,就不得不顺着这个路子走下去。就像那些叛徒,只要突破一个缺口,就得如数交代清楚。

怎么会想到叛徒?革命几十年,被敌人抓到若干次并几乎丧命,胡秉宸从没出卖过什么,可是这一会儿,他真有点叛徒的感觉,"还是有劳夫人吧,夫人请——"

白帆那还剩下十之一二的不放心,至此全部放下。

现在,总不至于后院起火了。所以胡秉宸追加一句,"注意政策界限,不要让她恼羞过度,自寻短见。"

其实六根不净的凡身肉胎,都具有可能成为叛徒的因子,只要从他的欲念入手,诱之以利、晓之以害,怕是没有多少人能挺得过去。

好比革命英雄胡秉宸,虐杀他的生命或他的女人,恐怕都是找错了穴位。他不是李琳!

来信危机还没过去,回信也还没有寄出,吴为又登上门来。

一旦危及自己的前程,胡秉宸对吴为那点好感立刻云消雾散。也就在那一瞬决定,非给她些厉害不可。

吴为一进门,白帆起身就往客厅外走。

胡秉宸一把拉住白帆的胳膊,按着她在自己身旁坐下,并且靠得极紧。

同居几十年,除了在床上,床下他们从来没有贴得这样紧。"好,吴为同志,你来得正好,我本来就想找你谈谈……"胡秉宸一脸严肃。

一看眼前的局面,迟钝如吴为者也立刻明白了胡秉宸想干什么,还要什么明确的答案!又怎能当面受辱?她拿起大衣就往外走。

可是胡秉宸一个跨步抢到门前,拦住了吴为的去路,不行,他不能放过这个机会,尤其当着白帆,他得表个态,让吴为和白帆都彻底死心。

胡秉宸着力靠着门板,吴为用力拉着门柄,含糊地说:"请……不要……请……"

在这不短的相持中,胡秉宸忽然瞥见吴为眼里的泪光,心一软,吴为夺门而去。

又是雪片大如席!

但这雪片不是那雪片。哪里还有天色苍暗,漠漠飞雪,如烟如梦,是焉非焉的一个胡秉宸靠着一棵树站在雪地里?

那是早春的雪片,雪片边落边融,将头发湿贴在了额上,凉丝丝地爽……

这雪片落在脸上却像火星子那样灼人。

往右走,右面是一片火海;往左走,左面是一片火海,像是重又遭遇童年在柳州的那场火灾。她的棉大衣、棉袄、内衣、内裤,全烧着了……直烧到皮肤,只剩下一副骨头,赤裸裸地暴露在光天化日之下。不要说一件衣服,连一层遮挡的皮也没有给她留下。

腿也软弱得不能行走,只好靠在胡家门外一棵树上,像胡秉宸当年靠在她车间外的一棵树上。

街上的树一棵接一棵,为什么偏偏找了距胡家最近的一棵?吴为是要直面这个羞耻,与自己而不是与胡秉宸结算一笔账。

当他们有情人终成眷属之后,胡秉宸却对吴为说:"那天晚上我追了你好久,因为放心不下你啊……"

他不明白为什么吴为听了之后,不但不感动反倒奇怪地看着他。因为吴为靠着他家门外那棵树站了很久,最有资格知道此话的真假。

多久了?
只见家家窗口上的灯,一盏接一盏地熄了。
她总得回家。
一进家门,禅月一看她的脸,就把她搂在了怀里,"妈!妈——"
她说了什么吗?没有。
她哭了吗?没有。
进家门之前,她早就停止了抽泣,恢复了常态。
禅月的胳膊很细,可是很有力,就在那一刻,吴为觉得自己和禅月换了位置。她把没有皮的脸贴在禅月热烘烘的小脸上,就像痛哭之后敷上的一条热毛巾,烫伤之后涂上的一层獾子油。
于是把脸深深埋进禅月的肩窝,眼泪这时才痛快流下。
"噢,妈——妈——"禅月用小手拍着她的背,可是什么也没问,什么也没说。

很快吴为就接到了胡秉宸夫妇联手写的那封信——

吴为同志:
　　我们(我和老胡)认真并关切地研究了你的信,作为年长的共产党人,我们愿以坦率的态度指出,这种感情不仅是不正常的,而且是没有结果的,热切希望你正视现实。
　　　　　　　　　　　　　　　　　　　　白　帆

吴为同志:
　　你自己塑造了一个虚无缥缈的意境,又自己在里面扮演了一个多愁善感的角色,沉溺在里面出不来了。这是资产阶级的感情游戏,不是无产阶级思想,你甚至没有想到这是多么危险。我要给你泼出一大盆冷水,就近来谈一次,不要再写信了。

胡秉宸附笔

信纸上方还有胡秉宸一个左右逢源的眉批:

正面教育,又有节制,给她自己下台阶,不要出意外,女同志容易出意外。

真是万无一失!

即便吴为上吊抹脖子,那也是白帆捅的娄子,与他是无关的啊。

从这封信来看,受害者白帆,要比始作俑者胡秉宸还温婉许多,宽厚许多。相比之下,胡秉宸不但手下无情,杀个片甲不留,更是诿过于人了。

八

有一年时间,吴为睁眼闭眼都是这封信,老也弄不明白,在干校的那个胡秉宸和写这封信的胡秉宸是不是同一个人。

除了女儿和母亲,一切都恍恍惚惚,连自己也恍惚地活着。

等到从这封信的打击中回过气来,忽然就明白非得改变自己的地位不可,非得从千万只脚下挣扎出来不可。忽然就明白禅月和母亲的一切努力,都是力图从她那声名狼藉的阴影下挣脱出来。

她是太对不起禅月和母亲了。

可是要依靠没依靠,要资本没资本,要关系没关系……从这个社会底层爬出去的必备条件一样没有,真是赤手空拳啊。

凭这赤手空拳,与踩在身上的千万只脚搏斗一番,谈何容易?

很长时间里,吴为都觉得自己痴心妄想,可是一想起胡秉宸夫妇那封信,不行也得行;

一想起人们的嘴脸,不行也得行;

一想起母亲这辈子没有过一天舒心日子,不行也得行;

一想起无辜的母亲和女儿因她的过错,不得不承受的凌辱,不行也得行……

禅月自小就不得不独来独往,虽然后来爱上了这种生存状态,当初可是不得已用来保持尊严的下下策。

几乎与大院里的孩子没有交往,也许只有蚂蚁是禅月的玩伴。她常常蹲在院子一角,半天半天地看着那些蚂蚁打仗、搬家、工作……可是,说不定什么时候,无缘无故的一只脚,就会残暴地将禅月为蚂蚁垒筑的城堡踏平、踢散,那些脚有些比禅月的大,有些比禅月的还小。

对这些欺凌,禅月往往采取隐忍的态度,不言不语,一走了之,也从不对吴为诉说这些苦情,好像深知吴为尴尬、狼狈的处境,不愿使吴为难堪之上再加难堪。其时禅月年龄还小,怎么就懂得吴为的难处?不像后来与吴为无所不谈,成为对吴为的一切无所不知、无所不晓的朋友。

只有一次,禅月被大院里的孩子挤在墙角,羞辱、逼问她为什么没有爸爸。她急了眼,掴了一个男孩一记耳光,才能夺路而逃。这无异于贱奴造反,围剿禅月的孩子全体撵到吴为家,气势汹汹地命令她严惩禅月。那时,不要说成年人,连大院里的孩子都可以对吴为吆五喝六。

吴为呢,不要说是对大人,就是对大院里的孩子也是畏首畏尾,更不要说在他们声势滔滔的责怪下为女儿讨个青红皂白,理论对错。

作为禅月的母亲、禅月此时惟一的依靠,吴为本该把禅月搂在怀里,英勇地为禅月抵挡这本是由她而生的摧残、污辱,可她不但不安慰禅月,不为禅月主持公道,反倒当着那些欺凌禅月的孩子,违心地敷衍着:"好,回头我一定打她。"以为这不过是敷衍,却不为禅月设想,这种敷衍对禅月的伤害有多大。

她怕,怕那些孩子也像他们的爹娘那样,不留情面,当场骂出让她难堪的话。

她既然干了那"伤风败俗"的事,却没有勇气承担世俗的侮辱,反倒把女儿禅月推到前面,为她抵挡可能射来的乱箭。

无论被欺负过多少次,无论被欺负到什么地步也不曾落泪的禅月,此时,眼泪却奔涌而出。

吴为从不敢忘记这件事。多年后,吴为还一再向禅月提起,禅月却说不记得了。

真的忘了吗,禅月?

这份深爱,吴为就是到了九泉之下也不会放下。

问题是禅月对她的这份深爱,仅仅是永志不忘就回报得了的吗?

那些欺凌对禅月造成的伤害,吴为无法估量,幸亏禅月是一个坚强的孩子,最终稳住了大局。

是叶莲子代替懦弱的吴为,承担起家庭卫士的职责。每当禅月被欺负到忍无可忍的地步,总是叶莲子勇敢地站出去据理力争,拦住领头欺负禅月的孩子,说:"你还是学校里的优秀少先队员哪,在家却是这个表现!你再欺负人,我就到学校找你们的老师去!"

在叶家,叶莲子和禅月才是真正的勇士,而给她们带来耻辱的吴为却是卑怯的懦夫。

勇敢无畏,对有些人来说是与生俱来的,而对另一些人却要经过艰苦的磨炼才能获得。

吴为最终获得了这种品格,可是,她怎能抹掉践踏在叶莲子和禅月血肉制成的心上的那些脚印?她怎能抹掉那些如鞭子一样的污言秽语,抽在叶莲子和禅月那自尊自爱的脸上的鞭痕?

更多的时候,是叶莲子带着禅月整天整天躲进附近一处公园,免得禅月在大院里受欺负。

为此,叶莲子坚决不让禅月和大院里的孩子就读同一所小学。她担心大院里的孩子把从爹妈那里得到的吴为的"丑闻"扩散到学校,那样,禅月就再也没有一处可以舒展那颗小心儿的角落了,所以毅然决然地把禅月送到了郊区的一所小学。

通向那所小学的道路非常荒凉,路面也很窄,只能通过一辆卡车,那些卡车像是没上笼头的牲口,无拘无束,对一年级小学生禅月来说,真是危机四伏。

一早一晚,无论冬夏,叶莲子那老迈的身影,紧贴着路旁的树干,蹒跚在那条枯藤老树昏鸦的路上,接送着、守护着她的外孙女。

熟读"三李"诗词歌赋的叶莲子,走在这条路上,不会不想点什么。比如树干下,那窄小得仅供一人行走的安全地界,给予叶莲子的慷慨难道不比世人多得多?

那时,吴为一见下雨下雪就为路滑而发愁。

这样的日子,年复一年。

不经意间,叶莲子就改变了她们在人们心目中的地位。

在一个什么场合,叶莲子突然觉得脚下一绊,低头一看,脚尖上套了一块牌子不错的手表,当即交到附近派出所,然后就回家了。几天后,派出所向居委会反映了这件事,大院里的人才知道,原来她们那个家还有拾金不昧的品德。

如果说叶莲子是叶家改变社会地位的第一位战斗英雄,禅月就是第二位。

她不但读书非常争气,学习成绩年年第一,就是在"文化大革命"的非常时期,以吴为那样一个母亲和非"红五类"出身,居然靠自己优秀的品德和别人无法超越的学习成绩,被一所著名的重点学校录取,并屡屡在那个家学渊源、高校子弟如林的地区,十各科门类竞赛中获得第一,后来更是考得美国著名大学的奖学金,且深得教授们的赏识。他们写信给吴为,盛赞禅月的仁爱、聪慧、能干和努力⋯⋯

上帝其实待吴为不薄,不但给了她一位好母亲,又给了她一个好女儿。

可吴为怎能就此把顶梁柱的职责，永远地放在这样一副老肩和这样一副小肩上！

她难道不该励精图治，为改变她们的境遇而豁出命吗？

可是路在哪儿？

分明记得那是一个中午，也分明记得没有午睡，所以一定不是梦。

一张纸和一支笔飘然落在吴为的面前，有人对她说：写吧，这就是你的出路。

急急去分辨那声音，反倒听不清楚了，连那张纸和那支笔也不见了。

那一刻，吴为觉得重又置身于她的塬上。

那如生身父母一样的塬！

从未嫌弃过她的塬！

她的塬，再度以一尘不染的纯净包裹着她、护卫着她，使她自小在光明世界中受到的惊吓，消散得无踪无影。

星光和月亮也不敢造次、不敢随意照耀的塬，挟带着分不出天地的一脉沉黑重又向她靠拢。她顺着嵌钉在重甸甸、黑沉沉的塬上，如逗号、句号、顿号、惊叹号、破折号的灯火，九曲十八弯地重又开始对塬的阅读。

那如无伴奏合唱的尾声，凝重而迟缓地游移在塬上的夜气，一如她少年时的沉郁，不但将熬过一天安危终于安息下来的苍生，也把受尽磨难的她浸漫在它的温厚之中。

四十岁的她一如十岁的她，不明不白地对着她的塬叹出一口气，又叹出一口气。

又似乎仰面朝天躺在黄土高原上，风吹三山，白云苍狗。

翻过身去，重新细数周遭的塬那裸露无尽的断层，似乎明白了塬的不曾叙述,只待有心的阅读。它无从装饰,无从营造,无垠无际,比史前更久远的苍凉及摄人魂魄的神秘和宿命,只留待一个千载难逢的机缘来解读。能否得到这个机缘,只能看她的造化。

唉,再次明白何为永不可知,又因这永不可知生出永不可即,因这永不可即而生无望。在无望的沉落中,在沉落的钝痛中……自幼就熟悉的大悲大悯再次向她袭来。

有什么能把一脉荒原的哀伤抚平?

那是谁,于无望中赏给她一份古老、不屑、威严的塬的神秘认同?而少年时竟以为是自己对塬的认同,该有多么无稽!

既无退身之地也无进身之地的吴为,因塬的认同而了然,而苍然……现在更是明白,塬何止是她和叶莲子的停泊地!

她的背景可不就是塬!

有这样的塬在下面托举着她,难道不是最厚实的铺垫?

事后吴为不断追忆,生怕是幻觉。

不过她还是在自己面前铺开一张纸——一张从办公室纸篓里捡来的废纸。那时她穷得连稿纸也舍不得买啊,所幸办公室里有许多废纸。

等到母亲和禅月睡下,就把案板放在厨房洗碗池上,把纸铺在案板上,站在洗碗池前,一笔一画开始写作。

站累了,就坐到马桶上,把案板放在膝上。

不论厨房或厕所,灯光都很暗,吴为却傻傻地想不起换一个大烛光的灯泡,觉得有个厨房或厕所,不必影响母亲和女儿的睡眠,已是非常满足。

叮是任你风雷激荡,到了吴为笔下都变做无波无澜,死水一潭,落笔不但无言,连字怎么写也不会了。

多少次吴为都把笔扔了,而后坐在阴湿的厕所里,听永远漏水的水管,更漏般地滴答漏响。或直挺挺站在厨房当中,对着厨房的景物发愣:溅满油污以及被煤烟熏得黄黑的墙壁,掉了柄的锅,缺一条腿不得不用砖头垫起的桌子,围在桌子四周的破旧布帘,藏在布帘后的腌菜缸,橱柜上扣在碗里缺油少盐的剩菜,代替筷子筒的旧玻璃瓶子以及里面几双掉了漆的筷子……

这就是她能提供给母亲和禅月的生活。以实求实来说,这些东西还不是她的功绩,而是叶莲子用以支撑了几十年的旧物。

她们不但因她的过错承担羞辱,还要跟着她过如此贫困的生活……

吴为再次钻到橱柜底下,在破罐烂碗的缝隙中,找回扔掉的那支圆珠笔,一角二分钱一支,竹杆儿,再没有比它价格更为低廉的笔了。

她也再次写下小说的题目,虽然直到东方开始泛白,仍然没有写出几个可以叫做小说的文字。

小说发表后,吴为想到的只是母亲和禅月,那两个与她一起浴血奋战、至亲至爱的人。

看着变成铅字的字,总觉得不是真的,区区一百元稿费,竟让她觉得像百万富翁那样富有,简直不知道怎么花。

自己挣的,自己挣的!

叶莲子更是激动,她比吴为更明白这件事对改变她们社会地位的意义。这辈子她是苦尽甘来了,受人欺凌的日子终于熬出来了。

就连和顾秋水结婚的时候,叶莲子也没这样明白清楚地笑过,那是让苦难炼出火眼金睛后才能有的明白和清楚。

成功鼓舞了吴为,不但使她的眼睛从过去转向未来,也让她睁开了眼睛。

最初的惊喜过后,吴为感觉这才把胡秉宸真正放下。在这之前不过都是强迫,强迫自己接受一次又一次的手术,把胡秉宸从自己身上割下去,而且是没有麻醉剂的生吞活剥。

吴为终于在那个院子里成为作家,或者不如说,她正是在那个院子里爬起来,站起来,挺直了腰杆的。

那个大院里有她们的大耻大辱、大喜大恨,有她们含着血泪苦斗的回忆……

九

自与白帆联手战吴为之后,胡秉宸以为再也不会与吴为有什么瓜葛了。

可是当他在报纸上看到那个名字,就知道是他的吴为,而不是别人的吴为。

为什么总是在有关文化艺术界的消息里逡巡不已?好像他早知道早晚有一天会在里面看到她的信息。

即使找不到她的信息,时不时也有一种感应,好像吴为知道他会注意这个栏目,便有了与她一起看报的感觉。

是啊,怎么可以那样对待她?就像他和白帆两个人各自站在吴为的左右,他从右边抽了她一个嘴巴子,白帆又从左边抽了她一个嘴巴子,即使这样他们还不肯罢休,还联手写了那封信。这无异于把她的脸打得又红又肿不算,还剥去了她脸上的皮。如今这个被他们剥了脸皮的女人,没有回手就报复了他们。

他想起那个晚上,当着吴为的面,如何故作亲昵地拉着白帆的手,紧拥着白帆坐在吴为对面的沙发上,以及如何把吴为堵在门口,当着白帆的面洗清自己。幸亏他心一软,放走了吴为,否则今天他会更加无地自容。

从看到那一则消息起,那个晚上因吴为造访而生的嫌恶,也在瞬间了无痕迹。

吴为在他心中的价值似乎也不断升值,就连她偷人养私生子的事也淡薄得不值一提了,就是提起,也肯定有她未曾向人申诉的根由了。

胡秉宸慌乱起来,突然想到把吴为"轰"走的这些年里,她是不是又结了婚,或是有了男朋友?要是有了男朋友,那男人此后更会下死力气追求,非把她弄到手不可了。

时间在他耳边突然咔咔响了起来,每响一下就提醒着随时可能发生的事变。可他又自信地想,吴为对哪个男人也不会动心,除了他,他敢说没有一个男人配得上她。可是他得赶快做点什么,赶快,否则就晚了。

他在办公室里急急踱步,散漫的思绪渐渐收拢,终于设计好一个周密的计划,拿起电话对总机说:给我接某局长。

幸亏某局长在。

"怎么样,听说咱们干校出了一个人才……"

某局长没等他说完,便接着说:"对呀,我们局的吴为同志写了一篇小说,还得了一个什么大奖……"

某局长说到吴为的时候,口气和在干校时没什么两样,哪怕吴为像董存瑞那样,抱个炸药包,舍身炸了敌人的碉堡,人们也不会改变对她的看法。她的写小说、获奖,就跟她偷人养私生子一样让人瞧不起,同仁们议论起这件事的时候,多半也是如此。觉得出版社也好,评奖委员会也好,不是中了邪就是和吴为一般乌烟瘴气的狗男女,怎么让这样的女人出了头!那些人越是让吴为出头,他们就越是使劲踩住压在吴为身上的脚,否则她还不得和他们平起平坐?说不定坐得比他们还高。

"你可不可以告诉她,我想看看她得奖的那篇小说。"胡秉宸当然可以让秘书去找,可这不正是一个与她见面的正当理由?

"哦?好,好,我马上通知她。"某局长觉得这位胡副部长真有点大惊小怪,不过写了篇小说,有什么了不起?又不是被选上人大代表或优秀党员代表。

发现那张条子是在快下班的时候,"优秀作家同志:胡副部长要了解你的创作情况。请你将你的作品送交一份至胡副部长办公室,胡副部长家里的电话是……"

那张条子只看了一半,吴为就感到自己完蛋了,好不了了。这才知道,她的小说,她的奋斗,她的苦难,人们给予她无辜的母亲和女儿的凌辱等等,加起来也挡不住胡秉宸这个小条子。她们辛辛苦苦营筑起来的那道安身立命的围墙,一下子就被这张小条子打得落花流水。

一头扑进家里,母亲说:"你怎么了,火烧屁股似的。"

她一面瞟着屋子里的各个角落,一面回答母亲:"没什么。"心里却有些落寞,好像有谁答应在这屋子里等她,却没有如约来到。

潦草吃完饭,便到附近的公园去,公园门口有部公用电话。

下起了早春第一场雨,夹带着上个冬天残留的那点细雪,春风杏花,飞雪飞雨,与当年大如席的雪片是无法相提并论了。

灯影在地面的水洼里神经质地抖动着,像隐忍着难以隐忍的哭泣、期待和失望。

守电话的工作人员注意地看了看她。

她的样子也足够奇怪,好像刚从河里爬出来,该不是跳河寻短见的吧?

按照字条上留下的电话号码开始拨号。她的脑子突然坏得不行,每拨一个号码,都要查看一下写着电话号码的字条,若在平时,这几个号码根本不够她记忆。

拨完号码,就紧握着电话筒,像握着期待了一生的机会。

当电话接通的时候,吴为想起从当年坐在干校的原木上第一次看到胡秉宸,到现在这个电话,差不多十年过去了。她突然感到荒唐,怎么就能把这个根本算不上认识的男人苦苦地等了许久?

难道在那样的耻辱之后,她还没有把他忘记或怀恨在心?

她为男人受过的地狱之苦,还不能让她猛醒?还不足以让她止步?

转过身来,将背靠着放电话机的窗台,目光落进公园的树丛,树丛里有两豆荧绿的光,让她心头一悸。人的还是兽的?

这时她听见一声石破天惊的轻响,有人拿起了电话筒,接着是一声贴得非常近的问话:"请问是哪一位?"

她一惊,将话筒移开,向那话筒望着,好像说话人就在电话筒里或在她的身体里。她等这个声音等了这么多年,现在它来了,把她的身体嗞啦一声撕成两半,好疼!

"是我。"

"我在报纸上看到那个消息,我想是你,一定是的。"

"谢谢。"

"你可以来看看我吗?"

"当然。"

当然,她无时不在等待着他的一声召唤。她甚至看见自己,摇着尾巴,像一只忠心耿耿的狗,不论主人怎么踢它、踹它,只要一声亲昵的呼唤,或是一个亲切的眼神,都会奋不顾身地向主人奔去。

夜很黑,她在那一排排极其相似的小洋房前徘徊,敲错一家门之后才找到她要找的那个号码。她的手指,被乍暖还寒的春雨以及晚冬的残雪交相揉搓得冷硬冷硬,当它们在镶花木条的玻璃上敲出第一响时,简直不像人手敲出的声音,忽然吓得想要扭头就跑。可是,"你可以来看看我吗?"含着恳求,是恳求她的原谅,还是恳求她?

吴为就这样站在了胡秉宸的面前,像一只被淋湿的狗。

当了作家的吴为竟不如干校时挥洒自如,可见一个人的心里有了鬼,跟着也就失去了自由。

趁吴为喘息的瞬间,胡秉宸很快将她全身打量得一清二楚。

淋湿的棉袄上散发着湿毛皮的气味,从这气味可以想象得到,吴为没有条件每天洗澡、洗头,换她的内衣或外衣。

像个读中学的女学生那样含羞地望着他。两只脚藏在椅子底下,饱浸雨水的鞋,弄湿了地毯。那是一双手制的,又为了耐穿钉了胶掌的布鞋,在她的脚上寒碜朴拙得可怜。脚很小,不像她那样身高的女人的脚。深色的袜子紧绷在脚面上,肉乎乎的,比她身上哪个部位都性感。其实他早就看过她的脚,夏天,在干校,吴为穿着短衣短裤,赤脚在地里干活的情景,甚至和她肩并肩地割过稻子,那时他根本就没注意到她还有这么一双性感的脚。

胡秉宸站起身来,在地板上踱来踱去,这样可以比坐在对面更好地观察吴为,"妈妈好吗?"

"好,谢谢。"

"女儿好吗?"

"好,谢谢。"吴为始终低着头,盯着自己交叉在一起的那双手,这使胡秉宸可以从容打量她。她的双颊泛红,鼻尖有汗,时不时用手指擦擦眼睛,好像眼睛里有什么东西影响她看清楚眼前的一切。没有手绢吗?还是手绢不干净?

他们谁都没有提起她的那篇小说,其实那篇小说很幼稚,像眼前的她一样,女学生似的,问一句,答一句。如果不是他来引导这场谈话,局面可能就很尴尬,她怎么不抬头看看他呢,傻女人?

"我不知道你平时看哪些书,其实民间文学也有很丰富的内容。"吴为还是低着头。"我这里有一本民间小曲,"他很容易在书架上找到了那本书,让人不得不怀疑那本书早就蓄谋已久地放在那里。翻到他早就选出的一页,"你要不要看看呢?"没等吴为回答,就把翻开的书递给了她。

吴为接过那本书,心不在焉地浏览着。她现在哪里有心思看书?但既然胡秉宸要她看,也就只好翻看下去。一看就皱了眉头,都是情哥哥、蜜姐姐、好妹妹什么的,还有许多不堪入目的调情,实在黄得不得了。从小到大,吴为也没读过这样的书,便翻看一下封面,原来是一九四九年以前出版的旧书,然后就把书放在一旁的茶几上。

"你觉得怎么样?"胡秉宸问。

她不能说好也不能说不好,只好模棱两可地笑笑,像猛然到了异国他乡,又被当做上宾款待,品尝了一道显贵而又不习惯的菜肴。

怎么又像几年前,对她说"带水枪的女工"那样毫无反应?

显然不是淡漠,也不是故作姿态,是真正没有理解他的用意。

坐着,坐着,吴为突然没头没脑地问了一句:"您爱人呢?"

胡秉宸一愣,"哦,她出差了。"

两人同时有了些尴尬,而且他清清楚楚感到了她的尴尬,她也清清楚楚地感到了他的尴尬,也同时意识到从这句问话开始,他们的关系有了一个关键性的转折。他忙慌慌地高谈阔论,天上地下,滔滔不绝,生怕有个停顿,那又怕又期望、不甚明了又很明了的东西就会迅速蔓延开来,以致把他淹没。

"百乐门"之后,胡秉宸再也没有为女人失控过,始终像个老练的司机,驾驶着一辆得心应手的"老爷车",在险情丛生的路面上游刃有余地穿行着。即便现在,也是自信地驾驶着那辆"老爷车"。

"我想和你谈谈……"

"不,请您什么也别说。"

"我还是要说说。"

"您千万别说……"

"……将近十年,之所以这样,是因为我不愿意你为我牺牲什么,不愿意耽误你的青春,因为这是没有结果的事情……"

吴为的眉头皱了起来,显然从这句话里,又嗅到了胡秉宸对"责任"一推六二五的陋习。

难道她想要过一个结果吗?结果都是胡秉宸闹腾出来的。

"看过《你到底要什么》那本书吗?"

"看过。"

"当我看到那一段的时候,我想:千万不要让她看见这本书。"

"您是说,伊娅该不该爱上那个人……"

"记得在干校,有一次看电影,黑暗中不知怎么发现你就在我旁边。我坐了一会儿,不知道为什么很不好意思地走了……希望你有时间能给我打个电话。"

"我不会给您打电话的。您大概不知道,我爱惜您比爱惜我自己多得多。"

"朋友多吗?"

"……女儿是我惟一的朋友。"

"那么我呢?"

"………"

是不是太快了?吴为不觉得自己是个慢节奏的人,但现在这个节奏却快得让她措手不及。

不但胡秉宸的快节奏让她吃惊,而后又很快发现自己突然身价倍增。

"看过《带叭儿狗的女人》吗?看过《带阁楼的房子》吗?看过《车队》那个电影吗?对女主角的印象怎么样?"

"没大注意,男主角倒是很有个性。"

"总是这样,男人注意女人,女人注意男人。那个女主角并不漂亮,却很有风度。知道吗,你给我最深刻的印象是勇气和真诚……好几次我从你家门口经过……以为能够看到你,结果没有看到……怎么办呢?听其自然吧,简直不知道会怎么样,一定会闹出笑话来的,大笑话!越陷越深了,而且,坏事,我要吃醋了。"

可是二十多分钟前,胡秉宸还在说:"……之所以这样,是因为我不愿意你为我牺牲什么,不愿意耽误你的青春,因为这是没有结果的事情……"

倒让吴为想起刚才谈到的那本书的书名《你到底要什么》。

尽管吴为很想坐在这间暖和的客厅里,听胡秉宸无休止地说下去——他说什么并不重要,她甚至不记得他说过什么,有声无声的春雨和他的谈话声混成了一片,她只想在这声浪里摇曳;但她牢记几年前的教训,还是从那舒适的摇曳中爬了出来,按原计划坐够一小时就起身告辞:"胡副部长,已经很晚了,我该走了。"

胡秉宸的谈话停在了半空……"现在你是作家了,将来免不了要给人签名什么的。"他尽量说得戏谑而轻松,"我有支签名笔,是出国时洋人送的,一直放在那里没有用,现在送给你算是物尽其用吧。你愿意跟我一起上楼去看看我的书房吗?"说罢自己就意识到这是在找借口,哪怕将她再多留几分钟。

领她上楼的时候,有一种虚幻的感觉,好像领着一个稀里糊涂的"孩子妻"。女人嘛,顶好是稀里糊涂的,她们的可爱之处也正是在这里,哪怕因为她们的稀里糊涂出了上千个足以让你跳脚的错,以证明男人的不稀里糊涂。对一个成熟的男人来说,男女间的乐趣之一就是领着一个稀里糊涂的女人过日子。白帆就是太清楚了,如果丈夫清楚,妻子也清楚,那日子就清楚得没了意思,当然也不能全是稀里糊涂,而是不十分清楚才好。

这只能说胡秉宸对吴为还不了解。糊涂的定义本就千差万别,吴为又与他这个公式满拧,他十分清楚的吴为十分不清楚,他不清楚的吴为又十分清楚。不像他和白帆,他十分清楚的白帆也十分清楚,他不清楚的白帆也十分不清楚。

吴为局促地站在书房门口,不知应该坐下还是继续站着,只好翻翻书架上的书。

更没有在他那张单人床上留下目光,或马上意会他和白帆并不同房,随之再意味深长地看他一眼,而是像梦游人那样,有种被意外弄得恍恍惚惚的傻相。

胡秉宸在抽屉里怎么找也找不到那支笔,原来笔就在手里捏着。

他同时想,除白帆之外,吴为是第一个走进这个纯属他个人空间的女人。

吴为没有说"谢谢",接过那支笔就揣进了口袋。她的手,在口袋里紧攥着那支笔,不管是洋人送的或不是洋人送的,不管它金贵或不金贵,哪怕是一支如她常用的一角二分钱的圆珠笔,她也会这样珍爱地捏着。毕竟这是从胡秉宸身边来的第一件可以摸得着的东西。

…………

"恐怕路上不安全,我还是送你回去吧。"胡秉宸连想也没想就领着她往前走。

他们在没有抽条发芽的树下走着,那时的夜还很清寂,行人车辆不多,好像整个城市就剩下他们两个。也许因为刚才说得太多,也许他又反省起来,直到分手再没有一句话。

望着吴为隐没在夜色里的背影,一个念头掠过胡秉宸的脑子:好戏开始了。

吴为没有回头,她所有的感觉都在手心那支笔上。

女儿和母亲都睡了。吴为轻轻躺下,把那支笔放在枕旁。她不敢睡,眼睁睁地看着一个华贵的太阳,如何一步步走到她那由破被里改制的窗帘上。

是夜,胡秉宸一分钟也没合眼。第二天也是如此,吃了两次安眠药,可是很早又醒了……

十

日子又像以前一样平淡无奇地过下去了。那个下着雨和雪的夜晚,足够吴为回想一生。如果她还有什么奢望的话,就是要写得更好、更多,以回报胡秉宸给她的这个夜晚。

可是胡秉宸不让吴为安静地写,安静地活。

逢到召开全部职工大会,他就在一排挨一排的座位上,寻找她那张并不美丽、毫无特色的脸。大会休息时,他不在休息室里与部长们高谈阔论,而是跑到台下,在下属中穿来穿去,一旦瞥见她的身影就会停下与距她很近的某个职员寒暄几句,一旦从眼睛的余光看到她被雷电击中的样子并向他这边痴痴地望着的时候,便匆匆走开。

或在大庭广众之前,无伤大雅地拦住吴为,说几句关于她创作的话。即便部里职工看见他和吴为谈话,作为领导,关心一下她的创作也是应该的。

吴为远远地、暗暗地抗拒着胡秉宸设下的陷阱,也抗拒着自己。可是她怎么能抗得过胡秉宸？

有时写封短信给吴为,她闹不清要不要回信——如果不回信,他就会在家门外等她；如果回他一封信,说不定就会惹上一通教训,口气之冷与若干年前他们夫妻二人联手写给她的那封信大体相同,只不过是他一个人的签名。

吴为好不容易得到两张《茶馆》的戏票,打电话请他去看,却得到这样一封回信——

不要再打电话来,也不要再这样写信,不论你怎么"亲启""内详"都是一样。我每天收到若干封信,也有写"大人"亲收的,也是一样按公文程序处理。至于电话,参加听的人至少有一打,还不算那一头的,徒然增加许多麻烦。如果要我办什么事,可以写信到家里,还要对家中人问好。所以首先是不要这样打电话和写信。

你那个火车站的主题,我看有些像十九世纪的东西,什么"传宗接代"！都是十九世纪的事,离我们已经很远了。还有什么"统一论"！在许多地方已经无可挽回地一去不复返了。在我们这里,二三十年内也要成为历史陈迹。那些电影喽、小说喽,只在人们怀旧时才去看看,读读。老太太们叹一口气,说声今不如昔。在实际生活中很快就要不存在了,这是没有办法的事,历史是无情的。

当然,无论如何,我们还处在变革的时代,各种胃口的人都有,所以祝你成功。

她又没在电话里说什么,再说他们之间有过什么,又有什么可说！这一通无名之火从何而来？这一通"如果要我办什么事,可以写信到家里,还要对家中人问好"的维权运动,又让她想起"胡秉宸白帆联手战吴为"的那个雪夜……

吴为真正不懂了,胡秉宸想干什么？好像一个游手好闲的人,在笼外吊着一块食物,撩逗着一只笼中的饿兽。

原来自己不过是只关在笼里,无法逃遁、供人消遣的兽。

原来又被胡秉宸玩儿了一把。她开始怀疑胡秉宸的人格,反抗在心里滋生。

哐当一声,把自己锁进黑暗的角落,敛起被胡秉宸撕得支离破碎的自尊和脸面,再一块块拼凑起来;又用这个实际上无法完好如初的自尊、脸面,把自己严严实实罩了起来。

没人能够知道,吴为是如何修补这个脸面、这个自尊的,就是胡秉宸也永远不会知道。

收拾好自己这堆破烂垃圾,又从这堆破烂垃圾中摇摇晃晃地站了起来,无论胡秉宸怎样花样翻新,也不再理睬他。

她回到只要努力就永远不会抛弃她的文学。她付出多少,文学就实实在在回应她多少,永远不会耍弄她。

这不也是对胡秉宸最好、最有力的报复?

胡秉宸非常失落,何曾有女人这样对待过他?向来是要哪个女人,哪个女人还不像得到皇上宠幸那样受宠若惊?

罢,不就是个女人!也就停止了与女人的游戏。

那天翻着翻着报纸,吴为的名字又闯进了眼睛,胡秉宸无望地扔下报纸,明明白白知道,事情变得糟糕起来。

站起身来,走到窗前,在窗前站了很久,已是青草铺满院落,玫瑰含苞待放的暮春时分,离那个春风杏花、飞雪飞雨的日子已经很远了。

突然听见白帆在他身后说:"噢,吴为,是那个吴为吗?"

胡秉宸没有回答,听着她把报纸翻得哗哗有声,有一种吴为被她捏在手里揉来揉去的感觉。

白帆只是随便一问,没有再往那个名字上看第二眼,"想想也不会是她,她那个名字是上得了报纸的名字吗?"

除了胡秉宸和组织部门,没有一个人能看出这个张口党的政策、闭口党的政策,连脸都长得像贞节牌坊那么方正的女人也曾风流过,用她说吴为的话是"浪过"。

吴为真是白帆一块再合适不过的垫脚石。

当胡秉宸这样忿忿想着的时候,完全忘记了"信件危机"时为了洗清自己,正是他对白帆这样说到吴为:"那真是个浪娘儿们!"

真是"今夕何夕"!

正像他和吴为结婚后,亲戚向吴为反映她出国访问期间,胡秉宸并没有归还他们结婚初期借用的住房,而是与杜亚莉,或芙蓉与她的情人,在他们借住过的房间里同出同进,被居委会反映到房主亲戚那里,"……居民群众对这两对男女在你这套房子里进行的勾当义愤填膺!"胡秉宸也正是这样向吴为解释,他对杜亚莉并没有过什么壮举,"杜亚莉?那是个骚娘儿们,你想,我怎能和这种女人如何如何?即便和女人鬼混也轮不到这种女人头上。"

将报纸翻到第一版,白帆从头条看起,一字不落地看到最后一条,"老胡,你看,关于……的提法,这里有了变化……"

一抬头,胡秉宸已不在屋里。最近他有些怪,本来话就不多,现在更少,又总是很烦躁的样子。

借题发挥是胡秉宸的强项。晚餐桌上,当着一家子人,胡秉宸把一枚鸡蛋放在了月子期间的儿媳面前,显然窝藏祸心地说:"同志,这是你的鸡蛋。"当惟独一枚鸡蛋,仅仅放在一个人面前时,这个鸡蛋的滋味是不是很特别?

白帆就想到鸡蛋后面的许多事情,心里一缩。杨白泉是不是胡秉宸的儿子不好说,可毕竟是她的儿子,就接着说:"这个鸡蛋可不好咽。"

儿媳妇脸上掠过一个深刻的微笑。

睡前胡秉宸又在洗澡间大发脾气:"我希望你们洗完澡之后,都顺便把洗澡盆擦洗干净,每次都是我擦,我又不是你们的保姆!"

"你老是这儿擦擦、那儿擦擦,简直像个小资产阶级。这样擦来擦去也没看见干净到哪儿去。"白帆没说像"臭老九"。"文化大革命"后不兴说"臭老九"了。

"你就是无产阶级了?"胡秉宸的声音尖了上去,这是他要发脾气的前奏,也是白帆正经到让他受不了的时候,提醒她并不那么正经的把戏。

白帆想起了她那位"中统"父亲,虽然这也是胡秉宸"文化大革命"中挨整的原因之一。

他讽刺谁,讽刺她吗?比起他那个官僚资产阶级家庭,她父亲的问题不过是小巫见大巫:"我是不是无产阶级由党组织鉴定。"

胡秉宸脸上那讥讽的笑纹更深了。

胡秉宸和白帆互相仇恨起来的时候,既不吵也不嚷,而是讲"党话",不像他后来与吴为的口角那样文化。"党话"是他们的三十六般武艺之一,彼此都很精通,你一招我一式,兵来将挡,水来土掩。

旁观人越发觉得这是一个革命家庭,一对革命老夫妻,不是五好家庭又上哪儿找去?

文化也好,"党话"也好,胡秉宸运用得都很自如。

也许吴为把胡秉宸看得太不堪了,虽然效果上是胡秉宸在捉弄她。

似乎有两个胡秉宸在撕扯着他。过去,即便想与吴为调笑,怀里也揣着足够的轻蔑甚至轻薄;而今却很少想起她的过去,有时想着她的时候竟如想着一个洁白无瑕的女人,那样专情,那样热烈。他觉得自己无可救药地堕落了。

起先胡秉宸还能控制自己,难道除了偷人养私生子的女人,他就找不到一个洁白无瑕的女人吗?怪了。

只会和他研究党的政策,长着一张如贞节牌坊一样方正的脸的白帆,还有她那块牌坊下掩盖着的事,一想起来就让他觉得虚假十足。可吴为不也偷人养私生子吗?

难道从骨子里说,男人喜欢的还是那些淫荡的女人?虽然他们作践、歧视那些女人,与她们寻欢作乐却不会娶她们为妻。这可能就是男人喜欢嫖娼的原因,即便礼义廉耻的道德先生,嫖起窑子也很正常,从不影响他们的形象。似乎约定俗成地通过了一项规则,明媒正娶那里不能尽兴的遗憾和不足,应由不正经的女人填补。

想到这里,胡秉宸有些心虚,是不是他对吴为的渴望,也掺杂着用她来填补正室白帆不能给予的满足?可又觉得这样想不但辱没自己,也辱没了吴为。

或许是真中了"不爱江山爱美人"那句套话?吴为又算得上什么美人?那么吸引他的是什么?说得清楚吗?

也许一般人视为至尊至贵的一切,她不大放在心上,于是就有了一种自由自在的浑然和洒脱。所以她可以在下雪的日子和狗打雪仗,而白帆只能和他研究党的政策。

和吴为在一起即便不谈风花雪月,谈谈厂甸的冰糖葫芦或老舍的《茶馆》也好。

她曾来电话约他去看《茶馆》,被他一口回绝。吴为大概不知道,电话要通过总机先接到秘书办公室,再经秘书转给他——这样的兴师动众!

现在吴为是既不来信也不来电话了,有一次开个什么专业会,会后别人安排她随他的车子一同回部,她甚至把打开的车门一推,头也不回地去了,看都没看他一眼。胡秉宸让司机追了上去,还亲自打开车门,近乎恳求地说:"吴为同志,上来吧!"

吴为看了看司机,似乎当着司机不好驳他的面子,勉强上了车,可是什么也不和他说。当她给司机指路,要求在哪儿停车的时候,她的手指在他眼前晃动着,胡秉宸几乎情不自禁地一把抓住。

回到部里他就弄了两张内部电影票让白帆去看,又给吴为写了一封信,约她来家里谈谈。可是内部电影对白帆没有多少吸引力,"我不去,不就是一般人看不到的搂搂抱抱、亲嘴儿上床吗?

所谓内部电影就是这个。"

于是胡秉宸赶忙又写一封信,巴巴地跑到吴为家里,从门缝塞了进去,通知她因故不能在家里等她。

吴为从地上捡起那封短信撕得粉碎,自言自语道:"我根本就没打算去。"可是她脸上那抹胜利的微笑其实很苦,只是她自己看不到罢了。

接着胡秉宸又写了一封短信,改邀她在附近公园谈谈,吴为还是没有来。

不论胡秉宸怎样逃避,有个事实他逃避不了——正是在知道吴为会写小说并中了一个文学大奖之后,他对吴为的感情有了变化。

谁会真爱一个淫荡的女人?床上的操作不全是爱,男人在完全不爱一个女人的情况下,也可以操作得惊天地,泣鬼神。

可一旦女人有了点聪明才情,哪怕是操皮肉生涯的妓女,也另当别论了,历史上这样的例子不少。那么男人爱的是有名有地位的女人,还是有名有地位的女人更可爱?或是说名誉、地位、才情追加了她们的分量、本钱、分数?

既然金钱、地位、权力是女人追逐的男人标准,男人又为何不可如是?人往高处走,水往低处流嘛。

胡秉宸是爱惜名誉和地位的,就连白帆解放初期一张某次妇女代表大会的出席证,胡秉宸也一直保留着。

不觉就像回到了地下工作时期,在吴为家附近绕来绕去,经多次跟踪,发现吴为常常在周日下午五点多钟送禅月返校。只要不是公事紧急,胡秉宸就守候在这条吴为的必经之路,躲在公园围墙后面,从围墙缝隙里看吴为带着女儿缓缓走过。

有时不知为何落空。猜测吴为是不是病了或有朋友约会。男朋友还是女朋友?一想到她可能与某个男人约会,就急得坐立不安。

如果看到吴为准时领着禅月缓缓走过,就会把这个细节回忆上很久。可他并不能长久安于这个状况,时时想到她可能半路被人抢走。

为什么不?她现在无牵无挂又有了名,他为之向往的一切,别的男人也会同样为之向往……

十一

吴为自己也不明白,她还是那个她,那个声名狼藉、偷过人、养过私生子的女人,一旦成为作家,男人的态度可就不同起来。

显然不是尊敬,而是玩儿一把女作家的意思,就像吃腻了东坡肉换个清蒸鲥鱼尝尝。

一个女人,又是一个道德败坏的女人,除了床上那点子事,还有些脑子,可不让人感到意外?

除了胡秉宸鱼雁频传,还有部党组的那个佟大雷,还有其他。只不过那些男人不像这二位觉得自己总算有些抗衡的资本,故而裹足不前。

如果说胡秉宸那张面孔是"宋明理学",佟大雷那张面孔可就是"安史之乱"了。

尽管吴为不会奉陪佟大雷玩儿一把,但对佟大雷的第一印象要比对胡秉宸的第一印象好,至少佟大雷是个敢作敢为的男人。又或许她毕竟是兵痞顾秋水的女儿,对"安史之乱"有着类似血缘上的认同。

听了有关佟大雷的传闻,吴为只是一笑,即便佟大雷被人捉奸又怎样?

国人对捉奸有着历史的传统和癖好。

他那个下属也实在无聊,因为没有得到提拔就出此下策,在门外憋了佟大雷一整夜。这个佟大雷还算得男人,将责任包揽下来,说:"我就是睡了她又怎样!"

换了胡秉宸会怎样处置?很难说。

事到如今,不论胡秉宸自以为多么珍惜吴为,可还是不了解她。也许他从未了解过吴为。

如果说吴为对他们这场生死之恋有什么懊悔之处,那就是自己误以胡秉宸为终生知己,而不是他的用情不专或对她的始乱终弃。

所以胡秉宸才认为眼下最有力的竞争者是佟大雷,以为他们那个行政级别肯定是女人最为眼热的条件。这倒不意之中说明,胡秉宸自己很把那个副部长当回事儿,岂不知对吴为来说,一个副部级算得了什么!

佟大雷似乎也抓得很紧,此人追起女人不择手段。其实佟大雷要能力有能力,要资格有资格,早就应该升至副部长甚至部长,可直到现在还是一个副部级而不是副部长。没有别的,就是女人搞得太厉害,太无所顾忌。"肃反"时竟和一个由他负责审查,历史有问题的女人搞关系,连调查提纲都丢在了那女人的家里,还和她在公园长椅上做爱,被当地公安部门抓了起来,部里只好派人去派出所把他保回来。他居然还大言不惭地说:"我就是爱女人,有什么办法!"

所以当胡秉宸在佟大雷的办公室里遇到吴为的时候,便分外热心地对她说:"应该多听听下面同志的意见,他们比我们更了解实际情况……"

果然被胡秉宸猜中,他很快得知,佟大雷要把吴为调至他的麾下。

佟大雷说:"我要成立一个调研组,需要一些写文章的秀才。"

成立这个调研组的必要性,又冠冕堂皇地在党组上提出来讨论,胡秉宸一眼就看出这个方案心术不正。

大家都说不出什么,成立或不成立一个调研组,这个调研组干事不干事,就像他们年年月月日日讨论的所有问题一样,来了,去了,讨论过了,也就算通过了。

他还注意到,有次与佟大雷同乘一车,途经吴为家门,他们不约而同从靠背上直起身子,向吴为家门口的方向张望,好像吴为随时会从那个大门走出。

显然佟大雷到吴为家里去过,不然怎么知道吴为住在这里?他倒是先下手为强了。而且佟大雷说干就干,绝不瞻前顾后。

吴为注意到胡秉宸退出佟大雷的办公室时,有一份不是原装而是仿造的不经意,心里便有些快意。要是每天都给胡秉宸这样一个刺激,让他知道她早已把他置诸脑外,该有多好。

"……我们这条战线有很多题目可做,所以我建议你到我这个调研组来工作,这样你的房子问题、组织问题,都可以得到及时的解决……不但可以了解基层的情况,就是上面的情况我也可以提供给你……我还有些老关系,毕竟干了几十年革命,十八岁就是区委书记了,所谓年纪不大资格老,就是中央一级领导的底细我也相当熟悉……"佟大雷说。

"房子问题、组织问题,都可以得到及时的解决……"这和妓女有什么两样?《国际歌》的作者鲍狄埃呀,你可知 Internationalism 什么时候才能实现?

道德败坏的吴为,因一生没有做过交换而自豪。交换,与爱一个人,或哪怕因爱屋及乌而上床,在她那里有着严格的界限。

可吴为又何必撇清自己!她和韩木林的婚姻不是交换又是什么?只不过是有法律手续的交换而已。她又比佟大雷高明多少?说不定比佟大雷虚伪也未可知。

佟大雷说到做到,上至中央文件,下至部长之间的勾心斗角,乃至他们个人生活中的绯闻,都一一影印了给吴为送来。他乘着部长级的轿车,招摇地驶进吴为那个破败得像是贫民窟、满住着部里职工的院子,而且一坐几个小时,谈天说地,怒斥同僚,还有他们的女人——不明白佟大雷为什么把同僚恨成这个样子——抱怨如今他升不到副部长的位置并非有什么问题,而是因为捉了某部长的奸,"除了会搞女人,他懂得个屁。不像我,搞女人归搞女人,工作归工作。问问国务院系统的头头脑脑,哪个不晓得我佟大雷的能力!"

吴为这才大开眼界,原来这些伟乎其大的人与她这样的小人物没有什么两样。惟一不同的是于她可能良心不得安宁,于他们则理所当然。

有一天佟大雷还拿来胡秉宸写给全体党组成员的一封公开信,说:"这倒是我佩服的一个人,上面有人拉他整第一把手,还应许干成之后这个第一把手的位置就是他的。他却宁肯给部党组成员写公开信来表示对第一把手的意见,也不愿利用这个机会整人,给自己捞个一官半职。"佟大雷说得很诚恳。想不到"安史之乱"还能诚恳,倒让吴为有点意外。

"可是这招来打击报复,不得不休职在家。打倒'四人帮'后,怎么这样的干部反倒挨整,坏人仍然吃香……"佟大雷继续说道。

这时的佟大雷简直可以说得上是正直,也渐渐忘记了吴为是女人,忘记了对吴为的一肚子坏水,真像老朋友那样无话不谈。

如果佟大雷忘记了自己的目的也就不是佟大雷了,吴为终于接到他的情书——行书,洋洋洒洒,写在宣纸上。

遭到吴为的拒绝后,佟大雷既不尴尬也不停手,依旧"天方夜谭"个没完没了,依旧在宣纸上写情书,似乎知道自己的毛笔字很漂亮,还说:"你等着我,我老婆可能得了乳腺癌,顶多还有一年就会死了。"

吴为说:"我对你从无男女之意,而且你不想想,如果一个男人这样对待他的妻子,哪个女人还肯接受他呢?"

佟大雷自己也笑了。

"你在这方面和'老共'们真不一样,'老共'们从来不留片纸只字在他人手中。"吴为想到了胡秉宸战战兢兢写给她的那些藏头去尾的信。

佟大雷扬声大笑,"我的经验是哪怕有三十八个人出来证明你干了什么、说了什么,你都可以不认账。五九年反右倾,多少人出来证明我说了什么,做了什么,还拿出我写的什么文章,我死活就是不承认,就是不在结论上签字,最后甄别的时候不了了之。你得看准那一套,什么'坦白从宽,抗拒从严'?从来就是'坦白从严,抗拒从宽'……"

完全一套无赖哲学,但用这种无赖哲学对付更大的无赖,未尝不是好办法。吴为想起当年鬼都不知道的情况下,自己主动交代"男女关系错误"后的种种艰难……

但吴为无论如何不肯到他的调研组去。

不知佟大雷整天干不干工作,几乎每日一信,几乎每晚必来,越来越把吴为的家当做了自己的家,而且不管吴为在不在家。如果吴为不在,就对叶莲子独角戏似的说个不停,闹得吴为不胜其烦。她终于明白,对这种男人温良恭俭让不得,只好写了一封低能的信——

佟大雷同志:

鉴于您的一些信件与行为,我有必要作如下声明:

一、我们是工作关系,我更是将您作为一位"老同志"来尊敬的。

二、您曾对我表示爱慕,我也曾多次表示拒绝,本不该旧事重提,可是您最近的行为使我有必要重申,您是有妇之夫,一再对其他女同志表示爱慕是绝对错误的。

三、请不要再写信和送什么材料给我,更不要再到我家来。请尊重我的请求。

吴 为

这一来,倒又给了佟大雷写信的理由——

我只是向你表示爱慕之情,并没有要求相爱或谈恋爱之意。相爱者,搂腰起舞,拥臂而行。但一个人表达爱慕之意,似乎也无须对方批准吧。过去我家有幅齐白石的画,上书:"宰相归田,箱底无钱,宁可为盗,不敢伤廉",我很爱它。

最近我同朋友说,每早我都要到我爱人那里去一次。美国大使馆外的橱窗里有一幅照片,四十左右的一个女人,穿一件紫绒绲边长衫,抱着一个周岁女孩,坐在花园里,静穆慈和,我非常喜欢。每早起来跑步就想到这张照片,跑了两公里,在窗前总要停下来看一看。都是一种爱。只要我不抢人的或者按照我的意思改变它的形象,何必要求别人的同意!

自认识你以来,知道没有同你谈情说爱的资格,不过片面地认为你是知己,单相思而已,实在讨了没趣,冥顽之性,依然不改,活该!

当然我也有过错,写信干扰了你,已经认识就改了。至于谈恋爱,更远了,"恋"之一字,表示语言一致,互相同心,是物质与灵魂相互统一的最高境界,古往今来,有几个能谈得上!低级一点的"恋"也是有的,我将来也许会试一试,自信还是有能力的人,读的书也不比一些人少,也有一定的政治头脑和才能,总不至于比写几篇指导敲敲边鼓的人差。

最后我要表明的是,即便你与我绝交,我也不是以牙眼相报的小人,你绝的不过是私人之交,我也早知无建交的可能,但在公谊上仍然会在你需要时给予帮助,受不受在你。你母老子幼,如有紧急之事,比如找个条件好的医院、医生(只是打个比方),只要你一个电话通知,一切照办,绝不推诿,前人云:"人以国士待我,我亦以国士报之。"

也希望你有朝一日找到一个条件好的人,有个归宿,因为你母老子幼,万一山长水短,你不是丁玲也不是冰心,还是在前进路上奔命奋斗的人。

吴为想起当年在干校,为年老体衰的叶莲子一人带着禅月的艰难,请求胡秉宸帮助的那次谈话,伤情地摇摇头。相比之下,这个佟大雷倒还慷慨大方……不过这也许是佟大雷的"创作",可佟大雷有什么必要"创作"?他又不是不知道没有希望?当然她也不必为此考验佟大雷是否为那"君子一言,驷马难追"之人。

  说是再不干扰吴为,不过说说而已,佟大雷仍然穷追不舍。当他忍不住又到吴为家看望时,吴为把佟大雷堵在玄关那里,一句客气话也没有,更不留他坐一坐,冷情地瞠视着没脸没皮的佟大雷,等于马上下了逐客令。

  可对这样一个死缠烂打的人,不如此决绝就后患无穷。

  接着她哀伤地想,如果一个人不爱一个人,真是什么残酷的事都做得出来。想想当年被胡秉宸堵在他家门板上的"自卫"战,胡秉宸不是狠心到置她于死地又怎么解释?可她与胡秉宸不同,她从未诱惑过佟大雷。

十二

  与史峤的重逢,使胡秉宸对吴为的感情起了质的转变。

  在一位老领导的遗体告别式上,走在胡秉宸前几位的一个男人突然倒地,有轰然一声倒了一座山的感觉,也许那人比较高大,更因为瘸跛。工作人员急忙将他抬到休息室去了。

  然后就听老战友们说晕倒的是史峤。

  自史峤从腰间拔出一支袖珍手枪,扑倒在大别山一条沟壑中等待他那位优秀侦察员之后,胡秉宸再也没有见到过他。只听说"文化大革命"期间,史峤因被捕问题又受到不少冲击,之后听说安排在党的哪个监察部门工作,然后又没有了消息。

  遗体告别后,胡秉宸到休息室探望,不论他对岁月沧桑有了多少认识,还是不能相信眼前这个人就是那个儒雅的史峤。像刚从岁月的尘埃中爬出,灰头灰脑,除灵魂之光在眼睛深处那条时光隧道的入口偶尔一现却又立刻隐入黑暗时,哪里还看得出是 B 大学的高才生?又哪里看得出曾"恰同学少年……粪土当年万户侯"?

因李琳叛变被捕经组织营救出狱,又经组织甄别审查后,史峤以为一切问题一清二楚,根本没想到谁又在他的档案中加了一个"犯有政治错误"的结论,一直怀疑他有变节行为,直到乱了章法的"文化大革命",这个问题才曝光。

史峤何止是伤心!他是灰心,彻底地灰心了。

"文化大革命"中,所有从法西斯那里冕来的手艺都不能摧毁的史峤,却让灰心摧毁了。

那时他反倒常常想起胡秉宸的兄长胡秉寰,终于懂得胡秉寰当年对他说的那些话,才叫句句是真理。回首当年,为什么不与莫逆胡秉寰一同去研究佛学?像他这种人,怎能不自量力地闹革命?

不过他到底是个什么人?自己也说不清楚。

仅就他那一脸的苦相,与其说是一个共产党员,不如说是一个圣徒或苦行僧。即便还是党内相当级别的一名领导时,也是一副无可言说的样子。

曾有相当级别的史峤,也不知这个结论会随着时代变化升值,本来一两重的结论,可能会渐渐攀升到无法度量的地步。如果史峤知道是这么回事,一定会像签订一份合同那样,逐字逐句按照法律条文将当初组织上的那个结论,规范得无隙可乘。

可谁能看得到自己的档案?谁又能知道你的档案里塞了什么?

这个不为史峤所知的包袱一背三十多年,直到"文化大革命"后才落实政策,变节行为一风吹去,可是他已进入暮年,耳聋眼花,又在关押中得了风湿痛,膝关节变形,行动不便,如一架报废的机器,这个落实又有什么意义?

多少年来史峤都绕不过那个弯子:上级领导也好、同志也好,怎么不想想那个非常简单的推理?像他这样一个重量级的地下党被捕,他们那个系统的地下工作何曾受到些许损失?他的出狱难道不是组织营救的结果?竟怀疑他有变节行为,像对待叛徒那样对待了他几十年!

可就是没人想一想。

不再以变节论处！难道还让他像重见天日似的高唱"太阳出来了"？

几十年来风吹雨打，除见老一些，胡秉宸可以说是没有什么变化。史峤一眼就认出了他，握一握手，默默相对，连一般的应酬话也没有。真是相逢一笑间，往事成烟。

作为与他直线联系的下级，胡秉宸应该很清楚当时这件事，史峤也曾对调查他的人说，胡秉宸完全可以证实。胡秉宸也的确为他证实过，可那些人需要的不是事实，他们需要的是在蹂躏和作践中确认自我……

还有什么可说？如果说一说之后这台机器还能启动，那就不妨说说；现在这台机器废都废掉了，还谈什么启动！

胡秉宸只说了一句："多多保重！"没有打探一句别后的情况，问一句是否需要帮助，或说一句"我能为你做点儿什么？"……总之说什么都不合适。

史峤只说了句："谢谢。"除此也是说什么都不合适。

胡秉宸步履迟疑地走出了休息室。与史峤的重逢，给了多思的胡秉宸以极大的震撼。

回到家里，进门就见一个着中山装的老乡独自坐在厅里，那套中山装很隆重地"装"在身上，显然是为这次会面特备的。见胡秉宸进门就扑上来拉住他的手，紧紧握在自己的手里，熟络得不得了地说："可见到你了喽，老领导啊，硬是不易！"

胡秉宸实在想不起何时领导过这位老乡，借放报纸的机会抽出自己的手，倒不是对老乡的无礼，而是绝对不喜欢与一只同性的手这样紧握。

白帆忙从里间出来解释："说是你过去的一个地下老交通。"

老乡说："胡领导啊，你怎么不记得我呢？记得吗？还是我调查得知，打银器的贫农咋个变成地主了嘛！"

什么银器！什么贫农变成了地主！云里雾里让胡秉宸摸不着头脑。

一九四九年后不少人到京城来认老同志,可那一浪早就过去几十年了,怎么到现在还有人来认？会不会是个骗子？

老乡并不气馁,依旧热情提示,胡秉宸这才想起几十年前的旧事,人也随之热情起来。

皖南事变后,国民党又掀起反共高潮,在国统区大肆逮捕共产党员,地下党组织遭到很大破坏,一些党员脱离了党组织,有些支部已徒有其名。同时国民党加紧了对陕甘宁边区的包围,蓄意制造与八路军、新四军的摩擦。

为应付突发事变,建立地下秘密交通的工作被提到日程上来,胡秉宸受命建立一条地下通道,以备国共关系公开破裂时,将那些身份公开、无法隐蔽的党的重要骨干,疏散到安全地带。

胡秉宸背了个小包袱,用一个多月时间,将沿途情况一一做了了解。在此基础上,选定了几个联络站点。

第一站选的那个点距重庆不过一天路程,来往人等不必在此住店即可打道回府,途中尽量不作盘桓,以免节外生枝,有次胡秉宸出去执行任务,路上住店差点出事。而且此处位于华蓥山余脉之侧,两岸山峦起伏,是进入华蓥山腹地的路径之一,一旦有事,一天就可进山。

第二站附近有一大片竹林,林子里的南竹长得非常粗壮,便于隐没,胡秉宸看上的正是这一点。

第三站那个点虽然没有党的组织关系,但是人很可靠。有同志过去,找他掩护、解决食宿都没问题。

…………

可以看出,胡秉宸选的这些点是很有眼光的。

最后选的那个点出了点问题。

胡秉宸以朋友的朋友为名,在当地一个负点责任的党员家里落脚。晚上请胡秉宸吃饭的时候,那党员突然向家人说道:"明天叫打银器的人来!"口气很大,家里有多少银子能随时叫银匠来打?

胡秉宸立时提高了警惕,暗中找一个普通党员调查,了解到打银器的这个党员本是贫农,挖地窖时挖到许多银子,当年红军长征曾经此地,可能是红军来到之前哪个地主老财埋藏的,银子被他吞为己有,就此发财成了地主。

"晓得个龟儿子咋个搞的哟,搞成了地主!"这个普通党员说。

胡秉宸也不明白,一个贫农怎么说变就变成了地主?那时候,这种蜕变还不像几十年后"红五类"说变就变成巨贪、腐化堕落那样普遍,那样让人理解。

仅这一点,就让胡秉宸觉得此人很不可靠,立刻将他放弃,重新找了一个教员做内线,自己也没有暴露身份,尽快隐身而去,另换手下人出面,在那里租房开了家小酒馆——任何时候酒馆都是人来人往便于掩护的地方。那教员后来被捕,始终没有暴露任何与他有关的人,最后牺牲在国民党有名的特务机关白公馆。要是前"贫农"被捕,结果就很难说了。

那一行,胡秉宸建立了五个联络站点,整条线路布置安全良好,万一出事,很快就会把党的重要干部输送到安全之地。

回到重庆后,胡秉宸绘制了详细的路线图,将如何到达那些联络站点、那些站点的联系人,一一向领导作了详细报告。

像胡秉宸这样的全才,真是"五百年才能出一个",不论到大别山送情报,或领导地下工作,或侦破"军统"在重庆的通讯系统,或建立秘密通道……样样杰出。如果给他一个总统,相信干得不会比克林顿差,更不会出莱温斯基那样的事故。只可惜给他的天地太小,更可惜他耗去十多年青春、出生入死建立的勋业,并没有得到充分的运用,甚至没有得到运用。

这些联络站点上的同志,随时准备血溅轩辕,在那平凡的地方潜伏着,艰苦地坚持到抗战结束。可惜这些花费许多心血建立,又经许多人坚守多年的地下通道,像胡秉宸送到大别山的那份重要情报一样,根本没有用上。

为胡秉宸调查"贫农变地主"的那个普通党员,就是眼下坐在胡家厅里的这位老乡。

老乡同样无怨无悔地坚守着胡秉宸当年交付的任务,更没有以此兑换什么好处,问题是新政府不承认他的党龄和他为党坚守多年那份默默无闻的工作。

由于那条秘密通道由胡秉宸建立,谁也不知道胡秉宸在这条通道上埋伏下的力量,当时又都是单线联系,除了胡秉宸,谁也不能为这个老乡证明什么。自新中国成立后,老乡卖房子卖地,坚持不懈,四处上访,也四处寻找胡秉宸,几十年如一日。人人都说他疯了,但他知道自己没疯,而是忠诚于共产主义理想。他对那些说他疯子、不承认他党籍的人说:"老子为革命献脑壳,你们这些龟儿子就和那打银器的地主一样,反攻倒算我。"他越是这样说,基层组织越是不承认他的党籍。

"基层啥子水平?打银器噻。"他说。

所以当他找到胡秉宸的时候,怎能不抓住他的手不放?

胡秉宸又是兴奋又是伤感,说:"放心,我一定会给你写份证明。"

老乡激动得几乎落下泪来,再次抓住胡秉宸的手,就像实实在在抓住了烟波浩渺的历史,那些无形的东西一下子变得可以触摸。

那一夜,胡秉宸禁不住从记忆中翻出陈年旧事,想起一九四四年因同样目的,受命建立的另一条水上通道,与他完成的所有重大任务一样,也是一次都没派上用场。

这些事情,自己想想也觉得奇怪。不是一般的奇怪,而是非常奇怪。

于是耳边又响起了如《命运交响曲》中那几声敲打命运之门

的重击,叩问着一个世纪的疑惑,从人类前途到久远的过去,一一重新评估。

回顾自己这一生,惊涛骇浪,十二年内战、十年动乱,花样年华就这样过去了。

值得吗?

国际共产主义也分崩离析,甚至互相开火,曾作为他全部生活的价值标准突然崩溃。胡秉宸感到了迷惘、混乱、怅惘,甚至对人类前途产生了悲观。

将来又是什么?

他找不到答案。

特别是与不受历史成见束缚的吴为纠缠在一起后,他想得更多了。

罢,罢,罢!

至少还有一个真诚的吴为。

到了这个阶段,吴为在胡秉宸的心目中才渐渐演变为正面形象,不久之后,他就会对吴为说:"你是我碰见的少有的有胆识、有勇气、有毅力的奇女子。我和你的关系,男女之情只是一个方面,根本的是思想上的一致,共同的语言、共同的感觉。

"你是可信任的、亲切的、坦率的人,与你在一起如沐春风,无拘无束无隔阂,宛如同一个可以推心置腹的好友,坐在松枝覆盖的长椅上漫说家常。你是我安全的港湾,是我随时可以归宿的地方。有个可以完全信赖的知己,多么难得!"

本就处在十字路口,且心中已然有了倾向,只是苦于没有向诸多理论交代的理由方在十字路口徜徉,一旦某个轻如鸿毛的借口杀出,很可能产生重如泰山的效应。

在检点一生的迷茫中,胡秉宸有了向安全港驶去,在松枝覆盖的长椅上漫说家常的理由。

十三

尽管很长一段时间胡秉宸与吴为音信不通,但佟大雷的作为,胡秉宸似乎全都了然于心。

哪怕一件价值不大的东西,一旦在拍卖行里进行喊价,进入两强竞争的峡谷,马上就会产生泡沫效应。

一看到胡秉宸,吴为知道非同小可的事情即将发生,便对禅月说:"今天妈妈有点儿累,咱们不散步了,你坐公共汽车回学校好吗?"

禅月喜欢和吴为一起散步,路上她们无话不谈。她正处在开始"懂"的年龄段,并且因为懂得母亲而分外得意。好比她已渐渐懂得吴为额上的皱纹并非都是因为气恼,更是因为走投无路、无处求援的绝望。

吴为不止一次对禅月说:"生你之前我就想,我要生一个朋友,一个永远不会抛弃我的朋友。"

除了刮风下雨的日子,她们每个周日从这条路上走过,送禅月回学校去。吴为站在校门外,看她一跑一跳进了学校大门才转身走回家,带着与禅月交谈后的愉悦,想着已渐长大并挚爱她的女儿,已经写出和准备写的小说……

"好吧。"禅月说。

"我就不等你上车了。"吴为说。

"哎,妈妈,您好好休息。"

吴为点点头,有些慌张地走了。

汽车老也不来,看着吴为渐渐走远的背影,禅月非常不放心,应该把妈妈送回家再走,就叫道:"妈——妈——等一等。"

吴为没有听见,急匆匆地走着,这时禅月看见一个上了年纪的男人,横路穿过,拦住了妈妈。禅月很快明白妈妈对她撒了谎。她不是累,她是要和这个男人见面。

然后他们折了回来,沿着附近的一条小河向田野走去。

这是禅月出生以来第一次遭遇的有主题、有意识的大伤心。在这之前,不论她啼哭过多少次,都称不上是伤心。

从离开韩木林后,禅月就生活在一个女人的世界里,不论是小姥姥的爱还是妈妈的爱,全部是为了她的,她的爱也同样全部回报给了她们。可是从未欺骗过她的妈妈现在对她撒了谎,而且为了这样一个面目不清的男人……

妈妈欺骗了她!

眼泪顺着禅月十六岁的、红润而丰盈的脸庞流下来。她觉得自己就在这一刻长大了,她的少年时代也在这一刻结束了。

晚上,禅月第一次失眠。

一个异物,突然揳入了她们这个浴血奋战、三位一体、相依为命、艰难度日的家。

这个三位一体的家,面临着她一时还说不清的、巨大的威胁。

禅月十分担忧,那一周简直没有心思上课,盼望周末,赶紧回家,好像谁会把妈妈偷走。

但是回到家里,见到妈妈,突然有了一种陌生感。一切都和过去一样,可又都不一样了。有一会儿,她都不知道怎么和妈妈说话。她看出妈妈又被烦恼锁住,那把锁就挂在两个眉头上,眉头间马上立起了一条竖纹。

不仅两个眉头间立起了一道竖纹,甚至两个嘴角旁也出现了两道竖纹,好像她正咬着牙,挺着什么熬煎。可是妈妈什么都不对她说,独自受着呢。

妈妈为什么瞒着她?怕她不懂吗?还是宁肯和那个男人守着一个共同的秘密,反倒把挚爱她的禅月当做外人似的排除在外?也就是说,那个男人对妈妈来说,比她更为亲密……

禅月忽然明白,自她懂事以后,妈妈的一切烦恼都是那个男人带来的。她十分明确地恨起那个男人来了。

禅月不说出自己的伤心和仇恨,妈妈应该看得出来。可是妈妈完全沉溺在自己的心事里了。

胡秉宸仍然什么也没有应允。

一拐上那条通往田野的沿河小路,胡秉宸就说:"你可以挽着我的手臂吗?"

面对胡秉宸的恳求,吴为只好把胡秉宸对她的伤害置之脑后,只好隔着一尺的距离,远远地挽起他的手臂。

胡秉宸说什么来着?说到在干校的时候就想念她,说到几件吴为反倒记不得的小事。

而吴为却为胡秉宸背诵她刚刚发表的一篇小说,特别是她得意的几个句子和段落。反正都是一些无关紧要的话……一点不珍惜这个机会,好像他们过去有过、将来也还会有很多这样见面的机会。

她甚至不望胡秉宸而是仰望满月,这种时候却还一脸洁净,如此十三不靠地背她的小说,真是出人意料。难道此时她不该投入他的怀抱?

背诵完小说,吴为转过脸来想听一声评价。可是胡秉宸无从评价,他根本就没有认真听她的小说,又不能敷衍。他不想亵渎这个饱满的月亮,还有他犹豫了差不多十年才有的这个约会……

吴为微微张着嘴,侧着脑袋等待着,胡秉宸从来没有这么迫近、这样清楚地看过她的嘴唇……她的嘴唇不薄也不厚,看上去很软,唇线也不清楚……他闭了一下眼睛,生怕自己吻上去,却身不由己猛然将吴为紧紧拥进怀里。

要不是河边树影下突然站起一个钓鱼人,问道:"同志,几点了?"胡秉宸肯定会吻上吴为的唇,现在只好赶快将她一把推开,疾步向前走去。

吴为实在不该忽略胡秉宸将她猛然一推,赶快甩手走开这个细节,正因为是下意识的动作,才更准确地反映了他某种根深蒂固的心态。在他们长达几十年的关系中,这样的情景还将不断重现。

每一次出现,都无可挽救地将胡秉宸透过于人的陋习描绘得更加清晰,只是吴为过于迷信胡秉宸,无法想象一个挚爱的人会对自己有所埋伏。

何况吴为从来不着调,这种景况下竟然会说:"你看,这不是一个很有趣的电影镜头吗?"

以胡秉宸的经验来说,吴为此时倒不是假正经,而是没有发动起来。难道她仅仅是柏拉图式的爱情主义?要是她没发动起来,他就只好压抑自己,否则她会把他看做一个只有"性趣"的男人。他只好顺着吴为的思路,说:"对了,顶好还让这两个人戴上眼镜,他们不是把眼镜碰碎就是碰掉地下,两个人趴在地上,满世界摸他们的眼镜。钓鱼人还可以帮助他们找,讲好价钱,找到一副眼镜付他多少钱……"

胡秉宸太大意了,吴为虽然不是假正经,但与从前已经有所不同。胡秉宸的恳求来得有些晚了,她不但穿上了成功的盔甲,心也冷硬多了。

…………

回到家里,胡秉宸关上电灯,坐在书房里回想这个夜晚的荒唐。他从没有这样不着边际地与女人周旋过,"百乐门"后是狂欢之夜,后来的女人们又太物质,吴为却是罗曼蒂克,是情调,不像一些女人把自己制造得可爱——制造的可爱只能是口味而不是情调。

没想到在生命将近尾声的时候,却碰上了这样一个浪漫的女人。他的脸上不禁浮上一个久违的、连白帆也很少见的微笑。

从隔壁房间传来了白帆的鼾声,如当头一棒使他猛醒,那少见的微笑忽悠一下就从脸上隐退。

以后怎么办呢?如果此后吴为要求天天见面如何是好?

现在他还有什么理由再与白帆联手写封信给吴为?还有什么理由在白帆起草的信上附笔"吴为同志:你自己塑造了一个虚无

缥缈的意境,又自己在里面扮演了一个多愁善感的角色,沉溺在里面出不来了。这是资产阶级的感情游戏,不是无产阶级思想,你甚至没有想到这是多么危险,我要给你泼出一大盆冷水,就近来谈一次,不要再写信了"?

没等胡秉宸想出所以,吴为倒先来了一封信,说是想来想去这种关系没有好下场,不如及早刹车。

一旦离开胡秉宸,吴为的脑子就清楚了。

毫无例外,肯定又是一次捉弄,而受伤的只能是她。

好像在冰天雪地里,冻得昏昏沉沉就要睡死过去。她真不愿意醒来,就这样软软地睡下去多么惬意……可是写作说:"起来,起来,不能睡,否则你就要死了,全家老小也会再度落入被世人鄙夷的境地。"吴为当然不愿意死,也不愿意母亲女儿再受二茬罪。

写作把她从极端危险的状态中拉了出来,"你得站起来,跟我走!"

幸好吴为现在有了一个比胡秉宸更权威的权威。

胡秉宸抓起电话就打,而吴为正在某个饭店开什么文艺方面的会议——"你等着,我马上就来。"

没等吴为回答就放下电话,咚咚咚跑下楼到司机班。司机说:"胡部长,您怎么自己来了,没让秘书打电话招呼我?"胡秉宸这才意识到自己的不合常规。

"送我到饭店去。"他吩咐道,喘息着并神经质地弹着手指。

吴为想干什么?发生了什么事?胡秉宸惶恐得不得了,好像十年来都万无一失、牢牢地放在那儿、死死守着只是想象中的他的吴为,每一秒都会离去。他这才意识到她的耐性终有一天会失去,她的世界也会渐渐扩大,她将醒悟,他并不一定是惟一、可意的男人。

他不免酸酸地想:现在地位不同了,是不是?

这真不是他的刻薄,可惜胡秉宸不想重视,也不想深入挖掘。

胡秉宸没敲门就冲进了吴为的房间。吴为倚在沙发一角,好像那里是她的退路。他说:"你不能这样做,你不能离开我,你要是离开我,我就要死了。"

吴为好像没有听懂,还是木木地望着他。胡秉宸不得不把这句话重复了三遍,这次她好像听懂了,从沙发角落里站起,摇摇晃晃朝他走来,他刚伸出手去接她,她就软软地倒在他的怀里。胡秉宸拖着她坐到沙发上,冲破长达十年的徘徊、犹豫、挣扎、禁锢,朝吴为低下头去——

这是他们的第一个吻。

其实,胡秉宸十年前就等着这个吻了,因为等得太苦,他觉得天旋地转,一切不复存在。这一瞬很长很长,地老天荒;这一瞬很短很短,灰飞烟灭……

名誉、地位、权力……他为之奋斗了一生的东西此时都化作了飞烟。只剩下她,这个偎依在他怀里的女人。

仅仅这个吻,就让身经百战、出生入死、钢铁一般的胡秉宸神魂颠倒,不知南北,恨不得死去才好。没想到在这个年龄,还能如此忘情地尝到一个女人可能给予一个男人的震撼以及这个震撼带来的快感。他重新体会到他还是一个男人,还是一个能让女人忘乎所以倒在怀里的男人。

直到离去,胡秉宸还一步三回头地对吴为说:"你要是离开我,我就要死了。"

此时此刻,胡秉宸的这句话,真不是用于恋爱的花言巧语。

回到办公室,胡秉宸什么也干不下去,有人来谈工作,听到的只是一片嗡嗡嘤嘤的声音,却不知他们说的什么。

他好像回到了初恋。他有过初恋吗?四川美人算不算呢?过去的女人从记忆里一一走过,不,与这一次相比,都有点逢场作戏的意味。

这其实是胡秉宸的错觉,他从每一个性爱对象那里都得到过新鲜的体验。但是作为一个男人,他不可能不忘记她们,自然也就忘记了她们的不同。

回到家里,他草草吃完晚饭就上了楼,将自己关在书房,又是关灯坐在黑暗里。但黑暗也干扰着他,搅扰着他,压迫着他,追逐着他,撕扯着他。

值得还是不值得?

以后又怎么办呢?

尽管吴为倒在胡秉宸怀里,她也不肯再进入那个怪圈。她能想到的最无能、也是最好的办法,就是离开,到山区去体验生活。

胡秉宸知道后,只写了一封无力的信,"可否到我家来,与我和白帆同志一起喝杯茶,她会很高兴的"云云。

看到"和白帆同志一起喝杯茶",吴为笑笑,如同她身上的那套盔甲,不都是穿着用来抵挡什么?那就不要再惹是生非。

她没有去喝那杯茶,毅然不辞而别。

佟大雷听到吴为深入生活的事,于开车前赶到了火车站,抢过吴为一个手袋拿着,像是得了赏,紧紧抱在怀里,心里还想,向来这是秘书替他做的,而他现在却心甘情愿地替一个女人拿着。

抢到手里的手袋即刻成为佟大雷的动力,他又开始给吴为写起信来——

> 鲁迅在福建写《两地书》,我没他那样的福分。瞿秋白在福建写《多余的话》,落得掘尸毁坟。在他动手写的时候,可能已经意识到是多余的了,意识到而不改,也是文人积习太深的缘故。话得说回来,一个人临死的时候,还不允许倾诉自己的一腔哀怨实在也太霸道了,我同情他,所以写两封多余的信吧。

继而吟诗作赋——

春寒夜雨向阳楼,一别悠悠又过秋。
咫尺天涯人不见,玉泉河畔月西流。

望帘钩,小西楼,送君别意悠悠,论夭折,竟为愁,此景此情,梦里谁留! 一篇文字堪羞,赢得中宵泪满流,人生百年尔,若个为俦,纵天荒地老,此意难休。

这些文字真是又蠢又俗又笨!

有些事并非凡人都能"染指",不论佟大雷多么自以为是,诗词这样的洁物,实则与佟大雷毫不着边。他最精彩的文字还是那些打油。

好比一日游灵隐,万头攒动,索然而返,灵隐壁上有斗大四字:咫尺西天。倒启发了他的灵感。为求吴为一笑,打油一首——

咫尺西天处,香烟腾云雾。
男女膜拜者,颇多大脚裤。

不论是填词作赋还是他本人,佟大雷只合打油。

想起胡秉宸当年正是一句秦少游缴了她的械,吴为心中更是不耐烦,怎么人人都玩起了模仿秀!

想不到佟大雷这样纠缠,她只好给部里几位领导包括佟大雷在内写了一封公开信,算是一个警告。

佟大雷回信道:

"作为朋友,即便写一封信给我,总不会引起我的神经发作。然而竟是如此惜墨如金,某某某、某某某并某某的一封官书,实在人情之外,就是一位公主也未免过分一点。"

从此"安史之乱"方才平复,吴为以为佟大雷的爱情攻势从此也就平息下来。

她对佟大雷过剩的精力,认识得太不足了。

如果"永动说"不能在物理学上成立,那些对"永动说"执迷不悟的科学狂人,最终可以在佟大雷这里得到极大的心理弥补。

胡秉宸那里也是每天一封信。吴为对着那些信说："不,我不给你回信。"果然没有一字回复。

她在山坡上爬来爬去,天边的云就低了许多,也像从来没有胡秉宸那个人似的按时起床、睡觉、工作,写点什么……渐渐觉得日子和她都像云一样平滑了。有时也想到自己的自私,为了逃避这个爱,把母亲和女儿扔在北京,难道她们不想念她、不需要她的照顾吗?

可是胡秉宸突然来信,说肠子上长了什么东西,已经住进医院等等,那平滑的云或是山坡马上完蛋。

她连夜赶到县城,拿着手电筒在阡陌小路上疾步赶路,除了远处的狗吠,只有那束手电筒的光亮,在黑暗的包围中渺小无力地颤动着。

县邮电局的木板门,敲起来响彻整个寂静的山村小镇,可是工作人员像在石头里冬眠。她咬着牙、闷着头不停地敲,直至敲开一扇木板窗。一个头发直竖的脑袋从里面钻出,"什么事?"

"打电报。"

"这里没有电报业务。"头发直竖的脑袋又缩回石头里去。

此时吴为变得十分聪明,她想到了县委会。果然有灯光,有人值班,安静地过着一个山区的夜晚。她拿出工作证,信口雌黄地使用着"文化大革命"那一套招摇撞骗的伎俩:"我有急事,急事!必须马上请示……"

中年人对她的证件肃然起敬,那么容易地就相信了她,"没问题,没问题。"甚至高兴有机会帮助她,同时也有能够使用权力的慷慨。

吴为好一阵惭愧,欺骗这样一个对中央部门怀着如此敬意的人实在可耻。

她真想对他说"我其实……我不过急着要用电话",却变成了"我可以付电话费"。

"都是为了工作嘛。我这就让接线员给你接电话。"

他走到院子里,大声吆喝着:"小王,小王!"这一吆喝肯定把全院子的人都得吵醒,可只有一间屋子的灯亮了,也许人们已经习惯了这样的夜半吆喝。

叫做小王的,摇着一个二十世纪初的电话机,把她要的电话号码传递给遥远的一部电话机,她要靠着这样复杂艰难的链接、运载,把她的焦虑从这个小小的山区,传达到胡秉宸那里。

这古老的山镇、古老的电话机和古老的生活,让她突然有了瞬间的反省,比之它,万物的虚浮不过是很不清晰的一个闪念。

电话终于接通,有山有水的距离在线路中声声漫漫,忽断忽续,"喂……"当她听见胡秉宸的声音时,似乎又要昏倒下去,瞥了一眼一旁的小王和中年干部,挣扎着说道:"我接到了您的信。"并不是为了隐瞒,而是不愿亵渎小王和中年干部协助她的真诚,"我想请示一下,我是否……是否留在这里继续工作,还是立刻返回?"

胡秉宸的声音听上去很虚弱,确有重病缠身的样子。

听出吴为的焦虑,胡秉宸更加利用起来,他当然要她立即返回。

他没有说医生已经确诊,肠子上那块东西不过是块息肉。吴为也没有问是不是癌——既然她没有问,不说也不为过,只用更为虚弱的声音说了一个"喂"。

要是他用更虚弱的声音说一个"喂",也没有什么不对。夜间,他正睡得迷迷糊糊,脑子不够清醒或是嗓子发干等等,"我觉得你的工作不一定非得在那里完成,这里毕竟是变革的中心……我想你不如回来,不要失去感受这样一种氛围的机会。"他在电话里只能说这样的官话,好在这样的官话说起来得心应手。她在电话里也是吞吞吐吐,显然一旁有人。

吴为却理解为他的情况不妙,说:"好,我马上回来。"

马不停蹄赶回北京,放下行李就到公用电话亭去打电话。胡秉宸上来就是一句:"亲亲,你可回来了。"

吴为赶快转过身去,用背对着守电话的人。能把吴为千里迢迢扯回来的,是胡秉宸到底有没有生命危险,而不是这声"亲亲,你可回来了"。

"喂,你怎么不说话?喂——喂——"他以为她生了气或是电话线断了。

"等一会儿——"她像刚刚跑完一个全程马拉松,声带干得要裂了。

到了现在胡秉宸还不肯告诉吴为,实际上他什么病也没有。

"我……可以去看看你吗?"

"不行。"

"为什么?"

"我怎么和别人说?"

对,他怎么和别人说?他们的关系是见不得天日的。她有什么资格关心他有没有生命危险?

可是他们之间到底有过什么关系?除了那一个短暂的、来不及体味就瘫软过去的接吻?

难道他一封信接一封信地催她回来,就是为了对她说一声"亲亲,你可回来了"?而她居然为这个见鬼的理由,千山万水地跑了回来!

胡秉宸却享受着这种日子。日子过得颠三倒四,早上一睁开眼睛,满眼都是吴为;晚上一闭上眼睛,满眼也是吴为。连湖面上随水流动的落叶,在他的眼睛里也变做画笔渐次的排列,显出像情绪化的吴为那样难以捉摸的色带。

吴为也不得不陪他陷入这样的日子。

为避人耳目,他们到远郊去。因为总是坐着轿车出出进进,胡秉宸没有大衣,他那件薄旧的小棉衣,在初冬深秋旷野的冷风里单薄得像是没有穿衣;头上也没有帽子,两只耳轮被冷风吹得又红又紫。

吴为伸出手去替他焐着,"噢,噢,你的耳朵怎么冻得这么红?冷不冷?冷不冷?"

"冷。"他说。

"唉,你长了多么硬的一对耳朵。长这种耳朵的人,多半儿不受他人的影响,而是固执己见。"

可他现在已经没有了己见,只有吴为。而在这之前,正像吴为说的那样,谁也别想影响他、左右他,谁也别想在他耳朵旁边吹风,软风硬风都不行。

吴为的手掌宽宽厚厚,手上流出的是朴拙的疼爱。眼神像一头鹿妈妈,驯顺,善良,关切,疼惜,就差那么一点让男人一下子燃烧起来的火星。

这样焐过他的耳朵,还不进入约定俗成的场景,而是说:"我们买一个口罩吧,这样可能暖和一些。"

他们进了一间小百货店。胡秉宸任吴为唠唠叨叨说些可以不用心去听的话,什么也不想,一味体味着被她牵着走来走去的感觉。

哪个女人可以让他这样心甘情愿地服从?有时听任白帆摆布,只是因为懒得与她多费口舌;而听任吴为摆布,却是赏心乐事。

然后她把口罩给胡秉宸戴上。先将口罩带子套在他的颈上,食指和拇指牵着带子两头绕过他的两耳,弄得胡秉宸直痒难熬,后来又在他下巴上打了个结,"怎么样?紧不紧?"再拽拽带子,"松不松?"

"松。"

吴为又用力拽了拽带子,"到底是紧还是松?"

胡秉宸的心被一种不熟悉的力量轻轻攥住,幸福?快乐?喜悦?甜蜜?舒适?……无以言说,便对吴为说:"白帆从来没有这样关心过我,更不要指望她为我焐一焐冻僵的耳朵。"

然后就是播放那个冗长的、早已拷贝过的老版本——

"我和白帆一九四一年同居,没有结婚手续。那时我刚从延安到蒋管区从事地下工作,时间不长,接触的女党员只有她一人,彼此对性格、经历事先也没有充分的了解。同居后不久,就发现很难相处,当时没有条件生活在一起,大约每周见面一次,即便如此,她也经常为一些琐碎的事动手打我。有一次用燃着的香烟按在我的臂上,还多次用杯中开水泼到我的脸上。我还年轻,对夫妻生活完全没有经验,我非常吃惊,很难想象一个年轻的女人会这样对待男人。但是限于地下环境又怕影响工作,不好声张……事后我才了解到这可能与遗传基因有关,她父亲就是这样一个性情暴戾的人,也是如此虐待她的母亲。

"解放初期,我们的关系已破裂到准备离婚的地步,但那时大家忙于工作,加之工作不在一个地区,也没有机会办理这件事。直到一九五五年审干,有人来调查白帆同另一个男人的关系,才知道她一九四六年就同那个人有了关系,所以一九四七年她生的那个儿子是不是我的儿子还是个疑问。我们多次争论过这个问题,她说按月份应该算是我的。她说的也许有道理,因为那个时期她和我们这两个男人花插着睡,我不能证明不是我的,也不能肯定是我的,争论下来总是没有结果。

"由于中国长期处于封建社会,社会对这类问题带有极大的偏见,几千年来不知多少妇女死于这样的偏见。我作为一个马克思主义者,应该对这个问题有一个合理的态度,特别它势必影响这个孩子的一生,以后还会影响他和妻子的关系,还有他孩子今后的生活,所以当时除她所属的组织和我之外,我从来没对别人提过这件事……"

吴为好羡慕白帆啊,比起韩木林对待绿帽子的态度,胡秉宸真可以说是高风亮节,白帆真是摊上了一个好丈夫!

她却不想一想,与她有过同样前科的白帆,不但不理亏还敢这样对待胡秉宸,是不是有点不合逻辑?

以胡秉宸这样一个男人,又为什么甘于忍受这样的虐待?

如果她能想一想，就会发现这个版本漏洞百出——胡秉宸如若不是有什么败行劣迹，白帆怎敢这样对待他！

什么样的败行劣迹，才能让一个挚爱丈夫的女人疯狂若此，并下得这样的毒手？

可惜吴为什么也没想，只是一味羡慕白帆的福气。

真是"众里寻他千百度，蓦然回首"——白马王子却在"灯火阑珊处"！

于是吴为赶忙把自己类同的历史，对胡秉宸说个明白。尽管她知道胡秉宸早就从人们的议论或人事部门得知她的前科，但毕竟与本人的坦诚交待有所不同，至少说明她信奉"童叟无欺"那一类信条，更是履行一个正式手续，让胡秉宸在"可忍"或"孰不可忍"之间有个选择。

胡秉宸选择的是"可忍"。

吴为不是没有这方面的教训，在鬼都不知、完全可以蒙混过关的情况下，为了良心的安宁，将私生子的隐情向前夫韩木林做了交待，韩木林选择的也是"可忍"，结果是"孰不可忍"。

但韩木林怎能和白马王子相提并论？

吴为根本不明白，男人一旦不再宠爱一个女人的时候，她们已往的风流账，永远是他们的杀手锏。

可不，如此一个高风亮节的胡秉宸，在婚后不久的一次口角里就变了一副嘴脸："你知道人家说你什么？说你是个烂女人，都说我和你这种拆烂污的女人结婚是上了你的当。可我怎么就鬼迷心窍地和你结了婚？"——不费吹灰之力，一枪就把欢蹦乱跳的吴为毙了。

这一枪与韩木林二十多年前对她的制裁相比，韩木林可就算得光明磊落。

旧时代的男人根本不必为自己的情变设计一个遁身之术。丢掉一个女人或是再讨一个女人回家，理所当然，就像当年顾秋水当着叶莲子的面和阿苏做爱。

顾秋水行伍出身,难免沾染兵痞之习,为所欲为,不在乎舆论。胡秉宸却不然,他横竖要人说好,且喜水过无痕。当然就要设计一个"理由",既可安慰自己,又可昭告他人。

大部分女人也会相信男人这种理由,作家吴为也不例外。或者不如说她们并不想探求真伪,因为,这理由不也可以用来交代她们自己的良心、道义以及社会的舆论?

也没想到他们有情人终成眷属后,当同样关爱的场景再现,却招来胡秉宸一顿又一顿呵斥。想来白帆不是从来没有关心过胡秉宸,也不是没有为胡秉宸焐过冻僵的耳朵,而是如她一样,时过境迁。

回到家里,胡秉宸禁不住到白帆房间,希望把自焐耳朵而始并一直持续到晚上的骚动平息下去。

可是白帆却说:"去,别打搅我睡觉。"

他们有几年没干这个事了,被她一推更觉尴尬。

把胡秉宸赶下床之后,白帆继续睡觉,朦胧中突然觉得胡秉宸最近有些怪异——经常不回家吃晚饭,打电话到办公室也没人接,问司机他晚上是否常常有会,司机也说不出所以;而且每天把头发梳得溜光,还抹很多发蜡,穿着也讲究起来,今天晚上还让她给他买一件大衣。

"你坐小车上下班,又不必站在冷风里等公共汽车,买大衣干什么?"

"有时候到院子里走走,就觉得冷。"

"不行。"她斩钉截铁地说。

忽而要起零花钱,"给我增加点儿零花钱吧。"

"为什么?"

"我吸的烟质量太差,弄得咳嗽越来越厉害。"

"那就少吸几包,采取少而精的方针。"

胡秉宸不说话了。而后白帆发现他上交的钱与工资不符,

"还有几十块钱哪里去了?"她把工资数了又数。

"买书了。"

"书呢?"

"在……办公室。"或者"记不得忘在哪个会场上了。"

想到这里,白帆的睡意顿时全无,几十年前胡秉宸无端迷恋上跳舞的往事也突然显现。他该不是旧病复发又有了女人?有个女人老给他打电话,声音听上去很年轻,转而又觉得不太可能。

可是老给他打电话的那个声音有点熟悉——谁呢?想不起来。

从这个夜晚胡秉宸开始明白,他可能已经渴望上吴为的肉体。在此之前,他从未有过这样的冲动,很多年了,和白帆做都是机械化运作,现在却多了一些别的。而且这一次骚动比哪一次都丰富、强烈,似乎不亚于青春年少。

他一惊,从什么时候起声名狼藉的吴为,在他心目中变成了风情万种?

那个冗长的、既可安慰自己又可昭告他人的"老版本",并不能让横竖要人说好且喜水过无痕的胡秉宸心安理得。

这种时候,胡秉宸根本顾不到吴为。

也就难怪胡秉宸有时突然变脸。牵着吴为的手,正谈得高高兴兴,突然中途停下,说:"不去了,我要回家。"缄默的薄唇,石头一样地冷峻,再不会发出多一个声音。

吴为不明白出了什么事,也知道逢到这时留也留不住,即使她哭、她恳求,也是白搭,胡秉宸那对硬耳朵是不会轻易听人支配的,只有无奈地看他离去。

不过想想进入"情况"的胡秉宸,是不能仅仅用"疯狂"那样的字眼来说明的。那不是疯狂,而是眼见着一炉钢铁,在炽热的火焰中渐进地熔化,与其说是柔情,不如说是英勇壮烈。能在这熔化中同为灰烬,该是死而无憾的了,吴为又有什么不知足的?

比起更重要的筹码,吴为就无足轻重了。

有消息说他前景不妙,仕途多蹇。胡秉宸不是钻营之辈,恋栈却是人之常情。与吴为的关系如果曝光,结果如何?无须多言。

家庭这个形式在仕途上的印象分不可低估,即便在西方社会,那些竞选总统的人,还得在选民面前扮演恩爱夫妻,实情如何另当别论。为此他和白帆早就达成协议,彼此既往不咎,面对新的形势,同心协力,一砖一瓦垒筑起这个家,虽然不尽如人意,也不能想象拆毁它的后果。

为了这个模范家庭,胡秉宸又做了多少忍耐、铺垫,拆毁它不等于前功尽弃?

只是碰到吴为之后,这个稳定的家庭才有了飘摇之感。

是不是?!整日坐卧不安地等着一个女人的电话!

也不仅仅是中国作家的矫情,俄国小说家赫尔岑也有涉足、兼容哲学之好,早在小说《谁之罪》中作过如此归结:"一切违反人性自然的美德,勉强的自我牺牲,大半只是一种空想,实际上是不可能的。"

一旦回到家里,胡秉宸又觉得负了吴为。他心知肚明,如果他不去撩逗她,吴为如今不但过着平静的生活,并且可能忘了他,也可能从追求她的男人里挑选一个没有任何羁绊,全心全意爱她的男人……是他把她带上了这条人不人、鬼不鬼的路。

一旦回到家里,不但觉得不再欠着白帆和这个家,反倒觉得白帆和这个家欠了他。当一个人总觉得他人欠了自己什么,不知不觉便像个债权人那样肆无忌惮、颐指气使。可是白帆并不觉得自己欠了胡秉宸。

晚餐桌上,家乡来的一位客人说起农村的变化,白帆说:"这是不是资本主义复辟?"

胡秉宸接着问:"中国有资本主义吗?"

白帆居然拿着筷子在他头上一敲,"什么话!"

只是因为自爱,他才没有当场给她一点颜色。和一个四体不勤、五谷不分,除了报纸上的社论、党内文件,从不知世界上还有其他文字的人有什么可谈?

客人是县里的一位领导,回到家乡会怎么说?说她可以威风地拿筷子敲部长的脑袋?因此她比部长更了不起?这就是许多女人的通病——浅薄,无聊。

白帆也始终不明白,胡秉宸之所以不和她理论,并非因爱而生的迁就,而是毫无兴趣到了呵斥也无情绪的地步。

左也不是右也不是啊。

胡秉宸怎么也睡不着,只好第二次起来吃安眠药,很厉害的那一种,很快就腾云驾雾进入梦乡。他梦见带着吴为到了一个没有通路的孤岛上,《鲁滨孙飘流记》似的没有人烟,甚至没有野兽,只有礁石、海水,还有和海水连成一片、时灰时蓝、时浓时淡的雾。他也没问一问,既然没有通路,他们如何来到岛上?在梦里,人们从不问为什么,不究其竟,通情达理,对什么都不以为怪,都正常得可以理解,连价值观都不同了,连人们那种爱打听他人隐私的好奇心也不存在了。他和吴为住在一个云雾缭绕的屋子里,躺在云雾的床上,而吴为就像他怀里的一块彩云,他既能感到那云的柔软,又不能实实在在触摸到她。

白天紧紧纠缠着黑夜,黑夜紧紧接着白天。

忽然秘书出现在眼前,"胡副部长,我们整整找了您八天了,中央有一个紧急会议,一定要您出席。"心一惊就醒了过来。

对这种说风就是风,说雨就是雨的阴阳变幻,吴为一直心存疑惑。

很难相信这不是胡秉宸的如意算盘。

在众人面前,他仍是受人爱戴尊敬的部长;回到家里,仍是那个模范家庭的丈夫和父亲。

至于她,随时都得听候胡秉宸的调遣,不管她是否正在写作,或去参加女儿的家长会,或陪母亲看病……都得立刻放下,不顾一切地向他跑去。

然后跟着他穿行在一条又一条小胡同里。那些小胡同多半没有下水道,满是污水的臭气和污水搅和的泥泞。即便如此,每每经过那昏暗的路灯,胡秉宸仍然会把帽子拉得低得不能再低,走过那盏灯再把帽檐翻上,让吴为又是鄙夷又是怜悯。

他们常常从傍晚走到凌晨,有时在雪里,有时在风里,有时在雨里……实在累得不行,才走进小胡同的一个馄饨铺或是小酒馆,要两碗馄饨。竹筷的缝隙里饱浸着不知多少张嘴留下的秽垢,馄饨如泡在泥汤里一点热气也没有,碗边上净是嘎巴儿,汤面上漂着一层半凝的灰色猪油。他们谁也不吃,只为有理由在那条板凳上坐一会儿。

或是要两盅二锅头,一盘煮花生,听扛大包或蹬三轮的工人聊聊他们的生活,然后再走进或风或雪或雨之中。

胡秉宸就这样和她走了几个月,他们淡漠地相跟相随着,淡漠得好像他们之间什么关系也没有,直到有一天胡秉宸忍不住把她拉进路旁一座尚未完工的建筑群里,在她嘴唇上匆匆一吻,与他们第一个吻隔着很多个日月。

"这个吻就像一个邮戳,在你唇上盖上我的印记,说明你是属于我的。"再一次确认吴为那个唇的归属权后,胡秉宸得意地说。

就这样低三下四地属于他?

这样鬼鬼祟祟,跑来跑去,左躲右闪怕人看见;

在一个下三烂的地方见上一两个小时,偷一个吻,说几句不负责任的情话;

每天为胡秉宸一封暗藏玄机的信猜来猜去,或绞尽脑汁编造一封地下党式的联络信;

永远过着一种大部分是鬼、小部分是人的生活……

——这个情人当得太廉价了是不是？

吴为说："你就这样什么也不付出地垄断着我吗？"

她渐渐开始不无恶意地给胡秉宸打电话，时而往他办公室，时而往他家。有时她听见一个女人的声音，她知道那是白帆。

他们在电话里说着不光明的话，带着不明确的犯罪感。

胡秉宸越是害怕，吴为越是往无遮无拦的路上走。

吴为的不驯，使他们的关系不安静起来。

所以不只胡秉宸说变脸就变脸，吴为也是说变脸就变脸，"我们或是就此分手、一刀两断，或是你想办法解决问题，反正我不能给你当情妇。"

但是胡秉宸久而不决，既不肯与她一刀两断，也不肯与白帆离婚，只是继续苟且着和她的关系。

当年他们在干校，走在去割稻的路上，胡秉宸早就应该从他们的第一次交谈中领教吴为不肯随便玩玩，而是真刀真枪，甚至杀鸡都要用宰牛刀那样小题大做的脾性，也就不会等闲视之了她对合法名分的要求。

茹凤一开始就不同意吴为关于"名分"的说法："我真不懂，你为什么非要一个合法的名分？当情人有什么不好？如果只做情人，他会觉得欠了你，对不起你，宝贝着你。一旦有了名分，赏你名分的那个男人马上就会变脸，你也就跟着掉价儿，变成糟糠。别忘了中国男人赏给妻子的那个典型称号'糟糠之妻'，就是这个意思。后面还有'不下堂'三个字——'堂'最好是不下，但可以讨小老婆或搞情人。"

吴为哪里懂得如此深奥的辩证法！

胡秉宸老是说："等等，等等，等一个合适的时机。等我调动工作以后，或是等我离休以后，我已经申请离休了。"

不要说胡秉宸，就是吴为这种无足轻重的小职员也身不由己，不是自己想去哪里就能去哪里,想溜就能溜的。胡秉宸的去留更得由组织部甚至国务院决定,就算他可以离开这个部,办理手续还要很久。

"等到那一天,恐怕我们都爱不动了。"吴为说。

"什么叫爱不动了?"胡秉宸坏笑着。

"我不想等,这种日子折磨得我什么也干不下去。"

"我何尝不是这样?"

"那你为什么不了结,老是这样拖着我?"

"我爱你。"

一旦胡秉宸说出这句话,吴为就哑口无言。

她常常悲愤地对胡秉宸说:"假如我们的爱情不得不是一个悲剧,被抛弃的一定是我而不是你。我本来可以逃避这个灾难,你却死拽着不放,难道你就这样忍心让我束手待毙吗?"

胡秉宸说:"也许有那么一天,一切很容易就解决了。"

"'也许'!你什么时候才能为这个'也许'做点儿什么?"

好不容易偷得的会面,也就常常不欢而散。

好比这天他们约好到颐和园去。吴为说自从大学毕业后再没有划过船,而他差不多从来就没有划过船。

吃早饭的时候电话铃响了。胡秉宸立刻觉得这个电话铃响得不对劲,他听见白帆穷追猛问:"你是谁?"那边好像不回答或是说了什么。

白帆又说:"我得知道你是谁,有什么事,然后才决定要不要告诉他。"

他赶紧走过去,从白帆手里拿过话筒,"喂,哪一位?"

"我。"声音听上去就怨天怨地。吴为不过想提醒他多加一件外衣,天气不那么好,怕他着凉。被白帆一审,自知理亏,张口结舌,联想到这种人不人鬼不鬼、偷偷摸摸、无天无日的鬼祟什么时候才是头,就不由自主地说,"对不起,我不想去了。"

"为什么?"

"突然没兴趣了。"

"反正我还在……"胡秉宸一着急差点说出"我还在那个地方等你",瞥见白帆警觉地侧着耳朵,便改口说,"反正我的意见还是按计划办事,好吧,就这样吧,按计划办事。"

"不。"吴为固执地说。可是胡秉宸没有回答就放下了电话。

为什么说没兴趣了?当着白帆,胡秉宸又不好问。见面太不容易,每次都要想好一个借口,吴为还这样不懂得珍惜!

回到早餐桌上,拿起烧饼咬了一口,就扒拉起餐桌上的食物渣,一会儿堆成一个小堆儿,一会儿又把它们分开,一会儿又把它们排列成行……

白帆频频扫视着胡秉宸,他那口嚼了很久还不曾下咽的烧饼,那些忽而成堆、忽而成行的食物碎渣,那移动得很快的手指,都泄露了心里的烦躁和不安。她张口问道:"谁来的电话?"

"部里的人。"胡秉宸没好气地回答。

"星期天还来电话?"

正一肚子火没地方发泄,又不好指责白帆对电话的兴趣,鼻梁旁边有了几条浅浅的斜纹,脸上就有了介乎讥笑与微笑之间的皱褶,"我这一辈子差不多都是在办公室里度过的,从来没有星期日、工作日之分,你也从来没关心过我累不累,今天怎么突然关心起我来?"

"我为什么不能问?这个女人老来电话,我一听见她的声音就……"

胡秉宸想起被白帆推下床的情景,还有她的那声"去",便报复有加地说:"你不是让我'去'吗?我这就要'去'了。去找一个寡妇,满足我你所不能满足的要求。"

白帆胸有成竹地说:"看你有几个胆子!"与当年请求胡秉宸原谅她有个私生子时已大不相同。

白帆并不十分在乎胡秉宸找个寡妇之说。现在与刚进城的时候不同,干部们早已换完了太太,换过的太太与乡下老婆不同,个个能说会道,识文断字,有些还经过革命的训练。太太们的儿女也都长大成人,他们不但要维护自己母亲的利益,还要维护自己的利益,比之乡下那些同父异母的兄弟姐妹见多识广,由这样的家庭和社会组成的铜墙铁壁,谅胡秉宸插了翅膀也飞不出去。再说他目前的地位本就岌岌可危,他的对手们摩拳擦掌伺机以动,闹不好就自绝前程,这个约束比她的约束厉害多了,以她对他的了解,他就那样甘于寂寞?

"我要是想干,一个胆子就够了。"胡秉宸挑衅地直瞪着白帆的脸,又用一个可说哂笑也可说调笑的笑,作为本次交锋的结尾,不再和白帆纠缠下去,拿起外衣和便帽,按时按点到老地方等吴为。

老地方在公园一个鲜为人知的侧门,门旁还有两棵刚刚过人的松树,站在那两棵松树后面是很难被人发现的。他等了差不多两个小时,为每一个瘦长女人的身影心动不已,一面觉得是在扮演一个十分无聊的故事里的老角色,一面感到自己的心一寸一寸往下坠。他尝到了被一个女人抛弃或愚弄的滋味。

女人的力量不在于把男人弄得神魂颠倒。把男人弄得神魂颠倒算不了什么,随便和哪个女人,只要上了床,男人都会神魂颠倒。女人的力量在于把一个刚强的男人揉搓得失魂落魄。

吴为就这样随意处置一个男人,而那英雄一世的男人还要苦苦地等着她。

胡秉宸发觉自己的眼睛居然有点湿,实在荒谬之极。像他这样一个男人,居然眼睛有点湿!委屈?伤心?绝望?怕失去她?可他更多的是气愤。最后明白等不着吴为了,便昏昏沉沉信步往街上走去。经过一家邮局,进去买了一套廉价的信纸信封,在邮局那巴着一块块糨糊的绿漆台子上,给吴为写了一封信——

  我在邮局,含着眼泪和异常悲愤的心情写这封信,这种心情对像我这样年纪的人来说,应该早不存在了。对于像我这样对任何事情都非常认真和忠实的人来说,这是一种伤害,对生命的伤害。这样伤害一个人是很不应该的,当然是他自己走上这条路的,但终究是可悲的。我觉得忽然老了许多,大约这就是同文艺界打交道的必然下场。请原谅我在悲愤情绪下写的一切。

回到家中,白帆问道:"干什么去了?"

"和女人约会去了。"

她白了他一眼,"说什么鬼话!"

他说真话的时候,白帆反倒不相信了。胡秉宸心力交瘁地回到书房,一头扎在那张小床上,很快就昏沉睡去。

白帆很久听不到胡秉宸的声音,走进他的书房看了看,发现他脸上有一种萧瑟,忽然有些怅然,觉得他们多年来过着极为疏远的生活,真不像是夫妻。要说她不爱他、不关心他,真是冤枉——"文化大革命"中胡秉宸挨整,她曾发誓要为他的昭雪跑遍所有部门;他被关押的时候天天都去探监,不怕他人说她划不清界限;甚至为他怀疑起从不怀疑的"句句是真理",至少认为对丈夫的结论处分绝对错误。

有个地位很高的老同志警告她:"白帆,你是参加革命多年的老同志了。这可是个原则问题,希望你站稳立场。"

她说:"老胡是个好同志。"

对白帆来说,最宝贵的不是生命而是党籍,但是为了胡秉宸,她宁肯冒被开除党籍的危险。这样的爱,难道不比那些甜哥哥蜜姐姐之类的男女关系更崇高、更伟大吗?

他要找个寡妇!也许是玩笑,可他最近怎么想起做爱来了?

过去就隐隐约约觉得胡秉宸思想不甚健康,几次出访回来,带些所谓艺术品、唱片也就罢了,竟还带了一个绿瓷的裸体女人回来,放在书房写字台上,抬眼就能看见,外人看了怎么得了?她对胡秉宸说:"你不认为这些东西和我们这个家格格不入吗?"

"我们家是什么'格'?我们在江西的时候,你不是还学过钢琴吗?"胡秉宸颇有意味地说。

在爱和良知的夹攻中,胡秉宸觉得自己就像乘着一艘坏了舵的船,在漆黑的夜里,只能不辨方向,随着那没有舵的船任意漂流;又像锅上烙着的一张饼,两面受煎烤。

他们越陷越深,也就越难舍难分,这个问题也就越来越尖锐。

非此即彼,这个问题非解决不可。

直到吴为看到一篇小说,有个与他们情况差不多的故事,正是通过三人开诚布公的谈判解决了问题,便照着小说上的办法给白帆打了一个电话,希望就三人目前的状况会谈一下。

"你是谁?"白帆问道。

跟着吴为也问了问自己:是啊,我是谁?不好回答,只能含含糊糊地说:"我……我想和你谈谈。"

"你是谁?"白帆隐约感到来者不善,坚持追问下去。

"我是吴为。"

白帆一下子就明白了,胡秉宸和吴为的关系从来就没有中断。原来三天两头打电话的人就是吴为,难怪她觉得声音熟悉。

用不着细想,散落在胡秉宸周围的那些反常、互不关联的细节,很快聚合在一起,再清楚不过地成为他叛变的证明。

什么由她起草、由两人共同签名给吴为的信?全是扯淡!

现在看来,她在那封信里是过于客气、过于温情、过于善良了!她不是东郭先生又是谁?她不是姑息了一条狼又是什么?

"吴为是谁?"白帆更有了把握。

是啊,吴为是谁?

如果自己不想办法解决这种"多头政治"的局面,能指望胡秉宸吗?不能!既然那个应该承担责任的男人躲在后头不敢出面,只好女人自己出面。无论以何种结局了结,对她和白帆无疑都是幸事。

"是……是胡秉宸的爱人。"反正到了破釜沉舟的时刻。

本以为吴为无言以对,没想到她这样厚颜无耻,气焰嚣张,竟敢自称是胡秉宸的爱人,还要和她谈谈!难道要她把胡秉宸拱手相送吗？真是反了天了。

白帆冷冷一笑，"你这样的婊子也配和我谈话？你养私生子的丑事，还有在干校的下流故事，老胡早就对我说过，难道还要我亲自再对你说一遍吗？你以为老胡真和你谈情说爱？笑话！让胡秉宸当面说说，他的爱人是谁，他要敢说是你，我马上把他让给你。"

吴为落花流水地愣在了电话这边。明明她也可以如此理直气壮地回答白帆："你有什么资格对我说这些话？你又比我高明多少？你偷人养私生子的事胡秉宸也早就告诉了我。"

但她下不了手，她把那些一钱不值的、知识分子的教养看得太重要了，却不知如何走出尴尬。

在这难堪的时刻，她想到的却是她和白帆，让同一个男人的同一把枪、同一颗子弹，打中了。

到底是作家。吴为甚至想，如果此时有台摄像机同时瞄准她们二人拍摄，人们将会看到此时此刻的她和白帆，一定像双胞胎那样分毫不差。

这一梭子打得她好不凄凉啊！是啊，她和白帆谈什么？谈胡秉宸如何耍弄她吗？

而且白帆说的句句是真理——让胡秉宸当面说说，他的爱人是谁，他敢说是吴为吗？

可她随即原谅了胡秉宸的出卖。即便胡秉宸对白帆那样谈论她，肯定也是很早以前的事，而她又确实偷过人，养过私生子。既然如是，说她"婊子""下流"，又有什么过分？

像每每被胡秉宸伤害之后那样，吴为又下了一个听起来轰轰烈烈，实则不堪一击的决心。

第 三 章

一

对于罗斯福总统开辟第二战场的时间、条件、地点,研究世界二次大战史的专家们各执一词。但美国对德、意、日宣战,毕竟是二次大战的一个关键转折。

二

官场如战场。

没想到稳操胜券的胡秉宸却在仕途大战中败下阵来。检点自己的战略战术,不知错在哪里。

何须细说,有个本属胡秉宸工作范围内的重要会议,却没有通知胡秉宸参加。

与其说政治像女人那样多变,不如说像男人那样多变更为确切。一位对胡秉宸赏识有加的领导,忽然之间调头而去,也许有了新欢,也许自身失势。不是无法求解,即便有了答案,也是过了这个村,没了这个店。

当年胡秉宸在干校对吴为借用秦少游的那个句子,可不就像谶语?到了这时才应该说是"郴江幸自绕郴山,为谁流下潇湘去",以示他不愿离去的无奈。

胡秉宸虽然不像某些人那样将仕途看做万应灵丹,然而毕竟出身官宦世家,在那样的氛围中成长,再不济也得把仕途成败作为自身价值的一个标志。这也不算他的独出心裁,游戏规则如此。

对曾经的辉煌,离去是永远的痛。好在胡秉宸没闲置的时刻,从官场上下来后又搭上了恋爱这趟车,他的一生该说还是充沛的吧。

如果不从仕途大战败下阵来,胡秉宸与吴为的关系说什么也不会更上一层楼。最后让胡秉宸彻底改变对吴为方针政策的关键,正在于此。

胡秉宸这才准备"爱"吴为。

吴为清清楚楚知道自己何时走上不归之途,某时某辰准确到分秒不差,却至死闹不明白胡秉宸的转变。

不要忘记,本该一个铮铮男儿汉的吴为,虽然半途转为女儿身,"英雄救美"的基因并没有完全消失。

对准火坑往下跳的决心,来自胡秉宸的这次谈话——

"……迫在眉睫的问题是我的工作,并不是我非要工作,问题是这些王八蛋宗派主义分子把我打击得太厉害了,因为我捅了这些宗派分子的马蜂窝,而工作又是政治上的一种标志。但已经得到非正式消息,我的任命可能不会下了。

"鸣金收兵之声也连连不绝,副部级六十五岁以上和六十五岁以下身体不好的一律退下,我六十五岁已过,身体又不好,两项条件都够。前程分明是退下来,肯定退居二线了。

"而我的年龄也不适于重新打开一个局面,有一条年龄线管着,你能理解我吧?所以还是离休好。

"想想我这辈子,十二年战争,十年动乱,现在还有什么好说?

"上帝真是个没有良心的东西!好在他无处不在又无处都在,我还有你呢。

"也好,去掉一个大包袱,可以放手进行法律程序,我惟一担心的是会不会影响你的创作生活。对我来说,什么顾虑都没有了。

"想到这儿还要向你表示我的感激之情,我年纪过大又失去了工作机会,没有地位没有钱,将来如果离婚,甚至没有住的地方,而你又为我放弃了一切机会……"

吴为说:"我爱的是你,不是你的地位。"想到这一来胡秉宸的仕途没有了指望,反倒高兴起来。许久以来,吴为都觉得胡秉宸出尔反尔的做法,正是来自于他对世俗的渴望。

…………

人生的追求屈指可数,迫不得已两袖清风,想来想去,不如学做范蠡。

男人的最佳人生模式是一手官场得意,一手醇酒美人。官场得意又可称为"齐家治国平天下",就像胡秉宸老家那幅"立言立功立德"的中堂,不仅仅是他们的"鸿鹄之志",也是社会衡量男人成功与否的标志。如若官场失意,消沉落魄,才不得不醇酒美人地潇洒起来。

…………

"真想离开这些复杂的关系……如今许多人思想境界太卑下、太现实、太唯物了,缺少理想,缺少对崇高境界的向往。还不如我年轻时候朋友间的关系,我甚至怀疑,如果碰见霍桑《红字》那样的场面,他们会怎样表示。

"政策已经定了,机关如何整编不清楚,一个部规定三四个副职,可是现在的部级、局级干部加起来,可以打十几桌麻将。

"如何安排?

"记得你说过让我不要当第一把手,真是聪明绝顶。这些伤脑筋的事,我完全可以不管了,让别人去争权夺利吧,只要有你。一心只想像范蠡那样,两袖清风地与你在富春江上泛游……太湖也可,不过,那你就会落俗套地成为西施。"

当然也就对吴为有了如下剖白:"十多年前遇到你的时候,只觉得是个颇有才华的姑娘或大学生,经过一层层的深入了解,才真正(当然也是逐步)认识到你的识见和卓越的才能,还有作为一个真正严肃的人所具备的真诚和勇气,以及由此形成的巨大精神力量。我对你异常敬爱,远远超过你所看到的程度。"

就此胡秉宸放松了许多,与吴为会面的次数也日渐增多,逢到约会,"破帽遮颜过闹市"的情况也日渐减少,如果有二十世纪末或二十一世纪初那样宽松的条件,他们早就上床了。

政策开放的结果,是他们的关系渐渐被人所知。

传播像一条暗河,随之在地下涌动起来。

三

叶莲子早就发现吴为异常,心血来潮地去了山区,又心血来潮地回来,说是为了写小说,可是一行小说也没写出来。

不用猜就知道,吴为又要往陷阱里跳。

几年前胡秉宸与白帆联手写给吴为的信,吴为可以忘记,叶莲子却忘记不了。现在又是一封封情书、一个个电话,搅得吴为疯疯癫癫,不顾前程、不顾孩子、不顾家,不顾一切。

让这样一个男人招之即来,挥之即去!叶莲子既为吴为感到委屈,又恨她没有廉耻。

如果为另一个男人如此这般,叶莲子也能谅解一二,偏偏为这个百般侮辱过她的男人,把自己好不容易得到的一切押进去了。

难道她为男人吃的苦还不够吗?

叶莲子起始虽然担心,却不便对任性的女儿多说什么。对吴为是不能说"不"的,如果想要阻止她,顶好说"是"。可老实巴交的叶莲子,一辈子与"酷"不沾边。

自杨白泉大年初一打上门来,她看到了事态严重,不得不出面制止。

当事人吴为是看不到自己如何连蹦带踹、连滚带爬、手脚一齐划拉,才从过去的耻辱中走出来的。

她的挣扎是太丑陋了,除了血糊拉拉将她生下、从小给她把屎把尿的叶莲子,这种挣扎是任何人,包括爱人都不宜看的。

可吴为就是不肯回头。叶莲子甚至为此打过吴为的耳光,吴为不但不理解母亲的心,还恨恨地盯着她。那眼神的意思是,如果胡秉宸就在身旁,如果叶莲子还挡在他们中间不让她过去,她很可能会咬叶莲子一口。

再不能像吴为小时那样,把她搂进怀里就能躲过这一劫了。叶莲子只能求助于胡秉宸。

在吴为的电话本上翻找到胡秉宸的号码,给胡秉宸打一个电话,求他放吴为一马,却被胡秉宸戏弄得遍体鳞伤。

电话之后,这两个从未谋面的人,互相怀恨上了。

吴为从此对两个她爱的人,左右不能逢源。

何况吴为把小时的一件小裙给了胡秉宸。浅绿纱质,上有白色绣花、蕾丝和一个个补丁。小裙上的所有表现,都是一个个伏笔。

尽管胡秉宸说:"不知为什么,这小衣裳一看就给我极大的亲切感,我要把它留在身边,永远陪伴着我。我要细数上面那些小补丁和小花边,每一个可爱的小补丁和小花边,都给了我无穷的想象,我像同小衣裳的主人一起长大一般……"叶莲子却心疼得不得了,"吴为,那是我们剩下的惟一的'过去',胡秉宸懂吗?!"

直到老年,叶莲子的眼睛还是那么"毒",早就认定,是个女人就绝对不可托靠胡秉宸这个男人。

可惜不论白帆还是吴为,包括胡秉宸以前的女人,都没有这个悟性。

果然,胡秉宸如此煽情过的小裙,早不知被扔到何处。结婚之后,吴为问起裙子的下落,胡秉宸竟茫然地瞪着一双眼,完全没有印象的样子,也完全忘记了他还写过那样一封很青春的信。

让吴为好不心疼。那不但是墨荷那个家族的"过去",也是她和叶莲子的"过去",也是她自己的"过去"。从此吴为再也无处寻找、凭吊那个穿着浅绿纱裙,还没爱过任何一个男人的小女孩了。

离开韩木林时,吴为只带着她不多的几件衣物出了门,离婚时也没要抚养费,她的日子穷到什么地步可以想象。

叶莲子毫无怨言地接受了这种苦在其中,乐又何尝不在其中的日子,用她最后那点退休费,买了一张双人床、一个碗柜、三个凳子。不多不少,那点退休工资正好全部花完。

要是没有叶莲子那点退休工资怎么办?

自退休后,叶莲子就在吴为那"一脚踢不倒"的钱上做道场,掌握着实在不好掌握的财政大权。为节省吴为的每一分劳苦、减轻吴为的每一分负担,将省吃俭用的智慧发挥到极致。这是一个穷苦的妇人,经一生训练而臻完美的艺术。

要是没有叶莲子的苦心经营,如何是好?

屋子里似乎总弥漫着灰色的尘埃,这尘埃落在她们的衣服上、家具上、被单上、脸上、身上……所有的人和物,都像戴着一个厚厚的灰壳。

所以吴为那时最大的享受就是洗澡,洗得舒服了就开始唱,嗓音低回,如诉如泣。

夏天还好说,自己烧点热水,在家也可以凑合着洗一洗。屋里没有上下水道,只好用洗衣盆洗。洗衣盆不够大,洗了前胸后背洗不了大腿,洗了大腿又洗不了小腿……只好分批、分阶段逐步进行。

盆里的水,由清亮逐渐混浊,由混浊而至黏稠。

洗完这个澡后,她们往往搞不清,是没洗澡前更干净,还是洗完澡后更干净。

到了冬天,家里没有暖气,取暖做饭用的铸铁炉子根本烧不出足够洗澡的热水,只有不惜血本到澡堂子里去洗。于是去公共浴室洗澡,就成为生活中一个不小的盛典。

市场上已经开始销售两毛七分钱一两的洗头膏,但她们依然用公共浴室提供的、已然包括在洗澡费里的洗衣皂。

叶莲子洗过的头发紧贴在头皮上，眼睛被肥皂水蜇得通红，小心翼翼扶着淋浴喷头下的水管……任吴为仔细搓洗她每一寸皮肤。

积存在她们身上的那层厚厚的灰壳，在温水浸泡下渐渐变软、变黏，渐渐从皮肤上松离。

吴为的手掌又快又下力，稳、准、狠，面面俱到地从叶莲子和禅月的身上搓过去，以便将一个月里积累下来的污垢彻底清除，也恨不得将该在下次洗澡时搓掉的泥污这次一次到位地搓走；甚至搓得禅月毛细血管出血，皮肤上现出一片片青紫蓝黑，疼得禅月又缩脖子又跺脚，可还无比英勇地挺立在那里。

禅月早早就知道心疼钱，心疼了钱也就是心疼了妈妈。

所以她们每次洗完澡后，就像脱去一件又厚又紧的衣服，有减去几公斤体重之感。

在禅月和叶莲子身上这样运动一番之后，轮到揭自己身上那层泥壳时，吴为已精疲力竭，所以每次洗完澡后，心情总是不太好，有一种白扔了钱和计划没有完成的懊恼。

吴为多次想要修改洗澡计划，将一月一次改为一周一次，哪怕半月一次也行。叶莲子没有同意，斩钉截铁地说："不行，三个人洗一次澡就是一斤肉钱。咱们家的每一分钱都是一个萝卜一个坑儿。"

在吴为成为作家、有了几文稿费收入后，不要说叶莲子和禅月，就是左邻右舍也以为，这个穷得丁当乱响的三女之家，总算熬到了头。

岂不知吴为并没有将稿费用来贴补她们那个一穷二白、百业待兴的家。在长达多年的时间里，叶莲子仍然得为节省每一分钱而操劳，仍然领导着老老小小三个女人，度着困苦的日子。

有次春节，叶莲子竟然只买了三只虾，"这是因为你妈妈当了作家，要照以前，咱们连三只虾也买不起啊。"叶莲子如是说。

而且那样地物尽其用。

虾头和虾皮包括虾脚熬了汤,虾肉剁进了饺子馅,还对禅月说:"只能剁成饺子馅,不然咱们三个人一人一口就没了。"

至于燕窝、鲍鱼、鱼翅那样的东西,从来不敢问津。

禅月在对待如何挖掘三只虾的最大效益上,没有叶莲子的热忱和单纯,只是深思熟虑地沉默着。

吴为的稿费呢?

胡秉宸那副露手掌的棉线手套怎么办?

只穿一件薄薄的小棉袄,在冬天呼啸的西北风里和吴为一起走街串巷。走着走着,千疮百孔的棉袄里子翻了下来,垂吊在棉袄后摆下,白色的棉花早已变为黑灰,一块块板结着,又用白线一片片穿缀起来,很像小孩子的屁帘儿或一只绵羊尾巴。胡秉宸自己也笑了,沾沾自喜地说:"我自己补的。"

"贫农也不过如此,实在应该扔了,要不送进阶级教育展览馆。"吴为一再敦促,"为什么不买件新大衣?"

胡秉宸不好说白帆不给报销,只推说出入有小车,用不着大衣。后来总算买了一件军大衣,没怎么穿用他就进了医院。

烟瘾很大、气管炎又实在严重的胡秉宸,只能吸两毛钱一包的香烟,让吴为好不心疼。

看着吴为摆在面前的上等香烟,胡秉宸说:"我每天的吸烟费是两毛整,吸这样的烟怎么交账?"

"那就放在办公室偷偷吸吧。"

为了赶赴与吴为的约会,刮脸刀急匆匆剐破了胡秉宸的腮帮,难道不该给他买个日产电动剃须刀?

....

至于日后胡秉宸起诉与白帆离婚,吴为更是发疯一般,置禅月与叶莲子于不顾,将所有的稿费都拿去为他的离婚案疏通关系了。出版社很不理解吴为怎么穷到这个地步,刚一交稿就预支稿费,还号称是"一手交钱一手交货"。

就像男人娇宠心爱的女人,吴为为胡秉宸一时的安逸或他的所想所望,不能说一掷千金,但将所有稿费倾囊而尽的情况还是有的。二者间有什么原则上的差别?

不要说对所爱胡秉宸,即便在与他人的交往中,吴为也总像个男子汉那样,包打天下,义不容辞。

叶莲子和禅月虽然看出这场恋爱不会有好下场,但因为爱吴为,只好迁就她对自己和对家庭的苛待,也从未对号称家庭支柱的吴为诉说过她们的窘迫。年老的叶莲子和年幼的禅月,无言地担待了吴为忽略的家庭职责,一任她在外面大逞英豪。

叶莲子还好说,她是吴为的母亲,可连女儿禅月也迁就着吴为——她的妈妈。

一穷二白、水深火热的禅月和叶莲子,虽然不对吴为说什么,她们彼此也不议论这些,但是她们心里却不能不想点什么。

谁能说她们心里想点什么是不通情理呢?

至于禅月,就不仅仅是对吴为有所想法,简直对胡秉宸有了猜疑。

到了现在,难道还让叶莲子去卖血吗?!

禅月有数不清的理由不接受胡秉宸。

胡秉宸为什么现在才来?!在吴为功成名就之后?不是"摘桃"又怎么解释?

胡秉宸忘记他和白帆联手写的那封信了?即便吴为忘记,禅月也不能忘记。

可是……既然妈妈对胡秉宸那样敬仰,爱得死去活来……嗐,只要她觉得好就行。

别看妈妈蹦来蹦去,换了一个男人又一个男人,实质上还是男人的奴隶。姥姥和妈妈都是男人的奴隶,那些男人,剥削着她们的精神、肉体、感情……难道她们看不出来?

这真是她们家的"咒",这个"咒"到她这里非翻过来不可。

姥姥说:"姥姥把你妈妈拉扯大多么不容易,现在姥姥再也没有力气了,再来个大灾大难,姥姥怕是没力气扛啦,剩下你妈妈一个人怎么办?……"

说到妈妈的事,姥姥似乎很明白,其实她自己到现在还对老顾执迷不悟。她们都患了迷恋男人的病,终生为男人吃苦不尽,而且不思改悔。禅月只能抚摩着吴为的手臂说:"妈,您太可怜了。"

吴为苦笑,"我现在相信命了,从前一直不信,现在信了。"想了想又说,"人不能把世界上的好事全占了对不对?我有你,有姥姥,工作还算顺利……"她没有说出心里最隐秘的企盼。吴为其实还没死心,不是关于胡秉宸而是关于禅月,祈祷着自己不曾完善的一生,也许会由禅月补白,不是她的复制而是她的变调。

这样当女人可不行,禅月看够了。

后来她果然替吴为和叶莲子打了一个翻身仗。

而在吴为看来,禅月不仅替她们打了一个翻身仗,还替她和叶莲子好好恋爱了一场、结婚了一场,把她们应该享有却没有享有到的情爱、该嫁却没有嫁到的那个男人嫁到了。

禅月能有一个和谐的家,与叶家上两代人的经验大有关系。或许可以说,叶莲子和吴为,以她们一生从男人那里受到的苦难,为禅月铺垫了平坦之途;也或许是叶莲子和吴为,把禅月该受的苦都替她受了。

对于吴为和胡秉宸的关系,禅月不像叶莲子那样激烈反对,可是心中有数。

老练的地下党员胡秉宸,从禅月口中不论真话假话都套不出来,哪怕胡秉宸说破天,她也是轻挑两道娥眉,似乎什么也不明白地听着、看着。不像芙蓉,总还能对吴为表示一个轻蔑、敌对或侮辱。

想不到几个成年人加起来,都不如禅月的透亮。

这应该说是吴为的成就。她实在明白自己受苦的根由,吃尽感情泛滥之苦而又不能痛改前非,立志对禅月防患于未然。从禅月很小的时候起,就着意扫荡她那易感的雷区,斩断可能导致烦恼的羁绊,每当禅月感情泛滥时,吴为就用冷嘲热讽将它颠覆。

禅月果然不易为感情所累,绝对不会像吴为那样为爱情花费那许多力气,一半也不会。

别指望她会为一个迟到的男人等上许久,从来不等,因为从来不为男人花费更多的感情和心思,也就不会因付出太多而心生怨气。

有个追求她的男人居然迟到一次,走在一起还躲躲闪闪,禅月说:"等你什么时候长大再交女朋友吧。"

分手后还是好朋友,一起吃饭,一起看电影,但依旧过时不候。

更别指望她为爱情寻死上吊。

你不爱我了?好,那就分手。

……

禅月是一个语法正确、表述清晰、合乎逻辑的句子,吴为却是一个语法混乱的句子,就像她的小说。

说到将来,禅月竟说出如此让叶莲子和吴为担心后继无人的话:"我生下来又不是为了嫁人的,将来嫁不嫁人都难说,生活如此丰富,把我的心装得那么满,留给爱情的位置怕是没有多少了。"

好不容易决定谈婚论嫁,戴上订婚戒指之前对未婚夫说:"慢,慢,还有一件事情我要说在前面,希望你永远不要梦想你的盘子是热的。"作为家庭主妇,可不该让西餐盛主菜的盘子永远都是热的?

"在我决定向你求婚之前,早就放弃这个希望了。说说看,当年你对我的第一印象是什么?"

"像三个孩子的爹。你对我的第一印象又如何?"

"厉害得像一只小母狗。不论发生什么争执,只要你一闭上嘴,除非我先开口,你是再不会开口了。"

"算你说对了。"

未来的婆婆对儿子说:"亲爱的,以后可有人给你洗衣服了。"

禅月笑眯眯地说:"甜心,为这一句话,从此也别再指望我洗衣服。"

每每双双下班回来,两口子当时现想晚饭吃什么,常常是打电话给餐馆,叫他们送一份晚餐来。

即便禅月日后丢了结婚钻戒,可惜一阵,说声都是身外之物,保险公司将会照价赔偿,再告诉丈夫戒指丢了,丈夫回说"再买一只",也就放下。

这两个老不拿日子正经过的人,日子却过得和谐流畅。不像那些婚前信誓旦旦的男女,婚后却麻烦不断,好像他们把那些不曾实现的誓言,委托给这两个老不拿日子正经过的人来实现了。

换了吴为,就会为此戒指非彼戒指而耿耿于怀,虽谈不上刻骨,但想起就心痛不已。

对吴为的无能,禅月有一种自己也意识不到的批判,在深爱下面有着一丝连自己也觉察不到的轻蔑。

她不能同意吴为的放纵,以及放纵后又无法掌握局面的懦弱,总是一副焦头烂额、不可收拾的架势。一次尚可原谅,可吴为一生重复过多少次这样的错误?即便初入人世的孩子也不会如此!

最后禅月只能选择远离而去。没有别的,她是太自尊了,好像是对吴为太不自尊的纠正,有些矫枉过正。

四

白帆在胡秉宸面前郑重坐下。

他知道,摊牌的时刻到了。

"这么说,你要找个寡妇解决问题的话不是玩笑了?"

"……"

白帆本不希望胡秉宸承认,甚至希望他能抵赖,哪怕是假,只要胡秉宸肯抵赖,事情还有希望。可是他不,他就那么平静地认了账。

她不能理解,胡秉宸怎么偏偏迷上那个曾让他鄙夷不屑、偷人养私生子的吴为。为什么他能容忍吴为偷人养私生子,却不能容忍自己偷人养私生子?

"就是那个破鞋吴为?"

"你怎么可以这样说别人?"

"不是你对我这样说的吗?"一针扎得见血,原意并不恶毒,只是让胡秉宸想起过往对吴为的鄙夷,以为有了这个提醒就能否定他现在的痴迷。

为胡秉宸的拈花惹草,白帆一生伤尽、操尽了心,但她还是力求自己有苦口婆心的雅量,"想一想这种事情闹出去,能有什么好结果?"

胡秉宸掠了白帆一眼,她真该说是苦口婆心,眼睛里果然强按着爆满的威胁。

也许白帆不甩出这张牌就好了:"别忘了,'那位'正找不到把柄让你下台呢,而你一把手的任命到现在也没下来。"

胡秉宸心里那点背叛的歉疚不但荡然无存还生恨起来。他的生恨倒不一定因为白帆的威胁,而是白帆戳了他的心病。

的确,有人正在利用机构改革之机进行权力再分配,何况他又捅了那些宗派分子的马蜂窝,而他们轻轻一反手,就把他打得落花流水。

虽然历史终会向前发展,但他明白,以他的年龄和健康来说,都不可能躬逢其盛了,他只能是一块历史的垫脚石。看到自己力单势薄,没有前景,他不得已提出离休申请,虽然还没有批下来,也不能存在太多幻想,不过是早晚的事。

"你不闹什么事也没有。"

"明明你乱搞男女关系,反倒说我闹。"

胡秉宸狠狠地给了白帆一个回马枪,"你呢?"

倒不是胡秉宸一定要偏袒吴为,他并不想说这等伤人的话,也不愿像小市民那样吵骂,毕竟他们是携手度过许多艰难时刻的"革命老同志"。但白帆这样侮辱吴为,让他也有了被辱骂的感觉。

男人要是变了心,下手可真狠。

为了吴为,胡秉宸竟不顾几十年共同生活的情面,揭她的老底!

白帆丢掉了老革命的拐棍,一声尖叫扑了上来,她再不想用老革命的拐棍支撑自己,宁肯像个村野女人那样,又喊又哭又撕又叫。

尖利的指甲,在胡秉宸脸上、脖子上挠出一条条伤痕,又去拧胡秉宸的胳膊,可是胡秉宸穿着毛衣拧不动,她便用嘴去咬。这时,胡秉宸觉得白帆一点没老,她的手指、她的牙,拧起、咬起、抓起他来,一如年轻时孔武有力。

接着白帆又扑向茶几,把他刚刚沏好的一杯热茶,往他脸上照直泼去……

一切都是历史的重演。

保姆在门外探头探脑,胡秉宸立刻把门关上。

"你还要脸,你还怕人知道!"白帆用力一把将门拉开,"咱们今天就找组织去……"

胡秉宸见势不妙,讨饶说:"别闹了……没有的事,算我说错了好不好?"

"说错了?那不行,谁能证明你是真是假!"

"我错了,我错了。"胡秉宸嬉皮笑脸起来,"你愿意怎么惩罚都行。"

"不行,非找组织不可。"说着白帆就往外走。

虽然仕途无望,申请离休还没有批下,不能存在太多幻想,但不等于没有一点幻想。

一看大事不好,胡秉宸连忙跪下,一声不知真假的凄厉叫喊

"白帆！——"让白帆不得不回了头。

唉,女人哪!

"千万别气坏你自己,你打我吧,打我吧!"

能掌男人脸的女人,该是何等的女中豪杰!

如果没有深仇大恨,真下不得手。

气头上的白帆,果真扬起巴掌,在胡秉宸脸上左右开弓,掌了实实在在六个耳光,这才渐渐消下气来。

"你得给我下个保证,以后再也不和那婊子来往。"

"我保证。"

…………

接着胡秉宸就发生了心肌梗塞,进了医院的抢救室。

如果胡秉宸不是一倒不起,也许疏通疏通关系,即便年龄超标,还不至于干净利索到一"退"六二五的地步,最不济也能闹个顾问什么的。

胡秉宸这一倒,不但让对手大松一口气,也让有关部门在艰难的人事平衡上大松一口气。举棋不定的人事安排,似乎变得十分流畅、明了。

理由也很人性——勉强工作会加速恶化胡秉宸的病情;因为不能工作,顺理成章列在编外。

这枚瞬间即将落盘的小棋子,如百米赛跑的最后冲刺,"引无数英雄竞折腰"。

如果天假胡秉宸以健康,胡秉宸能善罢甘休吗?

如果白帆能想到这样一个后果,这六个耳光还下得了手吗?

如果天假胡秉宸以十年光阴,还能在"岗位"上拼搏一番的话,胡秉宸还会吊着吴为不放吗?

如果胡秉宸不是马上住进医院,即便想与"婊子"吴为继续来往也没了"革命的本钱",信誓旦旦"以后再不和那个婊子来往"的保证,肯定也是一纸空文。

有关胡秉宸几乎因这六个耳光丧命的事件,也有白、胡两个版本。

想来,"现在杨白泉对我特别厉害,从来没有见过这么厉害的人,还要和我断绝父子关系!断绝什么关系?他根本不是我的儿子",可能也是两个版本。

吴为当然相信的是"胡版"。

以致当时立志,如果胡秉宸有个三长两短,一定要把对他的迫害公之于众。

而随着对胡秉宸的了解,吴为开始怀疑"胡版",是不是也应该听听"白版"?

可见吴为根本没有立场,像个职业道德低劣的律师,旨在寻找法律的空子,以打赢官司争取最大分红比例为准。

五

佟大雷是胡秉宸背走麦城之时,突然出现的一匹黑马。

如果没有佟大雷的积极参与,胡秉宸和吴为的关系会怎样发展?非常难说。

无事都要到吴为那里献一下殷勤的佟大雷,现在有了很好的借口,马上跑到吴为那里,大惊小怪地说:"胡秉宸不行啦!"

毕竟在部级干部中,胡秉宸与他政见大体一致,工作配合还算协调,更何况"文化大革命"后佟大雷能够很快恢复工作,与胡秉宸力荐有关。

当时,他还不知道吴为和胡秉宸的关系,报道还算客观:"医生说百分之七十的死亡率,往静脉里点滴药物,一分钟只能进四滴了,不得不割开静脉血管进药。"

"你说什么?!"对他从来不屑的吴为,突然兴趣大增。

"我说胡秉宸快死了。"到这时,佟大雷还没看出吴为神态大异。

冷风飕飕的十二月对吴为却像一只油锅,她的两只耳朵在这油锅里变得又硬又焦,又薄又脆,咔叽咔叽响着。"他住在哪个医院?"她扑向佟大雷,抓住他的手腕,厉声问道。

"干什么?"佟大雷掰开吴为抠在他手腕上的指甲,这才觉得吴为今天不同寻常。

"他现在一定需要我。"

"需要你?!"

"是的,他需要我,只有我才能救他的命。"

真是晴天霹雳!

但他老谋深算已成本能,说道:"你得跟我说清楚怎么回事,我才能告诉你他住在哪个医院。部里现在指定我为胡秉宸医疗方案的负责人,除家属之外,其他人探视必须经过我的同意。你不说清楚,贸然跑了去,我是要负责任的。"

佟大雷这时仅仅是好奇,还没有想到这一情况于他或于他人更高的利用价值,等吴为语无伦次、颠三倒四说完她和胡秉宸的纠葛,佟大雷还是又信又不信——

和胡秉宸相识怕有几十年了,为了爬上权力——说声誉也可的金字塔,胡秉宸的每一寸心思、每一分力气都用在了工作上,可以铁石心肠,六亲不认,将七情六欲一一割舍,以求正大光明、无懈可击。这套办法,对那些目标不大,只想入个党、当个劳模什么的平头百姓,也许可行,而若想在权力场中再上层楼,没有上面的关系,不搞、不靠山头是不行的。

某位高层人士不是不想利用胡秉宸搞掉"那位",并且暗示胡秉宸,只要搞掉"那位",位置就是他的。

可是胡秉宸不干,宁肯与对手直面交锋,也不肯在下面动作,很有点侠士之风。

不过,这套功夫后面,是否藏着别的什么?

佟大雷的结论是肯定藏着什么，至少这一来胡秉宸成了坚持原则、正大光明的典型。

胡秉宸就那样一清二白？在利诱面前不动心是不愿做儿皇帝，一心想靠自己的实力进入权力高层；是懂得"成也山头，败也山头"的厉害。

对手是何等人物？"谈笑间，樯橹灰飞烟灭"，就把胡秉宸咬进骨髓里去。

吴为又是什么？既不是老战友，也不是老战友之妻，连情人也不是，更谈不到一个节妇烈女。

即便对吴为手下留情，她也得拿点什么出来交换。吴为有什么？只有她的肉，可她竟如此珍贵她那堆肉，好像一个处女，要是别的女人佯装还说得过去，她有可装的吗？

小拇指一捻，就能把吴为捻得灰都找不到。

可是佟大雷这个小拇指还不大容易捻下去。也不能说不容易，而是火候未到。

胡秉宸怎么偏偏搞上了吴为？

佟大雷对吴为的感情是相当复杂的。

最初并没有留下什么特别的印象，第一次在会议上见到吴为时，佟大雷只是想，这是哪个单位的小姑娘，那样文雅瘦弱，一心一意地记录。后来知道是下属某局的工作人员，还是业余作家，更加许多彩色传闻。

佟大雷对文学家素来不大恭敬，何况还有那些重彩浓泼的传闻。

不过女作家到底不同于其他女人，玩一玩还是很新鲜的。

她是佟大雷的下属，接触机会不难找到。

渐渐地，佟大雷的看法有了改变。

乍看起来，吴为幽静娴雅、淡墨山水，接触多了，方知哪里是什么淡墨山水，分明是一幅苍郁的油画。他自以为有一定识人的能力,这回输了,吴为的个性其实很强。

虽是女人,但像男人,可惜这样的女人太少了。许多女人之所以糟糕透顶,是因为里里外外都是女人,而男人又缺乏女人特有的素质,实在难全。

佟大雷的朋友很多,男女都有,但思想、认识、知识以及风格合得来的很少,有过两位好友,甚至除夕夜都是三人一起度过的。如今一个死了,一个还在当副部长,见面还是一谈大半天,但都限于政治同盟。此外没有一个人能谈上半天,谈半个小时心里就烦了,看不上的人十分钟对话也不想勉强。佟大雷是倨傲的,胡秉宸也是倨傲的,但一个阴柔,一个阳霸,各自带有明显的"阶级烙印"。

以生活条件而言,佟大雷还能活上二三十年;以精神状况来说,实在支持不下去了,许多事都让他感到厌烦。不是怀"才"不遇,也不是多年的创伤没有平复,而是许多事看不惯,又理不出头绪。可以夸夸其谈两三个小时,真要他拿出一个方案又拿不出。他自己也奇怪,当年参加革命的那股傻劲,怎么跑得无影无踪!

也许看得多了。十亿人流,恒河沙数,何足道哉!

出身又很寒微,全靠自己努力,不像胡秉宸出身书香门第。

对"差异"格外敏感,因此得罪人不少,确有过于孟浪的,可也并不后悔,还能活几年?一切恩怨随他去。

没想到能与吴为对谈,一聊半天,即便不聊,也可以坐半天。

饥易为食,渴易为饮,因为很少有谈得来而且相处不厌的人,一旦遇到,自然有忘形之意。而吴为态度娴雅,不卑不亢。不像有的下级,见了领导,马上变成传说中只敢坐四分之一个屁股的吴三桂。

后来看到吴为的文字,竟有些喜欢,但字里行间都是迟暮之情。

为什么?想是与她那些有色新闻有关,想是人生总难如意。

吴为说是喜欢"三李",将来还想写写李清照,是否像郭沫若的《蔡文姬》,为自己而写?

李清照晚年的作品更为精粹,但也过于悲凉,几乎每一阕词里都凝聚了忧家国、叹身世之感,令人不能卒读。而李商隐的诗,人多不解,以为是咏爱情。李长吉的诗又用典太多,非常晦涩,可能时代背景使然。中国旧诗很多都能一咏再咏,或一读三叹,如果读了几遍才懂,就不能算是上乘。

他便建议吴为,不如读读王安石的《明妃曲》。同许多写昭君的诗文不同,荆公的《明妃曲》可以说是绝唱,也把人生说透了。既没有把她写得丧魂失魄、凄凄惨惨,也没有将她戏说得像一位女政治家那样壮怀激烈。千古以来,写谈王昭君的诗文没有超过王安石的。

可吴为一副不以为然的样子,不想多说地说:"两种人生两回事。"

后来真真假假关心起吴为来,倒真不是下鱼饵。

与胡秉宸形而上的方式不同,佟大雷的手法是形而下。

有一阵子政治形势严峻,文化界又将召开一个什么会议。

文化人集会不过是群众性的会,鱼龙混杂,如若吴为说话不慎重,很可能被歪曲,传播开来对她没有好处。而文化人历来以分功者多,但能居祸者少,所谓胜则争功,败则诿祸,像她那样有"大丈夫"气概的实不多见。吴为现在不过是棵幼苗,还不是劲草,为她鼓劲的自然有,伺机拆台的也未必没有,文坛之糟古已有之,几千年都没有干净过,吴为这方面的经验恐怕不多。有关法制民主的发言,更要慎重,不能只求痛快。固然说些什么,别人也不能奈何她,可要暗中说两句遵旨奉命的,恐怕就要对她另眼看待了。虽然百花齐放,总要东君做主,所以不能太天真。

有些话电话上不好说,巴巴地跑去通风报信,担心吴为可能不在家,还将要她注意的内容写在纸上,万一碰不上就将纸头留下。

听说吴为生病,知道没人与她商量料理,又派部里一位女同志前去照料,希望为她做个参谋或秘书,吴为敬谢不敏,退回。

在上海遇到当今一流金石家,与鲁迅同时的钱某,还托钱某为她治印一枚"奉天吴为藏书",也被吴为退了回来。佟大雷只得砸碎了之。

即便被吴为拒之门外,也不忘为吴为考虑,如母亲或本人生病,只要一个电话,随叫随到。

……

总之他所有的努力以及他本人,都被吴为视为粪土。

相比之下,胡秉宸对吴为吃得更透,他从未如此物质地关怀过吴为,只消写写情书,水平之高,在吴为历届追求者中无人能出其右。

这就是"宋明理学"与"安史之乱"的差别。

又,怎么总败在那个病秧子胡秉宸的手下?

如果一个"地位"还不足以鉴定他和胡秉宸的上下优劣,那么女人,尤其是吴为这个女人的鉴定,就太不留情了。

严格说起来,佟大雷不把女人当回事,他介意的是吴为这个女人,或不如说是介意她那双慧眼,那双慧眼拉开的距离真叫距离。

吴为是有眼无珠还是幼稚?

几十年风里来雨里去,没有一定"本事",胡秉宸能升到这个位置吗?能升到这个位置的男人,本质上差不了多少。

从一个至情至性的知识分子爬到这个位置,何止是过五关斩六将、修韬晦、炼金睛……最难之处怕是还要多少次背叛自己的人格。

说起来他又比胡秉宸差多少?

……

世事也不能这样不公平,让胡秉宸占尽风流!

佟大雷积极介入胡秉宸事件,可以说不完全出于嫉恨,也可以说完全出于嫉恨。

当然不是故事。

吴为此刻的神志不清,显然也不是演戏。

从吴为叙述的许多细节可以看出,那是胡秉宸的所作所为。

佟大雷一时无语,只能一支接一支点烟,却不吸,任一支支烟在指间化为一截又一截白灰。

这种事于他人、于佟大雷,都算不了什么,发生在胡秉宸身上却是八级地震。

胡秉宸不是有名的清廉、一尘不染、兢兢业业、拒腐蚀永不沾吗?

确切地说,佟大雷此时的兴奋,还仅限于一个望尘莫及、高不可攀的神化人物,突然从高不可攀的高度上坠下,并和自己站到了同一个水平线上,就像盗贼找到了同伙,佟大雷不再感到孤单。被人视为行为不良、品行不端的佟大雷找到了同类,而且是这样一个优秀的同类。胡秉宸现在变成了佟大雷十足的"理由"、十足的"借口"、十足的"依据"。

最后他捻灭了手里的烟,诚恳而动情地说:"感谢你这样信任我,我非常同情你们的境遇……"

想不到佟大雷没有趁火打劫,吴为不觉一改对佟大雷的轻慢,两只泪眼信赖而又尊敬地望着他。

那目光宛若一台起重机,佟大雷明显地觉得被这目光抬举得高大起来,身坯实实在在一寸寸地上升,"我一定想办法帮助你们。不过今天太晚了,他妻子儿女肯定都在病房守着,你是进不去的。"

此话合情合理。

既然佟大雷答应帮助他们,她就应该听从他的安排。可是佟大雷一走,吴为又慌乱起来。

想起胡秉宸不久前对她说过:"我有一个可以信托的朋友,万一出了什么事,你可以去找他。"

"什么事?!"

胡秉宸当时已感不支,万一自己有个山高水低,事实上并没有长大成人的吴为怎么了得？白帆在这方面可以应付自如,吴为却不行,她是一团气、一团雾,有点不食人间烟火。

"没什么。我是说万一我不在你身边,又有了什么大事需要帮助,可以去找他。"

吴为在胡秉宸给她的那些信里找到胥德章的地址,拿起就往外走,可是想到空口无凭,又转身拿了胡秉宸给她的两封信。

夜已深了,吴为在那些没有照明的楼道里摸来摸去,几次被台阶绊倒,跌跌撞撞爬上楼,终于找到那户人家。

敲了门。有很谨慎的盘问,然后被让进光线很暗的走廊,看见两张难以看清也就不容易记住的脸。可是他们没有拒绝陌生的她,足以看出他们对胡秉宸的感情。

胥德章和常梅显然不知道胡秉宸的近况,可是一看胡秉宸给吴为的那两封信,就惊慌而又意味深长地互相对视了一眼。在那一眼短暂异常的交流里,神速地交换了彼此的想法以及应对这一非同寻常局面的办法——不论发生什么情况,首先护住胡秉宸。

那正是胡秉宸的笔迹,不会是假。胡秉宸的字很特别,且相当潦草,任何人也模仿不了,只有特别熟悉的人才认得出他的字体。

所以对眼前的吴为不能有什么怀疑,他们的地址也肯定是胡秉宸给吴为的。可他们还是从吴为身上嗅到了不对劲的地方。

深夜造访,本就十分突兀,更何况还有这样的信。尽管胡秉宸对吴为说有什么急事、难事可以寻求他们的帮助,可要是换了他们,他们会等一等,想一想……

此外她像条一刀没有刺准,庞大、受伤、在水中挣扎得翻江倒海的鱼,身旁那些船,若不小心就会被她翻进水里。

必得谨慎从事。

"这件事你对别人说过吗？"

"对佟大雷说过,因为是他把老胡病危的消息告诉我的。"

胥德章和常梅紧张起来,彼此又对视一下。

如果吴为仅仅对他们说及此事,他们可能会研究一下如何帮助她,可是现在躲都躲不及了。佟大雷本就无风三尺浪,更不要说有风有雨。

他们从未接触过如此不老练、不慎重的人,这种事怎么可以随便对人说!更不理解社会上竟有这种不老练、不慎重的人,和这种人共事岂不害死人?

他们为胡秉宸忧心起来。

"你打算怎么办?"

"我想请你们和白帆谈谈,老胡人已经到了这个地步,请让我去照顾他,只有我可以救他的命……"

吴为的话让他们十分惊讶。

说是儿戏,可是吴为看上去也有三十多岁了,要么就是精神不正常。

这种事谈谈就可以解决吗?太幼稚了。

"容我们想一想。"

吴为觉得很失望,胡秉宸的老战友似乎还没有佟大雷那样慷慨,应允她一线希望。

当她离开那个昏暗的房间时,瞥见写字台上的一盆水仙,有很多即将开放的花蕊,那是计划着养的,将准时在春节盛开。

虽然看到胡秉宸亲笔写给吴为的信,胥德章和常梅还是无法相信那个严谨、严厉,从来滴水不漏的管子怎么漏了起来。

他们并非不知道胡秉宸对女人的兴趣,可绝未想到胡秉宸竟写出这样缠绵悱恻的信。干了一辈子地下党的他们,怎能失手将如此重要的物证留在他人手中?而且写给这样一个冒失的女人。

想来胡秉宸动了真情。

此时胥德章和常梅还不知道吴为的底细,只是她的冒失让他们退避三舍。当他们得知吴为的底细后,将会更加坚决地站到白帆一边。

他们马上到医院看望胡秉宸。

胡秉宸似乎在一场恶战、血战中打得很苦,什么都没剩下,只剩下两只眼睛。

看到从死亡线上挣扎回来的胡秉宸,常梅的心比白帆抽搐得还厉害,她曾为之暗藏几十年心事的男人,怎么变成了这个样子?

"我们很惦记你,可是监护期间医生不允许探望。"胥德章握着胡秉宸的手,几乎流下泪来。

从胡秉宸的孱弱可以想见,他进行过何等殊死的搏斗,孤零零的一个人,他们以及老战友们都无能为力。

胡秉宸冥思苦想地看着眼前的两个人,好像不认识,好像在找回自己的记忆,"谢谢。"他的声音很空,宛若清风穿过一具骷髅,发出呜呜的空鸣。

"好了,现在好了。"胥德章说。

可是胡秉宸并未显出什么兴趣,就像他并不十分高兴自己又活了过来。

难道活比死更容易?

活是什么?就是想方设法把"里面"包装起来,又千方百计包得巧妙,巧妙到有一天想要找到它都难了。

那时,胡秉宸模模糊糊觉得还有一件大事没有完成,是什么呢?对,他还没有找到自己的"里面"。

他像是处于失重状态,手脚散漫,微微蜷曲,回头望去,一生的日子全挤在一条断断续续的栈道上。

栈道上是尘土、烽烟、血,数不清的非人非兽的面孔、身坯……或许相亲相爱,或许互相咬噬。

突然,呻吟、号声四起。

一缕青尘也慢慢升起,扩散,以至淹没了所有。

他看见自己,那整洁的、眼睛占去脸部二分之一的小男孩,站在芭蕉树下,芭蕉树下还站着一个美人——他一直在找却又找不到的。

是芭蕉树下的那个人吗?又是又不是。

可腕上没有灰玉手镯,也没绛红色的衣衫,而是一身绿衣。

明明是个雨天,明明偎在绛红色的衣上,温暖、柔软、陶醉。

怎么却多出一份将吴为拥在怀里的爱怜?

是吴为!憔悴、疲惫,两只手用力在空中不停地、毫无收获地抓挠着,裹挟在飞沙走石的劲风中,从他身边轰然掠过。

他听到吴为的喊叫,好像在叫他的名字。好远哪,让疾风吹得断断续续。他确信看见了吴为的嘴唇,像那个雪日一样,只是唇上有皴裂的皮。

随即明白,这是他们分道扬镳的时候。

如何是好?

焦急中向自己猛击一掌,然后直直地倒了下来。倒下后的他,面目全非,是他,又不是他。

"在里面,在里面,我在里面。"

里面是哪儿?自己又是在哪儿?

他把自己丢了,啊!他把自己丢了。

胡秉宸仰起头,呼出无奈而绝望的一声长啸,震得日月星辰纷纷坠落,迅疾地、伴有断裂的轰然巨响。

没等到找到自己,胡秉宸醒来了。

"想吃点儿什么吗?你知道常梅的手艺。"

胡秉宸这才明白眼前是最亲密的老战友。终于想起青年时代一起吃大锅饭的情景。那时他的胃口真好,老是饿、老是饿,老想吃、老想吃,却没有什么可吃。馋极了在街头小酒摊上,空口光喝一碗浊酒也是好的。现在有的吃了,牙口也不行了,胃口也不行了。

他们何止为革命出生入死?连他们的口腹之欲也不由分说地一起贡献给了革命。孔老夫子早对人生下了"食色性也"的定义,这么前后一看,他们何止在非常时期,连"后非常时期"也贡献给了革命。

白帆不会烧菜只会做革命同志,胡秉宸要想打牙祭,只有往胥德章家里跑,常梅能把一挂猪肠子、一条黄瓜烧得如山珍,如海味。

偶尔胡秉宸也下厨,烧个酸辣汤什么的。由于白帆不喜欢腐化生活,保姆也被领导得只能烧缺盐少油的革命饭菜,但对胡秉宸烧的酸辣汤白帆并不排斥,有时也提倡一下"文武之道,一张一弛",吩咐道:"老胡同志,给我们搞一个酸辣汤,改善改善生活怎么样?"

看着胡秉宸在厨房里切豆腐,煮鸡汤,打鸡蛋,洗黄花木耳,白帆就放下报纸或文件,靠在沙发上,满意地点点头,"多放些花椒哟!"是吩咐勤务员、警卫员"搞些辣椒哟"的气魄,让胡秉宸想起"后非常时期"电影上的毛泽东,那些相当人情味的细节。

那时胡秉宸的家,革命色彩浓郁,如果发生战争,随时可以建立一个野战班,一分钟内就可拉上前线。自从有了吴为,他有时会想,要是在厨房里做酸辣汤的不是他而是吴为,该多有滋味儿!吴为一定会为放多少醋或是胡椒与他争论不休,却不会为了几个菜钱像白帆那样抠保姆,把保姆抠得眼泪都流出来了……白帆领导下的日子,是不是有点像放错作料的菜?

"老胡,在你住监护室期间,有一个叫吴为的女同志去找过我们……"

胡秉宸马上握住胥德章的手,像那些要死的人,抓着什么就豁出命抓着那样不遗余力。胥德章手上,感到被一副骨头夹着的疼痛,心里一惊。

胡秉宸那双眼睛,也定定地望着胥德章的嘴,"你是说——吴为?"

胥德章明白了,一切都是真的。他点点头,在胡秉宸耳旁,将那夜奇遇一一说来。

有些地方,胡秉宸还要求重复一遍。最后胡秉宸说:"我需要你们的帮助。"

胥德章说："你放心,你放心。"

胡秉宸并不放心,也许因为太懂得他们的心,或不如说太懂得自己的心。

六

应该说佟大雷不是丧尽天良的人。

胡秉宸的地位本就岌岌可危,命又危在旦夕,医生说即便不死也是废人,恐怕只有躺在床上了此残生。

也就是说,再不能指望胡秉宸重整旗鼓、协同作战、共谋大业了,更不要说再保荐他落实到副部长那个位置上去。

从此后,佟大雷将是孤军一旅。

念及胡秉宸对他的种种好处以及胡秉宸的种种优点,他只能长叹一声。

出身寒微,少一点道貌、谈不上岸然的佟大雷,对形象的考虑不像胡秉宸那样"五步一回首,十步一徘徊",必然如此这般地直截了当——用力很猛地将胡秉宸推出去,以变被动为主动;而且还得及早,若不及早,身价更是贬值。

毕竟在官场上混过多年,知道不便亲自出面,最好从白帆入手。对白帆的浑蛮,佟大雷了解的不比胡秉宸少。

那也就把吴为一起推出去了。

投鼠忌器呀。

佟大雷烦躁地拿起电话又放下。

就是和胡秉宸脱钩,也不能推得那么狠,那么残酷,那么负心负义啊!

已是夕阳西下时分,说什么"夕阳无限好",还有那个"只是近黄昏"呢!

黄昏是什么,是突然一眨眼,黑暗就来临的永寂。

想起不久前对吴为的"开导"："所谓人性,谈了几十年。我这个经历战争、尝尽人间疾苦、看遍世上疮痍的人根本不相信。一九四三年河南大灾,水、旱、黄、汤,母子父女相食……什么人性?战场上讲什么人性?你不杀他,他就杀你。一九四二年我抓到一个日伪间谍,三十多岁,烫发,大夏大学毕业生,能言善语,风韵颇佳。因为战争,没有时间和她纠缠,黄昏时分,临撤出村子前把她砍了,我看她还一步一回头呢。有什么法子,生死搏斗嘛!"

果然是突然一眨眼黑暗就来临的永寂,黑暗中,一切都变得不可把握,刻不容缓地换了天地。一脸肃杀的佟大雷打开台灯,拨通了电话。

胡秉宸冷冷清清的离休,轰轰烈烈的恋爱,某种意义上却是一个停顿,意想不到的事情往往就在一个短暂的停顿中发生。已有传言,胥德章将取胡秉宸而代,没想到提名力荐的竟是胡秉宸的那个死对头。

这是一步险棋,也是一步高棋。

比之刚到延安的一览无余,胥德章早已面目全非了。不论遇到什么情况,仍然像个隐蔽极深的地下党,不惊不乍,沉稳干练,绝不留下任何蛛丝马迹。

如果让胥德章、胡秉宸回到当年,回到他们的大学时代,可能谁也认不出谁了。

想到这里,胥德章又有些感慨。

不能说胥德章无情无义,可也不能不让他想到苍天有眼。

毕竟与胡秉宸有着不相上下的革命历史,却始终没有得到一个相应的地位佐证,如今机会来了,又何必拒绝?

即便拱手把这位置还给胡秉宸,胡秉宸也无能为力了,何况自己并没有向"那位"暗送秋波,有什么必要良心不安呢?

以前,胥德章轻易不应佟大雷的招呼——特别这次宴请的还有"那位"客人——即便盛情难却,也会向胡秉宸打个招呼,现在却什么都不必想了。

名义是尝鲜。

"来来,尝尝鲜,老家带来的新腊肉……早就想请大家尝尝了,可是为老胡的治疗,忙得我什么都顾不上。唉,多好的同志,可惜啊,可惜!"

"好同志,有原则。""那位"的白净脸上泛着潮红,有些微醺的样子,"部里这些年工作上的进展,与胡副部长的推动、领导是分不开的。"不见得诸事顺遂的人都这样慷慨。好比曾几何时,春风得意的胡秉宸就从不练这套功夫,对人难得赏个笑脸,好像全世界的人,惟他正确。

"是的,是的。"众人一面应和,一面等着下文。

轻击桌子的五个手指,个个显出深不可测的样子,"其实呢,什么意见不可以交换?不过能提出来就好,不拘形式,谈完就完。只是胡副部长心重一些,结果……革命工作嘛,什么情况遇不到?还是五湖四海嘛……"

有人适时点了题:"心胸狭窄不但对革命工作不利,对身体也不利……"

一下点出,主菜不是腊肉。

"来,来,再喝,再喝。"

有人起身,把各位门前的酒杯斟满。

"来,你我也喝一杯,"说着"那位"举起酒杯,与佟大雷碰了一下,"你的工作我本来有所考虑,可是'文革'刚刚结束,百废待兴,倒是胡副部长先过问了,惭愧,惭愧……"

"哪里,哪里,我们共事多年,我这个人你还不了解?对名利毫无兴趣。与老胡嘛,不过工作关系,许多观念上还有分歧。"

接下去就是部里那些斗来斗去的陈年旧事,失势的胡秉宸自然成为垫底菜。

胥德章原本只在一旁随声附和,热烈赔笑,他不能,也不应该像佟大雷那样过分拍卖自己,可是话说到这个地步,胥德章感到了难以承受。

恢弘或委琐的界限怎能分得十分清晰?越是具备传统文化的优良品格,越是事事艰难。官场上胡秉宸可能有勇无谋,也可能因为难展身手而郁郁寡欢,但与这班人马绝对不可同日而语。

四十年前,胡秉宸为他安全转移,被特务逮捕几乎牺牲的往事,如此清晰地凸现在胥德章眼前。

可是……

毕竟胡秉宸一压多年没有发展他入党。

在革命前景并不十分看好,也没有必然成功保证的时候,"党员"两个字是高度浓缩、高度凝结的崇高誓言,除了更多的负担、更危险的工作、更无条件的服从……什么也不意味。

那时胡秉宸不发展他入党,只能说他付出的还不够,除了继续奋斗、努力争取,没有什么可说。

谁料一九四九年后,"党员"这个称号渐渐"增容",它不仅仅是高度浓缩、高度凝结的崇高誓言,更是信任的基石,由信任而任用,由任用而地位,而待遇,而级别……实非他们当初的想象,那么入不入党、党龄长短,也就凸现出特别的意义。

这粒不经意掉下、当时被他们忽略不计的种子,此时也就发了芽。这也不值得大惊小怪,那些冰冻了几千万年、毫无生命迹象的种子,在适当培育下都能发芽,何况这样一粒种子?

是啊,什么都会过去,岂止是爱情!

不是胥德章或胡秉宸堕落,时代如此旗帜鲜明地把"地位"作为计量单位,胥德章和胡秉宸们不努力将自己变成"地位",又能怎样呢?

电话铃响了。

"是,是我,噢?"餐厅里的嬉笑干扰太大,佟大雷将话筒换到左耳,以便听得更清楚些,"你说什么?确有其事。好好,我一定尽力。"

"……那一阵文化界确实在某饭店召开过一个会,查了查老胡那个司机的行车记录,果然没有出入。还有……"白帆将新近掌握的情况一一道来。

由胡秉宸主持的"维持会",不说四平八稳,至少多年来彼此身份没有得到暴露。而随着胡秉宸突然病倒,这三个在三岔口上瞎摸的人终于亮相。革命老干部白帆,与猪脑子吴为没了区别,全都落水,也都抓住了佟大雷这棵救命草。

一到关键时刻,大部分女人的视力会出现问题,为什么说"鼠目寸光""头发长见识短"? 总有他的道理。

"你的意见怎么办好?"

"我个人没什么成熟的意见……这样吧,我向部党组反映反映,由部党组研究吧。"

好,行动起来了! 这个浑蛮的女人一旦行动起来,就是九级风浪。

白帆的电话,早不来、晚不来,却拣众人在场时来了,来得真是时候! 不然佟大雷还得为开盘时机而踌躇。

打扫净溢于言表的兴奋,佟大雷脚步平稳、速度如常地回到餐厅,落下座来,发出不轻不重、毫不夸张或哗众取宠的一声叹息:"唉,真可惜。"

"怎么回事?"

佟大雷用极为正常的语速、语气,不只将白帆的电话内容重复一遍,还对前因后果进行了完整的介绍。当然,白帆进入战备状态的缘由略过不谈。

佟大雷这么快就伸出了他的爪子! 幸好他和常梅稳妥,没有应吴为的请求掺和什么,不然肯定被佟大雷扯进去了。眼前形势,何去何从,还不明白? 但胥德章即刻给他和常梅定了位——在即将开始的围剿中,只能舍车马保将帅,痛打落水狗吴为。

"老胡同志重病在床,随时都有生命的危险,不能让他受刺激。要多做他爱人白帆同志的工作,以革命利益为重,不要闹个人义气。还要防止事态扩大,不要因此影响胡副部长的声誉。""那位"肃下脸来,郑重指示。

"是,是。"

"那个女人……你说叫什么名字?"

"吴为。"

"对,吴为。""那位"也郑重地重复了一遍,像用手指使劲按了按,将这名字按进了脑回,"肯定是女方的责任,恐怕还要和她那个单位的党组织打个招呼。"

"我这就让他们去办。您还有什么意见?"

"你一向认真细致,秉公办事,我再说就是画蛇添足了。总之,这件事由你挂帅。"可不能直接插手,特别是牵涉到同一级别的干部,闹不好有乘危之嫌,再说他们本来就不对付。

"怎么能这样说?还是集体领导嘛。"佟大雷嘴上极力推诿,内心却跃跃欲试。出身寒微的佟大雷,为人处世不大瞻前顾后,还有个伯父当年确为义和团中一个小头目,想来那是一个流氓无产者家族,铡刀上那个掌刀人的角色由他担纲可说是实至名归。而且在这场赛事中,佟大雷和白帆的目的是金牌,其他人则重在参与,能得个名次当然更好。

"好,好,集体领导,集体领导。不过情况还是你提供的嘛。"将发难者的帽子,往佟大雷头上又紧紧按了按,"总而言之,你比我们了解情况,帅旗责无旁贷由你来打。好啦,好啦,不是什么大事,生活问题嘛,小事一桩。"

下面是对前因后果等细节长时间的讨论。

…………

如此细嚼慢咽地消化这个话题,并非对黄色的偏爱。对具有政治眼光的人来说,一切材料可能都有用,单看你怎么用,用在什么时候、什么地方。

胡秉宸与吴为的男女之情以及他们是否上过床,不过是饮酒作乐的话题,要紧的是借此话题能做出多大文章。

胡秉宸太防范了,防范得让人找不到下手的地方,真是没有白干地下党。现在终于有了一把钥匙,可以打开胡秉宸那个无懈可击的堡垒了。

谢谢胡秉宸给了大家这样一个机会,毁灭一个人其实也很容易。

"是不是开个党组会?白帆同志要求组织帮助,她也是个老同志了,遇到这样的事自然还得依靠组织,我们总不能看着一个为革命工作多年的老同志,被人欺凌而无动于衷。"

"党组扩大会。"有人提议。

"不,党组会,尽量不要扩大事态。"

响鼓不用重捶,主题一掠而过。

然后进入男女话题。

这是一个驾轻就熟的题目。虽然方才的题目也很熟练,但再熟练也是走钢丝,而且没有安全保险,战战兢兢走在系于高楼大厦间的钢丝上,谁知道风和日丽好端端的天气,会不会狂风骤起?

那风是东风、西风、南风、北风,还是又东又西又南又北的乱风?

一踏上那条钢丝,就把生命交给了魔鬼,或入地狱或上天堂。

不过在那条钢丝上走的人,大都存在侥幸心理,万一能上天堂呢?

吴为不是祸水又是什么?一个人就将一潭死水搅成了浑汤。不论事端是否由她而起,从此"谈吴色变",吴为成为避之不及的邪物。

七

各项工作紧锣密鼓地开展起来。

对于只有蓝图尚无设计图纸的胡秉宸来说,他们是过于急躁,揠苗助长了。

哼,死在她的怀里!

胡秉宸刚过病危期,白帆就对他说:"你总算醒过来了,很可惜没能死在吴为的怀里。不过实话跟你说,你还是死了这份儿心吧。我宁肯把你从这里抬出去,也不会让你死在她的怀里!"

白帆下了死决心,如果胡秉宸鬼迷心窍、执迷不悟,她就亲手把他的声誉、前途撕成碎片,就连这些碎片也要一把火烧了,连骨头渣也不会给吴为剩下。

即便胡秉宸死了,尸体也得属于她。在他的追悼会上,脚下家属献花的那个位置,放的是她和孩子们献的花圈;花圈缎带上,写的是她率杨白泉和芙蓉等人敬献的字样,而不是吴为。

胡秉宸一惊,原本光亮白洁的四壁,霎时间贴满了白帆的脸,密密麻麻,铜墙铁壁。

白帆怎么知道"死在你的怀里"云云?外面发生了什么事?吴为变节了?

心电图马上出现险情,护士大夫又是一阵抢救。

即便如此,白帆也不后悔,她本来就是要让胡秉宸"死心"。

胡秉宸的兵法也非常混乱,显然没有一个总体规划,打哪儿算哪儿。

到了这步田地,还对白帆这样说:"如果你闹开去,我就和你摊牌。"

如果不闹出去呢?

愤怒至极的白帆,不认真考虑这句话里极为丰富的层次,回答说:"即便我可以让步,成全你们,可还有党的纪律、社会的道德和法律上的责任呢!"

"你这样说,不是还不撒手吗?"

出得医院,马上与部里几个头脑商议,向吴为工作过的所有单位发函,调查她的档案。

查吴为个底儿掉!不论历史或男女关系上的污点,别想逃过她的火眼金睛。

在谋划这些事情上,白帆的专业水准可与安全部门比肩。至于在胡秉宸面前无以应对,则既是水平有限,更是爱之弥深。

吴为虽然没有变节,可也不能说没有动摇。

既然部里指定佟大雷为胡秉宸医疗方案的负责人,又担纲拯救吴为的重任,佟大雷有了理所当然接近吴为的充分理由。

或继续文字攻势——

　　某君陷于情,十年不能自拔,闻之怆然。有旧作堪可移赠,聊以慰之。

　　十年昏晓枉抛梭,掷却吴花似雪多。
　　作帛堪书骚万卷,临风不必叹湘罗。

　　胡吴近咫,渺若山河,东坡云:多情却被无情恼,信然。
　　你可以责骂天下男人都是混蛋,我觉得可能也有例外。男女好坏之争,古今中外,由来已久,成为专著的也很多,我敢担保你我都可能不在被骂之列。

或游说吴为——

"听了你和老胡的事,简直像个大爆炸。想了很久,觉得还是应该把老胡的问题告诉你,他是个伪君子……用一生心血追名逐利,爬向权力的金字塔,绝不会为爱情而牺牲地位和党票。就在三月份请老战友吃饭的时候,还和白帆两人来回夹菜敬酒……所以我劝你要实际些,也许他对你说过'即便死也要死在你怀里'这一类话,但以我对他几十年的了解,说说可以,不会真干。为了爬上权力或是声誉的金字塔,胡秉宸可以铁石心肠,六亲不认,将七情六欲一一割舍,以求正大光明、无懈可击……不要误会,不是说他官迷,综观古今中外天下伟男子,哪个不是通过权力来展现他们人格的伟大?这样的男人多半不会被女色所误,所以才能功成名就。老胡差不多已经到达那个塔尖了,更不可能为一个女人半途而废,不会,我太了解他了,几十年的战友了嘛。这些事如果不对你说清楚,等于害了你,但我也决不破坏你们。"

然后一针入穴地问:"如果老胡真爱你,为什么不了断与白帆的关系?"

"要解决这个问题,白帆肯定会闹得满城风雨,对手会用这个把柄整治他。"

"这都是胡扯,如果老胡有决心,谁也拦不住。你看不出他在欺骗你吗?我确信无疑他在耍弄你,白帆非常肯定地对我说过:'这一年老胡待在家里实在寂寞,不过在吴为那里找点儿刺激而已。'我的话你当然不信,但是我们等着瞧,事实会下结论。"

这些似有似无、真真假假的话,一则出于战略,二则若能同时腐蚀吴为对胡秉宸的爱,何乐不为?

吴为显然中计,双目像被灼伤,迷茫无助。

现在,她最介意的倒不是胡秉宸是否耍弄她,或胡秉宸的背信弃义,她是被"他是个伪君子……用一生心血追名逐利,爬向权力的金字塔"打蒙了。

难道她镂骨铭心爱着的,就是这样一个利禄之徒而不是条英雄好汉?

难道她所爱的男人,一律是自己心目中制造出来的?不但制造了一个又一个爱的对象,还制造了他们对自己爱得天翻地覆、轰轰烈烈?

"不——"她嗫嚅着。

"我和白帆谈了,如果老胡真要和吴为结婚,你就算了,孩子、年龄都那么大了,让他们去吧;如果老胡真搞两面派,自有组织处理两面派的办法。你要不要见见白帆?"

"不,不。"

佟大雷很满意。对付吴为太容易了,一旦离开她那个写作王国,智商马上下滑至零。

倒了杯茶放在吴为面前,"为这样一个老头子,不值得这样死去活来。"忘记自己也是一个老朽,"我始则不信胡秉宸会如此,现在觉得他十分可鄙……唉,放心,我会随时向你报告他的病情,一旦有机会,就想办法让你们见面。我们来研讨一下,下一步该怎么办……有没有什么信要我带给老胡?"

"当然,要是方便的话。"真想问问胡秉宸,这到底是怎么回事!

佟大雷急急拿出纸笔,希望吴为立刻将信写就交给他。可是他太急了,回手带倒了写字台上的墨水瓶,黑色的墨汁洒了一桌,滴滴答答流向地毯。他早就觉得这瓶墨汁非闯祸不可,每用一次墨汁,这感觉就出现一次,果然应在这个时候。

吴为十分歉疚,都是因为她,"真对不起。不用急,等我想一想。"这样的信,真得回去好好想想。

"啊——"佟大雷痛惜无法得到吴为亲笔写下的物证了。

吴为回去想了想,就像断了线的风筝,了无踪影。

吴为在哪儿呢?

漫无目的地在街上挤来挤去,任人推搡,巴望着他们当中有谁揍她一顿才好,觉得自己随时都会大叫一声,然后彻底地失去理智。现在她能专心干的就是这件事。

远远看见一个穿军大衣、戴鸭舌帽的人,走路样子十分像胡秉宸。当然不是胡秉宸,吴为在风地里站住,等那人走近、走过。风推着她继续向前走去。胡秉宸还会用那件军大衣裹着她吗?他说,本来买件二号大衣就行,但是买大了一号,为的是可以把吴为裹在里面。

公园侧门的两棵松树与胡秉宸身高等齐,他每每在那树下等她,那两棵树如今总让吴为一惊一乍,觉得胡秉宸还站在那儿等她。

　　桃树下的长椅还在,吴为在那水泥长椅上坐下,昔日的温情一一浮现,还有胡秉宸的甜言蜜语。她不禁侧过头去寻觅,然而胡秉宸不在了……有声音从她腔内游出,不是哭声,是肉体在过去与现实两块磨盘里碾碎、折断的响动。

　　公园里那个看大门的人,总是奇怪地看着她,一定在想:怎么就剩下了她独自个儿?

　　沿着他们的路游荡而去,胡秉宸曾在这路上说:"《世界文学》里有篇澳大利亚人写的小说,小说里有这样几句对话:'你记得吗,那时我们做爱到半夜?……''记得,累得我到现在还没恢复过来。''做爱'这个英文词翻译得很好。"

　　吴为哈哈大笑,然后向土坡上跑去,胡秉宸站在坡下,张开双臂,说:"来,来!"

　　她顺着土坡跑下,冲力很大地投入胡秉宸的怀抱。就在那时,他搂着吴为说:"要是哪天我觉得不行了,拼命也会告诉你:即便死,我也要死在你的怀里,在与你的亲吻中死去。"

　　走着走着,来到电车站。春天的一个晚上,他们坐电车回家,吴为头上包了一条头巾,胡秉宸说:"你看上去像一枝郁金香。"

　　"你可真会说情话。"

　　"像我这样多情的男人,你再也找不到了。"是啊,太多情了。

　　一辆电车驶出总站,吴为不禁向车后窗望去。最后一次见面,胡秉宸正是乘这路电车离去,站在车厢尾部,穿着军大衣,向她不停地摇手。

　　…………

　　这样一个人,是"用一生心血追名逐利,爬向权力的金字塔"的人吗?

　　胡秉宸失去了行动能力,身旁又有白帆或杨白泉看守,只有佟大雷是惟一的消息渠道。他当然不能相信佟大雷,可又不能不为佟大雷的蛊惑激动。

那天护士送他去做心电图,趁护士交接工作的当儿,冒着再次发作心梗的危险跑了出去,向看守公用电话的老人说:我是某某床的病人,忘了带钱,一会儿让护士给您送来。

可是吴为不在家,只好怏怏回来,之后非常冒险地通过保姆寄给吴为一封信——

> 终于走出险区……真是一日不见如隔三秋。
>
> 现在身不由己,很想知道外面发生了什么,能设法告诉我吗?
>
> 总之我们在向不合理的习惯斗争,不管牺牲什么,包括生命,在历史上给这个半新不旧的中国创一个先例。我们要互相支持,绝对团结,不论遇到什么都要坚持下去,人们了解真情之后,将会尊重我们的忠贞。
>
> 很想叫你一声我的亲人、我的宝贝、我的乖乖,但我更愿意称你为基督。因为基督的一生是为了改变人,你也改变了我世界观的许多方面。我的思想能从各种桎梏中解放出来,虽然有其内在的历史原因,但你给我的影响之大,也是不能忽略的,而我们有机会谈话的时间又是那么短。这就是我为什么喜欢这个称号的缘故。

被胡秉宸投入这许多热情歌颂过的吴为,也不过是他主观制造出来的一个幻象。在幻象中,如此辉煌的女人,或是说作为男人同样期待着的那个"白雪公主",并没有如期到来。

吴为并不具备他期待的那种人格、才能、识见、真诚、勇气、严肃、思想深度、人的尊严……一旦走近吴为,这些虚浮的梦想很快就会破灭。换而言之,走近哪个人,包括世界上最伟大的人,难道不是这样一个结果?

早有"君子之交淡如水"之说,这就是聪明人为什么拒绝走近的原因。

我已经可以下楼,像一个准备越狱的人一样,正在筹划与你的会面。也许在医院的花园为好,这样你可以不通过一切探视手续,等我创造好条件再告诉你。

白帆那部一天难得一响的电话,成了热线电话;冷清的胡家门前,也恢复了旧日车如流水马如龙的景象。

发向各制裁机构的对吴为的各种指控,也似乎惟白帆意见是瞻,定稿前一一送交白帆审定。

她字斟句酌,权衡再三,将一切可能不利于胡秉宸的言词一一删除。至少在目前,当事态还没有发展到不可挽回,胡秉宸还是她的丈夫的时候,一定得维护他的声誉、利益,当然也就是维护了自己。

尽管白帆意在整治吴为,岂不知这样一来,同时也把胡秉宸卖了出去。

俗话说一个巴掌拍不响。也就是说吴为的恶行得有一个载体方能成立,没有第一者哪来第三者?

以白帆多年的政治经验,本该明白天下没有免费的午餐,可她一头栽在争夺丈夫的保卫战中,犯了一个女人通常会犯的低级错误——借刀杀吴为的同时,也杀了胡秉宸,更杀了她和胡秉宸的婚姻。

老练的白帆,也该从胡秉宸闪闪烁烁、暧暧昧昧的态度看出胡吴关系的破绽。

她也不知道,意大利比萨大学心理研究院在人的血液中发现了一种可以控制血清的特殊蛋白质,热恋中的人,能使这种蛋白质下降百分之四十,它的百分比,随恋情的深浅而变化。白帆只要测试一下这种蛋白质的含量,也就不会对胡秉宸的移情别恋那样大动干戈。

白帆太急于报复了,结果是搬起石头砸了自己的脚。

如果白帆放手胡秉宸,让胡秉宸与吴为有更多的接触,而不是在任何细节看不清楚的、黑咕隆咚的胡同里流窜,那么,不用白帆动一个手指,像吴为这样注重细节的人,仅是胡秉宸吸食汤水的动静、他的脚癣、他的花袜套、他的兰花指、他的斤斤计较……这些鸡毛蒜皮,就能让她却步。后来吴为庆幸,幸亏胡秉宸不哆嗦腿,不对着他人的脸惊天动地地打嗝儿、打喷嚏,不穿吊脚裤,不用指甲抠牙缝,兰花指上还没留女式长指甲……

而精神和智慧的光芒,却能在黑咕隆咚的胡同里大放异彩。

即便白帆不放手胡秉宸,环境宽松些也行。可是道德败坏的吴为运气更坏,没赶上未婚同居或未婚妈妈的时代,又接受了过去的教训,决不重蹈覆辙,不时对胡秉宸来个最后通牒:"我们或是一刀两断,或是你解决多头政治的局面,反正我不能当你的情妇。"像吴为这样的情人,实在让兴趣广泛的男人太不轻松。

如果赶上一个宽松的时代,让他们有更多的机会接触,吴为也将有机会纠正自己——

像这样一个俊朗又不失英雄气概,懂得品位而又不失纨袴,大俗大雅、有形有款,永远的新潮又永远的怀旧,一点、一味、一丝、一毫全方位品味生活,恐怕也是"五百年才出一个"的优秀男人,为什么不可以对一个打错电话的人,或晚上十点后来电话的朋友来个"操你妈"?当朋友向吴为抗议"你们家老胡怎么可以这样对待我!"的时候,吴为劝说道:"别生气,他不知道是朋友,如果知道是朋友,一定是'谢谢''对不起',诸如此类。"朋友想想,也就释然。不是吴为袒护胡秉宸,这的确是一个匆忙中忘记戴上面具的失误。

又为什么不可以对岳母叶莲子发出恶声"去你妈的!"当叶莲子请求胡秉宸不要在吴为那杂乱却自有序的桌上乱翻,以免将吴为写在纸头上的小说札记错位的时候,墨荷的后代叶莲子疑是顾秋水杀将回来,除了脚步踉跄后退,别无他法。

…………

"我一再提醒秘书注意这个原则,首先考虑保护老胡的声誉和家庭的安定团结,孤立打击的只是吴为那个道德败坏的女人。秘书到底水平不够,还是有忽略的地方,经你斟酌后,文字更缜密了。我们要多通气,有什么情况及时交流。"随后又适时造了一个小谣,"哦,忘了告诉你,昨天吴为闯医院,被我们的同志拦截……那两个值班看护老胡的同志,已经写了证明材料……"

白帆牙痛似的呻吟一下,"她又来了!"

"……我已经让秘书通知所有值班看护老胡的同志,绝不许吴为迈进病房一步……不过目前动用的仅仅是舆论,形成不了威慑。要想彻底解决问题,就不能投鼠忌器,恐怕还得从党的系统进行干预……"

白帆不是不懂得动用党的力量,不论什么力量在党的力量面前无不化为齑粉,但给中央某领导的申诉让她颇为踌躇。先不说上面将因此对胡秉宸有什么看法,像这样老眼昏花,万一一个字没看清楚,意思满拧。一个字批下来,吴为固然完蛋,胡秉宸也就跟着一起完蛋了。而一旦批下来,就像皇帝的御批,毫无更改的可能。

其实有关胡秉宸搞了一只"破鞋"的传闻已满天飞舞,一世功名早就论秤约了。什么不要扩大事态?扩散得越快、越大、越好。

见白帆如此优柔寡断,又说:"根据我们的了解,吴为还去找过常梅夫妇。"

"常梅夫妇!"谁把他们的地址告诉了吴为?显然是胡秉宸。否则吴为怎么可能去找他们?这可不就是"托孤"的意思?

胡秉宸怎么就没想到把我托付给谁?倒好像吴为是他的妻子,自己却形同路人。嫉恨立刻将白帆卷入它的旋涡里,"找他们干什么?"

"要他们劝劝你,与老胡好说好散,放他一马。以他目前的身体情况来说,不会活多久了,就让他……让他安安静静死在她的怀里吧。"说到"怀里"两个字的时候,声音不禁尖啸起来,于是那两个字就有了尖利而单薄的酸苦之味,"怎么,常梅他们没有对你说起吗?还有人反映,在香山、北海看到过他们,手挽手的……对这样的女人,是不能掉以轻心的,我们恐怕需要研究一下对策,不能老打被动仗,是不是?"

"是的。"

"那好,再找个时间,我们专门议议这个问题?"

"好吧,你们定下时间就通知我。"

"这样吧,佟大雷同志比较了解情况始末,这桩事自然也得由他具体负责,等他安排好了自会通知大家。他也是三几年的老同志啦,很有经验,很有能力。"

放下电话,白帆冷冷地笑了——"那位",你好厉害呀,不直接插手,只在幕后操纵,又是一箭双雕。

上上下下都知道佟大雷和胡秉宸关系不错,胡秉宸还有恩于他,没有老胡的推荐,佟大雷恐怕还窝在局长的位子上。

佟大雷要是下手狠,人们会说他丧尽天良,手下留情又是包庇,这不是让他们互相残杀又是什么?但白帆更担心的是佟大雷下不了手,到底胡秉宸对他有恩。

继而又放下心来,幕后操纵不等于不操纵,即便佟大雷手软,"那位"也不会手软。

明知下的是重药,可白帆顾不上那许多了,否则胡秉宸和吴为刹不了车。

现在,她只能和胡秉宸的对手做同一个战壕的战友啦。好不惨然,好不凄然,好不无奈啊!

现实劈头盖脸砸下了它的重锤。

不论何时,不论对什么都量不出深浅的吴为,连应有的震惊、恐惧、痛楚都来不及准备,先是一脸愚钝,后是双目眦裂,但都不足以表达她的张皇。

吴为就这样跟跟跄跄地被推上战场,更不自量力地担任起保卫胡秉宸的职责。

对方是要将有将,要土有土——兵来将挡,水来土掩。

而吴为呢?

即便小米加步枪的时代,肩上还得斜挎一袋小米或一支步枪,何况现在已经进入核武器时代。吴为只有十个挓挲着的手指,每个手指的间距又很大,以这样的十个指头能挡住什么?

军师虽然精明,可又重病在床。

先是务虚不务实一场,后悔将情况告诉佟大雷,本以为他会为自己所爱做点什么,小说上不是有很多这样的故事?

至于如何应对,想了半天,身边除平头百姓的叶莲子和禅月,可利用的力量一概全无。说到手里那支笔,既不能做刀也不能做枪——虽然有支歌唱过"拿起笔做刀枪"什么的,那要看笔在谁的手里,好比拿在对方手里就能做刀枪,在她手里则是毫无指望。

既然胥德章已经给自己和常梅定了位,在这场围剿中舍车马保将帅,痛打落水狗吴为,那么现在只须按照既定方针办。

加上接待过吴为,有那么点站错队的意思。特别是胡秉宸的位置,并没有最后抹下并敲定由谁填补,现在是说上就上、说下就下的微妙时期。好比那个佟大雷,真对名利没有兴趣?共事几十年谁不知道谁?这种鬼话还能用来遮眼?真够落伍的,可是他这次那么卖力,行情似乎看涨……

难怪胥德章的积极性出现了井喷现象。

他人只是造造舆论,胥德章却是动手又动口,先是帮助白帆起草指控吴为的报告,不但送交各制裁机构,还送达吴为单位,要求该单位开除吴为党籍。为此,吴为那个单位的领导部门,连着开了三天会,讨论如何处理吴为的问题。

又亲自出面威胁文艺界领导,一定要占领、死守无产阶级的文化阵地,如此道德败坏的人,不但要清除出文艺队伍,还要对她的作品进行封杀。

文化人本就神经脆弱,禁不起这样的恐吓。一位文艺界领导急得跳脚,说:"吴为是有才华的作家,毁了实在可惜。什么事都压在她一个人身上,怎么承受得了?她是不是可以做点儿让步?

谁能和她说得上话?劝她放开些吧。"

大家劝吴为写份检查,交出胡秉宸给她的信,让他们斗去,关她什么事?

吴为说:"把他交待出去,他们也许能放过我,却不会放过胡秉宸,没有了他还有什么意义?我连朋友都不会出卖,更不会出卖他。如果用投降保我的事业,我还算人吗?我也不能检查,我一检查,他们正好拿到把柄,大可兴风作浪,两个人谁也跑不了。如果我来顶住,什么不说,顶多打倒我一个。"

于是没头苍蝇一样,到处找人解救。

只听说有位领导心慈面善,也不认识,没有人介绍,打听到地址,就冒昧地跑了去。人未遇,电梯又停运,只好从十四层楼上走下,像是走在仓库里,楼梯拐角是家家户户用不着可又舍不得扔的东西,气味和不停的转角,几乎使吴为眩晕过去。

第二天再去,一共坐了十分钟,领导接了三次电话,大约占去七分钟,只有三分钟可以用来诉说,可是领导又要去开会了。

只好上书答辩,反倒落了个"连部长也敢反驳,非狠整不可!"是啊,如同"连老太爷都敢说不是,拉到祠堂去打!"一样。

也没少受骗。有人说与某某领导谈过,估计事情就要向好的方面转化,病人很快就会彻底得救;这位领导也将会以极其鲜明的态度向有关部门指示,问题很快就可解决;目前吴为以软拖办法为上,少说话、少辩解,以防让人抓辫子,千万不能激动急躁,与任何人谈话都要多听,少说为妙。

过几天再打电话,事情办得如何?回说:以为没有问题,所以就没再过问。再向秘书打听,秘书说领导什么也没说。

胡秉宸知道后说:"所谓找关系,是找不出结果的,不过泛泛一句话,影响有限,起不了多大作用,不可把希望寄托在那个上面。

"你通过此人送来的人参也被他扣了一些,几次都说替你办事需要花费,要你出钱。其实是有个情妇需要供养,纯粹是白相人对女人的剥削,好像吃周璇那样,都来趁机敲诈一个女作家,这些人在我这里是占不到什么便宜的。千万不要再花冤枉钱,不要再说'这个费用由我来付',现在几千块钱已经不见了,再花一个铜板都是冤枉的。

"也不要答应他把你引见给某领导,总之不要把关系弄得太复杂。别像小孩子似的再去求人,不要相信这个人情、那个人情,最后不过含含糊糊一两句话,不了了之,都是不可靠的。以后和这些人打交道要小心,绝不能再上当……这些事你弄不清楚,你太单纯,心肠又好,看不出人际关系的实质。

"不要以为他们压你已经到底,稍一不慎,还会有更大的打击。

"希望你能看透彻这些,选择最好时机,沉着应战。"

看透比较容易,等到钱财散尽,谁还答理她?

说到沉着应战,怎么才能沉着?何为最好时机?又怎么进行选择?……这实在很抽象。

吴为只能接受非常具体的指挥,对政策性的指导总是领会不了,最后还是不得要领,继续像只没头苍蝇,嗡嗡乱撞。

无论怎么说,在这一点上,吴为还是比白帆幸运,毕竟她得到的指点是真心真意的指点。不像白帆,她最得力的帮手,正是吃她,也是吃她亲爱的丈夫最狠的人。

八

在这艰难时刻,茹风出现了。

那时候,"文学"还是一个正儿八经的事。

有关杂志将茹风那封"读者来信"转给了吴为,吴为被信中的语言感动得涕泪交流,"如果你遇到什么危险,请到我这里来吧,我们会保护你的。"

这封信来得真是恰逢其时,好像茹风知道她现在多么艰难。

如果不是非常时期,吴为很可能感动一下就过去了,现在她则紧紧抓住茹风这棵救命草,死活不肯撒手了。

茹风也不负所望,一下搅进了这桩大麻烦。

听罢吴为的哭诉,茹风二话没说,拉上吴为,骑上摩托,往医院疾驶而去,"那医院刚好有我的同学。"茹风说。

冲击力极强又冷酷异常的北风,把她们压得抬不起脑袋,也噎得她们喘不过气。

因为没有戴安全帽,北风恣意地撕扯她们的耳朵,起先耳朵还有疼痛之感,到了后来像被扯掉了,没有了感觉。时有雪粒,抽打着她们的脸庞,她们只好低着头在风地里往前猛钻。

先在护士站打听,得知看守胡秉宸的人换了杨白泉。

茹风只好换件护士服,在病房外等候。很久才看到杨白泉走出病房,向护士站走去。趁这个机会,茹风走进胡秉宸的病房,她边走边计算护士站到病房的距离,明白自己没有多少时间可用。

走到病房门口回头一看,果然杨白泉已经折回,距她不过四十多米。

只来得及对胡秉宸说了一句:"吴为让我来看你……"

以胡秉宸的训练有素、反应之快,本应懂得茹风的话,可他怎么能想到吴为和茹风也能来一套"地下党"?盯着茹风问道:"什么?"

茹风又重复了一遍。这一次胡秉宸听懂了,立刻翻转身来,两眼放光,猛地紧紧抓住茹风的手,连声说:"太感谢你了,谢谢,谢谢!"

她急促地说:"赶快躺好,什么都不能说了,你儿子要来了。"

茹风只争取到十五秒的时间。

这时杨白泉已经走进病房,她只好假装为胡秉宸量脉搏,该说的话一句也没有说出。

出了医院,想想胡秉宸的身体,茹风对吴为说:"你太傻,命太苦,费了这么多心血,即使得到也很短暂。"

"可我愿意。"

"你的牺牲也太大了。"

"爱是谈不到牺牲的。"

茹风盯着吴为看了看,说:"好吧,过两天我再找机会冲进去。"

胡秉宸和吴为可把茹风使唤苦了。

自茹风后,胡秉宸对吴为的处境虽有了了解,但在如何帮助吴为应对上却没有费过多少心思,对如何改善吴为的处境,也没有什么实质性的考虑和建议。他的心思都用来享受吴为的忠诚,以及发挥他未曾实现的文学才能上了,而情书又是最能发挥文学潜能的一种形式。

然而吴为不用战前动员,只须胡秉宸的一封情书,就继续勇往直前——

为,不知为什么我那么喜欢这个字,又规整又大方,又清秀又利索,一点不繁琐,好像专为一个人设计的,以致我在其他地方看见这个字心就激动起来。有个英文单词 tender 非常适合你,因为它包罗很多方面,容易触动的、柔弱的、顾惜的、怕伤害别人的、纤细的、敏感的,也是最女性化最精致的。你是不能仅仅用"伤感"这两个字来形容的作家。

你的信,像雨水滋润着土地,使我度过了许多困难时期,终于把死神赶走。一个医生对我说:"一个人一辈子只能死一次,所以你再也不会死了。"我非常有礼貌地说谢谢。这是因为你我两个人的共同坚持。

也不能说胡秉宸对如何改善吴为的处境完全没有考虑,适时也会鼓励一番——

听说你不断被他们批判,一个人能有个"主义"也不错,比没有"主义"的人强得多,我向你祝贺。只有真诚勇敢的女人才能像你这样,历来敢于走在事物的前列,碰了那么多钉子爬起来再干,这就是你,相信今后还会如此……最近的消息使我安心了,说老实话,我老是胡思乱想,想入非非,有些不放心,现在完全放心了。你不是那种人,不会跑的,顶多发个小脾气,这是你的权利,谁让我爱上了你。

如果茹风知道自己半夜三更被从被窝里拉起,冒着冬夜的严寒,为胡秉宸和吴为奔忙的就是这样一封带色儿的情书时,她会怎样想呢?——

……思念之甚,甚于往日。人真怪,心挂在什么上就挂住了,结成个死疙瘩,几辈子都解不开,更不要说这辈子。而我同白帆一辈子也没挽过手,更没有对她认真过。

我要吻你,疯狂地。从你纤细的手指到一切——所有的一切,把你抱在怀里,让你的头靠在我的肩上,在你的耳边向你倾诉我的爱情……我们要融为一体、一体、一体,完全的一体。我们的时间可能不多,但永远新鲜而富有创造性。不知你是否注意到我的照片——看看我面部的沉着和自信,这样的男人是配得上你的,也是有吸引力的,不是吗?他多大胆,多强有力……也是一个永远有活力的人。只要活着,我还会利用各种机会、各种方式,为我认为正确的东西讲话。我将要写一本书,在那本书里,决心对党的领导方式提出我的看法,这是没人敢碰的题目……

现在是养着了,养完之后就够你受的,等着吧。

我说我要一个套一个的苏联木偶玩具,你没懂我的意思,那只是一种比喻,大的小的,我要成套的。傻姑娘!

山上那张照片最美,像一朵待放的黄玫瑰,绝不是其他俗艳的颜色。美而静穆,因为内心;沉静含蓄,因为深邃。对我来说,几乎是带着光环的圣洁,让我怎能不跪在你的脚下?

让我最动情的照片是依着书桌的那张——晚上,窗外黢黑,丰满而性感的嘴唇微张着,像在等待;笑着的眼睛直穿我的心底,微微向左凸出的臀部使我神魂颠倒。

我要亲你,别乱动,别管那钓鱼的老头儿。让他看去。

永远别轻视数字,事物都是从量变到质变的。如一百六十,你试试看,会使你魂飞魄散。你能清醒到十就不错。我只要你在一天的几个小时里是典雅的,而在其他时间里不是,是个真正的风流人儿。别怪我说了这些傻话,我不能自持……

见一面还不知道,见两三次茹风心里就有了底。

胡秉宸只对传递情书有兴趣,很少问及吴为的状况,更少说到未来。

她可不是胡秉宸和吴为的爱情交换站,更不是情书投递员。

如果吴为得了爱情盲目症,她的视力可是二点零。

如果吴为自己想不到说点什么,她得替那个傻瓜说点什么,否则她不会给吴为写那样一封信:"如果你遇到什么危险,请到我这里来吧,我们会保护你的。"

目前吴为就在危险之中。先别说外部那个包围圈,胡秉宸给她制造的危难还少吗?

"你不想了解一下吴为的现状吗?"

胡秉宸放下吴为的信,说:"吴为情况如何?"

"不太好,身体也顶不住了……进了一次急诊室,无论精神或具体细节上,都没有一点儿支持的力量。"

幸亏有个茹风,也不幸而有茹风——

不然胡秉宸可以坦然、逍遥地享用吴为的忠诚和温情;

不然胡秉宸永远不会知道吴为报喜不报忧;

不然胡秉宸永远不会知道笨拙的吴为如何为保卫胡秉宸而战;

不然胡秉宸永远不会知道吴为如何屁滚尿流地在胡秉宸对手的一次次出击中挣扎;

……………

胡秉宸说:"我在各方面都对不起她,耽误了她,我们已经相处十多年了……"

茹风恨恨地想:你一句"我对不起她,耽误了她",就把吴为十多年的眼泪、痛苦、等待,还有眼下的艰难交代过去了?嘴里却说:"她对你至死不变。哪怕你只剩下一只胳膊、一条腿,她也是爱你的。"

胡秉宸只是笑,那种笑让茹风觉得非常不庄重。

他又说:"我们年龄相差这么大……"

茹风拦住他的话,连刚强的她好像也怕听到什么可怕的话,尽管她心底并不看好这个爱情,甚至希望吴为罢手。不,她是替吴为害怕,"好像你今天才知道你们的年龄差距……我要是这么对她说,她会伤心透了。"

他问:"那你要我怎么说呢?"

"这是你自己的事,我怎么能替你回答?"

从医院回来后,茹风很严肃地对吴为说:"你要准备接受打击,胡秉宸可能会用'我病得这么厉害,不能拖累吴为',来推卸自己的责任。如果他真这样做,我就会对他说:'从我对你的了解和别人对你的反映上,我早估计到你会用这个借口来推卸自己的责任。'"

恋爱中的女人本就状态不正常,放到吴为身上更是不正常加上不正常,什么时候发起疯来,深更半夜就骑着自行车到茹风那里,把她从被窝里拉起来,让她到医院去。何况还有许多意想不到的"险情"随时出现。

初始茹风不分日夜,随叫随到。

渐渐看出胡秉宸的所以之后,就有些烦,"如果不了解他,我非常愿意帮这个忙,在我对他有所了解之后再把你们往一起拉,就是害你,就是我的不仁不义。"

可她又见不得吴为那副样子。

常常一开门,吴为提溜着一网兜营养品站在门外,还没等茹风说什么,自己先巴结地笑了。

一看那一大网兜的东西,茹风就皱了眉头,"这些东西都是白送,上次我去看他,白帆把你送去的罐头一个个全打开了,对看护他的那些人说:'吃,不吃白不吃,反正吴为那婊子有的是稿费!'一旁的胡秉宸,居然什么表示都没有……何止是你那点儿血汗钱全打了水漂儿?"

吴为嗫嚅着:"不是你说白帆送去的菜糟糕极了?白帆不好好照顾他,医院伙食又不好,他需要营养呢……白帆总不会全吃掉,他总能吃到一些吧?"

吴为脸上那笨拙、讨好、恳求的笑,可怜而又可恨。那张脸也变成一张令人嫌恶的死皮赖脸,又因执拗、卑微,变得奇丑无比。让茹风恨不得朝那张脸上啐一口,说些难听的话让吴为醒悟。

"我不认为你们这件事有什么希望,而且你在这里熬着有什么好?应该到外地去,静待事情的变化……"

"我担心他,怎么对付得了兵强马壮的对手。"

"他用得着你担心?你还是先担心担心自己吧。他要是想干自然有办法,一个搞了几十年政治和地下党的人,会没有办法对付这个局面,反倒要把你放在前头当靶子?!"

"现在和地下党的情况不同。"

"怎么不同?把那会儿的智谋拿出一点儿就够使了。问题不是智谋不智谋,而是有没有决心和传统道德决裂。他是要做当今人们所规范的好人,还是做五十年以后那个时代的先行者?对这种人是很难的,他们虚伪得太久了,以致把虚伪当做了真实、真理。他要是能从这种虚伪中走出来,那就真是了不起,可是……可是……你觉得他真爱你吗?"

吴为又不是傻瓜,她怎么不知道胡秉宸到底爱她有多深,有几分?

默场很久才放胆说出:"当然。"

茹风笑出果然不出所料的笑,"他对你的爱也许是真,但他需要的是一个情妇,而不是娶你为妻,因为那样做的代价太大。他需要的很多、很多,名誉、地位、爱情……却只想付出很少、很少,归根结蒂是自私。所以我劝你,别投入得太厉害。我先把话放在这里,别让这些丑恶、血肉飞溅的残杀把你的感情腐蚀了。要是不听我的话,还这么奋不顾身地往里搅和,总有一天你会看不起他。"

这些话有如谶语,有种特别慑人的力量。那好像不是茹风在说,而是一个先知先觉的力量附在茹风身体里,以茹风的嘴说出的话。

一切声音全都隐去,空中只留下了最后那句话的回响——

"总有一天你会看不起他……"

最后还是以茹风的放弃告终。

望着茹风的背影吴为羡慕不已,羡慕她那双脚,可以在胡秉宸病房中那几平方米的地板上走来走去。

她多次站在医院对面的街上,遍数病房那层楼的窗,猜想哪个窗户是胡秉宸的,希望他能站在窗前看看,也许就会看见她。

她羡慕胡秉宸窗外的树,也许他的目光常在那上面停留。

或是在医院对面的小饭馆里找个靠窗的座位,点个什么菜,安营扎寨坐下去。看不到胡秉宸,看一看那所医院也好。

店小二在她就座的那张桌子上没完没了地揩拭,睃着她的脸,好像能从她的脸上搜索出什么。

尽管白帆和杨白泉不确切知道茹风是谁,也能猜出她是吴为的人。

茹风不忍心告诉吴为,有一次杨白泉甚至把她推出病房,差点让她跌一跤。而白帆的眼睛虽然一半被松垂的眼皮遮着,但也并不妨碍用剩下那一条眼缝,力量足够地夹她。

有什么能难倒茹风？和胡秉宸说英语就是。

出了医院门,发现有人跟踪,她像个老练的地下工作者,左躲右闪,总能把钉梢人甩掉,一面走还一面乐,没想到有一天能和老地下党一比高低。茹风一直为没有赶上地下党那种浪漫时代、浪漫经历而遗憾,现在却补上了这一课。

有时她就拐进图书馆,借上一本书,在那里一坐坐到闭馆,或进到一家电影院,买张票大睡一觉。

茹风永远不会知道,胡秉宸在给吴为的信中是怎样说到自己的——

……别听茹风的,她不知道一个真正的硬汉是什么样！

你碰到的是一个真正的男子汉,如果你没有碰到这样的男子汉,至少在电影里看到过,譬如美国西部影片中。

张学良陪蒋介石回南京去是上了当,但他是个真正的男子汉。我一贯钦佩赵四其人,此人可入历史。当年于凤至因病走开了,赵四自愿进去陪伴张学良,几十年如一日,否则张某可能活不了这样久,早就悒郁而死。

……听到你受压的情况,心里十分难受,但请记住,我永远同你在一起,你永远占有我,你所受的压力都在我的肩上。现在看得很清楚,整个机器开动起来,准备轧碎不老实听话的人。这个机器是庞大的,已经轧碎了千千万万,还要运行下去。鼓起勇气来！事物总是要变化的,历史总是要前进的。

希望你好起来,胖而不失去小蛮腰。还有,别由于好起来而忘了我。世界真奇怪,生了你这样一个小媳妇,完全可以选择一个年轻、有才华、身体好、待人温柔的男人,偏偏死恋着一个比自己大二十多岁又病着的老人；又生了我这样一个准备为你丢掉一切的男人……

如果张学良不被监禁、孤绝几十年,而是有更多释放人性的机会,赵四还会被他爱到最后吗?

所有的成立,其实都是条件下的成立。

可是吴为并没有感到肩上的压力有所转移,可见林彪那个精神万能的理论,是绝对站不住脚的。

为吴为排忧解难的还是她那些朋友,茹风、茹风父母或茹风父母的关系。

茹风激愤地说:"胡秉宸不能这样对待你,你受到的压力太大了,所有的压力都在你一个人身上,这样的话我不知说了多少遍,都不愿意再说了。这个人全是嘴上的活儿,你看不出来吗,他在耍你!此事只好不了了之,再拖下去,非把你拖死不可。我再找他谈一次,让他明确地讲清楚,或是还要你等,或是就此了结,不能这样含含糊糊对待你。"

也不都是茹风的开导,让吴为开始醒悟的是这样一件事——

胡秉宸火急火燎让她到医院去,还附有路线图和说明:"我一定要见你一面,有要事商谈……负责看守的同志已经撤离,我也可以下楼了。星期六早上九点一刻至十点,我在附图打叉的地方等你,如果十点不到就是医生缠住了,你就回去。如果你十点还不来就是有要事,我也不等了。医院有个正门,还有个旁门,随你的便,按图索骥即可。衣服普通些,别哭,别激动,否则我的病又会反复,这几天很好。"

吴为以为有什么重要的事,只好冒险到医院去。按照胡秉宸画下的联络图,在病房大楼外找到了他标出的台阶。

实际却没有什么重要的事商谈。吴为说:"我的处境非常危险,没什么重要的事,干吗叫我来呢?"

"想你。"

胡秉宸抚摸着她的头发说:"满头青丝如今也斑白了……怎

么瘦成这个样子？千万不能太瘦,太瘦我就不喜欢了——当然,将来也不许太胖,永远像我想象中的样子。"

其间保姆来送菜,转身离去不一会儿,白帆驾到。

如一盘大磨,稳稳压在他们中间。看看左边坐的胡秉宸,又看看右边坐的吴为,发问道:"谈什么呢？"

这个问题本应由胡秉宸应对,可是胡秉宸一言不发。

吴为也可以一言不发,这本不是她生出来的事,可她那不自量力、保护他人的毛病又上来了,回说:"谈些事。"

白帆骂道:"不要脸！抢我的丈夫,还天天来这里约会。"

胡秉宸还是一言不发,不说明是他把吴为叫到医院来的,更不说明吴为并没有天天来看他。

她奇怪自己此时的冷静,竟注意到白帆染过的头发,还有染过的黑发下新冒出的白色发根。

接着吴为脸上有一灼热急骤刷过。

"你,你……你怎么可以这样打人呢？"

白帆逼近吴为的脸说:"打的就是你这个婊子！怎么样,你敢到派出所验伤去吗？"

当然不敢。吴为既不敢还手也不敢还口,到了这个时候,还担心胡秉宸的心脏承受不了如此刺激,一味地说:"老胡,你心脏不好,不能用力不能生气,别拦她,她愿意上哪儿我陪她去就是了。"

白帆从台阶上站起,扭着拧着吴为,嚷嚷着又是上法院,又是上派出所,又是上机关党委……

吴为说:"别,别这样拉拉扯扯,你去叫人好了,我在这里等你,不会走的。有什么问题你可以到法院起诉,由法律解决,但是不要打人,这样不好。"

胡秉宸一见事情闹大了,才窝窝囊囊说道:"吴为,你走吧,快走吧！"不知当年应付国民党的高超智慧、应变能力都哪儿去了。

吴为并不愿意走,觉得这样一走,就不能向白帆兑现好汉做事好汉当的许诺,可是她得听从胡秉宸的安排。

白帆指着她的后背骂道:"等着吧,有你好瞧的,想轻轻松松走掉?没那么便宜!"这更让吴为有了临阵脱逃的意味,比刚才白帆骂她的那些话还让她觉得不好接受。

到了茹风那里,才发现手臂都被白帆打青了,照照镜子,脸上也是五条指印。

但她更担心的是胡秉宸的心脏如何受得了这一通打闹。他在信上不是说"别激动,否则我的病又会复发"吗?

茹风午饭也没吃,就往医院赶。

胡秉宸一点事没有,还对茹风说:"我没看见白帆打吴为,也没听见她骂吴为。"

"这太奇怪了,你当时昏迷了吗?是啊,既然没看见也没听见,自然也就心安理得,是不是?"

"白帆还说,如果我不解决问题,吴为马上就和四个男人结婚。"

茹风笑笑:"如果有这么一条法律,对有些男人来说,恐怕再合适不过了。不过吴为再也不会到医院来了。"

胡秉宸听了,很难过的样子,想了想又问:"吴为的心情怎么样?"

茹风说:"很伤心,也很失望。"

"有那么严重吗?你没有劝劝她?"

"没有效果,她马上就要到外地去了,要在那儿待很久。"

"她应该原谅我,我是个病人。我要给她打电话。"

"好吧。"

"现在全家都在监视我,我的脉搏,一分钟又是八十次了……"

茹风带了胡秉宸的一个小条子回来——

看到你瘦成那个样子和额角明显的一撮白发,我的心都绞起来了。你走后慢慢好些,又是派出所,又是医院党委,又是病房,后来又说要到你们单位去,请你注意。我说:"人家来看看病人,为什么不可以?"希望你再到医院来一次。

竟连一句道歉的话也没有,更不要说一句疼她的话。哪怕一般关系,也会说句"对不起,是我邀你来的,让你为我受苦了!"

"人家来看看病人,为什么不可以!"到现在还避而不谈是他让吴为到医院去的。

这时吴为才想起,胡秉宸当时畏缩一旁,一句"是我让她来的"也不敢说。他还是个男人吗?

胡秉宸的畏缩后面,是不是藏着见不得人的东西?

在白帆加强防御工事后,胡秉宸仍然写信要求吴为到医院会面——

请再来看我一次,星期三上午九点一刻,那时秘书已走,保姆还没来(现上午由保姆看守,下午白帆坐守病房门口)。不要早来,那会碰上秘书。到挂号厅东边化验室或急诊室那里谈半小时,如九点半我还未到,即有别的事。

据说下周起严格制度,非探亲时间一律不许进,所以茹风不要再冒险了。我每天上午八至八时半后总是在花园中,除非特殊情况,如医生查房,约在星期一。

我真的不放心,怕你变了,我想不如两个人一起喝敌敌畏,要不我现在一个人先喝。不过那是女人的办法,我要用手枪。这两天我根本不能睡觉,吃安眠药也不行,我怕犯病。

接着又拿出直到目前还屡试不爽的法宝——

茹风不让我给你打电话,再不打我就要不行了,你再不理我,就会要我的命。我一定要在出院前和你商议一下,否则许多事不好定。星期一八时我一定打电话给你,你可否等在公用电话旁?这样可以快些。如果接不上头,我会非常非常失望,千万别那么折磨我。

对把去医院的责任推到吴为头上的事,还是一句不提。

"请再来看我一次"!

难道想再坑她一次?

芙蓉也突然来到,送胡秉宸的一张条子给吴为,说:"请你无论如何打一个电话给我父亲。"

就像他们结婚后,芙蓉一进门当着吴为就说:"爸,我妈说你得陪她去趟医院!"绝对两相公正,待遇平等。

吴为铁石了心肠,不但不到医院去,也不在公用电话旁等胡秉宸的电话。

她不再羡慕美国电影《恨海香魂》里的男主角所说"我弹了两个星期的贝多芬才把她忘记",而是继往开来研究起菜谱,最后竟在菜谱里发现了看不起胡秉宸的苗头。

发现这一点的时候,自己也吓了一跳。

事情不妙。十分稳妥的吴为,可能不那么稳妥了。

胡秉宸只好求诸茹风。

通常茹风进了病房,不等坐下就将吴为的信交给他。现在茹风在椅子上一坐,一点动静也没有,也没带任何食品或营养品。

想来还是没有吴为的信,胡秉宸的情绪一落千丈。

胡秉宸能不能想想别的?

"我想你该知道,我的职业不是邮递员……你不觉得这样对待吴为不够……不够合适?吴为可能没头没脑,但有清楚的旁观者。到底打算怎么办?就这样不死不活地拖着吴为?不如给她自由,让她去吧。"

"现在恐怕不行了。"

"你要是真想解决问题,必须积极想办法。不能既考虑你的面子、你的前程,又考虑白帆的面子,就是不考虑吴为。"

"我不知道怎么会留给你这样一个印象,那么自私,那么留恋世俗的一切。我想那是一种错觉,或是我给人的一种错误的印象,千万别这样想。"

"说这些有什么意思?什么也比不上一个行动更有说服力,是不是?"

如果胡秉宸不付诸行动,吴为很可能就此了断。

尽管身在医院,最后胡秉宸还是慢慢知道,原来自己早已处在白帆、胥德章、佟大雷以及对手几方面力量的围剿之中。他们通过佟大雷,利用白帆的愚蠢,从各种渠道对他进行造谣迫害。虽然吴为首当其冲,但是"项庄舞剑,意在沛公"。

从青年时代起,一直作为领军人物的胡秉宸,哪里遭遇过这样的背叛?哪里允许过这样的忤逆?又哪里能适应这个位置?怒吼一声,揭竿而起。

胡秉宸骂道:"这些大地主出身的、典型的官僚和职业官僚,到了晚年所有劣根性都生发出来了。"

其实用不了几年,被胡秉宸责骂的这些劣根性,也会在他自己身上生发。

不过胡秉宸还是放心的——他还有吴为那个马前卒呢,真是一夫当关,万夫莫开。

可是这个马前卒目前的精神状态,让胡秉宸感到非常沮丧,她怎么那样消沉?

一个孤身女人,为保卫他而迎战白帆身后那一大帮人……想起来真让他心烦意乱。

吴为后悔了吗?他应该继续拉着吴为吗?他能使吴为幸福吗?也许这是件人生难得的极好的事……

胡秉宸又担心、又期待、又抗拒的抉择时刻,终于到来。

再不能拖延。要么回到原来的壳子里去,要么和几十年的历史决裂。

没想到到了老年却燃烧起来,能燃烧多久?也许只是一闪。

难道为最后的一闪,把一生努力抛之不顾?他已经走了九十九步,差最后一步便能列入诸神之龛,让妻子儿女、同志、战友、下属、群众供奉不已。

这个底座怎样把他撑在高高的顶端,也会怎样轰然一声撤离,片瓦无存地将他摔在地上。

一张大网随之就会张开,这张网一旦罩下,就会像金山寺法海和尚的那个塔,让胡秉宸永世不得翻身。如果再假以时日,他可能还有出头之日,谁让他早生了十年!

胡秉宸左思右想,难以定夺。

偏偏有个大夫这时戳了胡秉宸的心,问他以后是否还能工作。

这个问题让他本人如何回答?

胡秉宸估计是佟大雷的主意,让不明就里的大夫前来摸底。这个老政客!以前想投靠他当副部长,如今知道自己不会再有多少发言权,说话不起什么作用,态度当然有所不同……想来形势更加不妙,连佟大雷也来觊觎他这个位置。

真是英雄迟暮!

再骂一声大地主出身的官僚和职业官僚,就对茹风说:"帮我请个律师来!"

在此之前,胡秉宸和吴为谈婚论嫁的意识并不十分清楚。诚如茹风所说,胡秉宸未必甘心娶吴为为妻,别看胡秉宸的情书写得那样肉麻,把他对吴为的爱说得天花乱坠,如果不取消一夫多妻制,吴为这样的女人,只合做个妾,那将是他们最理想的结局。

正是白帆们把他们赶到了一起,把他们孤立得只有紧靠才有所依,把他们逼得没有退路,只能铤而走险。

与吴为分开,服从传统的意识是臭名昭著;不分开,不服从传统的意识也是臭名昭著。既然如此,何必屈服呢?

茹风信以为真,及时请来律师。可从胡秉宸前前后后的表现来看,如果茹风再迟两天请律师,情况又会怎样?

当胡秉宸和律师的谈话在医院的各种气味以及护士们进出量体温、数脉搏、送药丸的间隙中,一字一句送进茹风的耳朵时,她这才觉得吴为和胡秉宸这场时续时断、是么回事又不是么回事的恋爱,有了一点真实感,并进入了实质性阶段。

那一阵儿,胡秉宸变得非常豪迈,"我这一生前几十年对得起中国人民,更对得起白帆,最后办的这件事也非常值得,不把吴为搞到手死不瞑目⋯⋯我是一个认真的人,一定要把这件事办成,实在不行就通过法院。我要跟白帆讲清道理,通过法院其实对她不利,她不懂。"

胡秉宸最终的孤注一掷,感动了吴为。

九

"胡秉宸真要和我离婚?⋯⋯我?我是谁?一个为争取民族解放、人民自由和妇女解放奋斗了四十多年的老革命,竟被人休了,真是天大的屈辱和笑话,我能屈从吗?⋯⋯"

马上给佟大雷打电话,"老胡起诉离婚了。"

"哦?再给吴为施加压力。社会主义社会,明目张胆夺人丈夫,真是目无党纪国法。她还是预备党员嘛,这就更好办了,她那个单位的党委书记,是'那位'延安时期的老战友⋯⋯"既然已经下了水,索性游个痛快,现在佟大雷不再考虑投鼠忌器的问题,一心只想把事情闹大。

倒是白帆犹豫起来,她对女人,尤其有前科的女人,总是成见多多,"听说那位党委书记生活作风也有问题,连丈夫都是从最要好的同学手里抢来的。不但在延安时候生活作风有问题,进城之后的生活作风也很不检点,和某个部队上的领导也是闹得满城风雨。"

佟大雷一愣，有点扫兴，"人家现在是党委书记！能当党委书记恐怕总有她的道理。退一步说，我们现在也只好依靠此人，不管她正经还是不正经。"他冷笑了一下，不无恶意地补充道，"总不能为这事，先给吴为那个单位更换一个生活作风正派的党委书记吧。"

白帆没有意会佟大雷的不悦，"好吧，那就这样办吧。"

又给司机班打了个电话，"给我叫胡部长的司机……小秦呀，我要用车。"

白帆坐着车子一连跑了十几家，拿着她写就的联合声明——

……我们认为胡秉宸同志在革命成功后，由于放松思想改造，致使资产阶级思想滋长，在道德败坏的吴为引诱下，产生了不正当的感情。为挽救我们的革命同志，保护一个革命的家庭，一切有良知的同志都应该站在白帆同志一边，反对破坏这个经历了几十年革命考验的革命家庭，并给破坏这个家庭的人以应有的惩罚……

"现在要看你们的态度和立场了。"白帆说。

老战友们毫不犹豫地签了名。这样的事和这样的女人，当然应该受到谴责和惩罚。

常梅两口子也签了名。他们在病床边对胡秉宸的许诺本就含糊，且感情用事——不能因为对胡秉宸的感情，眼看着他把一世清白毁于一旦。

联名信不但很快送到法院，还由一位地下党的领导遗孀亲自出马，送交胡秉宸一份，以示郑重。

革命遗孀将带来的水果、亲手做的小菜一一放在胡秉宸的床头柜上，"你看，我还记得你爱吃辣椒炒茭白。茭白不好买，让小阿姨跑了好几个菜市场才买到。"

胡秉宸微笑地回忆起这位老妇人按在发报键上短而粗的手指。那时，他从指法和按键频率上就能分辨出谁在发报。

她拉了一把椅子在病床前坐下,"怎么样？睡得好不好？"

"还可以。"

"什么是还可以？"又拿起胡秉宸枕旁的书,一面闲闲地翻着,一面亲昵地数落着他,"要睡好,不要胡思乱想。这是什么书？你的兴趣太广泛,从前就是这样,这种书有什么意思？"

胡秉宸容忍地笑笑,对过去一同出生入死的"老大姐"的教诲,不管同意不同意,都得这样笑。

"白帆说你老喜欢看乱七八糟的书,结果怎么样？发生了这样的事。"她合上那本满纸无谓、虚无、不着边际的文字的书,摇摇头。胡秉宸真是病入膏肓了？她摘下老花镜,忧心地望着胡秉宸。

胡秉宸甚至觉得她会在他脑袋上敲几下,或是在他的屁股上打几下,她的眼神里充满厚爱和责怪。可是胡秉宸不明白,她,也就是他们,既然如此厚爱他,为什么不能懂得他？也许始终没有懂得过。

她那灵活机敏地敲打过发报键的手指,也不肯在那本书的任何一行文字上稍作停留。

这是为什么,亲爱的共生死的战友？难道我们只能在那一个时期、在那一点上沟通？

"我也不会拐弯抹角,咱们之间也用不着,听说你和一个叫吴为的女人不清不楚,还要和白帆离婚？"

胡秉宸沉默着,是默认的沉默。

他的坦然是不是有点厚颜无耻？

像是眼瞅着胡秉宸把一件珍贵的物件生生打碎。要是他犹豫一点,忌讳一点,可能她只会伤心而不是激怒。胡秉宸怎么能这样堂而皇之、光明正大、毫不忌讳地承认了,而且还目光炯炯地看着她？就凭这种眼神,事情也没有了挽回的余地,"难道你真要和我们大家,和你革命的历史决裂吗？"

胡秉宸摇摇头,"不。"他又摇摇头。

她不明白胡秉宸那有点伤感的摇头意味着什么。他们真的不能互相明白了。而在那个时期,他们之间用的语言是那样明确:报告,某某地区,敌军某某师、某某团正在向某某地区聚集……某年某月某日,在某某处,与某某某接头,暗号……

像他们这种人,怎么能有这样伤感的眼神?他们是洪流,是波澜壮阔……可胡秉宸现在好像脱离了这洪流的挟带,头也不回,蜿蜒地、力单势薄地流去了,流向那起起伏伏、坎坎坷坷的不毛之地……可她的原则又被战友情所摇晃,激怒又被怜惜所软化。

"我希望得到你们的理解。"胡秉宸看了看摆在床头柜上的那十六个人声势浩大的联名信——由于几十年的同志之谊,每个名字都有千钧之力。

"回头吧,现在回头还来得及。白帆说了,只要你回头,她可以不计前嫌,我们也都期待着你。"

他又摇摇头。

"真是冥顽不化! 这可是你要和我们决裂,而不是我们抛弃你。正因为我们是多年的老战友,所以我们绝不会迁就你的错误,我们会坚持……"她差一点就要说"我们会坚持和你斗争下去",可她也不明白,平时说起来挺顺口的那句话,此时却说不下去了,"直到你改正这些错误的想法为止。你要知道,这可不是我一个人的意见?"

"知道。"

发完火,她又觉得对胡秉宸太过残忍,效果也不像她预期的那样,也许她白白地残忍了一回却没有征服他。她太了解胡秉宸了,一旦认准什么是不会回头的。她心里很乱,甚至有些痛苦,好像预感到他们的刀将会毫不犹豫地向这个不肯回头的人头上砍去。她想起他们当年爱唱的歌:"大刀,向鬼子们的头上砍去——"刀在他们手里拿着,可这刀似乎又不能为他们所完全控制,到头来,他们也许不得不亲手斩了这个和他们曾经亲如手足的人。她既为白帆不平,又为胡秉宸惋惜,痛心疾首地说:"老胡,你从来不是这样一个糊涂的人,我真想见见这个不要脸的下贱女人,看看她到底有什么本事,用什么手段把你迷惑成这个样子!你是聪明一世,糊涂一时,这种女人,还不是看上你的地位、你的钱,要不她年纪轻轻,怎么撂上你这个老头子!"

"别说了!"胡秉宸大吼一声,可又马上缄口住声,然后尽量压低声音说,"对一个你们根本不了解的人,不能这样议论……她在这件事情上一点儿责任也没有。"

说完这句话,胡秉宸轻松了。自这段私情以来,他始终有一种负罪感,不论对白帆还是对吴为。他的心一点也不安宁,即使把吴为拥在怀里的时候,即使他十分投入的时候,也感到那种腐蚀的隐痛。一直不清楚缘由何在,或是说,实在知道缘由何在,却不敢正视。现在这缠为一团的隐痛,突然被激发为可以显现的符号,而他也大声清楚地喊出了这个符号,于是对自己有了一种满意,一种为自己的勇敢而生的感动。也似乎越过了一个障碍、一个高度,因为他完成了男人对女人的责任,也就完善了作为一个男人的人格。

事已至此,她已无话可说,他们如同宣战后的两国元首,既客气又带着决一死战的决心分手了。

胡秉宸振作起精神,与她,以及由她代表的既是昔日战友又是今后的对手,告别。

"好自为之吧!"她满带感情地说。

"三十年后,人们会说我胡秉宸还是一条好汉。"

"这样做没有好结果。"

"没有好结果,比没有结果强。"

不到三十年,甚至不到二十年后,胡秉宸就回到了他们中间。那不能说是胡秉宸的投降、失败,确切地说,是归队。

"你可能因此粉身碎骨。"

意思不外乎身败名裂,发病而死。

"劝劝那个吴为,让她好好学习毛主席《在延安文艺座谈会上的讲话》,带上行李,到工农兵当中去接受改造。"

她丈夫莫名其妙地在监狱里关了六年,天天只读"毛选"以改造思想,先是成为无知无觉的植物人,最后不治而死。

"过时了。"胡秉宸悠悠地说。

她大跳其脚,说:"好,连毛泽东思想也过时了!"说完立即跑出病房,再不回头,好像要赶着去公安局告发反革命。

除白帆外,胡秉宸起诉离婚的消息,实在让白帆那个作战集团弹冠相庆。如果说胡秉宸事件以前只是星火,现在是可以燎原了!

佟大雷的战略,还是以物质形式为主,马上笼络胡秉宸周围的工作人员,答应给他们弄房子,许愿他们职务提升、孩子工作调动……最后连胡秉宸的秘书也投靠在佟大雷门下。

的确,清廉的胡秉宸从没为手下人捞过什么,跟随他有什么好处?

胡秉宸只能无奈地说:"我那个秘书,过去马屁拍得啪啪响,恭维信写得天花乱坠,现在却给法院写证明,说我有第三者。就算我有第三者,他又能掌握什么证据!"

这就是"宋明理学"与"安史之乱"的差异。

吴为面临的形势更加严峻。

十几年前的旧景重现,不过这一次来势更猛,打击力度更具权威,远不是市井草民骂几句"破鞋"、扔几个石子、啐几口唾沫就可了结。

其实,胡秉宸的对手与吴为并无大恨大怨,顶多看不起她,却没想加害于她,可谁让她甘当炮灰,挡在胡秉宸前头?这部机器只好从她身上碾轧过去。只要她顶不住,往胡秉宸身上推赖一句,对手们就可以丢开她长驱直入。可这女人却又臭又硬,居然咬着牙根不松口,她不松口也就不好端胡秉宸的老窝。这样的女人居然还讲义气,宁死不屈,想必是真爱胡秉宸了。

现在只好通过关系动用法律力量,一旦吴为成为阶下囚,看她松不松口?

"那位"原以为白帆会反对——换了另一个女人，不论怎样仇恨自己的丈夫，一旦要在全社会搞臭他，还是下不了手。白帆不愧为女中丈夫，很有魄力，一副拿得起放得下的派头，他们几次去胡秉宸家研究对策，白帆不是悬腕练习书法就是推打太极，一副气闲神定的样子。她要是没错长一对乳房和一副女人的生殖器，很可能成大气候、做大事情，甚至比胡秉宸堪可造就。

不过连他这样风里来雨里去的人，也难免不为白帆的残忍心惊。

他人哪里能体会白帆的切肤之痛？

如果不斩草除根，将吴为这种女人置于死地，她还会去危害别的家庭。根据吴为屡教不改的前科，定个"坏分子"，送去劳动教养毫无问题。

但吴为是名人，开庭时难保没有新闻媒体旁听。

大家在佟大雷家里讨论如何在法庭上与吴为对质时，佟大雷问道："派出去的四个人调查结果怎样？"

"抓不到通奸的把柄。"

"其他方面呢？"

有人笑了笑说："各方面工作居然都很热情。"

"情况可靠吗？"

"党委书记是老战友，'延安一枝花'嘛。"

有人说："这都是空口无凭的事，万一吴为死不认账怎么办？"

胥德章说："不要在具体问题上和她纠缠，骂她一句'无耻败类'，掉头就走。"

无论从哪方面来说，吴为都是这个地平面上的洼地、下水道、阴沟，所有需要排泄的东西，理所当然往她这里倒。

"怎么就搞不到有用的材料？"

搞不到材料？那还不容易。白帆在电话机旁连接了一台录音机，然后给吴为打电话："吴为同志，你我真到了应该好好谈谈的时候，现在老胡提出离婚，只要对老胡恢复健康有好处，我愿意成全你和他。"

和颜悦色,甚至称吴为"同志"而不是"婊子"。

这还是那个白帆吗?

"对不起,我没什么可说的。"

"那就在电话里谈谈。"

没想到笨蛋吴为竟回答说:"对不起,我没什么可说的。"

真是反常!

芙蓉也来找吴为。

对芙蓉,吴为的态度还是诚恳的,"你父亲随时都有生命危险,怎么办呢?前途无非三个,最好的办法是保全你父母的关系,虽然我会痛苦,但为了你父亲的生命,我可以接受。再就是违心地对你父亲说,我不爱他了……"

芙蓉说:"那可不行,等于杀了他。"

"最后一个办法是你母亲解放你父亲。"

"婚是可以离的,但我妈一定会大闹一场,恐怕我父亲吃不消这一闹。我母亲不是家庭观念很重的人。"

"也许最后只能听由你父亲的选择,如果他不要我,我一定走开,决不纠缠。如果他要你母亲走开,如果她还有一点人道精神,也应该走开。"

"现在我只好先陪他去疗养,还要说服母亲不要陪父亲去。其他问题,只好将来再说。"

十

白帆可能哭了,但是没有泪,只有一种黏苦的稠液在嘴里涌动。

六个耳光把胡秉宸几乎送进阴司,不是爱到极致又是什么?

与胡秉宸的对手联袂,不是为爱做出的惨痛牺牲又是什么?

竟有人风言风语地说三道四！连孩子也不赞成她的行为，阴沉地沉默着。

白帆决定抽出女王的宝剑，交给杨白泉，像女王那样对他说：去，为你的父王复仇。

开始她还能像宣讲党史那样平静，"你也知道，你父亲与那个下流女人、偷人养私生子的吴为的关系，你还为我到她家里警告过她。可是事情没完，你父亲已经提出离婚起诉……今天，我必须把多年前的事对你谈一谈。三十多年前，除了你父亲，我还有另一个爱人，我与他的关系胜过与你所谓的父亲。但是，你可能还是你父亲的儿子。"说到这里，她昂起了头，如同宣布王位继承人那样尊严、肃然，"可是你父亲把几十年前的这桩旧案翻了出来，作为离婚的借口。希望你能和我站在一起，为保全我们这个家庭、保卫你父亲的名誉，还有为保障我们的权益而斗争。"

杨白泉陡然变色，一副受到突然袭击、猝不及防的模样。

"……你父亲当时原谅了我，而我那样做也是为了报复他对我的三心二意，他从来没有对我忠实过……"说到这里，白帆才痛哭失声。

这是杨白泉记事以来母亲对他说过的最多的话，而且多半还是关于她自己的，于是觉得她近几日的亲善态度很值得怀疑。她还说："以后就不必交房租了，你们夫妇两地分居，经济上的确有些困难。"

她的亲善为什么不早点来？哪怕晚点来也好。

母亲的谈话，拨开了杨白泉自懂事以来的一些疑团。他始终觉得自己在这个家里是被排斥的，而母亲对他也分外苛刻，宁肯看着他与妻子长年网地分居，也不肯帮忙，而她是有这个能力的。不帮忙就算了，还假模三道地说："你应该在基层多锻炼几年，不要急于回北京，你们夫妻还年轻，来日方长。"

那她为什么背着父亲，利用父亲的关系，把舅舅安排到了大城市？父亲知道后好一场大闹。

又为什么把芙蓉从外地弄回北京?

这公平吗?

除了他,现在还有哪个部级干部的子女留在基层做一名小职员?与妻子寄居在父亲这栋部长楼里还要交房租,却拿出几千块钱让芙蓉到处旅游。

妻子生孩子的时候,居然只煮一个鸡蛋,在饭桌上,当着全家人的面,把那惟一的鸡蛋放在妻子面前,还说:某某同志请吃鸡蛋。这一枚鸡蛋真是赛过导弹哪。

这是他的父母,这是他的家吗?

北京对他有多少意义?惟一吸引他的是这里有他的妻儿。

原来母亲对他如此刻薄,是为了洗刷自己,是以此对父亲表示改悔。

而父亲在这样的年龄,又干出这样伤风败俗的事……

但她无论如何是自己的母亲,自己总该有一份孝敬的责任,不论她对自己如何……

看来,他也错怪了父亲对这个家庭的一贯冷漠——男人最大的耻辱就是老婆给自己"戴顶绿帽子"。想到这几个字,杨白泉脸红了。

这个家怎么能在这样的基础上维持凑合了几十年?还是个模范家庭,而他也是这个模范家庭的成员。可是他能戳穿这个骗局吗?不但不能,还得往这个摇摇欲坠、粉墙剥落的房子上继续添砖、添瓦、抹石灰。

"你父亲居然把我从前的这些事,告诉了那个下贱的女人,自然也说到你不是他的儿子……"

杨白泉皱了皱眉。这句刺耳的话她怎么一再重复,说来那样容易?好像在说保姆干活偷懒,应该换一个勤快的。

一贯稳健的父亲,又怎能家丑外扬?

如杨白泉这样行为端正的人,却偏偏摊上了让人说长道短的父母,哪怕说他们自私、暴戾,都比这些绯闻好。他实在太不幸了,有不肖子孙之说,怎么没有"不肖父母"之说?

可是他更恨那个叫做吴为的女人,如果不是她,这些事情还可以永远包着,即使那张纸很薄,也是包着的。母亲自己不会捅开,死要面子的父亲也不会捅开,如今这些秘密很快就会随父亲和吴为的丑闻大白于天下。他们不要脸没什么关系,让他把脸面往哪儿放?以后还怎么做人?

"你父亲这一躺倒,这个家就要靠你来撑了。佟大雷又来过了,说吴为随时会闯到医院看你父亲,让我们当心……你怎么对这样大的事好像无动于中?……"

母亲要他怎样呢?难道让他举起拳头宣誓吗?她给了他这样难以消化的一块东西,没等他咽下去,就想让这块东西的卡路里马上见效。

在胡秉宸面前,白帆反倒收敛起来。不再提吴为,不再挑衅,嘘寒问暖,十分体贴,与过去的打闹完全变了一个人,一再表示:"只要你撤回起诉,和吴为保持什么关系我都不在乎。"

胡秉宸原来的要求并不多,不过是一个招之即来、挥之即去的情妇,白帆的政策既然放得如此宽松,又何必在乎那个形式?又何必以带病之身打什么官司?他摇摇欲坠的地位,也再禁不起哪怕一根头发的重量了。

想想与白帆多年夫妻,胡秉宸善良的心不安起来。

再说风云突变。

初始情况对胡秉宸非常有利。有关人士说:"我才不在乎上头说什么,当官的说不行就不行?没那回事,现在是实事求是。部级干部离婚早有先例。将南翔那个离婚案,邓大姐和蔡畅都不让离,不是也离了吗?何况还有第三者,那位女士等了他二十多年,头发都等白了。"

理论上的确如此。但谁让胡秉宸"捅了这些宗派分子的马蜂窝"?结果只能是"这些王八蛋宗派主义分子把我打击得太厉害了"。

可后来得知白帆属于那样一个作战集团,集团又有那样一个强大的后盾,后盾又下了一个不知真假的"指示",有关人士的说法就变了:"办案人了解了一下,吴为亲口对人说她爱胡副部长,这就不好办了。"吴为是不是这样说了?不需要核实。

虽然委托律师还常到医院求证一些不很清楚的事实,一丝不苟地记录着胡秉宸的申诉,没有记下来的地方,让胡秉宸重复说明,直到一字不差为止。可吴为知道,没有用,都没有用了,有关方面已经打了招呼,不批准胡秉宸离婚。

开始接手这件案子的时候,从胡白二人的婚姻史到目前存在的问题,大家都认为胡秉宸可以在任何时候,理所当然地结束这种名存实亡的婚姻。

可是案子处理进程中,"某办"来了电话,只是电话而已。

律师问:"有文件吗?"

"没有。"

既然"法律面前人人平等",既然中国又是一个法制国家,有关领导当然不会下达一个文件,干涉某人的离婚案。

听说还派出一个四人小组,"调查一下吴为是不是坏人!"听上去很像当年江青的气派。

不知对吴为的调查进行得怎么样了?

起诉人胡秉宸还在认真回忆着:"那是一九四一年,不,七月,当时在一起工作的同志都知道这个情况,可以向胥德章和常梅同志了解……"接着胡秉宸又说出一位可以作证的副部长。

没用。

胡秉宸就是三头六臂,理由一万;白帆就是再偷人养私生子,再虐待胡秉宸,不要说六个耳光,就是六刀子,他也无处可以说理了。

胡秉宸输定了。

白帆送来的物证,不过是吴为给胡秉宸的两封信,虚无缥缈。

若加上分析和想象,才能感到字里行间弥漫着一种气氛,似乎有个女人在阴沉的雨天,穿行在墓地里,寻找死去爱人的墓碑。

可这不能证明吴为是第三者,上面既没有"我爱你",也没有"你爱我",或是"我们某日某时在某处见面"。

法律需要的是证据确凿,确凿得让被告人无法反驳,而不是模糊的猜想。

还有些证据是没法证明的证据。

白帆反映说吴为给她打过电话,要求她放弃胡秉宸,证明人是杨白泉。

电话又没录音,杨白泉那天为什么待在家里不上班?而吴为来电话时,又恰好守在电话旁?

这些都是可疑之处。

连白帆的律师也认为这些证据算不上证据。

她不该同情什么或倾向什么,只应倾向真理。可她禁不住想,这个要求诉诸法律、以为法律可以解决问题的胡秉宸,还不知道上面早已做出裁决。作为一个副部长,胡秉宸是否也如此处理过到处申诉、要求公正的当事人?现在轮到他了。

可律师还是一板一眼地做下去,她的笔在纸上飞快地移动着,她要做个好律师。尽管她的辩护还没开始就已判定失败,可她还会在法庭上进行答辩——他们有权判决,却没有权力决定她用什么态度工作。

接着就是四面楚歌。

抛弃白帆的只是胡秉宸,抛弃胡秉宸的却是他赖以生存的那个世界。现在,他比白帆还要孤独了。

如果没有碰到吴为,无论公私,胡秉宸顶多心怀抑郁,但是不会掀起这样大的动静,落魄至此。

他害怕了!他不是害怕压力,他害怕的是被踢出那个世界。

胡秉宸应该庆幸,幸亏吴为没见过什么是真正的硬汉。

如果没有茹风一家的支持,无权无势、无依无靠的吴为怎样坚持下去?

为例行健康检查,茹风父亲住了几天医院,对茹风说:"正好有些领导同志也在这儿住院,我准备借此机会替吴为做做工作。她最近情况如何?要她坚强起来,没有什么大不了的。有机会也告诉胡秉宸同志,你让我为他办的事我全办了,也让他放个心。"

出院后,还为胡秉宸的律师安排了与某位有关人士的会面,"但律师去之前一定要和胡秉宸同志本人谈一次,胡秉宸同志自己也要向党组表个态,不然人家会说我:你怎么那么积极?他与党组取得联系后,让他给你打个电话。"

胡秉宸居然"宋明理学"地说:"这样做不好吧?"不但没向党组表态,更没有将此事告诉茹风。

"胡秉宸还知道什么是男子汉的责任吗?净让我们这些小孩子出面瞎忙活,要不就把你推到前面,自己却不出头。按照他的社会地位,说句话,比你、比我们这些小孩子都管事,但他就是不动。他当了这么多年的官,难道不知道提出离婚就得不断地向领导、组织申诉,等是等不来的。我们家最担心的其实还是你,要是牺牲你的写作就太不值得了。你看,这是爸爸给我的一份青年民意测验,有一个问题是:国内你最喜欢的作家是谁?你排在头一名……对胡秉宸的所作所为,你常说'这回我可想开了',我却觉得这正是没有想开的证明。既然生活需要我们扮演某种角色,又何不选择一种更为超脱的角色扮演一番?我不愿看到你头发斑白而又琐事缠身,这样的奉献在统计学上没有意义……什么时候你能珍惜手中的笔还有那么多读者,那你就真正地想开了。"茹风说。

吴为不是不懂这个道理,可她只要一提出和胡秉宸分手,他就要死要活的。她怎么能忍心看着他要死要活而无动于衷呢?

胡秉宸像是患了疟疾,热得来热得蒸锅里坐,冷得来冷得冰凌上卧。

"白帆说,只要我撤回起诉,我和吴为保持什么关系她都不在乎。"

茹风哈哈大笑。

"笑什么?"

"我笑白帆爱你的是什么,你又爱吴为的是什么……那么你的意思呢?"

"我的意思是决不后退,只有前进,哪怕我和吴为结婚一年之后就死去,对她也是好的。我已经和白帆谈了,以后每个月收入的百分之四十给她……"

口气非常强硬。

…………

"唉——"如果不叹出这声底气很虚的气,茹风差点就要感动了。

"吴为的处境越来越恶劣,我该怎么办呢?"

"这个问题怎么能问我?难道你不知道应该怎么办吗?"

胡秉宸红着脸,憋了很久,终于冲口说出:"其实我根本没想办。"

"这就对了……我早就料到了这一点,不愿意干的事当然干不好……不过你当初为什么非要拉吴为上这条贼船?——对不起,告辞了。"

胡秉宸拿起硝酸甘油吃了一粒。

走到病房门口,茹风冷静下来,回过头说,"好吧,你撤诉吧。"

"什么意思?"

茹风站在那里想了想,说:"作为一个旁观者,很久以来,见吴为一直代人受过,她又是个功夫极差的书呆子,十八般武艺一门不门,面对前后左右的明枪暗箭,挓挲着两只手,捂了这里捂不了那里,只好遍体鳞伤……实在有一种非常冤苦的感觉。"

见胡秉宸又不说话了,茹风只好替他说道:"倒不是说你知难而退。这件事办到现在,对双方精神身体都有很大影响,真让人过意不去。如果撤诉,我不知道你是不是还回到你那个家?"

胡秉宸摇摇头,"不能回了。"

"我也不知道吴为会怎样,说实话,我真希望她赶快找个人!"茹风相信,吴为绝对能找到一个比胡秉宸更好的男人,"我也不知道如果就此算了,对你们两个人隐秘的,甚至到现在还没有充分意识到的精神作用有多大?是不是会因此解脱或因此枯萎?并且我还不知道,周围人怎么看待这件事。你尽管丢了许多家伙,还有许多人对你的联名控告,但也赢得了一些人,如果你半途而废,又会失去这些人。可你们受的苦他们无法代替,无人可以了解当事人的许多为难之处,现在都是为了争口气在坚持……"

胡秉宸一直听着,琢磨地看着茹风,说:"幸亏你来了,不然这些事只能憋在心里一个人闷想,跟你说说,就好得多了。"

嗐,她这个跟着痛苦的传递者,如果在这件大苦大难的事上能有这么一点用处也好。

他又说:"真麻烦你了。"

茹风说:"这是应该的。"

"这对于你完全是额外的负担。"

"对于那边来说,我不是额外的,我应该为吴为做,所以也为你……"

茹风走后,他想想她说的话,想想那些因自己的豪言壮语而赢得的人们,想想自己究竟更喜欢哪一种公众形象……直到批准他离休申请的那纸公文正式下达。

胡秉宸只好接受"一切都是身外之物"那个并不真想接受的理论,硬着头皮,切断了退路,也日渐适应了这种战争。

到了这时,胡秉宸才实心实意地爱上了吴为,只要吴为承认他就是一切。

一热就热得来蒸锅里坐,甚至对茹风这样说:"我在病中,吴为受尽艰辛,她一个人顶着那么大压力,到处奔走,到处求人,免不了受气,又得尽力写作,维持我办理离婚的一些花销……一切都是因我所起,让我十分难受。我真心向她致意,她是一个伟大的女性,中国人民会记着她。告诉她别泄气,想想居里夫人。居里死后,某个物理学家的妻子将居里夫人给她丈夫的信件公布,居里夫人受到很大的社会冲击,但这些生活上的挫折丝毫不能损伤居里夫人的伟大,包括学术上和人格上的,最后那些迫害她的人不是都不见了?而居里夫人长存。历史会解决这些问题,最通达、最明智的人,是用历史的眼光看问题的,庸人只看几个月。"

茹风说:"吴为没那么伟大,别这样说她,这样说她会受不了的,她不过是个非常真诚的人。"

他对吴为的思念也到了如痴如狂的地步,哪怕再和吴为散一次步也好啊。

他们坐过的那张椅子,漫步的那条河边,进出公园的铁门,公园里的小楼、院子、泉水、树荫、冻死人的夜晚……常常浮上心头,那真该说是一生中最美丽的日子。

也担心起吴为的身体、情绪,无限的怜惜,无限的心疼,以致牵挂到做噩梦的程度。梦见自己大庭广众之下大发脾气,痛骂一番,是从未有过的失态。醒来意识到,是因为吴为受到的种种迫害在他心中积愤已久,不得不在梦中爆发。

每天每天在报刊上搜索,只要发现有关吴为的消息或文字,都珍贵地保留起来,没人看守的时候反复阅读,像与吴为对面谈话般快乐。有天买到一本杂志,上有吴为一张照片,虽然模糊不清,但毕竟有了一张可以名正言顺日日看、时时看,又不能算是第三者证据的相片。照片选得很好,又端庄又大方,只是苍白多了,也单薄了……

这张要人命的照片害得他看哪、看哪,一直看到心都疼起来了。晚上六点半看起,八点半就去找医生,医生问有什么诱因,他又不好说是因为看吴为照片看的,医生给了点药吃下,直到半夜两点还未完全缓解,心里还默默地打油几句——

> 灯光里,细端详她千万遍,
> 恨不能和着水儿咽……

吴为刚给他买件背心,他当天就穿上身了。

多少年了,他没穿过那样软的衣服,柔软而温暖,像吴为一样。

又一个春天来了,病房前的大草坪开始变绿。从大楼脚下开始,向南逐步发展,几乎可以用尺子量出变绿的进程,大约每天两米左右。要不了一个星期,整个草坪就全绿了。

草坪中夹杂着一种小黄花,星星点点,如秋夜的天星;然后是迎春花;接下去是杜鹃、碧桃、西府海棠;最后是有点俗气的芍药和牡丹,大概品种不太好,看不出什么风韵。

倒是玫瑰园里有些好品种,其中七八十棵真是不错。每天清晨,胡秉宸都要走到玫瑰花坛那里一棵棵地看过去,选一选哪些值得摘下来送给他的小亲人。

如果用来插花,姿态要美、颜色要雅,还要加些欲开未开含苞待放的,这样想来,倒也不太容易选。有些太大,大而无当,像了牡丹,又没有花姿。有的看起来呆头呆脑,颜色也不正,土头土脑的红,或是轻薄的粉。

第一轮玫瑰开放的时候,每天可以选上六七朵非常美的、值得送给吴为的。转眼就是第二轮花期,花朵渐渐少了,有时只能选出两朵。

看着看着,春天就快过去了,不过到了秋天,玫瑰还有一季旺花。

玫瑰去了,随之而来的是夹竹桃,红红白白。石榴、广玉兰也慢慢开了出来,虽然还不太旺。楼前两棵玉兰树已经有八十多年了,有五六层楼高,全开旺了一定非常壮观。待放的还有八仙花和以香味出名的栀子花。至于路边上那些小小的石竹花,开开谢谢,也很好看。

每天去选送给吴为的花,但又不能摘、不能送,只能每天选出放在心里,一个多月下来,心里也存有一百多朵了。这算是一种花债吧,早晚要还的。

花债啊,感情上的债啊,还有各种大大小小的债,都要偿还吴为。

有时竟出现幻觉,花丛里先是一个模糊的团状物,渐渐变做一个女人的影子,背靠厚厚的椅垫坐在藤椅上,修长的腿,像个高栏运动员。头上是芭蕉叶,可惜叶子有点破了,旁边是小小的流水,流水中有一些石头,平平的,背景是朝南的和朝西的窗子,可以看见朝西的还有窗帘……他认为是一种特异功能,告诉了一个特异功能专家。专家想了想说不是特异功能,只是因为他的脑子里将这个图像想得太久,所以铭刻在脑子上去不掉了。

隔绝、等待、离婚的艰难,将唯物主义者胡秉宸折磨得变成了唯心主义。

那日想给吴为寄一份剪报,先将剪报折好而后寻找信封时,心中默默祈望着:如果信封能将剪报装下,那就意味着他的离婚案一切顺利;如果装不下需要重折,就意味着不顺利。结果信封恰恰将剪报装下,尽管离婚案毫无头绪,胡秉宸那一整天都很快乐。

第二天又不行了,病房有个病人,在电视室将电视频道换来换去,胡秉宸把人家大骂一顿,说:"你再敢动一动试试!"那人不理,继续换来换去,胡秉宸竟骂出"混蛋"这样的字眼。

门卫有眼无珠,对胡秉宸不够尊重。胡秉宸发了邪火,将口袋里所有的钱都掏出来,撒得到处飞舞,还说:"你知道我是谁?老子有的是钱……"

…………

没能等到玫瑰的下一个旺季,胡秉宸出了院,并决定离开这个是非之地,到上海去做进一步的治疗。

办案人的指导思想本来是能拖就拖,一看胡秉宸要走,白帆的律师和书记员马上找胡秉宸谈话。

胡秉宸刚一出门,芙蓉就到吴为家来了,说:"我妈让我来问问你,因为我爸爸不知道上哪儿去了。"

吴为说:"如果你父亲一不在家,你母亲就到我们家来找,我们家还活不活?"

可是中国没有这条法律,能够阻止白帆想什么时候进入就什么时候进入吴为的家。

就在与胡秉宸见面之前,白帆的律师还说:"照我的意见,根本不给他判离。"

此时已无人不晓,某领导发了话——不得批准胡秉宸离婚,但形式还得走。

胡秉宸刚刚出院,身体还很不适,坐下之后好一阵喘息。身体不行,神态却是满不在乎的样子,行动能够自主,使他恢复了不少信心。

年轻的书记员说:"胡副部长,我们的意见是你顶好撤回离婚起诉,你再不撤回起诉,我们就要给中央写报告了,可能还要考虑给你党纪处分。如果你一定坚持起诉,我们准备给你开大庭,差不多会有五百多人参加旁听。"

胡秉宸洒脱一笑,"给我开五百人的大庭?五百人太少了,再多几倍才好。正好我没有说话的机会,趁这个机会讲讲什么是无产阶级思想,什么是资产阶级思想,什么是封建主义。"

看看书记员顶不住,白帆的律师插嘴说:"群众的眼睛是雪亮的,不可能自己说没有第三者就是没有。"

"那还要法律干什么?十年'文革',群众喊了十年打倒刘少奇,但定案能靠群众吗?"胡秉宸质问道。

律师说:"你知道不知道吴为是个作风不正派的女人?"

胡秉宸发了脾气,"我离婚为什么老提吴为?《婚姻法》上有这一条吗？那些写在纸面上的东西，你们到底执行还是不执行？你怎么能这样逼我、训我？我是刑事犯罪分子还是什么？为什么老提吴为的作风问题？难道离婚就是坏人？那《婚姻法》为什么还有准许离婚这一条？二三十年后，这种情况再没什么稀奇。"

见胡秉宸发了脾气，律师态度反倒变了，说："法院没这个意思说吴为是坏人。因为白帆老提吴为作风不正派，我们得把前因后果搞清楚。"

"白帆有什么脸皮说吴为作风不好？她还不是偷人养私生子？"

"那都是白帆同志过去的事。"

"吴为的事难道就不是过去的事？你们有没有一个公平的尺度？"

律师没的可说了，"白帆一九四六年的问题就不要计较了，我们是马列主义者嘛。"

胡秉宸说："那你们为什么揪住我不放？"

见律师没了辙，书记员再次上阵，"你如果从上海回来再签字，我们就宣布诉讼终止。"

"你有什么权力终止？终止要讲出终止的道理。又没有发生意外情况，起诉人没有死亡也没有要求终止，你凭什么给我终止？"

书记员又接不上茬儿了。

律师问："你在医院里和胥德章谈过什么？"

"什么也没谈。"

"当时有谁在场？"

"只有他……你们这是干什么，是在搞诱供！什么叫诱供？就是把张三说的话告诉李四，让李四承认。刚才这位书记员上来就对我胡说八道，又是上报中央又是什么的……我干这个买卖比你们早几十年，还想在我面前卖这个！"

律师说："他不代表法院。"

胡秉宸烦了,"我身体不好,不能这样纠缠下去,我走了,请我的律师代理。"

律师说:"你不能走。钱财可以代理,这个问题不能代理——感情问题别人怎么可以替你说清楚?"

"我非走不可。如果你们十天内给我开庭,我就不走。"

"十天之内开不了庭,我们还没调查完。"

"那我就走。什么时候开庭请你们通知我,因为我还得买飞机票。"

书记员说:"法律面前人人平等。"

"希望你们早判,不管判不判离。我该采取什么办法再采取什么办法,不能像旧社会那样,把人拖死,要按法律办事。吴为的问题法律上没有那一条,你们的法律是不是过二十年再执行?法律上写得清清楚楚,不能由你们自己随便解释。随便由人解释还叫什么法律?"

律师说:"我们没说二十年后再执行,但法律也没规定得那么具体,总要照顾影响。"

....

律师只好对白帆说:"胡秉宸不老实,不和法院合作,不说心里话,法院也拿他没办法。"

可见姜还是老的辣。按照胡秉宸的社会地位,真是说句话比吴为、比茹风那些"小孩子"管事。

刚一亮相,就杀得个落花流水。可惜胡秉宸不常做这样的示范,也没有传授吴为一技。

到了这个时候,过河卒子吴为的战斗力反倒明显减弱,像一只靠惯性运作的滑轮。

使吴为觉悟的不是这些压力,而是胡秉宸出尔反尔的那些表现。

茹风母亲认为吴为在那个单位不能待了,毕竟都是从延安出来的,对"延安一枝花"还是有所了解,"那是个江青式的人物,只要对自己有利,她会不择手段。"

于是就帮吴为调动工作。刚与新单位接触,新单位人事部门的头头就说:白帆告吴为的状子和吴为的黑材料已经跟着来了,"足有半尺多厚。"

好在调动渠道都已疏通,只剩人事处的最后一纸手续。

早上九点,吴为到人事处办理调离手续。人事处也把调动通知单给了她,让她去各有关科室盖章,"盖完章,我们就给你开转组织关系和人事关系的证明。"

没想到节外生枝,党委书记"延安一枝花"走了进来,她问吴为:"你调动工作,是谁给你牵的线?"

"没谁,我想是我的作品为我牵的线。"

"新单位的领导是谁?"

又想通过后门整治她呢!"不认识……工作没调动的时候不好和你谈什么,现在我要走了,想和你谈谈。"

"谈也没用,我不会同情你的。"

"你以为我是想得到你的同情吗?错了,我没什么需要你同情的地方。作为一名普通党员,离开本单位的时候,我有权利要求与党委书记你——交换一下意见,你不能只听一面之词。"

可"延安一枝花"花头一扭就出去了。

十点,吴为从各科室盖完章回来,人事处的经办人正在接党委书记的电话,"是,好的,我马上到您那里去。"

经办人从党委书记那里回来后,情况有了变化,以《中央纪律检查委员会发展新党员工作》这一文件为由头,不给吴为转组织关系。

肯定是"延安一枝花"在九点到十点间,与白帆、胥德章、佟大雷等人研究了对策。

吴为说:"既然如此,人事关系我也不转了。"

新单位人事处的工作人员对吴为说:"你们原单位打来电话,

要求我把你的档案材料退还他们,借口说'群众反映,吴为入党为什么那么快?所以我们要再审查审查'。那你们单位党委当时为什么批准、同意支部一致通过发展你入党的意见?我对他们说,要接受几十年来的教训,对人的问题一定要慎重,要全面地、历史地看问题。在你的档案里,凡是工作过的单位鉴定都很好,入党手续也是齐备的。"

过了两天,新单位又来电话:我们接到"某办"电话,说"吴为的问题很复杂,我们要处理这个问题,你们不要调她"。你看,调动问题只好放一放了。

想必又是"延安一枝花"的关系,这个后门的硬度可说全国第一。

吴为问:"我怎么办?还办不办手续?是不是由你们出面和这里谈一谈?"

"我们现在不好出面了,'某办'不是说要处理这个问题嘛……要不你把关系先转了,放在自己手里?"

她问:"'某办'原话怎么说?"

"你何必一定要抠原话?"

吴为将这些情况告诉胡秉宸,胡秉宸听后说:"上头不是有人向'延安一枝花'打招呼了吗,她怎么还整你?……我身体很不好,心律一分钟八十五次,打算快点儿到上海去。"

吴为能说什么?只能说:"为了你的身体,赶快到上海去吧。"

"我真心疼你,把这副重担留给你一个人了。"

"我行。"

"你这几天奔波得一定很累。"

岂止是累!那是什么样的政治压力,胡秉宸怎么不说说这个?也没帮她想个应对目前形势的办法。

胡秉宸刚一走,白帆一封信就寄到上海某位负责人那里,"这是我们家里吵架,你们不要参与。你们要是接待老胡,就是破坏我的家庭。"

可是胡秉宸在上海活得好好的,不但活得很好,还时有杜亚莉去安抚他寂寞的心。

禅月也从此开始接替茹风的通讯任务。

在胡秉宸避走上海的几年里,禅月的信箱几乎成为胡秉宸的专用信箱,信件之频繁,以致同学们还以为禅月有个男朋友在上海。

在风雨无阻的送信生涯中,禅月渐渐成长为青春少女。也可以说,她是看着这场"阴谋与爱情"成长的,让她怎能信任胡秉宸?

第 四 章

一

无赖和痞子就是这样炼成的。

二

胡秉宸走后,噩讯频传——

又是法院传讯,又是开除党籍,又是反党反社会主义,还要把吴为作为坏分子关进去……

白帆发动了一个由三十八位夫人组成的"白胡婚姻保卫团",为捍卫白帆而战。

不知什么动机,有人透露一位有关领导的指示:"不管吴为有罪没罪,先关半个月再说,将来给她来个'事出有因,查无实据',即使把她放出去,她也臭了。"还打电话给吴为所在单位:"这样的坏人为什么还不清除出党?"

白帆每天一个电话,越过党委书记"延安一枝花",直接打给吴为的支部书记:"你们为什么不执行上级命令?怎么还不把吴为开除出党?"

连非常服从命令听指挥的支部书记也忍不住说:"你有什么权力命令我们支部开除一名党员?你是我们的上级组织吗?不是。即便你是,你也没有这个权力。按照党章规定,开除一个党员,应由那个党员所在支部讨论通过。对不对?"

匿名信,以革命的名义如雪片飞来,辱骂轰炸加恐吓,塞满了吴为的信箱。

有关吴为败行劣迹的材料以及对吴为的指控,很快就整理、编写、打印完毕,并根据不同发送对象,提出不同的申述或指控理由。发放妇女组织的,以保护妇女权益和女革命老干部的名义;上呈监察机构的,以严肃党纪国法的名义;在省市党委书记会议上发放的,则是从加强社会主义道德教育出发……总之,吴为将要遭受的是全面性、毁灭性的打击。

说到四面楚歌,胡秉宸能有多少体会!他那个四面楚歌说到底,还是以救亡运动的形式出现,再不济也能支应几招,总不致落得个片甲不留。

吴为面临的却是追杀穷寇。

胡秉宸又远离前线。通讯方面,这方有禅月为胡秉宸通邮效劳,吴为若想与胡秉宸通邮就比较困难。仅就胡秉宸刚一启程,白帆便一封战书寄往上海有关方面负责人——"这是我们家里吵架,你们不要参与,你们要是接待老胡,就是破坏我的家庭"——来看,能不设下四面埋伏?吴为怎能自授其柄?她不但不能向胡秉宸通报战况,连感情也不得交流。再说胡秉宸重病在身,如何承担得这样的打击?

为寻找一丝可能的救赎,白天黑夜,吴为奔波在这个突然变得其大无比的城市里。很长时间与叶莲子不能照面,她回家时叶莲子已经入睡,叶莲子起身时她已出门。

有次造访过早,被小保姆拦在门外,"这么早就来了!我家主人还没起床呢!"她只好坐在楼梯上等候主人起床。

面对这个形势,吴为反倒不失眠了,而是倒头就睡,睡得死沉死沉。

吴为不认识站在门外的女孩。可她已不惊不怪,眼下什么事都可能发生。

果然那女孩说:"你不认识我,可你一定会欢迎我。"

她的短发顽皮地翘着,不请自便地进得门来,找了个舒服的角落坐下,反倒对吴为说:"你坐呀,你怎么不坐?"并且上上下下地打量着吴为。

佟小雷觉得有点意外——她本以为这个让她父亲以及部里部外若干个正副部级大动干戈、调兵遣将的女人,一定是个三头六臂的白骨精;而眼前的吴为,不但说不上漂亮妖冶,且披头散发、委靡不振,一副落花流水的样子,眨巴着两只泛红的眼睛,戒备地望着她。

"我叫佟小雷,是佟大雷的女儿。"

吴为这才觉得很久没见到佟大雷了,接踵抡来的棒子已把她打得晕头转向,但一听到佟大雷这个名字,就像按下了 power 键,迅速启动起来。她那了无生气的脸顿时有了光彩,虽然这光彩与幸福欢乐毫无关联,而是紧张恐怖而致的异光,但它反正是活过来了。

来时的路上,甚至在这一瞬之前,佟小雷还在犹豫要不要把那些磁带放给吴为听。可现在的直觉告诉她,太应该这样做了。

佟小雷常常服从于这种突如其来的直觉,她的直觉也从来无误。虽然她不知道这样做对她有什么意义以及对她父亲佟大雷有害或有益,但她必须这样做。

"我带来一些东西,你也许会有兴趣。"她从手袋里掏出几盒磁带,把其中两盒单独放开,"你有收录机吗?"

"你要收录机干什么?"

佟小雷猜到吴为的戒备,"别担心,不是要录你的谈话,而是放几个磁带给你听。"

吴为早已被愁苦、思念、焦灼、恐惧、忧虑……撕得四分五裂,哪有心绪和这个闲散得似乎没有地方消遣的佟小雷捉迷藏?可她不能拒绝,也许佟小雷会带来与胡秉宸有关的什么信息……只得打点起精神去找收录机。

佟小雷按下播放键,静待欣赏自己的创造。

随着第一句话语,吴为软塌塌斜在沙发上的背就离开了赖以支撑的沙发,像被抽了筋;荡来荡去的脖子也像撑上了一根钢筋;被各种烦恼耗空的眼窝里也渐渐有了东西……先凝聚为疑惑、震惊,而后是愤怒、恐惧、绝望、无助,最后结为两颗仇恨的硬球定在眼窝里,"这是真的?"

"是真的。"

这就是与胡秉宸厮守了几十年并生儿育女的白帆?

这就是胡秉宸"托孤"的生死之交胥德章?

这就是对她穷追不已的佟大雷?

这就是一般平头百姓敬若神明、德高望重,有着几十年革命历史的那几个"老共"?

…………

虽然目的各异,一张精心策划、疏密不漏的阴谋图,却渐次显现。

原来佟大雷早就出卖了她,每天都与白帆电话往来,商讨这一阴谋图的实施。

在这之前,吴为就像一个拿着一张破网捕鱼的渔人,不知那网原是破的,只以为自己考虑不周所以漏洞百出,走到哪里碰壁到哪里,碰得砰砰乱响。

原来自己陷于情的同时,无意中也卷入了一个政治战场。原来她是与这样一张大网在较量,难怪她的一举一动对方了如指掌。

而她正是这个战场上的第一次战役、第一个遭遇战的先头部队、先头兵。

而如此一张大网却如隐形人,隐在也许一棵风姿绰约的树,或一丘山、一茎草、一朵花蕾之后,总之随时可以放出一枪,哪怕她像只警惕性极高的兔子,四面八方转动着身体,雷达那样四方探出自己的耳朵……也无法提防,无处躲藏。

看来,不论是否吴为的本意,不论她有没有勇气、有没有信心,都得提起手中那把锈迹斑斑、豁了口子、卷了刃的破剑决斗下去。

听着佟小雷带来的录音带,如同站在他们身边,目睹这些人将她和胡秉宸放在肉案子上,一寸寸血淋淋地剁碎,再掀开他们已被肢解的、血肉翻飞的尸体,将红红绿绿黄黄黑黑的内脏掏出,扔在地下,抠去皮下那层黄豆粒般密密排着的脂肪,用手抓、用牙撕下内里精瘦的肌肉……那些不大容易咬断的蓝蓝红红的血管,白线似的神经,丝丝条条地悬挂、垂吊于他们的嘴角或衣襟。

但她和胡秉宸的头部还算完整,眼珠子还直瞪瞪地留在眼眶里,胡秉宸的嘴还大张着,似有无数声音还没喊出就被掐灭在喉咙里。

…………

"还有这个。"

佟小雷换上刚才拿开的另外两盘磁带,现在她看上去不像刚才那样与己无关了,脸上的线条也有些混乱。那些线条因扭结一起,让人无法看清她的心思。

吴为的脸渐渐红了起来,她动了一下,想要去按那个终止键,却被佟小雷拦住。

这是只有两个男女主角上演的《肉蒲团》,绘声绘色,尽致淋漓。

吴为听出佟大雷的声音,不过稍许嘶哑,像是很渴的样子。

吴为和男人的经验不算少,却从不知男人和女人做爱时会发出这许多声音,说出这许多下流淫荡的话。

发出这些声音、讲出这些淫猥之话,并不断指挥对手翻新花样的嘴,就是佟大雷那两片经常发出义正词严、针砭时弊的睿智见解的厚嘴吗?

那女人又是谁?难道是佟小雷的母亲?佟小雷为什么把父母这种隐私录下来并拿给他人听?

"你一定听出来了,这男人就是我父亲;而那女人,就是我家的小保姆。"

佟小雷很平静,平静里有一种久远的,对剧痛、巨恶已然的适应。

起先佟小雷还为有这样一个父亲感到羞耻,为母亲因父亲一次次背叛以致精神有了毛病而气愤。但佟小雷也不想报复父亲,报复行为只对一息廉耻尚存的人才起作用,父亲却是刀枪不入、软硬不吃,天塌地陷也要一意孤行的人,就是有颗定时炸弹悬在头上,也得把那桩淫乐的事干完才会去理会那颗炸弹。这一点与吴为的父亲顾秋水很是相类——可不是,佟大雷出身寒微,顾秋水出身贫苦,算是一个等级。

父亲简直像条种狗,特别和母亲大打出手的时候。当他那鼻子因打斗而兴高采烈,而通红发亮的时候,简直像个生殖器赫然长在脸上,而不是长在他的裤裆里。

随着年龄渐长,当父母为这些丑行打闹起来的时候,佟小雷非但不再像小时那样劝阻,反而嘲弄地给他们喝彩加油,奇怪自己小时候为什么会为这种下流、下作的关系流淌过珍珠般的眼泪。那珍珠般的泪值得为他们而流吗?

自佟小雷懂事以来,父亲就这样过日子,却从不想和母亲离婚,并且对别人离婚深恶痛绝。从这点来说,最终提出离婚的胡秉宸,绝对比父亲高明。而母亲也不提出离婚,就为这个三块豆腐干那么高的男人受着。

佟小雷瞧不起父亲,更瞧不起父母间的这种关系,觉得这种"媾和"同样下流。把这两个互相仇恨的人紧紧联在一起的东西是什么?

究竟是什么?

佟小雷寻找一切可疑的痕迹,包括放置录音机在家里,仍然不得而知。她觉得这个家里面一定藏着什么连她也不能知道的秘密。

有时佟小雷想,自己是不是也出了毛病?

由于她多次说服父母离婚,精神上有点说不清的母亲竟怀疑她不是亲生女儿。

"一定是医院的护士弄错了,一定,他们把别人的孩子和我的孩子拿错了。"

母亲起诉妇产医院的护士,逼佟小雷去医院验血,整天拿着自己的照片和她的照片比较,找出一个又一个所谓长得不像她,其实又像得不得了的地方。

佟小雷为什么要给吴为这些磁带?

主持正义?路见不平、拔刀相助的侠义精神?太浪漫了吧。

世上多少不公正的事,侠义得过来吗?

把磁带送给吴为不全然是戏弄父母,尤其是戏弄父亲的习惯使然。

佟小雷崇尚条件相当的决斗。

还有那个手无寸铁、躺在病床上等死的胡秉宸。她从小胡伯伯、胡伯伯地把他叫到老。

再说他们当中谁又比那个半死的人好多少?

佟小雷从小守着他们,在他们身边长大成人。父亲在背后数落过他们每个人见不得光明的隐私,想必他们也在背后这样议论过父亲,却随时可以从敌人变为友军,全然没有尴尬之感。就像他们身上还带着情妇床单上的气味,裤门上的扣子还没扣好,掌上还保留着抚摸情妇那些销魂荡魄部位的感觉……却能慷慨激昂地教训同样犯事的部下,丝毫不为自己刚从情妇的床上爬下而脸红。

佟小雷在一旁看着、听着他们研究部署如何对付胡秉宸的计划,觉得他们的鼻子都变成了生殖器,专门用来嗅女人的阴部和男女交媾的气味。东嗅西嗅,一嗅到这种气味就兴奋起来。他们的鼻子又像一个置满蛋白酶的凹槽,事物一旦经过这个凹槽就会分解……

戏弄戏弄这些人,是不是个很大的乐子?

"好好收着这些磁带,也许对你很有用。如果你需要什么帮助就告诉我,我还会再来。"

在这位天外来客的造访和帮助之后,吴为的战斗有板有眼起来。

想来想去,只能从佟大雷入手。

吴为找出佟大雷给她的信,足足一尺多厚:追求爱情、党内文件摘抄、部内各派斗争的根由、各部长的隐私、历史上的污点以及他们情妇的名单……按时间顺序理好,装在一个小箱子里,找出版社朋友帮忙复印多份,分散在几个可靠的朋友家中。

然后给佟大雷打电话,"我必须马上见你。"

很久以来,吴为不再打探胡秉宸的消息,现在突然来电话……难道吴为又有什么新的花样?还是先挡一驾,"啊呀,现在手头上的事情很多,还得带队到外地了解上半年贯彻执行中央精神的情况……"

"有新情况。"

有新情况佟大雷也不想听了。他对吴为和胡秉宸的爱情故事已经没有兴趣。他认为世界上顶没意思的事情之一就是听人家说"你爱我"或是"我爱你",虽然他对吴为说了不少,但那是渔夫放在鱼钩上的诱饵,更何况他反戈一击有功,已与胡秉宸的对手联合起来,地位也随之得到巩固,"这样吧,等我从外地回来我们再联系。"

这老无赖,觉得她已经没有使用价值,单等着时机一到收网了,"等你回来恐怕就来不及了。"

电话里,佟大雷看不见吴为那张七扭八歪的脸,却从这句话里听出异常意味,很不像她,"此话怎讲?"

"见面就知道了。"

听上去更是阴险,可佟大雷还在犹豫。

公用电话亭外等打电话的人已经不耐烦,捯脚、咧嘴、龇牙,可是吴为不急,也许现在轮到她来收网了,"对不起,请原谅,谢谢。"等打电话的人见她诚恳便谅解了她,再看她的年龄,也不像是没事在电话里臭贫。

"你可别后悔。"

吴为这样威胁,肯定大有原因,当务之急是先弄清情况再决定对策,"好吧,见面谈谈。"

"这就对了。"

"在什么地方?"

"我家。"

"不好。"佟大雷不能再去吴为家,如果有人看到,将如何向新主人交待?不能顾了这头忘了那头,"是不是换个地方?"

"好吧,那就改在中山公园假山那儿。十二点。"

佟大雷很准时。戴了一顶草帽,压得很低,与胡秉宸如出一辙,还戴了一副颜色很深的墨镜。

他们在假山背后找了个地方坐下。佟大雷说:"你看,我忙得不得了,一直没顾得上照顾你,反正老胡也出院了,现在还好吧……"

"不谈他,好不好?"

"噢?随你。"

真是在斗争中成长、在斗争中壮大,吴为什么也不说,只是阴阴地看着佟大雷,看得他发毛。

毕竟做了许多亏心事,凡亏心人都不由得话多,"你是个大孩子,还不知道自己正处在危险中,随时有被陷害的危险,要注意保护自己,免得成了别人的牺牲品。你就像我自己妹妹一样,我不关心你谁关心你?所以我得把一些情况告诉你。那天我到部长铁皮保险柜里取中央文件,看到里面夹了一封白帆的起诉书,告你破坏婚姻家庭……"

"已经知道了。"

"法院要是找你,你就问他法律上有第三者这条罪吗?让他拿出证据来。他们要敢拿这个给你定罪,你就扩散到新闻界去。你已经是有影响的作家,再通过国外朋友扩散到国际上去。"

吴为道貌岸然地回说:"我不能这么做,我是党员,扩散到国际上要犯错误的。"

"办案人到处扩散说:上头某某人说了,'吴为是个坏人''不许判胡秉宸离婚'——伪造领导人讲话可是性质相当严重的错误。白帆才是个乱七八糟的人呢,今天和胡秉宸睡,明天又和别人睡,都睡乱了,那个时代就是那么回事儿。告你的第二条罪状是老胡去政协开会,忘了带眼镜,白帆给他送眼镜去他不在,问他,说是和你出去了。所以白帆才打了老胡六个耳光。有这回事吗?"

"没有。"

"这份东西你想不想要?你想要的话,我可以偷偷给你复制一份,你思想上好有个准备。"

"不需要。"

"白帆提供的证人有老胡那帮对手,还有胥德章和常梅……胥德章这个人最坏,到处串通人诬陷你,找了老胡那帮对手还找了我,向法院作证说你让他劝白帆和老胡离婚,然后和你结婚,并且让我顶住,不能对法院说白帆和老胡长期以来感情就不好,只能说他们很好……你只要不向法院承认,别自我暴露就行。胥德章看过老胡给你的信怕什么?又没录音又没拷贝。你现在要保住自己,我跟你像一个人一样。我提出要你吃透老胡,好像我吃醋,真是咬了牙才说出来的。"

"我和胥德章无冤又无仇,他为什么这样做呢?"

"此人是官迷,老胡升常务副部长的时候,他还带了一瓶好酒前去贺喜。升个副部长就乐成这个样子?当年我们在上海工作的时候,他不过是个秘书,我们吩咐点儿什么,他拿个本子点头哈腰地记。他老婆不过是沏茶倒水、安排桌椅板凳的。另外这个人很势利,现在部里改革派不行了,老胡又病重退了下去,大势已去,而老胡那帮对手却很有实力,现在闹得也很厉害。此人又极怕老婆,想当年,他老婆追过老胡,被老胡拒绝,有些怀恨在心,所以表面上和白帆是好朋友、老同学、老战友,背地里却到处扩散白帆的政治历史上有严重问题,直到现在还没搞清楚,一直挂着。她不但嫉妒白帆,也嫉妒一切和老胡接近的女人。老胡的秘书也很坏,因为老胡离休前没给他安排什么职务,又看出老胡已经没用,而我还有上去的希望,就一天到晚到我这里磨磨蹭蹭,汇报老胡的情况,造老胡的谣,说老胡到上海去是和你秘密同居,因为你在那里搞调查。"

"这些人我见都没见过,他们为什么这样做?"

"说到底这是政治斗争,是权力之争,整你是为了从你这里打开缺口整老胡。谁让你执迷不悟为老胡背着,自愿卷入这个旋涡?所以参与的已经不是你们几个当事人,那是别有洞天哪!听部里人说,法院已经把老胡的案子立为老干部腐化堕落的典型,你当然就是拉老干部下水的坏人。并且要给老胡开大庭,一开庭老胡就完了。其实这都是上面的意思,咱们还不是法制社会。还说要开大庭审你,他们要是敢这样干,你一定要请个律师反诉他们,请你新闻界、文艺界的朋友都来旁听……"接着又不解地说,"不过纪律检查部门又派人到部里调查……调查打击你的事情,部里有人骂:'他妈的,闹急了,老子什么事、什么人都抖搂出来!'是不是你到中纪委告的状?"

"不是。"

哪里是部里有人骂,分明是佟大雷在警告她。

"这是怎么回事?总之你要小心,部里这些人会和法院勾起来,你只身一人怎么对付?有什么困难及时打电话给我,我上面还是有些关系的。"

"好吧,佟大雷同志,时间不早,你也说得不少了,我还是打开窗户说亮话吧。其实在你刚才说到的那些事件中,你扮演了一个非常重要也是非常不光彩的角色。"

于是吴为开始历数佟大雷的勾当,一桩桩一件件,确确凿凿。

这个说过即便三十八个人证明他干了什么、说了什么也不会认账的老油条,在毫无章法乱放横枪的吴为面前,一时也没了主意。

奇怪!吴为对他以及他们的行动怎么掌握得一清二楚?是不是"那位"搞的鬼?归根结蒂他们并不信任他而是利用他,也很可能利用吴为来整他,就像利用他来整胡秉宸一样,让他们三人,也就是让他和胡秉宸同归于尽,难怪吴为如此胸有成竹。

"……我只对法院说过你要求到医院看护老胡,法院却写成你要求把白帆赶走。我马上把这些文字划掉了,还说'没有这回事!'"

"我没有说过去看护他,我只说是看望一下。"

"你可以对法院说我那天晚上喝醉了,没听清楚……你是不是上了什么人的当?我从来没有做过那些事,小心有人挑拨离间。"

"有没有这样的事,今天不和你争论。"吴为永远不想和佟大雷论争他干过什么或没干过什么,这老无赖正如他自己所说,是永远不会承认什么的,"我只要你办一件事——今后你要如实向我汇报你们的勾当。如果我一旦发现你说的情况有诈,你就得小心你的下场。"

口气好大!好有来头!

"你究竟干了些什么?"已经立过秋,佟大雷却大汗如雨,很快湿透了他的纺绸衬衣。

"没有,还没有。只是一切都安排好了而已。"吴为现在已经懂得,对谁也不能实话实说。尽管懂得太晚,还算是亡羊补牢,"这取决于你的态度。你忘了你写给我的那些信了?我准备向外公布。大陆不可能发表,到底你不是个部级干部,不过港台没有问题。所以原件我已经托人带到香港,留在我这里的不过是几份复印件,即便有一天我被抄家,原件也是安全的。有家出版社马上就要付印出版,当然,要看我最后如何决定,而我最后的决定取决于你的态度……现在,即使你把我杀了也没有用,我已经和朋友打了招呼,一旦我有生命危险,必定是你们所为,香港那边立刻就会公布这一事件的始末,还会全部照登你给我的那些信。"

一生过五关斩六将,什么阵势没见过,没对付过?而什么风浪都安然度过的佟大雷,居然败在这个没头没脑、没权没势、没依没靠且伤风败俗的吴为手里,简直是一生未遭遇过的奇耻大辱。

"你……你这个……"佟大雷很想脱口大骂。经历过无数勾心斗角之战的佟大雷,难免有输有赢,但即便输了,也没有生过这么大的气,"我多次让你销毁那些信,你怎么还留着?"

"你以为我对你那些俗不可耐的文字有什么兴趣吗?"吴为自己也没想到这些俗不可耐的文字有一天会派上这样的用场,真是天不绝人。

想不到这个从来不按规矩出牌,没头没脑的女人,竟干出这样的事,有了这样的长进!

正因为没头没脑才可能干出惊天动地的事,所谓"歪打正着"毁了他的前程。到了这时,佟大雷才知道吴为的厉害,所以不能盲动。像吃了一枚酸杏,唾液不停涌进佟大雷的口腔,他不停地咽着口水,想着对策。

吴为不动声色地听着佟大雷咽口水,咕咚一声又一声,佟大雷正在大量分泌他的肾上腺呢。对她来说,现在佟大雷咽口水的声音简直胜过施特劳斯的圆舞曲。

作恶多端的佟大雷,你也有今天,你也有吓着的时候!伙计,我手里的炮弹还没全甩出来呢。

这太有意思了,居然和这样一个政治老流氓打了个平手,也许还胜他一筹。吴为尝到了痛揍一个老流氓的快感。

可她又希望佟大雷能挺起腰杆,对她说,"你爱怎么着就怎么着好了,老子奉陪到底啦!"可是佟大雷不,他吓得想要跪下,若不是在公园,一定会跪地求饶了。

咽了许多口水后,佟大雷终于俯首帖耳地说:"我现在就可以告诉你……"

让吴为轻蔑得恨不能照着他那又红又紫、像根生殖器的鼻子上狠狠踹一脚,"别着急,截至今天,以前的事我都知道,用不着你再重复,我要的是你们以后的行动计划。还有,你不但要停止你那些阴谋诡计,还得帮胡秉宸一把。你肯定不知道,我手里不但有你给我的信,还有你许多见不得人的勾当的物证……我们认识的时间也不算短,你应该了解,我从不讹诈他人。"

这倒是真的。否则吴为也不会把她和胡秉宸的事向他以及常梅夫妇和盘托出,哪怕她会扯一点谎、有一点手腕,也不会落到如此被动的局面。

"也许你知道的情况不少,不过你肯定还有不知道的内情,我再告诉你一些……"

"现在还用不着。好了,你可以回去了。"

看着佟大雷远去的身影,吴为双脚一并,使劲往空中一蹿。想不到一脑袋糨糊的自己,居然降伏了"安史之乱"!

这种人要是被敌人抓了去,不当叛徒才怪!

他的一生,怎么就能叫"革命的一生"?

算了,吴为不再多想这个已经成为过去的人物,她还得面对将来。

看看表,已是下午两点半,来不及吃午饭了,她还得赶快到邮局发电报。吴为常常不知道自己吃没吃饭,瘦得衣服穿在身上像是挂在衣架上。她那两个并不厚实的肩,现在已如铁丝窝成的简易衣架。

出门前接到茹风的电话,说是朋友们磋商后给胡秉宸写了一封信,让他回来承担责任。到了现在,胡秉宸再不能躲在后面不站出来了。

胡秉宸说:"我马上回来,与吴为生死与共。"

知道朋友们是为她好。可是胡秉宸站出来干什么?承担责任?承认追求过她?承认他们相爱?

那不是自投罗网？

那不是要胡秉宸的命？

无论如何不能让胡秉宸回来。

到邮局发了一个"平安无事，万勿回京"的电报，才算松了一口气。

发完电报，又买个面包来啃。面包不很新鲜，干硬得难以下咽。

佟大雷左想右想，想不出对付吴为的办法，只好寄希望于他的暗杀对象胡秉宸。除了胡秉宸，吴为能听谁的调遣？

于是坐下给胡秉宸写了一封信——

秉宸同志：

想同你谈谈吴为。

信得写很长，慢慢看吧。

原来想等你病好后面谈，现在看来不可能了。希望你像看小说一样，不要激动，我们已经到了耳顺之年，何须激动？总以保重病体为本。

一、先说你病后的一段情况。你住入监护室后两天，医院给部里有关领导打电话，说是病情严重，而病人、家属与医院又不合作，部里要我到医院谈谈。正在此时，吴为来到部里到处找我，还要往党组会议室闯，像发神经病一样。陪同前来的一个女同志晚上给我打了电话，说吴为有急事需要与我面谈。我到约定地点后，她将与你的关系告诉了我，而且哭得很厉害，并说只有她才能救你，要我把白帆撵走，由她来护理你。

我听后真如晴天霹雳，在此之前做梦也想不到会有此事，但看她那样伤心，十分感动。我说，此事为什么不早说？但目前来说极不可能，第一，老胡的病情严重，医生说有百分之七十的危险，一闹就会激化；第二，白帆不会买账；第三，闹开了对男女双方都不好，你既爱老胡，就应该为他想想。

她一直在哭,像是要晕倒的样子。回来后想了很久,这个问题很复杂,我不想过问(原因下面再说),又想应该设法使事态冷下来。第二天她又打电话找我去,起初我推诿,她坚持要我去。下午三时我到了她家,并对她分析,认为她与你的关系不太可能,目的是让她冷静。最后我说:一不要影响老胡的病情;二希望她不要因此生病,此时她已像害了大病;三希望不要让任何人知道。总的来说,对你们的事我既不赞成也不反对。

大约一个多小时我就走了。

第三天,常梅打电话给我,问我有没有空,她要和胥德章来看我。

一见面常梅就告诉我,吴为见了她,并带去了你给她的两封信,希得到常梅的帮助。

常梅和胥德章二人问我怎么办。我说,依我看,第一,对胡吴间的事不置可否;第二,对吴为反映的情况,你们二人可推说不知道,等了解清楚再说;第三,劝吴为冷静,不要扩大化。

最后我与他们二人约定,此事不能外传。

又过一两天,我有点不舒服在家休息,白帆打电话给我,要到吴为单位告她。我马上到你家劝阻白帆不能这样做。第一,对老胡的影响不好,对吴为无所损失;第二,据我所知,老胡的责任更大,这样告,结果可能适得其反。白帆被我劝住。

你儿子杨白泉也要找吴为算账,同样被我劝阻。

有天白帆来到我家,说,最好将此事了结一下,问我能否和你谈谈。我说谈谈可以,怎么谈?谈多深?对病情影响如何?你们考虑一下,然后告诉我再定。

第二天白帆打电话给我,认为不宜谈。

二、还要告诉你一件事。在吴为白帆闹得最凶的时候,我心里实在不安,如果不向组织汇报,出了事我在组织上要负责任的。可也不能向党组党委谈,只好同"那位"商议。他说他早就知道,但你脾气不好,难以接受意见,所以此事最好听其自然,适当防范。最后我们彼此约定不向外扩散。

一天,吴为不知从哪里听说"那位"当着许多人谈了这件事!

我赶快去问"那位"是否向什么人泄露,他坚决否认。我私下认为,或许同他老婆谈过,但他说"连老婆也没说",不知吴为的消息何来?

三、说说我和吴为的关系。前年在部里召开的一个会议上认识,那时我正和某部打官司,桌上放了那封信,她要看看,我给了她一份,又不是什么秘密。第二天她告诉我她觉得我很冤,我深为感动,人生难得知己。后来也没通过我,就把我那封信在会上念了,我知道后自然很生气,也无可奈何。印象不坏也不好,谈不上什么,她到山区体验生活时我到车站送她,又写了一封表达感情的信,她只写了两句诗:此身已作沾泥絮,不随东风舞轻狂。现在知道她是一心向你的。

她从山区回来后来往不多,随后我到南方,仍给她写信,谈谈游历的感受而已,回来看到她给我的一封挂号信,把我大骂一顿,以后绝了往来。我有文人习气,去年九月又给她寄了一些诗,有时为了提高她的写作水平,借给她一些有关意识形态、一般动态方面的文件,我们之间的关系如此而已。这大半年来往更少,现在她要报复我,公布我给她的信。公布好了,还说我违反纪律,把文件给她看,此人真是心毒手辣!我请你有机会转告她,遇事不要过分、欺人太甚,我也不是好惹的,到那时我要自卫,人生六十怕什么,我既无名又无利,一品老百姓。最近我正在请求离休,她如果这样欺负我,我一定奉陪。

四、说说我和你的关系。政治上有"一些"共同语言,不完全一样,你的为人我一直认为正派,五二年我在狱中还给华东局写信保你无事。自然也有不愉快的地方——

其一，五九年后对我缺乏人情味，有点世态炎凉之感。

其二，"文化大革命"我最困难的时刻找过你三四次，那时你已工作，或不在家或不见，这也是本分。你"那位"对手，逢年过节还要看我一下，当然，那是办外交，我也并不感激，不过你似乎有些过分。

其三，后来与我谈及工作时，你转达"那位"意见，要我担任副主任，虽然你说要我到另一个单位去。我不是想做官，但这是对运动的结论。朋友事先就向我打招呼："不会让你做什么工作的，就是让你当办事员也干，让他出洋相。"此时你已是副书记，就你的地位身份，总可以和"那位"谈谈，何况我们朋友一场。但你顺从了，我非常不解！

其四，在工作思路上有同有不同，我觉得你肯用脑子，但形而上学的地方不少，尤其最近几年脾气很怪，连对同级如德章等人都没有好颜色，大家同事，哪能这种态度？符合原则和党员标准吗？我是不足道的，以前我的脾气之大，更无道理，运动中自然只有被打被骂的义务，更谈不上发脾气了，这也教育了我。最近听说许多同志还是怕我，可能我的群众观点还差得很远。但人们背后对你有意见，尤其司局长以上，非常之大。"居颐气，养颐体"，是否如此，请予思之。

五、我为人卑之不足道，但自信还不是一个玩手腕使诡计的小人，当然气量也很窄。五二年华东局怀疑我是"大老虎"，上头那位领导同志没有为我说句公道话，以后虽向我道歉，五三年他带领一大批人到京，其中有我，但我拒绝了。后他多次带信邀我去他家，但直到他过世都未见面。还有"那位"，五九年在处理我的问题上很草率，与事实有很大出入，直到今天有人约我去看他，我也没去，也不想去，还是他来看我。

六、最后关于你们的事，自然你是深思熟虑过的，不容置喙。如果有机会，你也愿意，自然可以谈谈，如你不屑一见，我也会自爱的。

　　此信拉拉杂杂,让吴、白看都无不可。
　　愿你早日恢复健康!

佟大雷

　　佟大雷首先在追求吴为的问题上,以及制造这一事件的责任上,开脱了自己。

　　也不能说他这样做是如何卑劣,当年吴为和她的情人被韩木林送上法庭时,这对清高的"士",不也极力为自己开脱,将过错推向对方?

　　正像佟大雷所说:"所谓人性,谈了几十年。我这个经历战争、尝尽人间疾苦、看遍世上疮痍的人根本不相信。一九四三年河南大灾,水、旱、黄、汤,母子父女相食……什么人性?战场上讲什么人性?你不杀他,他就杀你。一九四二年我抓到一个日伪间谍,三十多岁,烫发,大夏大学毕业生,能言善语,风韵颇佳。因为战争,没有时间和她纠缠,黄昏时分,临撤出村子前把她砍了,我看她还一步一回头呢。有什么法子?生死搏斗嘛!"

　　且不说你死我活这种极端取舍,就是胡秉宸,对他的过河卒子吴为又怎样?

　　且不说吴为在前方献身,胡秉宸在后方与杜亚莉调情,就在胡秉宸仓皇出逃之前,对一脑袋糨糊的吴为,他又做过什么交代和安排?好不容易"托孤"胥德章,出卖起来更是近水楼台!

　　佟大雷这封信的要点是机关暗藏、讨价还价。不过对"耳朵"极硬、有仇必报的胡秉宸,佟大雷的心机怕是不顶用的。

三

　　紧接着在第二个回合中,吴为又尽显无赖本色。
　　平时很谈得来的支部书记突然找她谈话,"吴为同志,请到我的办公室来一下。"

后面那个"同志",既郑重其事,也有些调侃。平时支部书记从不这样称呼她,总是直呼其名。

一进书记办公室,一台小录音机赫然在目。支部书记指了指录音机说:"今天要和你进行一次谈话。这是上面交代的任务,这样做是为了向上有个交待,你明白吗?"

"明白。"

"转来一批检举材料,说你是插足胡副部长家庭生活、道德败坏的第三者。你要仔细听好。"支部书记的话,既像警告又像提示。他按了录音机上的按键,开始发问。

"根据一位部长给咱们单位党委书记的来信,你和胡秉宸副部长有不正当的关系……"

他说的是给咱们"党委书记",而不是"党委";他说的是"某部长",而不是"某领导"。

接着又把那封措辞激烈的信推到吴为面前,吴为不得不与每一个横眉立目的字短兵相接。

内容不外乎是她走到哪儿都得背到哪儿的前科,以及要求所在单位大力协助,新账老账一起算等等。

横头有党委书记、号称"延安一枝花"十分女性的批示:"这不是一般的男女关系,是新生资产阶级对革命干部以及他们家庭的反攻倒算,也即对革命的反攻倒算,望其所在支部速将情况调查清楚,以便党委作出处理……"

"你觉得怎么样?"

"不怎么样。"

回答这个提问之后,吴为问自己:十多年前,那个因偷人养私生子而深受良心、道德谴责,恨不得想对全人类忏悔坦白的小女孩哪儿去了?

不知此时吴为离"百炼成痞"还有多大距离,但至少已经初具规模。如果正常状态下她的恶劣指数为一的话,一旦面临"正经",恶劣指数马上上蹿到十。眼下面临的正是恶劣指数上蹿为十的局面。

按照那个红极一时,龙生龙凤生凤、老鼠儿子会打洞的理论,吴为的恶劣指数也不尽然是后天锻炼出来的,她能不继承顾秋水那兵痞的劣根性吗?

某部长和"延安一枝花"的严打,反倒让吴为想起他们不那么光明的过去,想起这些道貌岸然的人在"文化大革命"中被抖搂得底朝天的并不久远的往事——虽然上纲上得邪乎,某些史料却不一定都不真实。

好比这位部长,革命前是资本家,"延安一枝花"更是有着与她同样的败行劣迹。怎么?他们享受够了剥削生活,当足了第三者,反倒有脸教训起她来?

过河卒子吴为不但战斗力明显减弱,又变做一只靠惯性运作的滑轮,而要不要当第三者,则越来越不能肯定。要是他们这样死乞白赖非让她当不可,她也许就当仁不让地当一把。否则就会像《红楼梦》里的晴雯,白落个虚名、臭名,岂不冤哉?

"你不打算说点儿什么吗?"

"不。要是一位部长和一个小人物所在单位的党委书记已经这样说了,这个小人物就什么都不必说了。"

"不打算解释点儿什么或是承认些什么?"

"不。"

也许,如果,在另一种气氛下,吴为不但会反省自己,也许还会刹车。

"你认为这些揭发材料属实吗?"

"不属实。"吴为恶意地扯着嘴角的肌肉。

"你认识胡副部长吗?"

"认识。"

"你们之间有来往吗?"

"有。"

"你们之间是什么关系?"

"同志关系。"

"今后能否不再和他来往？"

"不可能。"

"为什么？"

"等于承认我们之间的关系不正当。"

"你的意思是说，你们之间的关系很正当？"

"是的。"

"可是这些揭发材料另有一说。"

"那是他们的说法，有人证或是物证吗？"

"根据反映。"

"如果我向有关方面反映胥德章和常梅杀人，他们就真杀人了？"

"好。"支部书记说，然后关上录音机向她举了举，又拍了拍那盒磁带，好像对自己的工作很满意，做完这一切他突然问道："你去医院看望过胡副部长吗？"

"有什么问题吗？"

支部书记不置可否地哼了一声，突然说："也许这一仗他们打不赢，但很可能会从其他地方下手，据我所知，某领导人已经插手。"然后扬长而去。

对他们这次谈话，"延安一枝花"很不满意，支部书记受到了教育："你的党性原则哪里去了？阶级感情哪里去了？同志，你要警惕呢，我们老同志受到了伤害，你不但无动于衷，在处理这个问题上还敷衍了事……好吧，什么时候开个支部大会，讨论讨论开除吴为党籍的事？"

"我也想赶快开个支部会，赶快处理完了省得有人老打电话给我下命令。"

"这是什么态度？这是一个人的政治生命。即使开除吴为，也应该尽到我们的责任，让她通过这个处分提高政治觉悟。开除不过是对同志进行教育帮助的手段之一，什么叫赶快开除完了就完了呢？"

女人一旦有点权,绝对比男人穷凶极恶。支部书记说:"支部里的同志,不是出差就是蹲点搞调查,即便在京党员全部同意开除吴为也凑不够半数。党章上说……"他很流畅地背起了党章。

背得"延安一枝花"没辙,只好点头,"好吧,好吧,你先去吧。"支部书记刚转过身去,又被叫住,"我让你给吴为布置的工作,你布置了没有？"

"布置了。"

"汇报呢？"

"……吴为汇报上写着,早上八点早饭,八点到十二点写小说,十二点到下午两点休息,两点至六点看报读书,晚上看电视。"

"天天这样？"

"天天如此。"

"她到没到什么地方去过,比如说上海？"

"没有。"

"让她如实汇报。"

"这不像监外执刑的监管犯了吗？"

"犯人？犯人有判决书。她是党员,在这种非常时期,党组织有权要求她汇报行踪。同志,有刑事处分和没刑事处分是大不一样的,这个分寸我们掌握得还是很好的,你怎么能这样说？"

"吴为晚上做梦要不要汇报？"

"同志！"

四

白帆对她的律师非常不满,质问律师:"为什么现在还不接触吴为？"

律师只好接受白帆的领导,在没有提供足够的证据之前,通知吴为接受调解。

自胡秉宸病后从不装扮的吴为,从鞋子、袜子到围巾都精心挑选搭配一番,还换上一套出访时定制的衣衫。

到了现场,还拿出录音机准备录音。

白帆的律师说:"我们都不用录音机,你怎么能用?"

吴为说:"这是一件大事,我要记录下来,以备将来写回忆录……好吧,既然你们不用录音机也不让我用,我就用笔录。"

"你不能。"

"你们能记录我的谈话,为什么我不能记录你们的谈话?"然后吴为就开记。

律师问:"胡秉宸提出离婚,白帆说不是因为他们感情不好,而是你对他们家庭的介入,希望法院做好工作。"接着,出示了一大摞胡秉宸给白帆的信。

无数触目惊心的"亲爱的妻",闯入吴为的眼睛。

而吴为还以为她碰到的是几世情缘……

看来他们的关系并非像胡秉宸说的那样不堪,白帆也没有胡秉宸说的那样凶残。

怪不得白帆说:"我们感情很好,即便现在,我们的关系也有恢复的可能……都是吴为的破坏。"白帆说的有什么错?

然而胡秉宸把一切都毁了……

如果胡秉宸在吴为成名后不再找她,大家也就都没有这些麻烦和痛苦了,她也会平平静静写作、过日子,说不定不会拒绝那些也许比胡秉宸优秀的男人。

可谁知道呢?等到没了距离,那些男人和胡秉宸也许没什么两样。

正像没了距离,吴为和她不待见的男人也没什么两样。

吴为的成功不但毁了爱好虚荣的胡秉宸,也害了自己,所以吴为总不愿承认自己是个成功者。什么叫成功?同样是一顿不能免费的午餐。

面对这些信,吴为心中问道:胡秉宸,你让我现在怎么办?撤退还是坚守？

难道是胡秉宸满口胡言？她应该相信白帆，还是应该相信胡秉宸？——

>白帆这个人过于毒辣，那是个浑人，我知之甚深。她并不想同我恢复什么关系，只是一种"毁灭你们"的心理，近于疯狂的变态，只有江青可以比拟。
>
>她的一个弟弟解放前是脱党分子，对我一直隐瞒，直到一九五八年我才从侧面得悉。他们二人还利用我的名义，背着我将她弟弟一家户口由小镇转到城市，直到省委一位领导向我问起此事我才发现……常常毫无根据地不尊重，甚至鄙视我，一个人如果心甘情愿长期活在这种气氛下，一定是个没骨气的人……这些事影响着我和她的感情，所以我们的裂痕是几十年积累下的。至于十年动乱期间双方的态度，那是个政治路线问题，当时对不相识的同志都能互相帮助，与夫妻感情无关，不能混为一谈。
>
>我已给律师写了一个声明，要求他在法庭上宣读，表明我的态度，称她为泼妇。将来有机会我会告诉你我们多年来感情破裂的详细过程。我们现在还处在"包公案"水平，最多在"马专员"水平，离现代化的法律还远呢。
>
>她肯定会把矛头指向你，掀起新的波澜，也可能不顾一切整死我，对手们可以借此大做文章，这正是鲁迅所描写过的杀人的方法。希望你能坚决顶住，坚强地生活下去，准备应付最坏的局面。

她应该相信胡秉宸写给白帆这些信，还是应该相信胡秉宸写给她的信？

"亲爱的……"——也是"亲爱的"，一模一样，绝不走板！

>……昨夜梦见你，半夜醒来浮想联翩。
>
>这里虽然清静，吃饭医药照顾均好，但终日心情烦躁，老

好像有放不下心的事。我想是因为听不见你的声音,得不到你消息的缘故。

这一阵子我的心每跳两下或几下就停一下,那一下一定是留在你那里了。如果办得到的话,真愿意把它们全部留在你身边。今天我的脉搏跳到了一百次,护士很关心,我又不能向她解释这是因为通宵思念你的缘故。前天,走廊对面远远走来一个人,穿着白大褂,身材、面影那么像你。我明知不是你,但仍然震惊得心都要跳出来了。我想下次见你的时候,一定要先吃硝酸甘油,以免心脏停跳。

出来近一个月,没有收到你一个字。急得我如热锅上的蚂蚁,怕你变心。说老实话,我老怕你变心,特别有那么多人在追求你。女人呀,女人,那么多人在设各种陷阱等着你们,真可怕。

在你们那个环境里,大都是朝秦暮楚的事,加上有几个人不断在那里挑拨,以达到个人目的,我真担心会出什么事。女人大都是软弱的,专门相信别人,不相信自己的男人,被人说说就变了。觉得这个也对那个也好。

请原谅我粗鲁的话,这是由于极度的不安引起的。只是因为怕失去你。你对于我太宝贵了,甚于生命。请原谅。

可否给我写一封信,几个字也好,比吃许多药要好得多。亲笔给我写几个字吧,哪怕混在别人的信里,认得是你的笔迹,我就放心了。

经过极为焦虑和不安的日子,终于收到你的一张小条子,每一个亲笔字都使我丧魂落魄,几乎泣下,向你致以十二万分的谢意。

如果没有你,我真会消沉而死。现在我才相信,世界上真有想亲人想死的。小时候看电影《呼啸山庄》,情节已经忘记,但男女主角间的强烈感情把我吓着了。世界上怎么会有那样的感情？今天才懂得。我现在真愿意死去,死在你的身边。

哪怕你的信是骂我,对我也是极大的安慰。

大赦令下,身体立刻好多了,前几天虽说不到奄奄一息的地步,但医生已给我点滴葡萄糖维持,这两天已基本饮食如常。什么病,医生也说不出,大约是一种单相思吧。我实在没有想到作用这样大,可以夺去一个人的生命。

偶然经过电视室看了两分钟,一个被打得遍体鳞伤的人,当妻子来看望他时,他对妻子说:现在对他来说妻子比医生更重要。真巧,怎么就听到了这一句？

情况我基本知道,你干了一些二十一世纪中国的事,但不论后果如何,我十二万分感激你的真诚,这些日子把你苦了,像你这样的女人,一百万个男人也碰不到一个。衷心感谢你给我的一切。

别生气,一切都在好起来。像我心跳的频率那样,每分钟吻你八十次,缺点是那样就不深了,还是每次五分钟更好。这样吧,每次五分钟,每天八十次。

多说一些你的事,对于我那是生命的源泉,否则我的生命就会枯竭,生活也失去了意义。

千万别赌气,我的小人儿。别把你我的许多牺牲不顾一切地毁掉。好不容易到了现在,别在最后时刻不能坚持下去,坚持就是胜利。

勇敢地,但冷静地对待一切困难,一切都会过去。我们不是经过了比这更为困难的时期？一切都不可能逆转,不论法庭判不判决,我与白帆再也不会有共同的生活。

相信我,再没有比我更坚定的情人了。

作为一个情人,坚定一会儿不难,难的是坚定一辈子。胡秉宸虽然没能坚定一辈子,还是坚定了几年,无论如何该算是个优秀男人。

除了沉默,吴为还能说什么?

…………

"法院有责任把问题搞清楚,你应本着实事求是的态度,认真回答我们的提问。你到底对他们夫妻有没有干扰?"

"不把大背景弄清楚不好就事论事,现在谈具体问题条件还不成熟。据佟大雷同志反映,法院到处扩散某领导人说了什么……伪造领导人讲话是性质严重的错误,因此,希望法院首先了解一下大背景。"

"你可以有你的理解,但你得支持法院工作。有关人士提出你对他们夫妻感情有影响,这和政治背景也许有联系,但有质的区别,不要拿这个做借口。这句话你坚持三次了,你太过分了。你怎么能指示法院?你有义务按照我们的要求,实事求是回答法院的问题。因为这事和你有牵连,有关系。"

"你这种态度很不好,我和你是平等的人,你应该尊重我。"

"你为什么不劝解他们?"

"他们关系好不好跟我有什么关系?我也没时间去劝解他人离婚不离婚。"

"你有没有给胡秉宸写过信?"

"写过。"

"什么内容?"

"很多年了,怎么能记得?我又没有写信留底稿的习惯。"

"胡秉宸给你写过信吗?你有没有他求爱的信?"

"给我写过信,但没有给我写过求爱的信。"

"你收没收到他们两口子写给你的信?"

这时,律师原文照读了胡秉宸和白帆联手写给吴为的那封信。

伤情、但一直还算镇静的吴为,这时乱了阵脚,"……没有,只收到过他个人写给我的信……我可以看看这封信吗?"

律师把他们夫妻二人联手写的那封信给了吴为。

吴为原以为当年胡秉宸寄给她的是惟一的,没想到竟是一式两份,还在白帆手里留了一份。而且还是钢笔写的,可见认真不苟,以图存之永久。

这肯定是胡秉宸的主意,白帆不一定有那样的"深谋远虑"。胡秉宸为自己留了一个后手,立此存照,万一将来出了什么问题有案可查,一切与他无关,责任全在吴为。

可怕的是他们的关系已然到了这个地步,胡秉宸还不肯告诉吴为,这封信他写了一式两份,让她腹背受敌,在法院面前被动得无法支应。

她只好捂着这个枪眼,对付来自最爱者的这个出卖。

吴为只知胡秉宸出卖了她,却不知胡秉宸对白帆的出卖更狠。

这封联手信只能说是一记冷枪,白帆手中原本握有"核弹"——二十多封吴为写给胡秉宸的信。

可是临上法庭却找不到那些信了。白帆以地下工作时期的全部经验,用来查找吴为给胡秉宸的这些信,居然就找不到。毫不浪漫的白帆可以解释为被外星人取走,却在很长时间内不曾怀疑过胡秉宸,因为吴为的每一封来信胡秉宸都给她看过,他们不但一起研究过对策,之后胡秉宸还悉数交给白帆保管,深谋远虑地说:"有一天会用得着的。"

现在果然应了胡秉宸的话。

白帆哪里想到,胡秉宸又把这些信偷出来还给了吴为!

只因吴为对真真假假的胡秉宸充满怀疑,不想这些信落入白帆之手,让他们夫妇二人茶余饭后地奚落,说:"我不愿意这些信有一天落在他人手里。"

为了抱得美人归,胡秉宸果然言听计从。

旧信上有许多烟灰烧出的小洞,在吴为的想象中,那是胡秉宸一面吸着香烟,一边读信留下的。她一面抚摩那些小洞,一面感慨,多少年、多少事从这些小洞中漏过去了……并不知那是白帆一面吸着香烟,一面研读信里信外的埋伏时留下的。

当一个作家有什么希望?吴为只能成长为痞子无赖,才能前途无量。

已与无赖痞子相差无几的吴为反应还算机敏,更没想到自己还有这样的演戏天才,回说:"请看,这封信是钢笔写的原件,而不是一式两份的复写件。如果寄给我,为什么原件还在白帆手里?至于他们两口子为什么要写这种信,只有问胡秉宸……怪不得最近社会上盛传他们两人合起来整我。"

吴为的谎言是站不住脚的,难道用钢笔就不能抄个一式两份?

不知道法院二位真相信了她的鬼话,还是明白了责任在胡秉宸而对她发了慈悲,略去不提?

他们不再纠缠吴为是不是收到白帆与胡秉宸联手写的这封信,问道:"你听谁说他们要联合起来整你?"

"忘了。"

"你和胡秉宸到底什么关系?"

"同志关系。没有任何违犯党纪国法的事情。"

这倒是真的。就算他们想要上床,到哪儿上去?不像二十一世纪初的人类,可以到旅馆开房间,或是再买一套房,金屋藏娇。

"那人家为什么往你身上怀疑?"

"我怎么知道?"

"你分析分析。"

"我不想做这种没意义的分析。"

"那胥德章为什么这样说?"

"我怎么知道?"

"常梅说,你告诉她你和胡的感情很深,还给他们夫妇看了胡秉宸给你的情书。"

"没有,胡秉宸根本没有给我写过情书。"

"胡秉宸送过你东西,或是你送过他东西吗?"

"没有。"

"你到医院去看过胡秉宸吗?"

"去过一次。是胡副部长写信给我,说有事和我谈,我去了。他在门诊部门口的绿椅子上晒太阳,我问他,您身体好啦?寄信的地方挺远,您走得动吗?他说是让保姆寄的,还说:'听说我离婚把你弄得很狼狈,我觉得很对不起你。'很快白帆就来了,大打大闹一场,我当时怀疑是不是他们两口子商量好了有意捉弄我。后来想想,根据多年对胡副部长的观察,他还不至于干这样的事。"

"有人揭发你还去过,又哭又说。"

"没有。可以向护士大夫了解。"

"为什么胡秉宸写信让你去你就去?"

"当然要去,这是正常交往,以后他再给我写信让我去,我还是要去。不过现在有了经验,要带上几个人或带上录音机。"

"你要总结经验,注意不要陷进去,而且拖了这么久。"

"对的。"

"胡秉宸出院后你们有没有联系?"

"没有。麻烦还不够吗?"

"胥德章说胡秉宸找过你,你们经常通电话,他的儿媳、保姆也有这个反映。"

"没有。"

"作为作家,希望你爱惜自己的名誉。"

"当然。总有一天我会告诉我的读者,我这一生做过什么,遇到过什么。"

"你和白帆、胥德章说的有出入。"

"就是这个情况。至于你们愿意相信谁,那是你们的权力。"

"那么你认为胥德章陷害你?"

"我没有这样说。但他说的那些事,我也没干过。据我所知,他曾动员某人陷害我,那人说:'我不能撒谎。'胥德章说:'这就是政治,在中国我们不是第一个,也不是最后一个。'"

"谁?"

"我不能告诉你,我得保护人家。否则胥德章还不打击报复?"吴为看了看表说,"这次谈话本来说是一个小时,现在已经占用我两个多小时了。"

法院的调解并没有伤害吴为,这是人家的工作。不管调查如何带有倾向性,至少面上还算公允。

使吴为受到极大伤害的是胡秉宸几副面具同时摆在眼前,反差之大,触目惊心。

与白帆联手写下那封撇清自己的信,居然,果然,一式两份!一份寄给她,一份保留在白帆手中,成为打击她最有力的一发炮弹。

吴为再也控制不住心上的那根水银柱滑向零下。

出得门来,有倾盆大雨忽至。吴为躲在一栋大楼的廊子下对着雨幕发呆,搞不清自己是在躲雨,还是再也没有力气挪动。一支日本歌曲,穿过雨幕断续飘来:"我死了,不会有人为我流泪,只有屋后树上的蝉儿,为我失声悲鸣……"

蓦然听到骤雨中的笑声,青梅竹马的两个小人儿在雨中嬉戏。男孩骑了一辆自行车在前面跑,女孩紧追其后,还巴巴地撑着一把伞,身子拼力前倾,为男孩遮着雨——很像她和胡秉宸的翻版。她突然悲从中来。

回到法院,白帆的律师对大家说:"吴为这个人很傲慢,找她谈话她竟然说'我现在没时间,等我把手头这篇小说写完再说'。别人一听法院传讯还不吓得心惊胆战,她却让我们等了一个多月。接受调讯的时候居然还带着录音机,我们还没用录音机呢!最后还说:'可以把你们的证据在报刊上发表一下,交给群众讨论讨论,听听大家的意见,这样的东西能不能作为证据!'"

谁说吴为傲慢!

谁说吴为不怕!

如果像传说那样,真给她判上三个月刑,哪怕不执行,只要一公布,她的创作生涯也就全完。

吴为没有对胡秉宸说到法院的调讯和亲眼见到他那些反差极大的面具以及他那封杰作,但胡秉宸在电话里问:"你的声音听上去怎么那么弱?你要是倒了,我就完了。"

是啊,她当然不能倒,她不但要承受胡秉宸那些面具和那封杰作,还得为他遮风挡雨呢。

茹风气愤地说:"到现在你还不了解他?!你值得为这样一个人做这些牺牲吗?"

与胡秉宸一样,吴为同样把骨气看得很重,同样是个万事不愿求人的人。但是为了胡秉宸,她把自尊、人格放在了脚下,不知浪费多少精力、财力,去讨好他人,与并不愿来往的人等来往,干并不愿意干的事……而叶莲子带着她多年挨饿受冻也没这样做过,她是破了叶莲子的家风了。

她有愧于叶莲子啊!

…………

吴为是肯于牺牲的,但她的牺牲并非不计回报。

这些义无反顾的牺牲,将来都会成为要求回报的砝码。牺牲得太多,要求的回报也就更大。

吴为要求的回报说大也大,说小也小。

说它小,是因为吴为要求的回报,不过是胡秉宸的知情知意。

说它大,是因为胡秉宸从来是个坐享其成的受体。何况胡秉宸从未要求吴为做出牺牲,不但没有这样要求过,还口口声声对吴为说:"听到你受压的情况,心里十分难受,但请记住,我永远同你在一起,你永远占有我,你所受的压力都在我的肩上。"

既然吴为所受的压力都在胡秉宸肩上,胡秉宸还有什么必要对自己知情知意?

甚至说:"我已经打算好,如果你因此被迫到农村劳改,我就到劳改场附近租个小屋长住下来,好在现在自由市场可以买到粮食蔬菜,只要我的离休工资照发,这些都可以办到,再订些杂志买些书,住上几年也无所谓。"

不知如此慷慨多情的胡秉宸考虑过没有,要是闹到连离休工资也没有的时候怎么办?在劳改场附近租个小屋住上几年自也无妨,但对吴为来说,代人受过、劳改几年是什么滋味?

如此说来,吴为的牺牲都是自己送货上门,她还有什么权利要求那个受体知情知意?

又怎能要求一个坐享其成的受体知情知意?那等于颠覆他的人生。

胡秉宸承受得了"颠覆人生"如此沉重的回报吗?

反过来说,吴为其实也是大俗一个,正像那句老话所说"善欲人知,终非真善;恶恐人知,必为大恶"。

所以她的不惜牺牲之说,根本不堪一击。

那么胡秉宸对待"过路情人"杜亚莉的态度呢?也无非如此。当吴为大吃飞醋的时候,胡秉宸说:"既然杜亚莉送货上门,何乐而不为?我能为这样的骚货说项吗?不是引火烧身又是什么?"

通常这样的交换,总能换得一些什么。可谁让杜亚莉遇到的是只进不出的胡秉宸呢?

穷其一生,吴为都在为偷人养私生子的行为忏悔不已,早年是因为她的道德观念,越到后来,就越趋向于对献身值得或不值得的研究。

而对她在胡秉宸的保卫战中,逐渐成长为一个痞子无赖的事实,反倒理直气壮、得意非凡,觉得自己这才像个不错的流氓了。

五

如果说佟小雷是吴为的一个保护神,那么茹风就是她的首席保护神。

得知这些背景后,茹风不屑地说:"可算明白了,和人理论靠的不是真理,而是看谁的后台硬。咱们也动用关系网!"

说干就干,对吴为说:"你也写申诉,照他们的方式,什么也不承认。"

"如果知道我说瞎话怎么办?"

"到了现在你还不开窍?跟他们比一比,你到底有什么罪?"

写这个申诉,必须请教政治老练的胡秉宸。

对于吴为写到他们在干校就开始接近的原因,胡秉宸极为反对,来信说——

>……不要对别人说我们骂江青的事,事情一具体化就不好办了,查起来,就得说明江青的事是谁告诉我们的。只能说你在我这里透露过对江青的不满(从反对"三突出"、样板戏,谈到"文革"、康生,特别是康生对我的迫害),而当时我一言未发,只是叹气,但可看出我是同意你的,因为在我那个地位上不便明确表态,最后我只说了一句"在外边要少说",就心照不宣了。申诉上还可以写写我保护了很多干部,把打人的造反派党内外职务全撤了。谁听说过"文革"中有人敢撤造反派的职?也别忘了写上我还让打人的连长当着全连检讨。"四人帮"粉碎后,我为很多老同志平了反,对方却只想安插自己的人,对老同志长期放着不管,老同志能很快安排工作,是我力争的结果……
>
>绝对沉住气,尽量顶住第三者问题,要准备向一切陈腐观念作斗争。不外乎开除你的党籍,让你住两天监狱……没什么大不了的,我永远都会同你在一起。
>
>我和白帆写的那封信,绝对没有伤害你的意思,有些问题处理不当是不自觉,而不是故意所为,如果给你造成什么伤害,请谅解我一片诚心。现在只有你对我的谅解,才是我生活的惟一支柱。
>
>由于我的疏忽使你处于这样的困境,我十分沉痛,也增加了你的困难,但我们要斗下去。

你为什么不相信我的忠诚?一定是历史阴影造成的。你还没有碰见过一个真正的男子汉,这次你可碰到一个同生死、共患难的男人了。说同生死也不对,为保护你活着我可以死去。

我给你的信又在哪里?能保证没有流落在外吗?把我的信全部毁去,文化人太重感情,不重实际。

即便法院不判离婚我也坚决造成分居事实,官司打完以后管他娘,我们就公开来往。如果支部找我麻烦,我坚决与他们斗,最多不过如此。最近读罗素传,他第四次结婚八十岁,第三个老婆已同一个美国人生了一个女儿,离婚官司打了三年,不同的是这三年各过各的生活,互不干涉⋯⋯

胡秉宸忘了这是在中国,他也不是罗素。

至于那封杰作的真实目的,避而不谈。当然要求胡秉宸说出真实目的也不现实,只好归于"疏忽",而"处理不当是不自觉,不是故意所为"。

不过对胡秉宸提出的要点,吴为还是一一照办。茹风说:"胡秉宸的意见是想扳倒对方,还是给自己评功摆好?"

然后茹风通过各种渠道,将吴为的申诉和佟大雷给她的信件拷贝外送。

得知佟大雷的所作所为,一位伯伯对茹风说:"我根本没有说过吴为是好人坏人,即使她有点儿什么又有什么关系?我也从未说过不准判胡秉宸离婚,我怎么能说这种话?人家离不离我管不着。胡秉宸的离婚问题,由他自己好生安排就是。那次会议上还有人说某部现在是'谈吴色变'。"说罢伯伯还哈哈大笑,"过去对吴为同志有误会,听人说她是个很有骨气的人?她写的小说我也看了,写得不错嘛,有才之人,有才之人。"

茹风说:"是呀,人很耿直。和佟大雷本是工作关系,后来佟大雷追求她遭到拒绝,他就打击报复人家。他写的情书我也看了,字写得不错信却恶劣,把很多不该泄露的机密文件也寄给吴为,而且对一些领导人说三道四,信上还说了您不少坏话。"

伯伯说:"佟大雷这个人品质不好。"

茹风说:"思想品质也很恶劣。"

"我本来准备提他当副部长,现在是绝对不能提了。怎么能说胡秉宸到上海是去和吴为同居?是我让胡秉宸到上海去治疗的,走之前我还和他谈过话,他说和吴为在干校就谈得来,主要是对'四人帮'不满。"

茹风趁势又说:"您能不能把吴为给您的申诉转回她所在的那个部门?"

她想,伯伯不会一句话不说就把吴为的申诉转下去的。

茹风又通过关系介绍吴为到纪律检查部门,反映调动工作原单位不给转组织手续的问题。

等着吴为把眼泪抹干,史峤说:"一个党员,哪个人说开除就能随便开除?今后你的斗争还很艰难,老哭怎么行?"随后莞尔一笑,"这不也是你的小说素材?"

说不上吴为哪里让他有点似曾相识的感觉。他忽然说道:"你应该结婚,这样也许好一些。"

说罢,不知怎么想起叶莲子。一别经年,天涯何处寻?

再听茹风介绍,原来事情牵涉到胡秉宸。吴为怎么和这个人纠缠在一起?这种人是为爱情抛头颅洒热血的人吗?吴为的麻烦可大发了。

自己还不是同样?当年要不是任务紧急、身不由己,能把即将成为新娘的叶莲子丢下,不辞而别吗?现在虽不是非常时期,情况却不一定比那时简单——知道你的敌人是谁,可你知道他在哪里?

可不是,一遇解决不了的难题,女人合着就该成为解决难题的最后一张牌。

再后来,不论吴为什么时候来到史峤这里,他都会放下手里工作,静静听她那个"祥林嫂"的故事,垂着头,眼睛盯着自己的鞋尖,看上去不仅是冷漠,简直是冷淡、厌烦。

其实是想起了久远以前,想起了他以及胡秉宸风华正茂的时光……

胡秉宸能像他这样为了叶莲子一生不肯迎娶吗？但胡秉宸是个难得的优秀干部也毋庸置疑,无论如何还有过去那一层关系,怎能见死不救？

牵涉到这个事件(已然变成了一个"事件")的人太多了。

这些人之间的关系又非常错综复杂,虽然在对付吴为的大方向上一致,具体问题上又有矛盾。在什么时候、什么问题上达成同盟？在什么时候、什么问题上又不能达成协议？

一旦从吴为一团乱麻的叙述中弄明白她正处于何等困难之境,一旦搞清那些人的目的背景,史峤总会尽自己所能,帮助她,也就是帮助胡秉宸,脱离险境。

史峤现在地位虽低,但资格颇老,总有各式各样的上下级关系,适当时机,给有关方面打了一个电话,说:"社会上流传的事不一定属实,情况我了解一些,何必掺和他们那个部里的人事纠纷？"

又对茹风说:"告诉那个吴为,别怕人骂,人家还不是骂了我一辈子！"

同样,也是一个电话,了断了吴为阶下囚的可能。

"听说你们要让吴为蹲监狱？"

"没这回事。"

官场上的事点到就行,有没有这回事,没必要求证。

"没有就好,否则会闹大笑话。"

史峤很快将这一消息转告茹风:"有关人士已经松动,表示不再参与这件事。只是有些人对胡秉宸那么大年纪还闹离婚有些看法,有关部门还要了解佟大雷如何在里面搞鬼。还有人说:'哪里是离婚,政治背景相当复杂。白帆的律师调查很有倾向性且偏袒一方,调查吴为只找倾向那一方的人,可见不是判案而是要整人。'"

白帆开始品尝人世的冷酷无情。

不久之后,"延安一枝花"对支部书记说:"纪律检查部门又来了个文件,说我们不给吴为转组织关系是不对的。上次让我们审查她组织问题的也是纪律检查部门,我们怎么办?肯定是吴为告了上去。你说她为人老实,我看她很不简单。"

不老实的是"延安一枝花"。据支部书记所知,上次不让给吴为转组织手续,根本没有文件,只不过有人打了个电话。电话里,谁都可以冒名说自己是某某,哪怕说自己是总理。反正不是可视电话,无法核对。那个话剧叫什么名字来着?啊,《西望长安》,说的不就是一个冒充领导的骗子?

支部书记说:"那怎么着?让她老老实实挨整,束手待毙?……只有一个纪律检查部门嘛,当然按后一个指示办。"

然后支部书记把吴为找来,说:"总算告一段落,党委书记让你写个检查,可以说,你和胡副部长没有违犯党纪国法的关系,但感情上有瓜葛,要保证今后不再参与胡的离婚案。"说完这些,又低下声音,"她到处胡说史峤同志和你睡了,所以偏袒你;又说纪律检查部门接待你的是个与我年纪相仿、四十多岁的男同志,因为受了你的诱惑,所以也偏袒你;而纪律检查部门有两派,所以才会做出两种决定等等。"

吴为说:"我有这样大的魅力吗?将来再发生什么战争干脆别打了,就让我一个人去吧,把他们全收拾了。什么飞机大炮、原子弹、导弹,全抵不过我上床一睡!"

"她还问我,他们告你状的事是不是我告诉了你。我说没有。她说:'吴为现在反过来把我们大家都告了,其实我们不过好心好意说了几句话。'"

不知真出差还是找了一个出差的借口,胥德章到了上海,对胡秉宸说:"朋友们给你写信绝交,都是白帆的意思。我从来没到任何地方告过吴为,或写过她的什么材料……常梅过去对白帆的印象一直不好。"

胡秉宸问:"那么你是不是到吴为的单位去过?'延安一枝花'说都是你的一手操作,可把吴为整得够呛。"

"没有,绝对没有,我和'延安一枝花'根本没有过接触。我估计是'那位'通过什么关系找了'延安一枝花'。"

反正胡秉宸永远不可能看到胥德章为法院提供的证词——"胡秉宸在医院时对我说:'我和吴为感情很深,我要和她结婚,我们观点一致,很谈得来,是难得的知己。'他不只是对我一个人这样说,也对其他人这样说过,说他和吴为感情很深要和她结婚,人们都吓了一跳。吴为这个人很坏,作风不正派,主动进攻我们,却说我们欺负她一个单身女人。你们法院应该赶快表态,给胡秉宸碰个大钉子才对。保姆和胡秉宸的儿媳妇也反映,他们联系非常密切,吴为也把胡秉宸给她的情书让我们看过……"

多年后,吴为无意中翻看这个时期的日记,重温了胡秉宸老战友们当年的业绩,还有她为胡秉宸受过的那些磨难——

真不明白自己是怎么受过来的;

不明白自己为什么直到现在还那样奴颜婢膝地讨好胡秉宸周围的人;

不明白和胡秉宸结婚后,那些人怎么还好意思那样行为处事……

结婚前夕,吴为与胥德章夫妇在某个饭局上偶遇,两口子不但与吴为碰杯,胥德章还对她说:"从今天开始,咱们做个朋友。其实什么事也没有,都是白帆从中挑拨的。解放前白帆就另外有人,还生了一个私生子;胡秉宸也另外有人。不过一九四九年后两人达成协议,彼此既往不咎了。"

既往不咎是因为"咎"不起了,反胡风运动后胡秉宸就明白情况变了,前院已经"咎"得够受,自己后院再起火就没法儿活了。

吴为感喟地说:"过去的事,不提了吧。"

不这样说又怎么说?往后闹不好还真得和这些人做朋友呢,他们不是胡秉宸的老战友吗?

....

吴为拣出几段日记念给胡秉宸听。他沉默了一会儿,说:"过去你从来没有告诉过我。"

这是胡秉宸历来推卸责任的暗器:你又没有告诉我!

难道胡秉宸不该向过河卒子吴为了解一下,她在胡秉宸保卫战中独自作战多年的细节吗?

碰见喜欢将自己的贡献讲个一清二楚的人,这种暗器不大管用。谁让吴为的血管里还流有墨荷那个家族的血?那个不事张扬的家族可以血溅战场,却不屑于使用这样的暗器。这样的家族是不是太古老了?如果走向灭绝,怪得了谁?

"哎,你病成那个样子,只能快乐的事多说、不快乐的事少说……有个出版社想出版我的日记,本以为没有什么意思,现在看起来还有点儿意思。"

胡秉宸大怒,"你这样干,让我还怎么活下去?"

"这和你有什么关系?"

"当然有关系,你揭发胥德章,他也会揭发我。"

"你有什么怕他揭发的?"

"当然有了,认识几十年,总会抓着些只言片语。而且我那些对手,又会来看我的笑话。"

"他们有什么笑话可看?这些阴阴怪怪的事,本就是在他们参与下制造出来的。"

"你要这样干,我就自杀。"

这个杀手锏胡秉宸用得太多了,现在不但不管用,还让吴为轻蔑,"我并没有说马上就发表,不过在和你研讨。"

如果真把这些日记发表,胥德章们可能会揭发胡秉宸的什么?

胡秉宸有什么怕揭发的?

胡秉宸政治上该说是光明磊落,吴为最担心的是胡秉宸在和她的关系中的确扮演过两面派的角色,恐怕不仅与白帆联手写了一封信。

仅仅是和她的关系吗?

她突然一惊!怎么还没有长进,还把男女之间的关系看做生活和世界的核心?

她爱了胡秉宸几十年,可他到底是个什么样的人?

"白胡婚姻保卫团"团长也赶到上海,因为有事相求。胡秉宸签个字,他就是一九三八年参加革命;胡秉宸不签字,他就是一九五〇年参加工作,每月少收入几百块钱。团长还表示,动员最忠诚于胡秉宸的老下级胥德章去做白帆的工作,"这件事包在我身上!"——与当初对白帆拍胸脯保证"这件事包在我身上"同样慷慨激昂。

保卫团其他成员也分崩离析,他们看到,闹了半天也没闹出什么名堂,不如好离好散。

胡秉宸又弃家到了上海,听说从此再不回家,一副决心干到底的样子。既然如此,他们又何必瞎搅和呢?

更主要的是,上面并未对胡秉宸做出什么惩罚;不但没有什么惩罚,据说胡秉宸去上海治疗还是某领导的关照。胡秉宸虽然离休,俨然还是部长一个。而部长是不可以反对的,只能在上面整肃他的时候搭个顺风车。如果上面不反对胡秉宸,他们为什么要反对?他们拥护的是部长而不是部长太太,如果白帆自己是部长,则又另当别论。

另外,他们觉得事情越来越复杂,以前只是风闻白帆有个私生子,经过法律对离婚案各个细节、缘由不厌其烦的求证,变成了板上钉钉,再想想白帆那张贞节牌坊似的脸,一桩悲愤的事就变得非常好玩。

三十八位夫人也表示不再掺和胡白离婚案,从此没人再到白帆那里去了。

这些人虽然认为胡秉宸不可原谅,但也不再同情白帆。

佟小雷报道说:"白帆给我爸爸打电话,问他是不是给你写过情书。我爸爸说:'我不过和她开开玩笑,写了两句打油诗……我看她不一定要和老胡恋爱,是老胡非要追她;不过也不一定,也许老胡只是玩儿一玩儿。吴为现在出名了,追她的人很多。很多干部子女都是她的朋友,那些人的父母地位也都很高。所以你要静观,不要动作,让他们跳去。你是老干部,要有老干部的姿态,端庄文雅,有教养,看他们怎么办,然后再决定如何行动。'这是我爸不想管,想抽身的意思。"

"那位"的热情也一落千丈,既然胡秉宸仕途已断,又有别的领导发话,何必闹得过分,一不小心砸了自己的脚?好比等着提升副部长的佟大雷,只差上面发文正式任命,这一纸任命书突然搁了浅。有消息说,某领导认为此人政治品质恶劣,不宜提到领导岗位上来。佟大雷提不上去罪有应得,他还没借刀呢,就把佟大雷杀了。

最后尘埃落定胥德章。当初本来就是他的力荐,此人比佟大雷稳妥内敛、无声无色、真假难辨,只是佟大雷在胡秉宸事件上非常卖力、锋芒毕露、上蹿下跳,一时盖过了地下状态的胥德章。其实整个事件中,胥德章的作用比佟大雷大。说到胥德章的作用,最好像保存地下党的力量那样,不说也罢,反正提升到这个位置上,也是对胥德章综合能力的一种奖励。

…………

难道胡秉宸上面还有人?

谁呢?

想来想去,左探右探不得而知。

谁知道周围这些人里,有没有一个双料间谍?

看来不是空穴来风,一惊一乍,赶快收兵。他这个马达一不转动,机器上的各个部件自然随着停摆——

白帆的热线电话变成了冷线;

无日不访、同一个战壕里的战友,或是销声匿迹,或是调转枪口,从谴责胡秉宸离婚变为说服白帆离婚;

给佟大雷打电话,总是老婆接听,推说他到外地调研去了;

常梅说笑不笑地带来不少小菜,问及情况,总是推说:"等等看吧。"

"听说胥德章已经走马上任?"

"哪里,还在下面蹲点。"不肯透露半点口风。

到了现在白帆终于明白,在围剿胡秉宸的战斗中,每个人都有战利收获,就连"白胡婚姻保卫团"团长,一年还有几千块钱的进账,胥德章更是提升副部长,两口子合着搅和几年,居然还是胡秉宸的亲密战友……只有奔着"金牌"的她和佟大雷鸡飞蛋打。

胥德章的提升不能说鸠占鹊巢,可也不能说与胡秉宸惨败无关。

老战友们啊!

白帆也开始体验吴为为寻找一丝救赎可能而四处奔走的困境,明知对方不待见,也一再寻找会面的机会,"法院派人到上海调查的结果怎样?有没有新的线索?据我所知,吴为到上海会老胡去了。"

"那位"没听见一样,还是低头踱步。

白帆的情报大部分是道听途说,过去需要她这些小消息推波助澜,事情闹得越大、参与的人越多越好,道听途说就道听途说,现在却是一点价值也没有了。

他的不言不语有种很强的压力,压得白帆明白,再不能像过去那样说话不必剪裁,而应该慎重挑选字句。高高在上的白帆,叭嗒一声,也从什么地方掉了下来。她涨红了脸,几乎从沙发上一跃而起,可想想又忍了下去,她还得依靠对方的实力呢,只好抽出一支烟,在茶几上蹾了蹾,官气十足地吸了起来。

对方继续沉默。地板上的脚步,一板一板,拍得分外清晰。

法院派去的人很干练,目的也很明确,分别组织了上至医院院长,下至各级大夫护士的座谈会,专门搜集胡秉宸住院期间有无女人来访的材料。还带去吴为一张放大照片,请他们一一辨认,却都说没有见过这个女人。

据总机室几个电话接线员的反映,也没有什么值得特别注意的电话,护士也反映没有什么信件。总之没有突破性的进展,乘兴而去,败兴而归。

胡秉宸不是没有力约吴为到上海与他私会,只是有了已往的经验,吴为无论如何不肯到上海去。

胡秉宸也好,吴为也好,他们都可以坚持,因为他们有他们的追求;白帆也可以坚持,她有她的仇恨和目标。

把胡秉宸大卸八块,还是大卸十块?如今已是八块在手,再来两刀就是十块,可为那两刀和这些有目的的人一起耗下去,很不上算。

白帆哼哼哈哈拖起官腔,"过几天我打算到上海去一趟,咱们是不是研究一下,下一步该怎么办?"

对方还是沉默。

能耐得住这种沉默、这种背叛,真需要功夫。现在,白帆不只为胡秉宸一个人所抛弃,也为他们那个世界所抛弃了,与吴为的遭遇一样令人扼腕叹息,"既然如此,我就告辞了。"

"好自为之吧。"有了分道扬镳的意味,又有些许教训的意味。

"怕是你需要注意吧!"白帆毫不客气,回马一枪。她又不是下级小职员的遗孀,找上门来恳求什么照顾,她是堂堂正正的部长夫人!

"那位"皱了皱眉,没有相送。随着"砰!"的关门声,这女人已走出他们的社会。

六

闹到这个地步,还有什么闹头?如果失去社会的依托,单枪匹马什么也做不了。

白帆有了伤亡殆尽的感觉,只好让步。

又毕竟是女人,毕竟夫妻一场,白帆禁不住胡秉宸"我身体如此,活不了多久,请放我一马"的恳求。

其实胡秉宸对付女人的招数不多,只是善用哀兵之计。

将吴为从山区骗回京城如此,说服白帆同意离婚如此,多年后说服吴为同意与他离婚也是这个理由,甚至使用的文字都没有变化。而女人大多不愿充当将自己所爱——哪怕是曾经的爱——置于死地的凶手。

但不是没有交换条件的让步,除经济利益上的考虑,最重要的是翻案。

知道胡秉宸离婚心切,白帆提出,只要胡秉宸就私生子问题给她一个说法,并通过法律形式入档,就放胡秉宸一马。

胡秉宸是何等明白之人,马上写下契书一份——

……我的离婚起诉,是病中情绪激动情况下写就的,现对起诉书中某些夸大之词作如下声明:

关于杨白泉是否我亲生儿子一事,现经双方及有关同志对我们二人以及白帆与柳彤同居日期的回忆核实,我可以消除这个怀疑,此事伤害了白帆母子,在此深表歉意。

以上声明请法院结案时一并归档存查。

这些文字十分诡谲,可幻可化,扑朔迷离。

对照一下他给吴为的解释——

……我和白帆写的那封信,绝对没有伤害你的意思,有些问题处理不当是不自觉,而不是故意所为,如果给你造成什么伤害,请谅解我一片诚心。现在只有你对我的谅解,才是我生活的惟一支柱。

由于我的疏忽使你处于这样的困境,我十分沉痛,也增加了你的困难,但我们要斗下去。

你为什么不相信我的忠诚?一定是历史阴影造成的。你还没有碰见过一个真正的男子汉,这次你可碰到一个同生死、共患难的男人了。说同生死也不对,为保护你活着我可以死去……

同样十分诡谲,可幻可化,扑朔迷离。

相反,白帆那个私生子的传闻,一经神圣法律的确认,更是不可逆转地铁定下来。

正像胡秉宸说的那样,白帆的确"浑"而有余,说到心计,哪里是胡秉宸的对手!

有关私生子问题,在众人心中并没有得到实质性的否定。

可见每个人欠下的大小债务,也许早年赖了过去,而在离开这个世界前,上帝无论如何也得让他还清。

如今,白帆也得像吴为那样,在臭名、羞辱中修炼几十年,运气好的话,也许能遇上"凤凰涅槃"那一说,也许遇不上。

不知一路顺风的白帆,如何经受得了吴为经受过的炼狱?

在白帆欢庆"平反"的同时,更不知胡秉宸还有送交中央某领导的一纸诉状,让她永世不得翻身。

如果说胡秉宸真对白帆有过什么伤害的话,比之这一纸诉状,那些伤害真是九牛一毛。

随着时间的流逝和观念的改变,这一纸报告中列举的桩桩件件,都早已不成其影响,但认死理的白帆,还会感到非常痛苦,非常在意。虽然她已经没有什么前途可言,并早已从岗位上退了下来,至今仍然认为,中央某个领导人的某个态度,对她的命运还有举足轻重的作用,至少对她即将盖棺论定的一生,大有功亏一篑的负面影响。

她无法像吴为那样,对盖棺论定的神圣,采取那种没脸没皮、玩世不恭的态度。

所幸她对这一纸诉状全不知情,否则几年之后,她还会收留胡秉宸这匹吃回头草的劣种马吗?

某某同志:

几十年来,我为夫妻生活问题所苦。因此向您报告,希望您能从法制上有所指示。

我与白帆同志一九四一年经组织批准同居,因从事地下工作,周围只有她一个女党员,事先未经更多了解,所以基础很差。

同居不久就发现很难相处,当时没有条件生活在一起,大约每周见面一次,即便如此,她也经常为一些琐事动手打我,甚至用燃着的香烟按在我的臂上,用杯中开水泼我的脸。

我对夫妻生活完全没有经验,很难想象一个青年妇女能这样对待一个同志。但限于地下环境,怕影响工作,不好声张(事后才了解到可能是遗传,她父亲就是这样一个性情暴戾、如此对待她母亲的人)。至一九五五年,两人关系已经破裂,双方都有意离婚,但因许多工作关系纠缠在一起,拖了下来。

直到一九五五年审干,外地来人外调白帆与另一个人的关系,才知道一九四六年我在异地工作之时,白帆与该人短期同居,所以一九四七年白帆生下的男孩不是我的儿子。

中国长期处于封建社会,解放后虽说情况有变,但意识形态的转变是长期工作,社会对这类问题还存在着偏见,特别是妇女,几千年来为此不知死了多少人。作为一个马克思主义者,我应正确对待这个问题,这件事势必影响孩子的一生,以后还会影响他的婚姻和后代,所以除白帆所属组织和我本人,从未向他人提及此事。

但不能否认这件事加深了我们的矛盾,感情已近破裂,使我的病情不断恶化。在此期间,白帆同志仍经常为一些小事打闹。例如有次吃饭时,她为一件小事打我的头,我不得不用手臂护着头离开饭桌。我们的女儿在旁冷言冷语地说:爸爸抱头鼠窜而逃。几十年来她动手打我我从未还手,也从未声张。对妇女动手总是不好,对邻居和家属影响也不好。

在我心脏病日益加重的情况下,白帆同志六个耳光将我打成大面积的心肌梗塞。住院期间,仍多次到医院吵闹,我因病重经常昏睡,她说我不睁眼接待她,竟然动手来抠我的眼睛。

出院在家养病期间,白帆同志继续为一些无意义的小事无理取闹。有一天我因故外出,因房中有六中全会文件,需要锁上自己的房门,她借口要到我房中拿东西,大吵大闹,我只得不锁门而去。后发现重要文件丢失,心急如焚,她不但不把文件还我,还破口大骂,完全不顾可能造成我突然死亡的可能,凶暴、残忍的态度,使我十分寒心。

急性心肌梗塞病人出院,医院要求"家属应密切配合,避免引起患者情绪波动的各种因素,因情绪波动能引起冠状动脉痉挛,加重心肌供血不足,甚至使病人突然死亡",这个情况她是知道的,但仍不顾我病情恶化的可能性,继续用恶劣的态度对待我。

作为一个共产党员,应以党的事业为重,家庭问题到底次要,但现在已严重影响身体,使我不能继续革命工作。经再三考虑,不如彻底解决,还可为革命工作几年,向法院提出申请离婚。

希望您能关心一下这件事,使其能按国家法律合理解决,我也能早日摆脱纠纷,再为党工作二三年。

敬礼!

胡秉宸

胡秉宸能到中央某领导那里去为白帆平反吗?

同样,吴为从白帆那里继承胡秉宸的同时,也全盘继承了胡秉宸为女人制造苦楚、折磨女人的技能。

从胡秉宸穿的那件毛衣来看就不是好兆头。

上海凯旋回来那一天,胡秉宸穿着吴为寄给他的新毛衣。他非常喜欢那件毛衣的颜色,所以才穿着它去医院看望过杜亚莉。

上海出差期间,杜亚莉突然得了阑尾炎,只好就地手术。胡秉宸正是穿着这件毛衣,到医院看望她的。杜亚莉拉开病服,对胡秉宸说:"看看,这道刀疤多长。"

胡秉宸伸出手,顺着那条刀疤摸下去。那条刀疤真长,一直通向耻骨。

看望杜亚莉回来,还不忘写封信,鼓励战斗在前方的过河卒子吴为。

可是那条通向耻骨的刀疤,一直晃悠在胡秉宸的眼前。

后来,后来的某一天,借给他们结婚用房的亲戚打电话向吴为抗议,吴为才知道,自己和胡秉宸有了房子后,胡秉宸并没有将借用的房间钥匙归还亲戚。在一年多时间里,那两间房子成了芙蓉和她情人的鸳梦之地,或胡秉宸与杜亚莉两情欢洽之所。被居委会反映到房主亲戚那里:"……居民群众对这两对男女在你这套房子里进行的勾当义愤填膺。"

七

这场历时多年、动员了非常手段和人物的围剿,如浓烈的酸液,一点一滴腐蚀着吴为对胡秉宸的爱。

到了现在,吴为就不仅像一只靠惯性运动的滑轮了。在一次次恶斗、一次次出卖的涤荡中,她对胡秉宸的爱渐渐褪了颜色。

又在一次次恶斗、一次次出卖中,不但成长为痞子无赖,也锻炼成为第二个亚瑟,流亡出走之前,在曾无上信仰的上帝塑像前,仰望许久,然后一锤子将它砸了。

……

吴为无法对胡秉宸说,她差不多不爱他了。她对他的感情,极需一个恢复,甚至重建的过程。

而且早不开始、晚不开始,关键时候吴为却开始反省她那个总是把男人职业与他们本人混为一谈的、原则性的缺陷——

是啊,为什么?

为什么总把会唱两句歌叫做歌唱家的那种人,当做音乐?

把写了那么几笔,出版了几本书叫做作家的那种人,当做文学?

把干过革命,到过革命根据地的那种人,当做革命?……

岂不知大部分情况下,会唱歌和音乐根本不是一回事;同样,会写两笔,甚至出版了很多书的人,和文学也根本不是一回事。

……

常胜将军胡秉宸无法想象,万无一失的东西有一天也会"有失"。

其实所有的东西都有一个使用期,顶好不要过期使用。

茹风就要离开中国,临行前与胡秉宸辞别。由于从未见过胡秉宸健康时的模样,现在见他笑声朗朗、步履矫健,大为惊讶。胡秉宸真是活过来了,康复了。

问及他与吴为的情况,胡秉宸掩饰一下就过去了。到了吃晚饭的时候,茹风说起禅月马上也要出国,胡秉宸停下筷子十分钟之久,开始茹风还以为他是高兴。

停了一会儿,胡秉宸说道:"十几年前禅月报考一所好学校,录取第二天吴为就告诉了我;现在,这么大的事,她居然不提了。"

茹风只好打圆场,"吴为实在经不起这么多年的折磨,尤其这些年,人都麻木了,除了心爱的创作,对什么也打不起精神了。"

与吴为说好某日某时来电话,从中午十一时起目不斜视、耳不旁听地守着电话,结果没有。

第二天从八点起又等了一上午,还是没有。是生病了、生气了,还是因为风大雪大不好出来?如果是风大雪大不好出来,自然不要紧,会不会是生气了?

这才想起与吴为约定打电话时,她什么也没有回答,只在嘴角上牵出一丝诡谲的阴笑。

吴为本是大俗之人,回忆往昔日子,总会想到胡秉宸本应承担、却没有承担的责任。

如今进入和平时期,胡秉宸本应做些什么来挽回形象,事实却并非如此。

所以当胡秉宸对她说"星期一、星期四可以尽情给我打电话,白帆不在家,去学手风琴了,此外时间,不要给我打电话……"的时候,早已卸任的过河卒子吴为,还能服从命令听指挥吗?

胡秉宸也早已忘记,当年在医院,每天到医院的玫瑰园为吴为选花时许下的愿。因为当时那些花既不能摘也不能送,只能每天选好放在心里,心想,算是他欠吴为的一种花债,早晚要还。还有吴为为他付出的、大大小小的债……将来都要偿还吴为。

忘记倒也无妨,问题是胡秉宸反倒向吴为算起账来。

他们终于可以公开露面的那一天,胡秉宸在商店看中一款衣裙,对吴为说:"你得给芙蓉买下这件连衣裙,还要亲手送给她,以表示你对她的感谢。因为她多次帮我开导白帆同意离婚,现在婚离成了,毕竟是她自己的母亲,对我们的关系心理上非常难以接受。"

这足以说明,胡秉宸很知道人间烟火,然而在长达多年的离婚案中,他却将吴为和她的朋友们,使得那么狠。

在这之前,吴为并没有和胡秉宸算账的意识,胡秉宸这一算,倒让她觉得胡秉宸没有良心。

难道禅月没有帮助过胡秉宸吗?他远在上海几年,担心白帆设下坐探偷窃他的信,不敢将信直接寄到吴为家中,只好寄给禅月,请禅月转交。有时一天一封,有时一天两封,禅月只要收到,马上从学校赶回送交吴为,风雨无阻,直到他从上海返回北京。

难道茹风没有帮助过他们?茹风的帮助无人可以比拟。

还有茹风的父母和史峤。

可以说没有茹风,没有他们,也就没有胡秉宸和吴为的今天。

佟小雷呢,不是也背叛了自己父亲,将情报及时通告吴为,也就是通告他们,吴为才能在这场战争中变被动为主动?

胡秉宸对茹风及茹风的父母,对史峤,对佟小雷,对禅月,说过半句感谢话吗?

吴为说:"我给芙蓉买些什么不是为了交换,是因为对她的喜爱,也因为她是你的女儿,何必一定亲自交给她?这样一来,是不是把我们的关系物质化了?还是由你交给她吧。"

"她有这种心态理所当然。"

"那么你也同样存在这样的心态吧?"

"也是理所当然。"

"如此这般,我们为什么还要结婚呢?"

茹风则说:"相处一段再说吧,你这一生太苦了,我总希望你能有个好的归宿,若你自己不认为是好,又何必再去自讨苦吃,我父亲和史峤伯伯都很为你担心。胡秉宸有他的苦闷,他那些个老战友在'鹬蚌相争,渔人得利'后,没有几个再和他交往,他哪儿能适应这个情况!"

可是茹风马上也要离开中国,吴为再也无法依赖这个为她包打天下的朋友了。

没想到取得自由后,吴为与胡秉宸的约会越来越少。

胡秉宸惊慌悲愤,吴为怎么能这样伤害如他这样一个真诚的人,特别在经过这一切之后?!

一生很少失去信心的胡秉宸,现在却对吴为说:"多少年来你从不吝惜地支持我,现在好像变了。我们经历了九九八十一难,在如此巨大的磨难后,如果情况有变,只要是个人,再不可能正常生活下去。我有权说什么呢?告诉我,我有权。告诉我,你不会变。"

然而吴为对他们未来的生活充满恐惧,毫无把握,"不论多大的社会压力,大部分人都可以超越,都有勇气为此付出代价,却不一定能超越自己。对我们来说,外部阻力虽已消失,然而我们可能会面临更大的障碍——我们自身的障碍。"

精明的胡秉宸,不明白何为"自身的障碍"。

吴为说得不够清楚吗?

想想胡秉宸如何与她算账!略去账目上的花拳绣腿,要命的是账面后头,得以使其坚挺的黄金储备。

也以为障碍都在吴为那边。

可不是嘛,他能给吴为什么?他已经耽误了吴为最好的年华,他能否重新建立起富有生机的生活?

而吴为有着丰富活跃的前途,极有价值的创作生活和社会生活,他会不会成为一个包袱?虽然下意识里他一直不肯承认这一点。

…………

好不容易约在一个有月亮的夜晚,胡秉宸拣了棵树下的一张椅子坐下。真是好眼力,那棵树的暗影,将他们罩了个严严实实。

大而低垂的月亮没有一点光晕,直面突兀,如悬挂在树枝上的一张烤饼;或被腌制、烹煮过,且因烹煮时间过长,满锅不清不楚。

吴为那张脸,更是缺乏营养的一片惨白、灰白,想来叶莲子和禅月也该如是。

说起他们的婚期,胡秉宸说:"定个日子吧,别老拖着了。"

吴为说:"我们不结婚,同居行不行?"

一丝丝的思考空隙也不曾留,胡秉宸破口就骂:"难怪人家说你是个坏女人,你不是在耍弄我吗?把我搞到这种地步又不想干了！真是水性杨花……"

胡秉宸哪里知道,比水性杨花更可怕！

诚如茹风预言的那样,那个曾无比爱他的女人,已被插手胡秉宸事件的那些人,还有胡秉宸自己,杀死了。

而胡秉宸根本没有听懂她的话。

这才真让吴为悲哀。

看看胡秉宸那张气得变形的脸,奇怪那个总能把持自己,成熟、自信、有着钢铁意志的男人哪里去了。

"你是不是看我现在一无所有,没地位、没钱、没房子、没家具、没汽车,就不干了？原来你那些海枯石烂的誓言都是冲着那些东西去的！"

想来胡秉宸根本不了解吴为,尽管她喜欢陷入爱情,喜欢爱人也喜欢被人爱,甚至偷人养私生子,可对母亲、女儿、丈夫、朋友、情人,绝对忠诚,从来反对多头政治。不爱则已,一旦爱上,其他男人休想入眼。

这爱因而就具有亡命的性质,牺牲一切在所不辞,那是一息尚存奋斗不已的爱。

未来的世纪恐怕将不会再有这种爱了。吴为对待爱情的态度,可以说是二十世纪的绝唱,也是所有古典情结的一曲挽歌。

为退出舞台的二十世纪,吴为将把这个角色演到终结,她的任务非同小可。

当然,如果发现对方不是"那么回事",后果也很可怕,她会二话不说,绝情而去。更可怕的是,她的"那么回事"的基准非常苛刻,这也就让她非常容易发现对方不是"那么回事"。

对待男人就像对待那把就餐的叉子,将叉齿中间那些算不得污垢的污垢擦了又擦。到了二十世纪末,除了英国的皇家御厨,或已寥若晨星固守旧日品位的高档饭店,或某个冥顽不化的贵族之家,还有多少人在擦洗餐具时,擦洗叉齿中间的缝隙？

好比对韩木林偷查她晨尿的事,何至于那样大惊小怪,导致那样的恶果？真是害己又害人！

胡秉宸本已进入这个循环,可他沾了英雄迟暮的便宜。正所谓败也英雄迟暮,成也英雄迟暮。

吴为很想对他说:"如果你现在还是部长,还有房子,有钱,有汽车,有家具;如果你还年富力强;如果没有那些整你,到现在还不死心等着看你笑话的人,我会毫不犹豫地对你说:我不愿意嫁给你！早就一走了之了。"

要是为了汽车、房子、家具、地位、钱,吴为何不选择某国那位贵胄？比胡秉宸不是拥有更多的身外之物？不更是一个原汁原味的绅士？

谁让吴为那时还没发现胡秉宸不是"那么回事"！既然还没发现胡秉宸不是"那么回事",也就哪个男人都不能入眼。

后来,他们离婚不到一个月,胡秉宸就与白帆复婚,有如迅雷不及掩耳。吴为知道他会这样做,却没想到这样快。

猜想在远处也许容易忘记,至少短期内不能留在这个伤心地。是自我放逐也是逃情,吴为接受了这位贵胄那个延续了十多年的邀请。他请吴为自己决定,愿意在城市那处宫殿还是在别处驻留。吴为最后同意到他的一处古堡住些日子。

当然知道多年来这男人一直还在留意她,善待她。如果没有胡秉宸,吴为会怎样回答他十多年前的那个请求？结果又会怎样？

谁知道呢。

怎样才能对他说明白,自己的一生已经过去？这样的人与胡秉宸不同,那样的自尊自爱,那样的不死缠烂打。

直到那次在一家老饭店晚餐,吴为知道再不能拖延。那样的去处和晚餐,通常是求婚的最好场景,吴为真怕一不小心有人掏出一枚求婚戒指跪在脚下,如果说"不",他的自尊(而不是爱情),怎么接受得了？她又怎能伤害这个一直善待她的男人？

借着一杯酒壮行,吴为抢先说道:"亲爱的,有个男人真是不错……可是,可是我不行了。"

"噢……那真是,那真是太可惜了。"那样的人,甚至不能问出一个"我能知道为什么吗?"

换做胡秉宸,就会把吴为逼向死角。

不如吴为自问自答:"我们是老朋友了,请原谅我的粗鲁……我实在不愿哪个男人看到我的松皮……当然,我也……我也不愿意看到哪个男人的松皮。"

这就是一个平民女子与一个贵胄的不同。但在某些情况下,非得平民出面才好将事情了断。

一到夜晚,古堡里便暗影憧憧,间或主人从远处某个房间打来一个电话,淡淡聊聊;如若主人远行,她就一个人守在偌大的古堡中。当然下面有佣人,有事可以呼叫,可她用不着。

晚饭前就让佣人将卧室的壁炉点燃。壁炉里的光影跳上四周的石壁,几百年前的潮气四处流窜。吴为常常靠近壁炉,将枝形烛台举放在壁炉前的小方台上,翻看胡秉宸旧日的情书,一时像是回到与胡秉宸热恋的日子。

还有哪个男人能像胡秉宸那样,把所有的爱情游戏演绎净尽?

不但随身带着胡秉宸热恋时写给她的几百封情书,还有他送给她的那些玫瑰,虽然已经干枯。

好像早有准备,当年她把胡秉宸送来的花,分期分批,分装在不同的信封里,每个信封上写着收到的日期和与花一同送来的情话。

也许胡秉宸是对的,分离如黑夜,覆盖了这个长达二十七年的爱情上的千疮百孔,只留下一份惨淡的凄美让人凭吊。

白日里便四处游荡,无处不是伤心的理由:天空太蓝,忽然而至的暴雨,从窗外流进屋里的云,喧哗的河水……那天梦见一只狗,引导着她在古堡里穿行,很熟悉的地形变成了迷宫。狗儿带她翻过一个又一个结构复杂的木制通道,最后一个通道实在太窄,她无论如何穿不过去,醒来之后不明白这意味着什么,哭得很是伤心。

想不到他们掉了个个儿,声名狼藉的她倒是不能忘记,而不苟言笑、"非礼勿视,非礼勿听"的胡秉宸说放下就放下,说丢手就丢手了。真是伟丈夫!

最爱是森林。小路从林中穿过,老树的根部狰狞地暴露在人所不知的暗色中。如果不是那条从森林中穿过的小路,吴为永远不会知道树木经历过什么,只知道对着它们的华冠发出一声酸味的"哦!——"这才是真正的男子汉,在公众面前,只展露绰约的丰姿,而把与风、与雪、与雨、与火搏斗的残酷,深藏在根里。

走着、走着,云雾就过来了,罩了一身一脸,再看不见前面的路。

走着、走着,也会想,复婚的胡秉宸在做什么?在他们欢庆破镜重圆的宴会上吧?这个话题,足够他们庆祝一阵子的了。

远处山脚下时而有小火车通过,铁轨很窄,通常只有两三节车厢,车厢里座位很硬,间隔很窄,像美国老西部电影里的道具。人们也像西部牛仔那样,吊在两节车厢外面。一旦经过这里,车头就会发出哀伤之鸣,山谷便发出惨烈的回响。

一早打开窗,飞云会从一个窗里滑进来,又从另一个窗里游出去,在窗玻璃上留下它们的湿痕,像一个人的吻。吴为冷不丁地想,该不是那些树吧?

湛蓝清澈的河,悬挂在另一面窗前,像要流进吴为的怀里,直直扑来,在河床的石头上,撞击出轰鸣,飞溅出万般姿态,再从古堡的脚下绕过,前流三四百米后,忽地平坦出一脉少女的温柔恬静。吴为站在窄窄的窗前,多少次想要跳下去与它合而为一,但是没有勇气。

她和胡秉宸的爱情,可不正是如此!

可是,吴为什么、什么都懒得说了。

希望这是因为她累了,而不是因为别的。真的,这些年她太累了,累得像是缩了水,背也驼了,眼也花了,她不该老得这么快。

只能一任胡秉宸十分流畅地骂去。

而且这样的辱骂并不能让她生气,只是让她恐怖。

胡秉宸的手指也突然拧上吴为的胳膊,非常之疼。

吴为没有躲闪那几个有力的手指,只是想,怎么胡秉宸和白帆都喜欢拧人?难道是胡家的传统?

而胡秉宸关于英国人的那些谈论呢?

"……英国人会像吉卜赛人那样用全部生命去爱,但如果对方不要他,他绝不会杀了她再去自杀(虽然我说过这样的话),而是为了爱她终身不娶。"

太近了,太近了,胡秉宸再不是远看时的样子。

太远了,太远了,原来他们的距离如此之大。

吴为觉得自己真是恶贯满盈。

…………

"你要是不和我结婚,我就自杀。"

若是一个文化人说"你要是不和我结婚我就自杀",很可能是一时激动,过了这个时刻,也就不了了之。而对胡秉宸这种斩钉截铁的人,不可能是威胁,更不是闹着玩儿。

换了别人,即便胡秉宸真来这一手,可能会难受一阵子,别扭几天,过去之后该怎么活还是怎么活。可对吴为这种较真儿的人不行,后半辈子别想有好日子过了。

虽然胡秉宸这一手很快就会在吴为面前失效,可惜到目前为止,还是屡试不爽的法宝。人生的转折其实就是那么一个小点。谁让这趟火车晚点?抉择在即,吴为只好错过。

吴为从不缺乏莽撞的勇气,没想到与胡秉宸结婚却让她恐惧成这个样子。

要是可以逃之夭夭该有多好!可惜那时没有《逃跑的新娘》做参考,不然吴为早就跑了。

可惜吴为也不会说"不!"

回首她这辈子栽的最大的两个跟头,都是因为不会说"不"。

两岁上遭遇的那个楼梯,像哈姆雷特父亲的阴魂,一到关键时刻就显形。

至于后来常爱路见不平拔刀相助,不能说是无私,很大程度上是通过这个无可指责的形式,伸展一下自两岁那个楼梯上起就被压缩的自己。

与胡秉宸离婚之后,吴为学会了说"不",不但会说,而且说得穷凶极恶。

晚了,什么都晚了,她就是对一切"不!不!不!"也无法挽回在那两个大跟头中失去的元气了。

她也不能言而无信。何况胡秉宸还险些为此丧命!

既然对他人不能背信弃义,只好沉重地对不起自己。

没有别的选择,只得嫁给胡秉宸。

一再鼓励自己:即便不爱,还可以是个难得的朋友;如果不谈爱情,胡秉宸到底是个值得敬重的男人。

事实将会证明一只鸵鸟的下场。

如果吴为这时不是鼓励自己,而是冷静下来想想清楚,也许就能明白,与胡秉宸结婚不一定就是最负责的答案;如果吴为能坚持下去,承担起"水性杨花""言而无信"等道德法庭的指责,他们的结局肯定会好得多。

就像吴为处理私生子事件一样,仍然缺乏高瞻远瞩的大道德观。

结婚登记前,吴为向叶家掌门人叶莲子要来户口本。接过户口本的时候,吴为对叶莲子说:"妈,我要去结婚了。"然后就抱着叶莲子哭了。不是痛哭流涕,而是嘤嘤细哭。

叶莲子流着无奈的老泪,无言地摩挲着吴为的头顶。这一来,她与胡秉宸的较量终以失败落下帷幕,事到如今,还有什么好说?

她既不愿吴为左右为难,也不愿眼看吴为一步迈上末路,真是两为其难啊!

除了逼着吴为尽快履行结婚手续,胡秉宸对这个婚事不要说重视,连最简单的准备也没有。她的女儿总不能这样嫁出去吧?叶莲子回身取出家里仅有的一个存折,递给吴为,"仪式之类的都说不上了,总得买些过日子用的锅碗瓢盆、被褥家具吧……"

为了胡秉宸的离婚案,叶家艰苦抗战多年,希望这个存折可以最后了结紧缩银根的日子。

其实吴为早把一个私房存折给了胡秉宸。眼睛很"毒"的叶莲子焉能不知?

为此吴为良心非常不安,叶家哪个人也不曾留过私房。

本为男儿汉半路上变做女儿身的吴为,总觉得是胡秉宸嫁给了自己,而不是自己嫁给了胡秉宸。

哪个男人不娇宠嫁给自己的女人?所以偷偷留下一些稿费,算是聘礼,于结婚那天晚上送给了胡秉宸。

胡秉宸像是被吴为催眠,也认为是自己嫁给了吴为,而不是吴为嫁给了他。

直到下了楼,吴为还一步一回头地向楼上回望。

叶莲子站在窗前,看着吴为一步一步走远。

回首往事,她带着吴为闯过多少难关,现在却闯不过这一关了。

看到了,看到了,叶莲子看到了不远的前景。但是好哭的叶莲子没有哭,她知道结局不远,该着手准备谢幕了。

回身拿了些零钱,走出家门,买了一个质地很好的笔记本。从这一日开始,她为马上就是焦头烂额的吴为,记录下她自己绝对顾不上也想不到的事。

第 五 章

一

这本就是一个起始于雪天雪地的故事,对一个美丽的银色世界,原不该抱有不能融化的奢望。

二

如果吴为不是半路变为女儿身,日后也就不会爱上英雄胡秉宸;即便变为女儿身,如果不走出她的塬,不过混沌一世,最后嫁个江洋大盗也未可知。

毕竟胡秉宸生长于小桥流水的细腻精致,吴为生长于塬的大象混沌,如此风马牛不相及的两个人怎么可能融会在一起?能在一个点上交叉已是几世缘分,又何必试图将这两条线合并为一条?

就像一部小说,如果开篇就勉为其难,以后的文字再努力也不会有根本的改观,读者翻了三页就不会再翻。胡秉宸和吴为的婚姻,正是读者翻了三页就不想再翻的小说。

敛声屏气、逆来顺受、与吴为相依为命一生,老来更加须臾不可离开对吴为依赖的叶莲子,此时却斩钉截铁地说:"我绝不和胡秉宸生活在一个屋顶下。"

如此不可迁就,如此孤注一掷。

吴为不能劝说母亲放弃,一句也不能,叶莲子有充分理由做这样的决定。

叶莲子与胡秉宸的对垒,至此以一败涂地告终。吴为彻底背叛了在苦难中挣扎一生、含辛茹苦把她拉巴大的叶莲子。

从叶莲子手里接过户口本,准备前去登记结婚那一瞬间,吴为就进入了这种心态。

日后胡秉宸到底还能以与吴为离婚、与白帆复婚而向芙蓉、白帆交待,叶莲子却没能看到这一天。尽管与胡秉宸办完离婚手续回来,吴为在叶莲子骨灰前洒了一杯酒,上了三炷香,仰头对着她的遗像说:"妈,我对不起您,没能让您看到这一天。但您现在可以放心了。"

想想自己真是自私,为使胡秉宸那个让她承担离婚责任的计谋不能得逞,死活不肯脱钩,叶莲子终究不知吴为的归来,吴为只能带着背叛她的心态一直到死了。

白帆也不肯搬出胡秉宸的房子。谁让吴为抢走了她的丈夫!对任何女人来说,这都是刻骨铭心、不是不报而是时候未到的仇恨。

他们只好借亲戚两间房,找个窝儿,凑合着。

胡秉宸以一只流行于六十年代的人造革包,装了几件中山装,来到借住的房子。

"所有的东西都留给白帆了。"

"东西并不重要。"

即便胡秉宸带些东西过来,像吴为这种神经质的人,还不肯使用他人使用过的东西呢。

不像胡秉宸,与吴为离婚后竟带走她购买的所有,并不在意与另一个女人共同享用吴为的供应。

只是想起胡秉宸当年的幽默有些怅然,"结婚时我要祝酒。第一杯,祝所有的女人幸福;第二杯,大家别再骂我三心二意、有负吴为;第三杯,给所有的男人,别再勾引我老婆……"

没有,当然什么也没有,不要说祝酒,更不要说吴为向往的婚纱。

吴为有很多遗憾,从未穿过婚纱也是其中之一。见到有些老年夫妇再着婚服、补拍婚照,她总摇头——即便是模是样,青春年少的心境是无论如何不可复制了。

…………

胡秉宸有过多少美好的、不曾兑现的许诺?

不过婚纱也好,祝酒也好,都不重要,重要的是两情相悦。

可是他们各自有了两个家。

当初吴为还不知道,在这两个家中,她将扮演什么样的角色;也不知道这样两个家,是如何不同于很多人所面对的两个家。

如果不结婚,吴为倒不一定觉得她和叶莲子的家有什么特别,"家"而已。现在却觉出来了,只有叶莲子的那个家,才是她真正的家。

这种局面,当然也有"非常"的道理,可是她从来没有和胡秉宸谈一谈这个"非常",总是欲言又止。

在他人眼里,吴为似乎胆大包天(在白帆们的眼里,更是厚颜无耻),无所不敢言、无所不敢为,事实上吴为常常处在欲言又止的状态中。

她是太胆小、太害羞了,胆小害羞到不得不用胆大包天——包括白帆们认为的厚颜无耻,来掩盖她的胆小、她的害羞。

那么当她被一条黑暗的隧道紧紧裹挟着、推挤着,不管她愿意不愿意,不管她准备好还是没有准备好,都得没有退路地赶往这艰险、奸诈、想死也死不了、偏偏让她熬够该受的一切才饶她一死的地界时,她赌过的那些咒、发过的那些誓,又怎么说呢?——不过是无能之辈,处身尴尬之境时一种自助式的鼓动。

对此,胡秉宸从不公开说出自己的怨怼,知道吴为是个具有深重原罪感的人,只需制作使吴为感到渎职的惭愧就是。比如从不让保姆张罗饭食,不论吴为从叶莲子那里回来多晚,胡秉宸也坐在客厅里,不吃不喝地等着。

一进家门,吴为总是负疚地问:"还没吃饭吧?"

这时胡秉宸淡淡地回说:"没有。"

不要说这样两句老台词,哪怕比它更精彩的台词,只要说上三遍,再耐心的观众也会腻烦,而这两位演员却乐此不疲。

男人一旦用起心来,简直比女人还细腻,还滴水不漏。

禅月早就说过:"对精精瘦瘦的小男人我比较戒备,总觉得他们心里可能也没有太大的空间容纳他人。一个男人应该有度量、宽容,还有点马马虎虎才好。"

这个家同样也不是胡秉宸的家。

这可能也是吴为无法鼓起勇气,与胡秉宸谈一谈"非常"的原因。

就算各自从各自那个家回到他们的家,有了可以面面相对的时光,他们也没有珍惜,或是用心设计一下如何过好这段属于他们两人的时光,反倒不知出现什么意料不到的险情似的,让吴为多少天都不能进入写作状态——那惟一的,既是养家糊口的手段,又是逃避各种危机的安全地带。

自吴为从情人变为妻子,胡秉宸再也不觉得与吴为谈话、交心像他说过的那样,"一睁开眼睛,满眼满脑子都是你,一天十几个小时就这样无所事事地过去了"。

他们彼此再不把对方放在天字第一号的地位。

胡秉宸虽然"从组织上"打败了叶莲子,得到了吴为,却没有从叶莲子那里夺来吴为的心。

同样,胡秉宸的老根儿也还在白帆那里,吴为也没有得到胡秉宸的心。

比起结婚初期,吴为觉得自己长进了很多,常常对胡秉宸说:

"别忘了,你老婆是研究人的。"

胡秉宸就笑眯眯地反问:"你研究出来什么了? 你们这些文化人就知道胡编乱造。"笑得很是岿然不动。

吴为便眼睁睁地转胜为败,生出无以支应的技穷之恨——何况胡秉宸的笑仍旧迷人,简直就是醉人。

上嘴唇从人中那里分为两弯不对称的弧线,其中一半,不屑地,也或许多情地向上微翘。当和女人谈话时,而那女人又恰巧富于想象的话,这片嘴唇就会引起女人的幻觉。

而他的笑声里还有一种难以察觉的、撩人的、不胜情浓的轻颤。

吴为可以理解白帆是胡秉宸的历史,可以理解胡秉宸对女人来者不拒的好胃口——只消看看他在进出各大商店、饭店旋转门时对那些即便一转而过的女人忘乎所以的一瞥——却理解不了嘴唇上有着这两弯不对称弧线的胡秉宸,对杜亚莉这样的女人,竟也大有"性"趣。如果杜亚莉比自己优越许多,吴为的心理也能得到一些平衡。

不是胡秉宸自己说的? 当时吴为问他:"既然杜亚莉那么有能力,你们为什么不给她安排那个职务?"

胡秉宸说:"还不是因为她太骚了。"

真的假的?

也许胡秉宸对女人并不十分了解,或不想了解。当他周旋在女人中间的时候,很少想到女人是一种非常容易伤心的动物。

与吴为结婚后,不要说事实上过着拥有两个妻子的日子,毫不避讳,就是当着吴为与其他女人调情,也是常有的事。

每当吴为觉得面子上下不来,他就哂笑道:"这有什么好大惊小怪的,哪有男人不'吃豆腐'、不'吊膀子'的?"

与杜亚莉何止是"吊膀子""吃豆腐"?

"性冷淡都有哪些表现呢?"胡秉宸问道,眉毛专注地蹙着。

杜亚莉刚刚参加过一个性心理讨论会,国人最为隐讳的事,居然拿出来公开讨论了。

谈话就是深入到这个程度,胡秉宸的那双眉毛和眉毛下的双眼,也稳重得无懈可击,像深藏古刹里的一株千年老松,枝沉叶静。

胡秉宸何尝不知何为性冷淡,以至性冷淡的表现,以至其他!

整个晚上胡秉宸一直提问,却没有发表过一次个人的见解,好像他对这些问题一窍不通。杜亚莉暗暗叹道,胡秉宸果然无懈可击,果然老谋深算。

这谈话有些像荡秋千,起初不过轻摇轻荡,后来越荡越高,荡高之后心意就有些飘摇,飘摇之后就让人生出一种欲罢不能的欢愉。

既然能够从中得到如许欢愉,既然并不在乎人们如何看待她在这方面的知识渊博,既然还有求于胡秉宸,既然不会因此损失什么,那又何必计较、戳穿胡秉宸这点说不清、道不明的老谋深算呢?

说了许多,有点口干,便停下喝茶。

吴为说:"凉了吧,我来换点儿热的。"

杜亚莉斜斜瞥着手里那杯茶,说:"没关系,我不在乎。"

听她这样说,吴为也不勉强,又坐了下来。

胡秉宸反倒无须言语地夺过杜亚莉手里的茶杯,为她换了一杯热茶。

杜亚莉嫌烦又不嫌烦、得意又不值得得意地拧了拧脖子。

吴为接着扭了扭身子,好像在椅子上坐得不够舒服。

杜亚莉一面喝茶,一面浏览着吴为满墙的照片,巴黎、伦敦、日内瓦、纽约、罗马……简直是个"世界各地"。

横的、竖的,大的、小的,高高低低,错落有致,看得出花过一番工夫。不知道是吴为的工夫,还是胡秉宸的工夫?反正是展览着吴为如今的光辉,也展览着胡秉宸的某种财富。

别管吴为过去如何,到了这个份儿上也就身价百倍了。

所以杜亚莉觉得与胡秉宸的交往,还有别样的满足。这是一种超越,一种较量,一种证明,一种胜利,一种报复,一种发泄……

胡秉宸和吴为结婚不几天,就急不可待地带着吴为来看她。

杜亚莉一眼就看出胡秉宸的用意,既是来炫耀他的成功,也是委婉的补偿。毕竟他们说上下级不是上下级,说朋友不是朋友,始终差个火候地交往过一场。而他的成功,也是他魅力的证明。她曾经想要越过胡秉宸划下的界河,尝一尝与这个不苟言笑的男人寻欢作乐的滋味。可是胡秉宸是个太好的厨子了,稳稳地掌握着火候,就让它那么文文地炖着。

到目前为止,顶多顺着她肚子上的那个刀疤,摸向耻骨。

不过杜亚莉也不着急,相信胡秉宸总有一天会越过河界。好比这种谈话,就是热身运动。

既然他们的关系不会因胡秉宸与吴为的结婚而改变,杜亚莉的心,也就难得地热了一下。

很难说嫁了胡秉宸的吴为已经胜利在握。

吴为给她的印象是聪明不多,愚钝有余。就连胡秉宸拿着她那张十二英寸的大彩照左看右看、远看近看、不忍释手地发出"这是哪位老兄,这么漂亮!"的惊叹时,吴为还品不出里面的味道,居然傻头傻脑地指点胡秉宸,"这不是杜亚莉嘛!"

胡秉宸说:"是吗,我怎么没认出来呢?"声音里软软、暖暖地融着捉弄与撩逗吴为的爱意和笑意。

吴为自以为了然地继续指点胡秉宸,"这么大的照片你还看不出来!"

胡秉宸说:"老啦,眼睛不行啦。"然后才不舍地将照片放回书橱。

吴为信以为真地拍拍胡秉宸的手臂,那一脉温情全在这无言的一拍之中了。

那时吴为显得多么年轻,脸上是任何化妆品也造就不出来的好皮肤,不仅细腻,还有一种难见的、耀人的光泽。不过几年时间,那少见的光泽不但丧失殆尽,还添上一种气血枯竭的灰暗、痴呆、麻木,而胡秉宸却炫亮起来,特别他们二人并排坐在一起的时候,这种对比尤为醒目。

美国一位医学专家研究发现:妻子的容颜,与丈夫的性格和他对妻子的态度密切相关。

开朗健谈、不易发脾气的丈夫,多数都能迁就妻子,让妻子在内在外都有充分的个人自由,她们多会皮肤滑嫩,极少生暗疮,也常常显得容光焕发。

内向、寡言且心胸狭窄的丈夫,对妻子的事极少过问又不够体贴,她们大多郁郁寡欢,皮肤粗糙,易生暗疮。

粗暴、脾气坏、不体贴人、极易吃醋,动不动就责骂妻子的丈夫,他们妻子的皮肤就容易滋长黄褐斑,且暗无光泽,头发变白,容易衰老。

这位专家的研究,可真不是无的放矢。

看一看结婚后的吴为的脸,就会知道胡秉宸是怎样对待她的了——

不幸或幸福撑得太饱,消磨得未老先衰;

贪得无厌,或一无所求;

终于占有一切,或什么也没占有,也根本占有不了;

悔恨已将神智咬噬得稀烂,或被人打掉牙也闭紧嘴巴咽进肚子;

晶莹透明或是机关算尽;

无私奉献,或一丝一毫也没忘记这奉献;

罪有应得或掉进陷阱;

如愿以偿,了却前缘或悔恨当初……

这些纹路交织、重叠、纠缠、撕扯在吴为那张不大的脸上,那张脸就实在拥挤得让人窒息,也不知道胡秉宸有没有察觉。

潇洒如杜亚莉,也不好对着这样一张脸无拘无束、为所欲为,两只流光溢彩的大眼睛也有些滞重起来,想说的话就留下了一些,即使要说的话也尽量说得干瘪一些:"关于性冷淡,我调查过一些妇女,一般来说她们在做爱的时候,不论男人怎样亲吻、抚摸她们的耳朵、乳房,甚至她们大腿内侧……都不能引起她们性的冲动。"

胡秉宸低垂的眼睛这时正对着杜亚莉那双放在膝上的手。他注意到那双手的每一处关节上,都有一个撩人的小肉窝。

吴为转开她的眼睛,不知道自己为什么陡生羞涩,不好意思地瞧着正在交谈的两个人,又觉出自己的多余且有些心虚,好像她坐在这里,不过是为了监视他们的谈话,而不是为了接待客人,便起身离开客厅。

先到厕所,没有必要地坐上马桶,左思右想,到底在厕所里停留多长时间为好,既不显得冷落客人,也不显得有意留给他们一段空白?

只要吴为还想到自己是一个有文化、有知识的妇女时,她就喜欢做一个宽宏大度的妻子,尤其避免像胡秉宸的前妻白帆。

反复掂量之后,以为到了可以回客厅的时刻。

她的两腿因为在马桶上坐得过久有些发麻,扶着洗脸池站了一会儿,然后慢吞吞地洗了手,洗完手又照了一会儿镜子。

镜子里的她有些模糊,好像一张年代久远的照片,恐怕也是因为厕所光线较暗的缘故,脸庞就显得比平时姣好。但她还是对着这张有些模糊的脸,陶醉了一小会儿。

这张脸让她想起从前的等待。有时半夜醒来上厕所,偶尔往镜子里一瞧,便会看见一个睡眼惺忪、让瞌睡滋养得有些妩媚的自己。那时她总是自爱自怜地叹口气,什么时候胡秉宸才能看见自己这副模样?

胡秉宸始终没有看见。等到他们结婚时,吴为的两颊再也找不到 丝红润,就连她那总像闪着一抹阳光似的头发都开始白了。

即将迈进客厅时,吴为觉得胡秉宸在沙发上的坐姿有点怪,虽然他的背极力显出正常的样子,挺挺地靠在沙发上,左手却绕过双腿费力地遮挡着什么。那是什么呢,竟使他流露出一时恨短的急迫？吴为顺着他的左手下瞧,原来他想挡着的是藏在右腿底下,以极小的幅度、极快摇动着的右手。

于是背门而坐,并不知道吴为已经回到客厅的杜亚莉,就明白吴为已经站在她的身后,立即打住了一串佻达的浅笑和一句话的另一半。尽管只有半句,但是加上那一串佻达的浅笑,也就够了。

吴为就停止脚步,不再进入客厅,而是折身进了卧室。

仰卧床上,漫然地想着今天在医院里的检查和明天进一步的检查。

会长癌吗?

如果真生起病来,可就麻烦了。谁来照顾她呢,胡秉宸吗?

医生的怀疑,并不妨碍胡秉宸在吴为排除癌变之前且需要一点鼓励的时候如此忘乎所以,如此细致深入地和杜亚莉谈性,谈做爱的技巧,如此用他的左手挡着他的右手。

吴为甚至不在乎他们说了些什么——这只企图遮挡的左手,不比说了什么更背信弃义?

胡秉宸这时走进卧室,对她说:"你的电话。"看见吴为懒懒地躺着,有点惊讶地问:"怎么,你不舒服吗?"

他那由衷的、不是故作的惊讶,简直比故作惊讶还让吴为沮丧。

电话是一家出版社打来的,希望出版她的一本新书,"不,不行,我已经答应了别的出版社,不好中途变卦。"

出版社却不肯罢休,提出种种折衷方案,电话拖得很长。

杜亚莉就觉得吴为左推右挡的答话,她的眉眼、微笑、手势,甚至她的头发丝,都流露出高屋建瓴的气势。仅这一个电话,就把她远远甩到后头去了,继续坐在这里衬托吴为的高屋建瓴?不是太蠢了吗?

不等吴为接完电话,杜亚莉一蹬脚就站了起来,"既然你这么忙,我就不打搅了。"好像杜亚莉是吴为请来的客人,而她又有意怠慢了她。

吴为赶紧捂着话筒说："别走,别走,这就完了,这就完……"

胡秉宸远远张着两臂,似乎想要拦住杜亚莉而又不便下手,只好一再说："再坐一会儿,再坐一会儿,时间还早嘛!"

可是杜亚莉执意要走,胡秉宸只好一件件拿起杜亚莉的围巾、大衣、手套,并一一地递了上去。

杜亚莉却头也不回,噔噔噔下楼去了。吴为立刻放下电话,说："等一等,等一等,让我送送你。"

吴为去拿自己大衣的时候,胡秉宸已经冲了出去。她只好放下大衣去找手电,对着胡秉宸的背影叫道："手电,拿上手电……"

楼道没灯,从上到下黑咕隆咚。以胡秉宸的年龄来说,摔一跤可不得了,但是胡秉宸的脚步已经远去。吴为侧耳细听,楼梯上并没有滚下重物的声响,才渐渐放下心。

放心之后不能老直直地立在客厅正中,便好没意思地回到卧室铺床,一面铺床一面想,往常胡秉宸上下这个楼,不要说晚上,就是白天也是谨谨慎慎,一步一个脚印。而刚才他的脚步,矫健利索且不说,甚至还有急于分明营垒的决绝。

等吴为换好睡衣,躺进被窝的时候,胡秉宸还没有回来。就是把杜亚莉送进家门,也不过二百米的距离。

她很累也很困,在医院的这一天不太好过,何况还要疑神疑鬼自己是否得了癌。

风,把不知什么东西吹得发出精怪的嗯哨,又在窗上拍出劈劈啪啪的声响。她忧心起来,胡秉宸只穿了一件毛衣,没穿大衣,也没戴口罩围巾就跑了出去,让风一灌,不病才怪!平时捂着盖着还要生病,更何况这样毫无防范地扎进无孔不入的风里,惟有盼着胡秉宸能侥幸逃过这一次。

吴为一会儿,看看表,一会儿看看表,又慢又快地熬着十一点、十二点、一点……随着时间过去,渐渐觉得自己好没意思。

好像屋子里有人在审视,生怕那人看出她不过和白帆一样通俗、狭隘……便勉力为自己制造出一份若无其事的心情。

吴为尝到了报应的滋味。

她是自作自受，活该，现世报。

吴为有什么资格对胡秉宸的背叛不满？她不是也该尝尝这个滋味？她能挖人家的丈夫，人家就不能挖她的丈夫？

一出门杜亚莉就腻腻地笑了，"不怕回去进不了家门？"

听见熟悉不过的笑声，胡秉宸松快了。连他自己也没觉察到为什么把杜亚莉的高兴或不高兴看得那么重要，不禁凑着趣说："你看，你看，说到哪儿去了。"

杜亚莉白了他一眼，"不是你自己打电话告诉我，让我在吴为面前说话注意，免得引起不必要的误会吗？"

胡秉宸无话可说了，何况他们果然不清不楚。

杜亚莉懂得适可而止，不像吴为，什么事情都要弄个不欢而散。话锋一转，就说到胡秉宸的毛衣："你穿上这件毛衣挺像艺术家，不像政府官员了。"

胡秉宸虽然革命一生，官居要位，可是从心底里并不希望人们把他和那些工农出身的干部混为一谈。

何况杜亚莉不完全是恭维。他从杜亚莉的语气里听出女人对男人的鉴赏。虽然吴为也这样鉴赏过他，可那像早已存入银行的定期存款，如果可以不断充实，多多益善又有什么不好？

杜亚莉与男人的关系不完全出于功利，有点像集邮爱好者收集邮票，是可以集功利和审美于一身的。

"我本来就是个普通的工作人员嘛。"

"说说就露馅儿了，这不是官话又是什么话？普普通通的工作人员可不这么说话。"

杜亚莉没有回家的明确表示，胡秉宸谈得好像也很投入，不知不觉他们就沿着曲曲折折的小胡同荡了过来，又荡了过去。就像刚刚切入与吴为的关系时那样，谈的虽是工作，可是又能从那堂而皇之的话语中咂摸出模棱两可的滋味，不多，就那么一点点，像餐点中的调料,少了不行,多了又适得其反……

街灯很暗,风大,路面似乎也高低不平,他们的脚步就有些歪斜。

于是他们的身体有意无意地时时碰撞。胡秉宸就想,难怪几个老头子改变初衷,现在又要举荐杜亚莉了。即便没有他这一票,杜亚莉也能稳操胜券,他大可不必多此一举。

胡秉宸十分清楚,哪些女人吃得豆腐,哪些女人吃不得豆腐。像杜亚莉这样的女人你若不吃,她还要送给你,让你非吃不可呢,何况她也不是白让你吃。

就拿眼前来说,还不是为了利用他那点余威,荐她那个小小的职位?

直到两点多钟,胡秉宸才蹑手蹑脚回到家里。

知道吴为不会睡着,还是小心翼翼地钻进了被窝。只有小心翼翼,才是现时情况下的最佳表现。从前和吴为幽会回来,不也是这样表现给白帆?

窸窸窣窣躺好之后,果然听到吴为不均匀的呼吸。唉,女人!便把胳膊向吴为的脖子底下伸去,再把她拉进自己怀里。

吴为全身的肌肉僵硬着,于是胡秉宸就一如既往地开始摩挲她的肩膀、手臂、腰身……

闹事的女人并不可怕,不论什么样的女人闹事,只要耐心摩挲她们,都可以化险为夷。特别对吴为这种情绪说来就来、说去就去,说敏感或说神经质的女人更是如此。

可是吴为全身的肌肉还是不肯妥协地僵硬着。

胡秉宸一面摩挲着吴为一面想:吴为啊吴为,尽管不为始料所及,你却是我一生中爱得最多、最深的女人了,你还有什么不知足的呢?

为了他和吴为这场惊世骇俗的婚恋,他的革命同志就以革命的名义对革命一生的他进行了裁决,被甩出曾在上面运作了几十年的轨道。且不说这轨道的性能机制是否良好,但那上面至少有他的大部分人生,然而这部分人生,让一个手指头说抹就抹没了。

胡秉宸不是把一生的功名都搭进去了?

谁能算得出功名的价值?但他还是献给了吴为。

又想起与白帆粗茶淡饭的日子。尽管白帆也偷人,但说到底与吴为不同,应该说还是个安分的女人——正因为安分过了头,男人反倒不爱了。

想当初,本以为和吴为吃吃豆腐,就像和杜亚莉吃吃豆腐一样,不过是纸上谈兵、逢场作戏,调剂调剂生活,说完就完,各自回家照旧过各自的日子,何曾想要丢掉糟糠之妻?万万没想到吴为这种不安分的女人却认了真,而自己也说不清楚,为什么越来越爱、越来越离不开吴为,闹得白帆只好拿出官太太的杀手锏,上告"陈世美",逼得他毫无退路,只好离婚。

可一旦与吴为真过起柴米油盐酱醋茶的日子,就显出了这个婚姻的缺陷。不论哪个男人,恐怕都很难和吴为这样的女人生活下去——不论什么事都有自己的意见,不但有自己的意见还要固执己见;要命的是这些意见不是心血来潮就是异想天开,不论你干什么,她都会把你的动机想得更好或是更坏,这要看她当时的心绪;而又极度琐碎敏感,包括衣服脱下来放在什么地方,几块抹布哪块用来干什么,都不能混为一谈⋯⋯

没结婚以前吴为可不是这个样子,始终像个好糊弄的、羞怯的小姑娘。现在呢,却像闹更年期的老处女。她为什么会变成这个样子?

只知道下死力、下拙劲爱,却不懂得男人更看重女人的"功夫",不太计较四两拨千斤那个交换是否等价。胡秉宸不得不提醒她:"你怎么就不能像别的女人那样,时不时地对我说句'给我洗洗脚嘛!'要不就是让我给你揉揉肚子?"

声音之媚婉,让吴为张大了嘴,睁大了眼。

"你以为女人仅仅在床上让男人操,就够了吗?"

难道胡秉宸没有看出吴为在床上做出过何等的努力？

不是胡秉宸说的吗，没有哪一个女人能有吴为的情调？……

这是从同一个人嘴里说出来的话吗？

"情调"和"调情"，哪里仅仅是两个字的颠倒？绝对是性质迥然不同的两回事。

吴为也不明白，"情调"也好，"调情"也好，都是性爱大餐前面的开胃菜，上床才是后面的主菜。开胃菜再精致，如果主菜不够精彩，也意味着性爱大餐的彻底失败。

三

曾经有个孩子问契诃夫：海是什么样的？

契诃夫说：海大。

那时的吴为对自己说：那个孩子就是我。

也这样相信着，一直地。

现在问自己——

海是什么样的？

她懒懒地看着远处的海，说：海在树上。

就在这时，吴为的眼睛成了海，或海进入了她的眼睛，并显出墨黑而绝非蔚蓝的颜色。

这是一个没有风的、干热的、发着高烧、咳喘得难以呼吸、听凭疾病吞噬的下午。

不要说没有桃子、没有西瓜、没有汤面条、没有热茶，就是冷水也没有……总之是个什么都能有，却什么都没有的下午。

只有从胡秉宸大张着的嘴里噗出的鼾声，还有，满脚的脚癣。

这个从人张着的嘴里噗出鼾声、满脚脚癣的人是谁？叫什么名字？

他的名字叫做契诃夫。

为什么海已不是她少年时契诃夫所说的那般、那样——海大？

而是在树上?

还有,为什么她不再天塌地陷也在所不辞地奔向它,虽然只有举步之遥?

而是坐在与它隔着千万棵树的某棵树阴下,满眼比一双瞽目还黑暗地在远处思量它。

她实在太浑蛋了。

经不住胡秉宸的大闹,只好将重病在身的叶莲子丢给保姆,陪胡秉宸到这个海滨胜地消夏。

在这个听凭疾病吞噬的下午,吴为希望有碗汤面条,可是胡秉宸从食堂拿来一个馒头,重重地蹾在她面前,说:"请吃吧。"

吴为望了望他,起身到浴室,嘴对着水龙头,喝了一个够。

知道她有过什么样的日子?!这能难倒她吗?

她的沉默,不过是对往日诺言的一个非常不情愿的信守,而非五体投地的诚服。胡秉宸感到了吴为的反叛。

不能怪胡秉宸冷硬,吴为刚刚拒绝了一个服务。

源起芙蓉的情人。

多年来胡秉宸不能接受芙蓉的情人,为此和芙蓉的关系闹得很僵。

"这个人到底有什么地方值得你爱?!"

芙蓉说:"我爱他少年得志。"

"什么样的'志'!"

"不比你的'志'小。"

提起芙蓉的情人,胡秉宸总是鄙夷地说:"他是什么东西!不过江青写作班子里一个摇唇鼓舌的小丑,还不是靠着'文化大革命'那时候写批判柳宗元的《封建论》起家,才得了'四人帮'的赏识?居然也爬上了四届人大代表的席位。我就看不得他那副小人得志的模样!瞧他那张脸,简直就像个戏子。要不是'四人帮'垮台,说不定就是另一个刘××!打倒'四人帮'之后,各个喽啰都得说清楚,这个利禄之徒,摇身一变,倒成了无产阶级革命派,人们好像也忘了他和'四人帮'的关系,他还有个绝活儿,一有风吹草动就立功,最后还入了党,你说本事大不大?这么多年不办理离婚手续,一手搂着他老婆,一手睡我的女儿,我女儿岂不让他白睡了!吴为,发动一下你文坛那些朋友,揭露揭露这种人,治治他……"

吴为说:"那是芙蓉的选择,我们没有权利干涉她的选择。而且这样做会暴露芙蓉,她不就成了另一个我?"

不谈那位情人的政治品质到底怎么回事,吴为觉得他和自己在胡家的地位,有某种可比的卑微。

胡秉宸想想说:"是有些投鼠忌器的问题。"

直到有一天芙蓉说:"他现在是局长了。"胡秉宸才哑然住口,然后心事满腹地在房间里踱步。

很快,请芙蓉的情人到家里吃了一顿饭,作为门户大开的起点和对这个关系的认可。

逢到关键时刻,不论涉及政治气候,还是有关升迁、工作中的疑难,胡秉宸还会主动指点一番,不过只言片语,却是画龙点睛之笔。新旧"官经"互补短长,岂不如虎添翼?

吴为陪胡秉宸住院期间,还将家中钥匙交与芙蓉和她情人,为他们提供了一个绝对安全、不会曝光从而影响情人仕途的安乐窝。

不知是忘了还是有意回避,此事没和吴为打招呼,以致吴为懵懵懂懂让保姆回家给胡秉宸熬鸡汤,恰好撞见他们在床上,造成无法解释,也越解释越糟的误会。芙蓉便从此与吴为结下无望打开的死结。

马上跑到医院找茬儿,一时找不到特别锐利的刺针,只好掏出钱包对胡秉宸说:"这里有邻居还你们的四十块钱。"

胡秉宸说:"算了。"

"那不行,我得还你,省得你老说没钱。"转过脸来,恶声恶气地问吴为,"吴为,油瓶子里怎么没油了?"

"对不起,这些天都在医院陪你父亲,家里的事没有顾上……"

一旁的胡秉宸又是一言不发。就像当年白帆在医院对她大打出手时那般那样。

吴为坐在那里十分尴尬,又不能走开,担心胡秉宸说她不愿接待芙蓉,回头又为此和她吵闹不已。

芙蓉愤怒得花枝乱颤,将围巾掉在地上,那是吴为从国外给她带回的礼物。芙蓉看了看地上的围巾,不但没有捡起,离开时反倒踩了一脚,不是狠狠的一脚,就是一脚。然后看了胡秉宸一眼,便有了默契。

要不是那天情况特殊,芙蓉的挑剔一般不那么直白,而是带着训练有素的政治家庭子女的特征。

叫她"吴为"她也不在意,西方人对长辈也是直呼其名的。只是芙蓉让胡秉宸的孙子叫吴为阿姨,辈分上有点不伦不类。如果吴为是胡秉宸孙子的阿姨,吴为又是胡秉宸的什么人呢?吴为该叫胡秉宸叔叔还是伯伯?

保姆平时就对芙蓉不满,总觉得芙蓉没有权利对自己吆五喝六,吴为还没有对她吆五喝六呢!这一下有了把柄,得意起来,说是要向居委会反映。

吴为只好拿钱堵她的嘴,还不好对胡秉宸说,说了他会觉得吴为故意恶心芙蓉。

好比后来搬家,吴为将留有芙蓉情人精液的床单、毛巾被都扔了。不扔怎么办?保姆不肯洗,难道让吴为给他们洗吗?想必芙蓉的亲生母亲白帆也不会给他们洗这些东西。不料胡秉宸知道后勃然大怒,酸着脸对吴为说:"为什么扔了?好像你没有见过男人的精液!"

哪里是舍不得床单和毛巾被!

明知埋下了一个定时炸弹,也不敢马上让这保姆下岗。等了很久,吴为才找个借口将保姆辞了。保姆临走时还暗示事情没完,真是请佛容易送佛难。

应该说芙蓉对吴为相当宽大,和吴为还有过一段不咸不淡的关系。有些私事,对吴为的信任甚至超过白帆。

胡秉宸起诉离婚期间,白帆发现自己的女儿也是一个第三者。那时,对第三者的仇恨,使白帆不分内外地闹了起来。

芙蓉只好求助于同病相怜的吴为:"我妈可能会把我和他的事情闹大。"

已经有了实战经验的第三者吴为说:"一、立刻把你们之间的信件、日记、照片转移;二、死不认账;三、千方百计阻止你母亲闹到他的机关去。"

那时芙蓉非常同情自己,所以也就同情了吴为,"我妈天天和我爸吵架。法院也找了我三次,我妈那个律师还对我说:你不要以为吴为对你好就不说实话。又问我谁最知情,我说胥德章……我爸去上海治疗向我妈要钱,我妈不给,他只好说要是不给他钱,他就把家里给我存的那一千块拿走,我妈这才给钱。我妈不论对谁都说,对保姆也说,我爸早就不和她睡觉了……"

当胥德章要求芙蓉出面证明吴为给白帆打电话、给胡秉宸写情书时,芙蓉说:"这些事都是我妈说的。我没见吴为到我家来过,也不知道我爸是不是去会过吴为。我们总不能太撒谎,搞诬陷吧。"

胥德章说:"这就是政治。在中国我们不是第一个,也不是最后一个。"

芙蓉无论如何不肯做第 N 个。

以芙蓉的身份,这样做实在不易,她完全可以像杨白泉那样,证明吴为给白帆打过电话,或吴为到胡家去过……甚至像胥德章或佟大雷那样制造证据。

但芙蓉　清二白。

有时还为胡秉宸送鲜花或条子给吴为。

尤其在胡秉宸提出离婚起诉后,芙蓉对胡秉宸的帮助,可与茹风对吴为的帮助等量齐观。

芙蓉实在不忍心看到父亲被折磨得几次濒临死亡。

父母几年厮杀,损失惨重,也该知道疲倦了,连她都疲倦了。

如果不是看到家里发生这样的不幸,白帆和杨白泉的关系又不好,他们表面镇静,内心却非常苦恼、孤独、寂寞,芙蓉早就离开这个家了。

芙蓉与情人的关系,与胡秉宸、吴为所处的境地类似,当胡秉宸请芙蓉出面与白帆沟通时,她慷慨答应,并付诸行动。对他们最后达成离婚协议起了重要的作用。

所以芙蓉怎样对待吴为,都可以说是应该。

还是无官一身轻! 芙蓉的情人无论如何不能与胡秉宸类比。

一个"再说",接着一个"再说"。先对芙蓉说等入了党"再说",入党之后"再说"转正,转正之后"再说"提升副局长,提升副局长之后"再说"提升正局长,一直"再说"到芙蓉年近五十……

但芙蓉无怨无悔。她和吴为不一样,到底出身官宦之家,懂得这些"再说"的意义,似乎还在期待一个"再说"——提升副部长。

一旦与父亲结婚,吴为就变了。哪儿像没结婚之前对她那样肝脑涂地,那样忠诚,那样不敢对水?

现在呢? 尽管极尽阿谀奉承,可是一百个勉强、一百个不是打心眼儿里出来的。以为芙蓉看不出来?!

忘恩负义的东西!

如果不是她劝说父母双方让步,父亲能轻易离婚吗? 如今吴为能够拥有父亲,难道不该对她感恩戴德?

果然也是,吴为与芙蓉的关系,现在完全变成了一个难度很大的演出。为让这个惟一的观众满意,吴为笑得比从前更为灿烂,动作比从前更加夸张,不说不笑的时候也尽力安静、拘谨讨好,一招一式看芙蓉的眼色、脸色行事,尽量显出她们的关系和以前没有什么不同。她也不知道自己怕芙蓉的什么,然而就是怕。

就算父亲常常回家,吴为有什么理由妒忌? 母亲不是已经把自己的丈夫拱手相让？谁的牺牲更大？

真是得寸进尺,吴为有什么道理不满意这个小妾的地位？

既然吴为的阿谀奉承不是打心里流出来的,芙蓉又为什么领情？听听她那个保姆说的:"吴阿姨每天都留很多菜钱给我,说你回来时多给你做些好吃的。"这不是在她面前作秀,不是虚情假意,又是什么！

为什么偏偏她回来的时候才这样做？

这样说来,平时不这样做？父亲的日子能好过吗？

她那些稿费哪儿去了,用得着这样表白吗？

保姆说,每次芙蓉一进家门就开始数落吴为的不是,连她都不回避。因为保姆本对芙蓉不满,难免有挑拨之嫌,吴为听听也就罢了。

可是芙蓉并不避讳,"为什么不买地毯？"

"买了,你父亲不用,在储藏室里放着呢。"吴为带着芙蓉去储藏室,看了看那块很大的地毯。

"为什么不给我爸买空调？"

好像吴为把所有的钱都藏起来了。

吴为怎能对芙蓉说,自结婚后,胡秉宸从来没有拿出过一分钱。稿费标准又低,仅凭她那点稿费和工资,支撑这样生活水准的两个家,该有多么难。

以致等米下锅地预支稿费、催要稿费,成了人们的笑料或鄙夷的话题——"我就不信吴为缺这两个钱用！"

胡秉宸不是小气,而是没把这个家当做家——既然不是自己的家,一分钱投入都是多余。

他还常常对吴为说:"白帆一定觉得我是个厚道的人,房子她占了两年,工资我给她 半,家具财产全归她,最后又为她和杨白泉搞到房子,她会想我这个人不错。"

吴为回芙蓉说:"听说空调用电量很大,电费很高。"

"没有多少电费。"

"你父亲身体弱,对空调也不适应。"

芙蓉这才没得好说,但不等于心里满意。

当芙蓉通知吴为"我哥哥要来看我父亲"的时候,她甚至庆幸终于有机会补一补杨白泉"春节造访"的窟窿了。结果如何?不得而知,但杨白泉肯来做客,总比永不上门好。

当笑容还在吴为脸上灿烂着的时候,芙蓉说:"不过有一个条件,就是你不能在这个家里待着。"

灿烂的笑脸只好凝固起来,但还是说:"可以,只要你父亲高兴,我什么都可以为他做。不过时间是不是放在我去德国访问的时候,因为那样不会引起你父亲的怀疑。如果我在国内,又不在家里迎候你哥哥,你父亲是不是会不高兴?如果他知道真相,会不会对你哥哥提出的这个条件有意见?如果我不在国内,那么不在现场就是顺理成章的事……过不了几天我就走了。"

芙蓉听了之后,悠悠地放出"你又何必自作多情"的一笑。这笑容绝对不是白帆的DNA,而是胡秉宸的。

吴为只能回到叶莲子那里哭诉委屈。叶莲子说:"这就是我当初为什么坚持不搬到一起住的原因,这样我们还能有个退路。如果我也跟你一起搬过去,他儿子来了,又提出这样的要求,我们到哪儿去呢?只能坐到公园里去。夏天还好说,冬天怎么办?只好坐在大街上喝西北风吧!"

后来吴为不知无意还是有意对胡秉宸说起这个插曲,他却"顾左右而言他":"这个情况我不知道。"

芙蓉有天居然和吴为开诚布公地说:"你一天到晚出国、应酬、写小说,还要到你妈那里去上班儿,这个家管不管了?"

有谁嫁人之后还把母亲放在与丈夫的小家之上?吴为是不是带着她妈一起嫁过来了?

想来芙蓉从来也没设想过,无所事事的胡秉宸,整天看报、找茬儿、打发日子,为什么就不能将闲置的时间,用来照顾一下吴为?

胡秉宸也忘了自己追求吴为时,给她写过的那个千万宠爱在一身的小曲《疼》了。

禅月去国,叶莲子又上了年纪,吴为能把她丢在一边,只照顾胡秉宸不照顾她吗?

谁让叶莲子只生了吴为一个?当时又没有"只生一个好"的政策,早知会有这个矛盾,不如再生一个。

谁让叶莲子含辛茹苦把吴为拉扯大?没有叶莲子吴为不会有今天,更不会成为作家,成了作家就得写小说。

而胡秉宸不正因为吴为成了作家,才一改初衷,从鄙夷、把玩,到爱上吗?

为此吴为请过两个保姆。可是胡秉宸不干,因为那样一来,明显地又为他开销一笔,现在还可以说保姆这笔的开销是为了叶莲子,与他无关。

也不明说不干,而是想方设法将保姆挤走。这与日后不断制造冲突,步步紧逼吴为,让她一旦无法忍受就会先张嘴提出离婚,出的是同一手牌。

保姆也不是白痴,胡秉宸不爱吃咸,她偏使劲放盐;胡秉宸不吃酱油,她偏放酱油。

胡秉宸将她撵走,她到派出所说是迷路找不到家,还反映吴为不在家的时候,胡秉宸与其他女人不正经……派出所打电话给胡秉宸,让他到派出所接回迷途的羔羊。胡秉宸大发雷霆,"叫你们所长来听电话!"所长接完电话,只好派警察将保姆送回。

一般来说,胡秉宸不喜欢让人知道"我是谁",可也不喜欢人家一点也不知道"我是谁"。好比在老宅子的时候,不愿意人叫他少爷,可也不愿意人不知道他是少爷,有时还像某部电视剧里的康熙皇帝,偶尔来一下微服私访。

有次出差,飞机故障,不得不在某地停留一夜,机场要求滞留旅客登记,上有级别一栏。胡秉宸质问工作人员:"为什么在机场过夜还填写级别?"又穿了一件千人一面的中山装,对这个问题工作人员未予理睬。恃才傲物的胡秉宸一怒之下填写了个二十八级,工作人员更不答理他了,将别的乘客做了安排,向他翻翻眼珠,拜拜了。他只好把随身携带的机密文件包塞进裤腰,将带子往脖子上一套,上街看了一场电影,下了一个小馆,然后在候机室的长椅上睡了一夜。

保姆将胡秉宸整治她的事告诉了保姆学校的老校长,想来比事实夸张许多,闹得那位也是不可等闲视之之老太太,要来抽胡秉宸的耳光。
…………
真是鸡飞狗跳!
这哪儿还是家?简直是个被黄鼠狼偷袭的鸡窝。

说到出国,像吴为这样的俗人,怎能拒绝对方出资的免费旅行?所以对这个指责,吴为认为自己应该承担。她的缺席就不像照顾叶莲子和写作那样正当。

可是,"每天到你妈那里去上班"实在难听,如果仅仅指责她也罢了,怎么能够这样说到叶莲子!只好忘恩负义了,"你并不每天和我们生活在一起,怎么知道我老是回家照顾我母亲,不照顾你父亲?"

芙蓉想了想说:"我自己想出来的。"

"怎么会凭空想出这些?"

胡秉宸在一旁插话道:"是我告诉她的。"

"如果是你,事情就更复杂了。别人这样说还情有可原,你怎么能这样不讲事实?我是不是尽最大努力照顾了你,你没看到我累成什么样子吗?"

还不如那些常见的朋友,见她总是蓬头垢面的样子,很是心疼,"你的任务是做个好作家,而不是做个贤妻良母。贤妻良母有的是,很多人都能做,好作家却难找。再说你如此竭尽全力,未必能落一个好,何苦呢?"

见胡秉宸不好回答,芙蓉说:"算我造谣吧。"

"你为什么要这样做呢?恐怕还是有人说了什么吧?"

胡秉宸抄起钵里的梨,一个个摔向墙角,梨汁溅了一墙一地。

他为什么不往地板上扔而是往墙角上扔?吴为的思维游离出线,思考起胡秉宸为什么把梨砸向墙角而不是砸向地板。

"芙蓉好不容易回来一趟,你就和她吵架!"

一声厉吼,把吴为拉回现场。

"这哪里是吵架!你明明知道不是这么回事又不出面澄清,我只好为自己说几句,你就闹成这个样子。你为什么恼羞成怒?难道我为自己解释几句都不行吗?"

这一夜禅月梦中还乡,姥姥在她耳旁絮絮地说着自己,也说着妈妈的一生。朦胧中,有一带翼的巨大黑影,盘旋在她头顶,姥姥的话语渐渐变为含混的呓语,又像轮回不尽的诵经……禅月感到那翼的拂动,而后又慢慢覆盖在她的身上,柔软而温暖地窒息着她。她听见那翼的轻笑,便伸出右手到那两翼交叉的地方,那儿有一根极硬极硬的翎。

妈妈说过:"你的手那么小,可是真有劲儿,这叫'通关手'。"

禅月就用她的"通关手"握住那翎,猛然一拔,翎子就被拔了下来。那翼也就猛然收缩而去,不再覆盖她,也不能再用它的柔软和温暖窒息她。

禅月的呼吸畅快起来。虽然那翼还在头顶盘旋,但已越缩越小,禅月觉得那正是它该有的模样。

回手将翎折成几段,那翎发出了痛苦的尖叫……在这叫声里,她听到一个亿万年前的回声,穿过苍茫岁月、潮涨潮落的起伏,以及荒漠上的风、碎裂的太阳……

她想起幼时那次生病高烧,明明觉得自己往深渊坠落,深渊下有巨大旋风吸吮着她,她的两条腿已经滑下,并在旋风中悠悠悬荡着,可她的两只手死死抠着渊上的峭壁,手指被锋利的岩石割破,疼得几乎支撑不住,身体也越来越重、越来越大,两条胳膊却越来越细、越抻越长,马上就要从中折断,吓得她大叫"姥姥!姥姥!——"可她最后还是爬了上来,觉得自己睡了一个长长的觉,在这一觉之后,烧退了。

小时的事不一定都记得很牢,可这来自深渊下的风、风的旋力、她不肯坠落的意志……都成为她的老本,正是从那以后,她有了特别的力量,知道自己从此以后可以做很多的事情。

多少次禅月想把吴为和叶莲子接去,可吴为说:"我还有个丈夫呢。"

"给他请个保姆,我出钱。"

"他需要的不只是保姆。"

"从他对你的态度,我看不出什么本质性的区别。你就是不为自己想,也该为姥姥想想。"

吴为默然。

当妈妈什么都说不出的时候,她头上的白发就替她说出无尽的苦楚和辛酸。在这样一个环境里,妈妈能不缩水吗?

噢,可怜的妈,您只好受着去了。只要您这种"俯首甘为男人牛"的原则不改,您的苦役就没个完。

是啊,保姆能和胡秉宸上床吗?所以此保姆非彼保姆。

中国男人很少直视女人,大部分是斜视、瞟视、窃视,尤其对他们想入非非的女人,更不直视,怪不得中国人发明了那么多关于"看"的词汇。禅月能指望也用这种眼神看女人的胡秉宸关爱母亲吗?看看她穿的那件黑T恤、那条黑布裙,上面的每一根线条、每一条皱褶,都宣告着廉价和粗制滥造,而她那股穷酸气又特别硬,特别横冲直撞。

都是她自己把男人惯成了这个样子,瞧她为胡秉宸下过多少次地狱!

当年杨白泉还不是看她们满门弱女子,没有撑门立户的男人,才敢平蹚她们的家?妈妈早该把胡秉宸写给她的那些情书,复印一套寄给胡家,也许一封就够了。

如果胡秉宸不为她说什么,她自己就不能对芙蓉说一句:"你跟我说得着吗?"

几十年来,为什么独自承担着所有的侮辱和欺凌?为什么不能对世人说"找那个男人说三道四去"?

……………

妈妈以为她是谁?包打天下,无所不能的上帝?

傻不傻!永远一个没头没脑的傻小子。

芙蓉更是不辞劳苦,走家串户,及时将吴为的败行劣迹通报昔日"白胡婚姻保卫团"。已然解散的"白胡婚姻保卫团"重又聚集起来。

于是这个被黄鼠狼偷袭的鸡窝,为岗位上下来的老战友,提供了发挥余热的可能。

吴为再次陷入孤军奋战的境地。在胡秉宸保卫战中,虽然也是一枚孤军奋战的过河卒子,后面毕竟还有胡秉宸的爱在支撑,现在却是背水一战,而且这些对象与佟大雷又不同。

国民党厉害不厉害?还是干不过共产党。

何况还是地下党,即便吴为有十个脑袋也不行。

连胡秉宸说起来也是谈虎色变,"胥德章这些人排斥一切不是这个圈子里的人,孤立搞臭叛逆者,比如我,所以特立独行的人很少。"

他最后的投降可以理解。

……………

吴为哪里是嫁给了胡秉宸?她是嫁给了胡秉宸那个城堡啊。

她日夜不安,诚惶诚恐,精神紧张,全部节奏混乱。

还要打肿脸充胖子,向人展示她终于得到了这份三生之缘,她很幸福,是被丈夫终日呵护备至的优雅女人,而不是蓬头垢面、全方位的奴才。

吴为在床上的表现不够完美、不能全然投入,与这种心境不无关系。

那一次胡秉宸与杜亚莉讨论性冷淡以及类似课题,让免不了骨子里还是一个旧式女人的吴为觉得,他们二人在拐弯抹角地嘲讽她的床上表现。

当吴为在一本杂志上看到一则探讨性冷淡的文章时,觉得找到了为自己开脱的理论,试着与胡秉宸谈谈"非常"之一:"你听,'……性冷淡的主要原因之一是生活节奏太快,体力精神极度疲劳的结果……'而不仅仅是你和杜亚莉说的那样。"

以为有了这样的科学根据,会得到胡秉宸的同情。可是胡秉宸一句话,就把不论是她,还是杂志上的科学理论,都挥斥得退遁无门:"什么生活节奏太快?什么体力精神极度疲劳?……都是你自找的麻烦!"

与胡秉宸恋爱结婚,可不就是她自找的最大麻烦!

再看到有关女人如何启发男人性兴奋的文章时,就解嘲地一笑,将那报刊扔下,想,太累了,无论如何她不能这样劳累自己。

尽管叶莲子得了不治之症,但也不一定那样早就弃世。

她是实在不忍心看着自己的女儿,被一点一滴地敲骨吸髓。

胡秉宸的战友、白帆、儿女,能这样肆无忌惮地对待吴为,根本问题在胡秉宸。如果胡秉宸能够站出来为吴为说几句话,他们怎敢这样对待她?包括他那个杜亚莉。

胡秉宸是太原始了,"我""我""我",连旧社会的阔少爷都不会如此。再看看那些猫儿,母猫生小猫时,公猫还急得围着母猫团团转,舔了这个舔那个,到底是个"大老爷们儿"啊!

客观上他们全体把吴为耍了。

看看吴为累成什么样子了——披头散发,面色晦暗,满腿是血,还笑嘻嘻地对叶莲子说:"那个警察真好,我以为他非骂我一顿不可。"

为的是到国际邮局为芙蓉邮寄一份国外某基金会的申请表,险些出了车祸。

芙蓉又和情人闹翻了,每与情人闹翻,就让吴为再给她找一个出国的机会,以为这样一激,情人就会有所悔悟。也不亲自填写表格,一律由禅月或胡秉宸代劳。需要芙蓉补充什么资料,她也不肯用心。不能说芙蓉使唤人太狠,只能说她的出国之说,不过是对情人的冷战。

情况一旦有了转机,也许情人一句甜言蜜语,芙蓉就会反悔,就像胡秉宸一句甜言蜜语就让吴为无数决心化为乌有一样。出身政治家庭的芙蓉,面对男人的无情,与一般女人一样,完全没有了自己。

到了现在,吴为已经知道永远不会得到芙蓉的善待,但她一直不清楚当年欠芙蓉的"债务"已偿还了多少。只要芙蓉开出账单,总能得到意想的偿还,还巴不得芙蓉给她这个偿还的机会。

吴为为芙蓉花费的精力,比对禅月多多了。禅月出国留学全凭自己努力,根本没让她走过一个关系。

这一次吴为比较为难,"过去为你联系过那么多次,最后你又不去了,朋友白帮了忙,关系也都用尽,现在再求人家,真是张不开嘴。"

这一次芙蓉千保证、万保证:"你再想想办法,这次我一定认真对待。"非常真诚。

自己也是过来人,完全能够体会芙蓉被情人耍弄的痛苦,见她那样急迫,想要逃离这个长达十多年的情劫,吴为答应再想办法。

美国、加拿大是不行了,只好转求欧洲的朋友。

所幸某基金会有了回音,吴为亲自到国际邮局为芙蓉邮寄申请表格。

为赶时间,吴为把自行车蹬得飞快,连闯红灯。她也知道,即便如此这般,也挤不出多少时间,不过几分钟而已。

但是对于胡家,吴为是太忠诚了。

很快就到国际邮局,吴为再闯红灯,一辆拐弯大卡车呼啸着向她冲来,眼看就要撞上,来不及躲避,只好拐了个硬弯,从车座拔得很高的二八车上结结实实摔下,摔在了那个十字路口。因为穿着短裤,立时满腿流血,疼得她不顾十字路口那个眼看她违规的警察,抱着脑袋捂着脸,坐在十字路口不能起身。没想到警察见她摔得可怜,不但没有罚她,还把滚得远远的草帽为她捡回,问了一句:"你没事儿吧?"

很久、很久以来,吴为都没有听到这样一句简简单单的话了。疼痛没有让她流泪,危险也没有让她流泪,这一句陌生人的关爱,却让她掉下泪来。

回到家里,胡秉宸只问了一句"寄出去了吗?"至于吴为腿上的伤,好像没有看见。

不能怪胡秉宸无情,他不但还在气头上,近日以来积攒在心里的怒气也没发泄出来。

原因是他去国际邮局邮寄芙蓉的申请表格时,对工作人员很不客气,又发生了口角,对方就说接收城市不明,无法投递。

由于芙蓉自己不肯填写申请表,只好由胡秉宸代劳。

一个副部长,哪里干过这样琐碎的文字工作?又不会用打字机,用一个手指在打字机的键盘上戳来戳去。打字机不像电脑,错就错了,没有修改余地,胡秉宸不得不一次一次重来,满地扔的都是废纸。

每当打错一次,胡秉宸就发出虎啸一般的长吼。

吴为怕怕地说:"我用电脑替你打好吗?"

他怒吼道:"你给我滚!"然后执拗地继续憋在屋子里,终于把那申请表打了出来。

怀着这样一颗暴怒的心,能对邮局的工作人员态度好吗?连对自己的妻子吴为都是一个"滚!"

只好由吴为去邮局协调。

有了结果,芙蓉又不去了。

不去倒也在意料之中,可是没料到芙蓉会这样质问她:"你什么意思,非要逼我出国?"好像胡秉宸有亿万家私怕芙蓉分得。

吴为简直不知如何回答是好,"不是你让我做的吗?"可吴为还是没脸没皮,这种情况下还不愿看着机会轻易流失,继续劝说道,"你看事情已经办成这个样子,还是去吧,就算是去旅游一次。"

"不去,就是不去。我没那个闲钱花在这趟旅游上。"

"我不是给你存着一笔钱吗?当初说,你出国留学就用它做路费,如果不出国就等你结婚用。"

"我为什么要用你的钱?!"

关于这笔钱,胡秉宸常常提起,老是说:"我们把那笔钱还给你吧。"

"好吧,既然你说芙蓉不需要,我就捐献给'希望工程'。"

"你要是捐献给'希望工程',我就都把它花了。"

"随你便。"这笔钱带来的麻烦实在太多了,可有关这笔钱的讨论,最后总是不了了之。

…………

吴为向胡秉宸转过头去,希望他能说句公道话。他不但当时在场,现在也在场,亲历亲见芙蓉吩咐吴为为她联系出国的是他,如今眼看着芙蓉指责吴为将她弄出国目的不纯的也是他,可他胡秉宸义是一言不发。

芙蓉走后,吴为才敢问一句:"你们父女二人怎么回事?不是你们让我去给她联系出国机会吗,怎么现在又变成我逼她出国?"

胡秉宸回答说:"哎,芙蓉还是个小孩子嘛,何必和一个小孩子计较呢!"

四十多岁的芙蓉,什么时候才算长大成人?吴为实在羡慕芙蓉,要是胡秉宸对自己也能这样宽大为怀就好了。

不是芙蓉刁钻。谁让芙蓉生长在那样一个家庭,如果她像一个平民女孩那样,守望的仅仅是一个爱情,而不是情人的"少年得志";如果情人对仕途没有那么多的奢望,芙蓉也不会在望不到头的守望中毁了她那少女如诗的情怀。

情人倒是行情看涨,可轭上的绳子随之也越拉越紧,就像当年还在岗位上的胡秉宸,在爱情与前程的取舍上别无选择,再也不提与妻子离婚与芙蓉结婚的事。而芙蓉也韶华渐逝,他们的前景越来越渺茫,让芙蓉怎么安恬得了?

从这番苦苦守望上来说,整个儿一个吴为当年景观的再现。

安排好叶莲子的饮食起居,吴为马不停蹄,又赶回胡秉宸那里去。

险些死在车轮底下的吴为,让叶莲子开始盘算什么。

吴为一出家门,叶莲子就让小保姆搀扶着她来到厨房,从米罐下掏出吴为结婚登记那天自己买的笔记本。拿着它回到卧室,擦去面上的麸粉,一页页从头翻起。

其实叶莲子久已不再记录吴为的痛苦,因为每一笔记录,都是她亲眼所见或吴为亲口所讲,都是刻在她心上的一刀……

×年×月×日

虽然反对他们结婚,但真结了婚,我还是一心一意往好里做,往好里处。

为了他们的第一个春节,第一个年夜饭,买了平时很少吃的菜,很贵。

等了很久,晚上九点多胡才来。原来他到白帆那里去了,说是去送机关里发的几条鱼。

吴问:"你什么时候去的?"

他含糊其辞:"白帆不在家的时候。"却不告诉具体时间。

难道直到他离开之前,白帆还没回家和孩子们一同过除夕吗?

我给他盛饭端饭,他就那么坐着,连一声谢谢都不说。当着外人,他不是一口一个"谢谢"的绅士吗?

×年×月×日

吴说起胡在上海养病期间,因不肯出卖他而受尽白帆与他对手迫害一事,胡答:"怎么,难道你还让我把白帆痛打一顿不成?"

吴说:"我哪里是那个意思,我只不过想要听你对我说一句'亲爱的,你真爱我!'想不到这点儿心思还要我亲口说出来。"

难道他不该问一问吴:"那些年你是怎么过的?"当时只要吴交出他的一封信,那这个政治游戏还跟吴有什么关系?

好人全让他一个人当了。

×年×月×日

胡又住院了,吴去陪住。

吴说早上起来胡就开始骂她,已经骂了几天几夜了。

"我不喜欢酱油,你怎么偏往烧鸡里放酱油?你安的什么心?是不是成心不让我吃饱饭?"

"你对司机和保姆太民主。我告诉过你,不要和司机多说什么,否则他就会蹬鼻子上脸。惟女子与小人难养,近则不逊远则怨,你懂不懂?我用了这么多年的司机,没有你这么多花样。到底是小市民出身!"

"你把钥匙给芙蓉了没有?没有,怎么搞的?昨天到现在一天都过去了,你就抽不出一点儿时间把钥匙给芙蓉?……上次我住院,她在我们那里小住,家里竟然没有油,让她怎么生活?没有油你知道不知道?你这个家怎么当的?"

"前些天胥德章他们来,瞧瞧你那副受宠若惊的样子。你是我太太,还是一个作家,他们过去都是我的下级,怎么见了他们会那样没有身份、没有架子?!"

"芙蓉现在是硕士了,没有好衣服怎么办?"
"街上好看的衣服不少,我还给禅月买了几件呢。"
"芙蓉不会买。"
"好吧,我给她去买。"
"你在香港给她买的凉鞋,把她的脚都磨破了。"
"她对我说她穿三十八码的鞋,我买的就是三十八码呀。"
"你给芙蓉买的珍珠项链也缺了一颗。"
难道吴会摘下一颗吃了,卖了?

下午有电话打进病房,吴接听,对方问:"你是谁?"
吴说:"我是胡秉宸的爱人。请问你是谁?"
"我是白帆,你来拿鸡汤吧。"
"好,你和秉宸说吧,他如果需要,我马上去拿。"
胡接过电话说:"这里每天都有人送吃的,不用了,谢谢啦。"
"有人"送吃的!"有人"!
过去胡对吴说,他生病的时候,白从来不关心他的死活,就连心肌梗塞,白也没有陪他住过医院,现在看来,白不是很关心他吗?
胡昨天才住进医院,白怎么马上就知道了医院的电话?
胡对吴说:"是芙蓉把电话号码告诉了她,也可能不是。"又说,"你赶快回家交电话费吧,交完电话费就不用到医院来了,来回跑没必要。"

因为白要到医院看望胡。

×年×月×日

胡一位老战友的女儿来访。丈夫是美籍华人,突然病故,她通知其前妻在美、港的子女前来商讨安排后事,结果财产及银行保险箱钥匙全被他们拿走,她特来向胡讨教如何争夺遗产。

胡说:"你根本就不该通知他的子女,先把一切抓到手再说。"

那些子女固然不对,但胡这个主意不一定就好。

要是吴为突然死了,他是不是也会这样对待我和禅月?

×年×月×日

胡要吴给他买一件驼色毛背心,吴在冷风里徒步从东四走到东单、王府井,每见商店就进,终于买到一件驼色、前有辫形花纹背心一件。辛辛苦苦回到家,胡不见了,原来和白帆共进午餐去了。回来之后不但不做一句解释,还嫌弃吴为买的背心花式太旧,说:"我告诉你要一件驼色毛背心,没说要这种辫子花式的,这种花式太旧了,你自己穿吧,我不穿这种东西。"

×年×月×日

让吴过香港时为他打听两个侄女的下落,"听说其中一个嫁了大亨,如果找到,让她们招待我去香港玩儿玩儿。"

吴说:"这个夏天我不在国内,你自己到北戴河去疗养一下吧。"

胡说:"你不在,我一个人去有什么意思?一定要和你在一起,我才会去。"

晚上吴接到某部长的电话:"告诉老胡,我在老干部局看到我们在北戴河的楼号,老胡是三号楼,我是七号楼。让他找我打牌去。"

吴把老部长的电话转达后,胡停了一会儿说:"我多年没有和芙蓉一起到北戴河共享天伦之乐了,这次我要和她一起待一待。"

本是应该的事,胡为什么演戏?

×年×月×日

吴今日回国。因为我这里离机场较近,先到我这里看望,不敢多作停留,就赶到胡那里去了。一进门芙蓉就说:"你到哪里去了,现在才回家?"

"我先到母亲那里看了看,不知我不在这些天她的情况怎样。"

芙蓉听都不听,转脸到客厅里去了。吴讨好地将国外带回的礼物一一拿给他们。

她将吴从国外带回的酒杯一扔,酒杯碎了,对胡说:"哟,对不起。这可是吴为从国外带回来的。"

×年×月×日

宴客。芙蓉与胡坐于主位,吴被挤在一角。

由芙蓉一一给客人布菜,一边布菜一边说:"爸这个鸡腿你吃,伯父这个鸡翅膀你吃……"轮到吴,芙蓉看了看,夹了一个鸡屁股。吴不吃鸡屁股,只好继续摆在盘子里。

接着芙蓉对客人侃侃而谈:"我妈那个人特别善良,还帮司机老婆找工作。司机对我说,他老觉得我妈那个家才是胡家。你们说怪不怪?"

客人们不便表态地哈哈着。"哈哈"是一种有进退、怎么解释都可以的回答。

吴也陪着哈哈,可胡偏偏不让她在这哈哈后面躲一躲,不给吴留一寸面子的机会,插话说:"别做出那副受气的样子。"

这一来,大家就有了名正言顺地看看她一脸尴尬的机会。

×年×月×日

昨天胡来我这里大闹。因吴去修胡送她的那条"玛瑙"项链了。那不过是一条仿玛瑙的玻璃项链,因胡所送,吴一直很珍惜,这次出国更要随身带着。

路上塞车,吴回家晚了,胡就来我这里大闹,问我:"吴为到底上哪里去了,不在这儿也不在我那儿,是不是和情人幽会去了?"

我不好说什么,也不敢说什么,怕影响他们的关系,只好像哄孩子那样哄这个比我小四岁的男人:"别生气,别生气,她不会无缘无故不回来。"就差没有说"好乖,好乖,听妈妈的话!"

胡把我的茶叶罐摔到地上,说:"这就是你们这些小市民、暴发户养出来的女儿!"

一见吴终于回来,胡闹得更厉害了。吴把他哄到自己卧室,跪在地上,一面摩挲他的胸口,一面求饶:"我去修你给我的项链了。"

可胡怎么也不相信吴的解释,直到我去请他吃饺子,吴还在地上跪着。

看到女儿给人这样下跪讨饶,真让我心疼不已。

胡一口饺子也不吃就走了。我和吴手足无措相对而立,不知还会有什么厄运在等待着吴,也不知怎样才能缓解她的焦虑。

果然一早就按到芙蓉电话,"昨天你们怎么搞的?让我爸发了一夜高烧,一早就去了医院。"吴吓了一跳。

昨天胡在这里大吵大闹时还劲头十足,怎么一下就发了高烧?

吴与我商量,如果胡病重,她一定取消这次出访,不管此行与她的事业以及转机去美国参加禅月的毕业典礼多么重要。

马上给法国航空公司打电话,"我丈夫突然生病,也许要取消计划,如果退票请问如何办理?"

"如果您在下午三点之前做出决定,可以打电话到法航办事处。三点半以后,请打电话到机场登记处。"

我看看表,到下午三点,吴还有七八个小时的时间。

交通拥挤,自行车又借给了邻居,吴无法马上赶到医院看望,又打电话给芙蓉,说她一时赶不到医院,胡的病情请她及时通知,以便决定自己的行程。

刚刚放下给芙蓉的电话,胡就笑眯眯地进来了,"我不过是前列腺炎复发。"

所谓发了一夜高烧,一早去了医院,是真还是假?

胡的安然无恙和笑脸,让吴感动得忘记了他昨天的行为。

也许胡良心发现,还带来一罐茶叶,对吴说:"我把你妈的茶叶打翻了,现在赔她一罐。"不说是有意摔的,而是打翻的。

尽管没说一句"对不起",也算道歉吧。我们被他欺负惯了,今天他能这样做,已大大出乎我的意料。

吴受宠若惊地与胡周旋着,无法在远行之前和母亲话别,那是她自小养成的习惯。可她不敢也不能抽出一分钟时间给我。

×年×月×日

吴远在他乡,只好请胡帮我办理出国手续。因上年纪无法乘坐公共汽车,胡还算不错,用他专车带我一程。车座很矮,手脚不便,无法从车座起身下车,也开不了车门,胡见后也不拉我一把,径直下了车,站在二十多米的远处随我自己挣扎。我很着急,可也不敢叫他,后来司机看不下去,给我开了车门,把我搀下车。

×年×月×日
保姆走了,吴也病了,胡说:"你这样病着,我也不能没人照顾,还是去找个保姆吧。"

吴想不如与胡乘他的专车同去保姆市场,找到保姆后可以直接带去他那里。

吴问:"你能不能和我一起去?"

"不能。"

吴只好爬起来,到保姆市场找保姆。下着雪,还很大,风刮得也烈。找到一个山东来的,教了保姆最基本的家务活儿和胡秉宸爱吃的菜,说是等身体好些,再多加指导。

冒着风雪将保姆送到胡处,然后才回到我这里,因为她病得不轻,需要我的照顾。

我老了,但还能尽心照顾女儿。当夜吴就发了高烧,胡知道后也没来看看。

总算没再找吴的岔子,吴也就满意了。

…………

这哪里是笔记,这是一本"变天账"啊。

也可以看出,吴为对叶莲子无所不说。

这些事,当时不过一桩桩记下,现在统起来一看,简直就是顾秋水的阴魂再现。看得叶莲子好心疼,好心疼啊!一个如此叛逆的女儿,被折磨成了什么样子!

当她发现胡秉宸这把软刀子并不比顾秋水的硬刀子更为人道时,她知道吴为的大限到了。可怜的吴为,再也没有出头之日了。

自己的病又好不了,只能一天比一天坏,不过在床上等死,这种活法不但她觉得累,吴为更累啊。

活着还有什么意思?无非看着吴为在胡秉宸的折磨下一点点

耗尽她的生命,而自己又无能为力。她老了,如果不老,还可以为吴为一拼。

既然不能解救吴为,又怎能忍心让水深火热的吴为继续背着自己？如果没有她,吴为肩上的担子,就会从双份变做一份,那不就是对吴为的解放？

没有她夹在他们中间,胡秉宸也许能对吴为好一点,吴为的日子就会容易一点。

死了好哇,死了什么也看不见,什么也不知道啦……

两天后,叶莲子让小保姆将她搀进厨房,点上火,靠在小保姆身上,将那"变天账"一页页撕下,一页页点燃,一页页化作灰烟。

如果小保姆读过《红楼梦》,就会知道大事不好。可是小保姆哪里读过？

…………

叶莲子找到了时机,住进医院抢救的一天,她拔掉了身上所有支持生命的管子。

叶莲子只想解脱吴为,却不懂得这个世界上她是吴为惟一的药物。她这撒手一走,谁还能给吴为一点点治疗？谁还能给吴为一点点关爱？

更不懂得,她这一走,不但不能解脱吴为,甚至把吴为推向绝路,吴为跟着死定了。她的肉体也许还在运行,可是从"活"的真实意义上说,吴为死了。

最后的吴为能不揪住叶莲子不放吗？

她冲上去摇撼着无知无觉的叶莲子:"妈,您醒醒,您醒醒！"

叶莲子再也不能醒来了。

她该怎么办？

此后这个世界上,再也不会有人倾听她,知道她,支撑她了。

没有叶莲子的未来,将是怎样的恐怖？她将不得不单枪匹马面对胡秉宸们的折磨、欺凌而无处倾诉,那些苦水马上会把她淹没。

不,不能,妈您不能把我一个人丢下!您回来,您给我回来!

吴为冲上去,用拳头猛砸叶莲子的臀部,叶莲子还是不能醒来。

她又跳上去在叶莲子脸上打了一下,狂呼道:"妈,您醒醒,醒醒!"

叶莲子还是不能醒来。

只是,非常奇怪的是,此时从叶莲子左眼渗出一滴又浓又沉的泪,挂在了左眼睑下——那好像不是泪,而是从身体里渗出的最后一滴精气,让吴为心里一惊。

不知这滴泪,是不是对墨荷离世时那一滴独泪的呼应?

只是叶莲子这滴泪非常混浊,而墨荷的那滴泪清清亮亮。

叶莲子多年不流泪了,现在却流出一滴。尽管她已经没有呼吸,这滴泪还应该说是她一生中的最后一滴泪。叶莲子哭了一辈子,没想到离开这个世界的时候,还不能像那些寿终正寝的老人一样,安安静静地走。临走,临走,还得再流一次泪。

她这辈子所流的泪,几乎全来自她所爱的人的伤害,连最后这滴泪也不例外。

这滴泪,不也是声讨吴为不孝的檄文?

吴为趴在叶莲子的脸上,将那一滴混浊的泪,吮吸进自己的肺腑,希望将叶莲子的这滴泪,永存心田。

等吴为稍稍清醒过来,才发现叶莲子拔去了身上所有救生的管子!

原来叶莲子有意如此!

医院说是往家里打了电话,但是没有人接听。也许那时吴为刚刚受过胡秉宸的呵斥,正躲在公园里痛哭。

"妈,您就这样把我脚下最后的、惟一的,让我不致沉沦的那块木板抽走了。您为何如此狠心?如此决绝?"

世界如此之大,吴为从此却没有一处可以落脚的地方了。她有房子,但却没有了家。

这是一个永远不可能愈合的、长在吴为生命上的伤口,直至她生命的终结才可能结束,也许还会带到下一世也未可知。

叶莲子去了,她的苦难和她本人,再也不会站在吴为和所有男人中间了。可是吴为却走出了男人的迷宫,她对这个人世的希望以及有关男人的一切神话,也一闪而灭。

吴为也曾设想,要是重新给她一次生命,和胡秉宸的日子会不会过好?

不,不可能。这不是她自己能决定的事,她的命,是从叶莲子开始并延续下来的命。即便叶莲子已经不在了,也得由她来负责完成。

除非给叶莲子另外一次生命,另外一种命运。

一切都是前生欠下的。

世上的事,绝对有因有果。

失去叶莲子的哀痛,充盈着吴为剩下的人生空间,要是有人爱她一点、呵护她一点,也许她会走出忧郁,最后不致发疯。

可是没有。

她需要揪住一点东西,借助一些外力,可她现在两手空空,什么都没有了。

没有啦!

从此叶莲子变做吴为泪眼里的幻影,总是摇动着两臂,走在她的左左右右、前前后后;叶莲子那一拢只有吴为才能嗅得着的气息,也总是散漫在她的四周……

吴为心不在焉、慌慌张张、神不守舍,老觉得有个约会在等着她。后来明白,那是她和叶莲子的约会。只有赴了那个约,她的心才能定。

四

反过来说,胡秉宸不仅和吴为结了婚,同样也和吴为全家结了婚。

所不同的是,叶莲子在木已成舟后,便不希望那只船漏水、下沉,无论如何得航行下去;而胡秉宸周围的人,无一不希望这只船触礁下沉。

想当初,胡秉宸与吴为也希望过白头到老吧?可是周围有太多的因素把他们扯开。

所以很难说他们谁抛弃了谁。

那一天风平浪静无战事,吴为却无缘无故高唱起来,唱得像大学时代在大学生合唱团那样卖力:"啊,亲爱的安娜·格里戈里耶夫娜!啊,亲爱的安娜·格里戈里耶夫娜……"

胡秉宸说:"你喊什么呢?"

"我在唱。你没听过这首歌吗?苏联电影《心儿在歌唱》的插曲,'听……心儿在歌唱,歌唱我的爱情,歌唱我的幸福……歌唱亲爱的安娜·格里戈里耶夫娜……'"

恍惚觉得,就是这个安娜·格里戈里耶夫娜,不仅嫁给了年长她二十多岁的陀思妥耶夫斯基,也嫁给了陀思妥耶夫斯基那一大帮亲友。

而这个安娜·格里戈里耶夫娜毕竟有能力将陀思妥耶夫斯基带出国门,远远逃离那些摧残,甚至可能毁灭她和陀思妥耶夫斯基那伤感、脆弱爱情的亲友,让他们的爱情足够长大、健壮,让她自己的精神也足够长大、健壮,各个方面都成熟得足以应对他们之后,再回来面对那帮亲友。

可是她既没有那样的经济基础,社会也没有提供她那样的可能。她不得不在自己的精神还没长大、健壮,技术上更是一穷二白的情况下,就被压在这巨大的岩石下,再也不可能冒出头来,只好变形、扭曲,为日后的发疯积攒条件。

她果然越来越怪兮兮的。

可以说胡秉宸带吴为去精神病医院是对她的关心,也可以说是受了白帆的影响,当年他每每发作心绞痛,白帆就说是装的。

从精神病医院回来,没等脱掉大衣、卸下身上的皮包,吴为就怯怯地对胡秉宸说:"我再也不到这种医院去了。"

"为什么?"他尖着嗓子问。

"那些医生只是好奇而已。我能对他们说什么呢?"她两眼望着空中,心想,她能把这个被黄鼠狼偷袭的鸡窝,对人一一道来吗?

"不行,你确有精神病,现在更要经常去看医生了。"

吴为哭了起来。

从前她不是这样的,这是胡秉宸们近二十年的成果。

"哭什么?要你去医院又不是杀你!"

"不,我不去!"知道逃不脱胡秉宸的安排,又像每每被胡秉宸冤得、噎得上不来气那样,吴为恨不得将自己撕碎那样号啕起来。

越哭越觉得窒息,她得赶快离开这屋子,不然就憋死了。脑袋一撞就向街上奔去——胡秉宸反应非常之快,喀哒一下,锁上了门。

吴为又反身奔向窗户,不管楼高楼低,要紧的是逃出去。

胡秉宸一看情形不对,一把拽住吴为挎在身上的皮包带,并且下了暗力。

皮包带深深勒进吴为的脖子,她更觉喘不上气,发出了非常奇特的叫喊,脖子上也勒出一条血印——从这条血印的色泽,可以想见胡秉宸的手脚有多么厉害!

不过谁能说出什么?只能说这是胡秉宸对吴为的关爱。

瞬间神志不清的吴为,根本感觉不到疼痛。

但是她奇特的叫喊惊动了邻居。听到隔壁邻居有了动静,胡秉宸放开了手。这才发现,皮包带和皮包体间已经开线。

那是禅月送她的一只荷兰名牌牛皮包,想来以它的坚实程度也经不起胡秉宸的手脚。

叶莲子什么也不用问,只消看看吴为的脸,看看她脖子上那道紫痕,就知道胡秉宸干了什么——他真是恨死了吴为。

事情过去,日子照旧,除了脖子上那条血印不肯轻易销声匿迹,吴为从未想到"家庭暴力"这样的问题。胡秉宸不会像兵痞顾秋水那样动辄以暴力代替语言,而对吴为下这样的暗劲儿,不过是爆发了一次埋伏已久的仇恨。

谁让吴为不肯离婚!

五

不能怪那个"干馒头"冷硬。

吴为拒绝了一个服务。

在这个没有风的、干热的、发着高烧、咳喘得难以呼吸、听凭疾病吞噬的下午,胡秉宸再一次说起芙蓉的情人:"他现在是局级干部了。"

若是以往,吴为还能耐着性儿听下去,可在这个疾病吞噬的下午,她需要安静,不得不提醒胡秉宸:"你早对我说过了。"

胡秉宸愕然地看着吴为,好像她说错了什么。

然后就是这个"干馒头"。

是这个原因吗?即便吴为不说"你早对我说过了",胡秉宸就能体贴她一点吗?

痴心妄想。

他们的关系已是质的粉碎,而不是裂为几块,连补缀的希望都没有了。

"当初如果接受我的建议,不结婚,而是同居,该有多好。"吴为说。

胡秉宸怫然调头而去,时过境迁,现在还想算那笔旧账!

他越来越爱发脾气,甚至说不上是发脾气而是找茬儿。男人一旦到了动辄对女人找茬儿的地步,虚弱也就暴露无遗。

受尽欺凌的人每每恨世,每每冷酷,"我本以为我是这个世界最糟糕的人了,没想到有人比我还糟糕。你要是条汉子,就该有勇气承认自己的变异,而不必用找茬儿的办法制造离婚口实。有'种'的男人可以变心,但不会用找茬儿这种伎俩来迫使对方放弃这个婚姻。"吴为是彻底看不起胡秉宸了。一旦看不起那个男人,也就不再爱了。

吴为同样卑劣,不肯轻易说出离婚,是实在不愿毁灭一个做了几十年的老梦——她自己的老梦。与胡秉宸无关,也与爱情无关。

想想二十多年的付出,想想无赖和痞子是怎样炼成的,实在太冤!

她不明白,不赶快抽身,会输得更惨。

何止是制造离婚口实?胡秉宸是不愿承担再次离婚的责任,只好日以继夜地找茬儿。一旦吴为的忍受到了极限,自然就会先开口提出离婚。

而吴为已下定决心,绝不让他这个计谋得逞。反正她已经输光了,再也没有什么可输,不像胡秉宸,对未来还有打算。

哪怕胡秉宸急得上房揭瓦,吴为也不吵不闹,稳坐钓鱼台,最后像心中的安娜·格里戈里耶夫娜那样逃避国外。

胡秉宸鞭长莫及,离婚美梦难以尽快实现,只好将一个又一个离婚圈套,一封又一封花言巧语求离的信,源源不断寄向国外。

每每接到胡秉宸扔过来的套圈,吴为就偷着乐,也是了一个"我是流氓我怕谁"。

对峙几年,不但胡秉宸等不及,连他周边那些人也等不及了,只好再次承担起离婚的责任,虽然广为制造反咬一口的舆论,可是律师那里有记录。有了平复"安史之乱"的经验,无赖加痞子的吴为对"宋明理学"说:"你再这样颠倒是非,我就公布你要求离婚的文字记录。"

胡秉宸这才闭了嘴。

使胡秉宸闭嘴的原因当然不是吴为的威胁,真正的原因很快就会暴露出来。

在他们长达二十多年的关系中,这是吴为惟一的胜利。

想想在胡秉宸离婚案中,为胡秉宸冲锋陷阵、遮风挡雨的艰难岁月,真是没有白练。练成一个无赖和痞子有什么不好?

如若没有这段婚姻,吴为又怎能接触胡秉宸的人生精髓?

得知杨白泉当选优秀党员,并得以进入中南海接受中央领导接见时,胡秉宸更是不无得意地对吴为说:"我儿子被选为优秀党员了,中央领导人还在中南海接见了他们。"

使吴为震惊的,不是胡秉宸说不清是不是自己儿子的杨白泉,一旦得到中央领导的接见突然又成了他的儿子;

也不是胡秉宸对芙蓉的情人忽而编派、忽而认可的无常;

她震惊的是如此区区小事,竟使她心目中那个处变不惊、总是站在时代潮流之巅的胡秉宸,忘乎所以!

视仕途如敝屣的胡秉宸,什么时候改弦更张了?

不但改弦更张,还不经意地流露出对权贵一份不薄的渴慕。

那时常挂在嘴上的宣言:"我永远是个最有活力的人,只要活着,就会利用各种机会、各种方式,为真理、为原则而奋斗。决心在我那本书中,对共产主义、对党的领导方式提出我的看法,这是没人敢碰的题目。"不过是大而空的回声。

就像冒辟疆那个不应试、不应召、不做官的宣言,怕也是葡萄酸吧?不然为何不能忍受子嗣不能入仕的痛苦,晚年不惜人格的堕落,为儿孙的入仕拄杖奔走,终究不能逃脱仕途的诱惑?

这还是她心目中的那个胡秉宸吗?

千不该万不该,不该把到过革命圣地、参加过革命的胡秉宸等同革命呀!

千不该万不该,不该因为胡秉宸对"那些王八蛋宗派主义分子,都是大地主出身的官僚和职业官僚"的一通臭骂,就把胡秉宸当做"大地主出身的官僚和职业官僚"里的另类!

如此说来,胡秉宸与"那些王八蛋宗派主义分子"的矛盾,到底是出于公心还是私人成见?

如此说来,他过去对白帆的编派,有多少是真多少是假?

…………

反过来说,胡秉宸又错在哪里?

先不说半途而废的李鸿章,就是改良先驱康有为、梁启超,归根结底不过一个洋务派。还有那些喝了几年洋墨水,荣归故里经营起指点江山大业的人们,本以为与当地土特产有什么原则上的区别,最终还不是假洋鬼子一个!

"李鸿章"不是早就启示人们:中国人只善改良,不善革命,即便动了真刀真枪,接下来还是改良。

改良又有什么不好?非得极端吗?

既然胡秉宸是这块土地上土生土长的知识分子,他的理想不过是老家那幅"立德立功立言"的中堂,他的痛苦、失落、绝望,也只能在这个层面上展开。

哪怕与吴为的关系,也无不带着这样的烙印。

胡秉宸是不甘沉寂的,说到底还是一个政治人,难免对潮流有着特别的癖好。退出政治舞台后,进入与吴为的情爱。这一爱情,不但对他那个阶层是"新生事物",由于他和吴为的背景,也成为当时社会一个小小的"新浪潮"。胡秉宸自然将这场恋爱上升到政治高度,将单纯的男欢女爱对进许多社会内涵,在不知日后还有机会做红色资本家的情况下,把它看做是"成就此生"的最后一招棋,多次表示要以此惊世骇俗,再度领导一次新潮流。

所以不能把吴为功成名就之后,胡秉宸才正儿八经追求她仅仅看做是虚荣,还有如此顺理成章的基础。

没想到这一壮举,几年后就失去轰动效应,陷入沉寂。

更没有估计到他已经下车而吴为还在车上,他跑不动了而吴为还在飞跑,吴为不正常而他很正常这个差距。

吴为的地位、声誉,把已然退出舞台中央的胡秉宸又逼到了墙角。辉煌一生而又不甘沉寂的胡秉宸,失去了奋起直追的机会,只得面对传统男女关系的颠覆。

真是情何以堪,心何以甘?

这样的生活岂止是不快活?

好比他们婚后不久,某国大使为吴为新婚特地举办了一个午宴。昔日的副部长胡秉宸却受不了"随从"的身份,更加目中无人,眼睛看着天花板,大使先生想与他攀谈一番也无法攀谈……

吴为说:"既然如此,又何必去参加这个宴会呢,我们完全可以找个理由辞谢。"

"我得让那些洋人知道,他们尊敬的这个女人是我老婆!"

原来他是以货主身份出现,难怪一副奇货可居的样子。

如果胡秉宸知道吴为的示爱方式,与他想象的差距是如此阔大;

如果他知道吴为根本不可能对他交出整个儿的心,永远不可能爱他胜于叶莲子;

如果他知道吴为是如此喜欢标新立异,凡事都要有自己的看法,甚至在某些问题上比他还略高一筹,而不像白帆那样唯唯诺诺,惟他为是;

如果他知道吴为是如此神经质,把不必要的事情看得那么重要,

如果他知道和吴为在一起的生活,如此之累、如此不得放松,回到家里也要扮演绅士、英雄,二十四小时都得在岗位上,没有下班的时限;

如果他知道吴为并不重视那证明他价值的爵位；

如果他知道一旦进入吴为的领域,他就如鱼"失"水,没有人再把他看做一个至高无上的权威；

如果他知道吴为竟然可以用那样穿透的目光审视他(虽然不说什么)……

他还会冲破重重阻力,和吴为结婚吗?

其实以社会标准来说,不论在哪个社会,胡秉宸都是数一数二的优秀男人。

只是吴为太把胡秉宸当神,分配给他的责任太大了,并且把他固定在那个位置上,逼着他把那个角色永远扮演下去,不但对公众、对社会,甚至在家里都得维持那个高大、纯洁、辉煌、绅士的形象,这样的负担,世上没有一个男人担得起。

人格的面具是沉重的。胡秉宸也心里明白,他早已不能维持。他累了,这种不能将面具卸下哪怕一会儿的日子,太累了。

对公众、对社会扮演一个好角色不难,关键时刻只要一次挺住,守住真理,宽容的人们会永远记住这个形象。而在家庭和两性之间就不那么容易。两性间的表现是最赤裸的、一点也粉饰不了的。

好比第一次看到胡秉宸穿着一条裤衩砸核桃吃,让吴为着实吃了一惊。那么她想没想过,她躺着刷牙、用手抓吃的、嘬手指头、满嘴大蒜味,胡秉宸的感觉又该如何?

对男人,对婚姻,吴为是过于苛刻了。她若不打破"完美主义"的梦魇,不但自己无法生存,她的男人也无法生存。

在对二十世纪的最终裁判中,胡秉宸也好,吴为也好,根本谈不上什么先知先觉,不过都是大俗一个。

吴为实在不该为了一个夭折的英雄、一个夭折的爱情哭泣,而应该为他们并不具备的品格哭泣。

不知可否期望于未来的世纪——如果还有一个未来世纪的

话,也许人类根本就不可能具备那样的品格。

也许人类的另一个名字就是"大俗"。这真让人悲哀,可也别无他法。

白昼渐渐熄灭了。

深夜,有了雨和风。

残留在窗上的玻璃碎片,在风中钝锉地切割着各种各样能与人言说或不能与人言说的心底,再将它们随意拼接出无法想象的新意。这难道不是最有意趣的游戏?

肮脏的窗帘在头颅上方,如不祥的黑鸟,在夜的黑暗中翻飞张扬。

在一次高烧和另一次高烧的间歇中,有孤独的口哨穿过空旷,在风雨中游走,飘忽。无爱无恨,无所回顾也无所期望,不怕鬼也不怕人,摇头晃脑、自满自足、自陶其乐地跳跃着……

像这样一个夜半三更吹着口哨,在雨地里穿行的人,还会不会问契诃夫或问自己:海是什么?

第二天一早,吴为对胡秉宸说:"我病得越来越重了,必须回北京看医生。现在是旅游旺季,怕是买不到车票,你的司机能不能送我回去?"

"不能。"

发着高烧的吴为什么也没说,郑重地点了点头,装好她的行囊,挣扎着走到车站,买了一张站票,上车了。

所幸有位旅客见她烧得红头涨脸,让她挤坐身旁。

搭着半个屁股,在火车上晃荡了几个小时的吴为,回到北京后变了一个样。

对胡秉宸来说,吴为到底还是一只花瓶,只不过是一只上档次的花瓶。孤注一掷地娶了吴为,很大程度上是为了红罗帐里的销魂梦。

针对这个很实际的男人的考虑,吴为亮出了对付男人的、几近无赖的法宝,极其恶毒地不给胡秉宸上那道大菜了。

手段也极其恶劣,知道胡秉宸对大蒜的深恶痛绝,一到就寝之前就猛吃大蒜,让胡秉宸无法近身。

而且一上床就着。胡秉宸说:"你怎么像只猪一样,倒头就睡?"

"杂志上不是说了?'……性冷淡的主要原因之一是生活节奏太快,体力精神极度疲劳的结果……'我太累了。"

从来不做亏本买卖的胡秉宸,照旧操练不误。但在做爱过程中,吴为竟睡着了。

这和奸尸有什么两样!

还有哪个女人能像吴为这样冷酷?

到了此时,他们所有的矛盾,汇集为最本质的斗争:让操还是不让操。

六

胡秉宸毫不含糊地杀了一个相当厉害的回马枪。

毫无敌情观念的吴为,结婚以后马上解甲归田,以为到了终点,便倾囊而尽,不留后手,好像那些到了家的人,还留什么行军粮!而不了解面前的胡秉宸,是早已脱胎换骨后的胡秉宸。尽管不时扮演一下绅士,读读原版英文报纸,知道如何使用刀叉……岂不知就像一旦学会游泳或骑车,是一生不会丢弃的技术。

白帆却没有一天放弃过对胡秉宸的争夺战。毕竟同生共死几十年,要比半路之妻吴为更知道如何对症下药。胡秉宸早已脱胎换骨,再不是胡家少爷,而是一名"老共"。白帆才不屑用胡秉宸当年请君入瓮的手段,从狄更斯、哈代、老舍……一步步向吴为切入,而是治根治本、对症下药——在胡吴二人共同生活的十年里,白帆让胡秉宸喝下的这汤药怕也有几吨了。

要不要吃回头草的问题,顺理成章提到日程上来。

想想"好马不吃回头草"的格言,有两个问题让胡秉宸颇费思量:一、像他这样的好马能不能吃回头草?二、会不会再度闹出社会丑闻?

思量再三,觉得社会丑闻无论如何不会落到自己头上,毕竟沾了年龄的光,他与吴为的婚变,世人只能理解为一个年老体衰之人,被有不良"历史"、轻浮放荡的女人所抛弃。

将如此一匹心气高傲的好马逼得吃了回头草的恶行,真是罄竹难书!

再说白帆十年来,孜孜不倦地为他吃回头草创造条件,恨不得八抬大轿请他回头呢。

第 六 章

一

人在青春年少,难免不对所谓理想做惊心动魄的投入。

到了两鬓如霜、参悟透彻的时光,又往往不得不别是一番滋味在心头地对孱弱、痴情、如诗如画的青春年少,唱一曲无情最是伤别离的挽歌。

终于到了吴为唱挽歌的时候。

二

吴为的成长期结束了,可是她的创伤还在成长。

胡秉宸和吴为的关系不是没有挽回余地,可是他们没有一个想要把握那些可能挽回的机会,而是一任机会随意流去。

她果真惊天动地地爱过胡秉宸吗?

吴为为自己的无动于衷而哭泣,为那痴迷疯狂的爱的消失而哭泣。

怎么一点不剩,无影无踪?这简直比第三者的插入,比有一个新爱的更替,更让人伤情。

真是色极而空了!

胡秉宸也曾犹豫、不甘,他和吴为曾为此付出很大一部分生命,他们为什么不能得到应该得到的生活?为什么常常有隔阂,不能灵犀相通地谈话?

答案很简单,吴为和谁都不是同类人。

吴为终于同意离婚那一天,他们不吵了,和美得就像恋爱的时光。胡秉宸说:"有一件事,想起来总是很难过。"

"什么事?"

"每次我们吃饭,你总是等我吃完才把我吃剩的菜拿来下饭,有时菜没了,就倒点开水在剩菜汤里,把饭搅和搅和吃下去。"

吴为双手环住胡秉宸,说:"唉,还说这些干什么?你不找茬子和我吵架就好了。"

胡秉宸马上将她环在身上的手臂拉下,"我什么时候找茬子和你吵架了?"

那又何必"想起来总是很难过"呢?

从这一点,吴为断定,她比胡秉宸光明。

维护自我和付出自我,同样需要勇气,所谓知耻而勇。不是有那么一句话吗——羞耻感是有益的道德指南。不论她的忏悔导致了多少人的不幸,可她称得上勇敢,哪怕是小勇。

一个从不忏悔的人,必然是个胆小鬼。

胡秉宸,你再不是我心中的英雄。

到了最后,已经各走各的路了,吴为,你为什么还这样较真儿?为什么还要讨一个说法?

尽管胡秉宸在制造离婚口实时穷凶极恶,离婚时却充满温情,"别难过,你还年轻,重新建立生活吧,开始可能不太容易,时间会解决一切烦恼。"

怎么开始?!

一个六十岁的男人,还可以说是正在当年,而一个六十岁的女人,却毫无前途可言了。

吴为的一生是破损的,但她还是在破损的废墟中,翻检出所剩无几、尚未破损的残余,奉献给了胡秉宸,直至它们被胡秉宸最后、彻底地毁灭。

对于这些所剩无几、未曾破损的残余,胡秉宸也没有特意呵护,享用而已。而且嗑得太狠,等到从嘴里吐出的时候,真真只剩下了一口甘蔗渣。

六十岁的吴为,不过是胡秉宸吐在地上的甘蔗渣。

对这口甘蔗渣来说,还有什么开始?

对于离婚,胡秉宸又这样解释:"我不是牧羊犬,而是一匹烈马,乱踢乱蹦,不好驾御,不好骑。怎么会照顾女人?更不会和你这样一个敏感的女人相处。结婚之前你就说过:'和一个敏感的人一起生活,你会怎样?'当时自视甚高、不自量力,不觉得有什么问题,结婚以后才知道这是个大问题。白帆则不同,她对我是信马由缰、惟我是从,如同战争时期的一个组合,我指挥她服从。"

应该说这是胡秉宸最诚恳的一次剖白。

什么是烈马?就是不能让人驾御的马,它的生命不是为了负重,而是为了自由自在地驰骋。难怪古希腊神话中的男性形象大多非人非马,那是一匹匹在女人心智和肉体上驰骋的马。

吴为在肉体或生活上都可以顺从胡秉宸,精神却不能。

"是啊,咱们终于到了这一天……不过想到你能有一个其实从没离开,又非常适应、非常熟悉、不费力气、可以穿着破背心走来走去的轻松日子,我毕竟还是为你高兴的。"好话到了吴为嘴里,也会变得阴阳怪气。

胡秉宸又觉得受了侮辱,好好的脸色说变就变。

…………

说到与胡秉宸的这场生死之恋,吴为还是心存感激。如果没有这样一位导师,她也不会从对男人的幻想和迷信中醒来。

胡秉宸之后,吴为再不把男人当回事,他们也就再不能伤害她了。一旦哪个小白脸妄想对她略施小计,吴为则洞若观火,一个眼神就把那跃跃欲试的男人扒拉开了,心说:一边儿待着去吧!

你!

男人!

吴为也总算彻底认识了这个迷恋几十年的男人。

对一个女人来说,花开几日红?可能就那么几年,花费几十年时间去认识胡秉宸,就等于是花费了一生。

值得还是不值得?谁能说清。

总算彻底认识了胡秉宸的吴为,办完离婚手续,走出那所办公楼时,却希望自己的步伐、后背看上去正常,很正常,不要显出伤感和惜别。

满脸是揩也揩不完的泪,却硬硬地不肯回头。

走向汽车站那短短的几十米路上,她的人生似乎又有了一个转折。一片空茫,像从叶莲子体内来到世界那天一样。

可她现在已是日薄西山。

她将独行。

她又必须从一无所有开始,重整旗鼓地活下去。

尔后又是孤家寡人,无论什么心事也无人可以诉说。虽然从前也没有,但现在是连贴了标签的也没有了,连打肿脸充胖子也不可能了。

正如茹风所说:"你的光正在熄灭。没有六,没有九,没有……"

这一生也许很值得,如此大起大落,大喜大悲,波澜壮阔。

那么胡秉宸呢?终不愧为一代伟男人,尤其作为一个官场上的男人,能够走出白帆的婚姻,与吴为婚恋一场,应该说是勇气非凡。

无论如何也算非常古典地谈了一场恋爱,到了下个世纪,还有哪个男人会如此这般地与女人恋爱?

男人和女人的关系,将变得更加简单明了。

知道他们离婚后,茹风来信说——

你对他的爱一直让我感动,你的韧性、持久性都说明你是忠贞不渝的、执着的人,而他要的只是性和虚荣,并不是爱。

许多事,不一定非要找什么理由,爱谁有理由,不爱谁当然也有理由,但从根本上讲,是说不尽的纷乱和情绪,并不存在于理性的层面,很难用"理由"去解释。归根结底,人们一生所要对付的是自己的心理。

也用不着后悔,你在这个过程中证明了自己,有什么不好呢?如果你们不结婚,他可能还存在于你的虚构之中,幸运的是这个历程终于完成了。

不要想历史,历史都是真实的,可情况会变化,这更说明:这个婚姻不合适。

社会发展相当缓慢,人们在数十年生命里无法真正改变世界。想找到一个支点撬动地球的人很多,也曾做出轰轰烈烈的伟大事业,但那支点是虚幻的,地球依然自主运行……

日过中天,我们也要步入黄昏了,草木零落,美人迟暮,不免伤感。但比起更不幸的人们,日子还是过得下去的,不要总是陷在烦恼之中。

女儿长大成人,自要展翅高翔,也不要指望与她相伴,最终仍是自己把日子过好。

其实人最大的罪恶是爱,所谓最后的解脱就是从爱中解脱出来:情爱、手足、亲情……

朱自清那篇散文《背影》,给了我们一个信息,人间不管多么深情的关系,本质是丧失,是一种低沉的、底色的孤独。

又,十多年来,友人星散,浮沉枯荣,各随其运,如有水阻山隔。且世事翻覆,情随境迁,少年心事,不复能言,况怆然如吾辈乎!

三

自胡秉宸与吴为结婚以后,白帆就在经营这个计划。以参加革命几十年的经验,以政治工作的多年经验,以地下工作的多年经验……无时不在研究吴为的不足,以便乘虚而入。

可以说,这些年来她只为这个计划而活。

又有哪个女人能像白帆那样,为了争口气,为了报复,肯冒如此的不合算,接受胡秉宸的"浪子回头金不换"?

蜜月期间可以说是喜气洋洋。

首先宴请了"白胡婚姻保卫团"的全体成员。

这是白帆多年来少有的畅快,尽管有关杨白泉的出身,胡秉宸写过那样一纸公文,但最后这份投降公报,将一切抹平了。

因种种利害斗得如乌眼鸡的老战友重又联合起来。

常梅说:"……那女人一看就不是好东西,根本上不得台面,那次老胡非要我们去吃饭,她呢,围在我们屁股后面团团转……一个部长夫人,怎么这样没有身份?"

胡秉宸赖赖地笑道:"伟大领袖也说过嘛:妻不如妾,妾不如婢,婢不如偷。能要求一个妾像一位夫人吗?"

他是真把吴为当妾、当婢、当妓了。好比胡秉宸时有对不起白帆的感觉,却从没有过对不起吴为的感觉。即便千方百计骗得吴为离婚,而后不到一个月就和白帆复婚,良心上也没有什么不安。

白帆娇嗔地白了胡秉宸一眼,说:"真是鬼迷心窍。有什么了不起?不就是写了两本小说嘛!我们是革命去了,要是给我们机会,照样可以当作家……想不到这种人在亨受我们流血牺牲、献身革命的成果。"

"是呀,是呀,文化人哪有什么正经东西?现在把他们捧到天上去了。"

即便常梅已与胥德章携手一生,有了那么多孩子,还是不能忘记自己被淘汰落选的往事。尤其胡秉宸和白帆那声洞房花烛夜的巨响,直到现在,声犹在耳。

胡秉宸是善良的,虽不可能与常梅谈婚论嫁,但当年面对她那双久旱、期待雨露滋润的眼睛,也曾喷洒过不轻不重的调笑。可是这点善良,在他和白帆同居之后,却被常梅看做是对自己的一种不大不小的背叛。

常梅也未曾想到,帮白帆从吴为那里抢回胡秉宸,也就等于在不了解内情人的面前,帮白帆撇清了偷人养汉子的历史。

也许这样说不很准确,其实常梅是为自己从吴为那里抢回了胡秉宸,而不是为白帆。从五十多年前那个失败到现在,心上的伤痛并没有减轻一丝一毫,至今仍是鲜血淋淋。她不但嫉妒白帆,也嫉妒胡秉宸所有的女人。

所以常梅才会到处宣讲白帆是她的老同学、好朋友,也从未放弃将白帆政治历史上的"严重问题"奏上一本的时机。特别胡秉宸升任常务副部长、白帆成为常务副部长夫人以后,更让她感到那个位置本也可能是她的。可这并不耽搁她在胡秉宸得到令纸那一天,忙不迭地带着一瓶好酒,跟着胥德章去贺喜。

那一天,连口口声声不慕仕途的胡秉宸,也不禁想起不务正业、花花公子的父亲给他卜的那一卦:"五十多岁有一步官运。"

战友们未必不知道白帆的缺陷,但维护白帆,也就等于维护了他们的过去。

不但历史将他们忘记,这个时代也将他们忘记了。有多少人还记得他们为劳苦大众的解放,不但抛头颅、洒热血,甚至贡献了家族的资产?有些人却在他们打得的天下里积累资本,反过来剥削他们以及他们后代的剩余价值。这让他们如何消受得了?

吴为胆敢在他们头上动土,就是这种遗忘的一个证明。

无意中，吴为竟成了下一个时代的象征。不管这个象征多么低劣、多么下等，从断代上还是下一个时代的人物，而且撞到了他们这个隐秘的、嫉恨的穴位上。

历史真比爱情还要无情。

又谁让他们选择了政治？在历史长河中，政治只能是瞬间行为，既然选择了它就别指望长存于世，除非少数能够左右历史进程的政治家，也许会留在历史教科书里，可是等到合上书本，也许就忘记了。

而多少政治家可以载入史册？即便为革命献出生命的英雄，除了某个特殊的日子，还常有人提起吗？

很不幸，也不那么公正，胡秉宸和他的战友还不够这个档次或资格。他们也不明白，不仅仅爱情，所有的、所有的，都会随着时间而去，不论曾经多么辉煌或伟大。

但是他们不能，也不愿意忘记，于是越来越紧地抱成一个疙瘩，似乎这样就守住了他们的过去。

虽然毛泽东曾说"世界是你们的，也是我们的，但是归根结底是你们的……"但是真要到了"归根结底是你们的"时候，有些人真是失落……

其实一切都是阶段性的，一个阶段有一个阶段的人群，一个阶段有一个阶段的英雄，长江后浪推前浪，即便前浪不愿下去，后浪也得把它推下去，没有哪个人可以永世占据舞台中央。一个人可以做一个阶段的革命者，却不一定能做永恒的革命者，也是这个道理。

对于历史的书写来说，很多人都可以被称为"作家"。而如果没有了意向纷呈的手工业时代，也就没有了那么多的故事，比如革命。那么所有的悲欢、恩怨，人性的冲突，人生的际遇，也许就简单多了。而一旦故事千篇一律，就像从工业社会的生产线上下来的产品，"作家"们则将失去写作的天堂，当然也就不会下地狱了。

所以手工业时代的战友们，才会演出一场如此悲壮的、最后的探戈。

胡秉宸带着默许的微笑,听任战友们轻蔑吴为,一次又一次为"浪子回头"举杯,以证明他出尔反尔确有缘由;以证明他全心全意回到了白帆身边,彻底丢下了吴为,再也没有什么留恋牵挂……

可渐渐地,他的微笑有了重量。

那个永远长不大,从来都不是他们对手的大孩子,那个没心没肺,给她一句软话就能让她赴汤蹈火的吴为啊!

四

挂出了一幅存放许久、本打算与吴为一起欣赏、却一直没舍得挂出的巨大油画;

白帆还烫了一个扑克牌红桃老Q式的皇后发型;

让保姆擦洗所有的地方;

两人到处寻找哪里可以买到一架便宜的二手钢琴,以突破吴为的家居品位;

买了一组音响,播放古典音乐CD……

白帆没有与吴为一比高低的明确意识,可她要营造一个不比吴为差的艺术氛围,胡秉宸喜欢这种作料点缀的日子。

吴为为什么能够取胜,很大程度上还不是因为那点艺术气质?如果吴为突然升了处长、局长,或是当了劳动模范、救火英雄,胡秉宸赏识是赏识的,但不会动心。

他们甚至开始做爱,不完全是为满足胡秉宸对性爱的需要,也的确包含着对鸳梦重温的美好意愿,足见他们对重建家园的认真和努力。

为了确保成功,胡秉宸还买了一个勃动器,以帮助他那个不太顶用的物件勃起;又买了一些润滑剂帮助白帆润滑。

当夜还为此做了一些准备,让保姆做了几个他们自青年时代就吃惯的小菜,喝了一点酒,白帆有很好的酒量。

到了床上,胡秉宸还适时做了有颜色的调笑,调笑带有明显的讨好之嫌。以他这样一个傲气、出色的男人,在他们几十年的关系中,何曾如此?不禁让他生出一点虎落平阳的悲凉。

对一切事务从来直奔主题的白帆也有所回应。但胡秉宸感到,白帆的配合有赏脸的意味,与几十年前他们的关系相比,的确有了微妙的不同。既然已落魄到了这个地步,还能在意这些?

胡秉宸久已不知女人的滋味,也太需要对吴为的拒绝进行报复,同时意识到白帆的积极配合,埋伏着与他同样的报复心理,用"同仇敌忾"这样一个词来说明他们的努力配合也不为过。

可想而知,他们如何想要做好这件事,特别是白帆,当年正是不能满足胡秉宸的需要,才让胡秉宸有了背叛的借口。她希望就此证明,她在床上给予胡秉宸的不会比吴为少。

孤孤单单的吴为并不知道,有那么两个人,正怀着这样的目的,在一张床上报复着她。

具体运作过程倒不太困难,胡秉宸闭着眼睛,假想身下压着的不是白帆,而是一个形态模糊的性感女人,并专心致志地想象着与这女人的一场欢爱将带来的欲死欲仙的欢乐。

当他身下不再是那个有时敏感、有时混沌,冷不丁又如女巫那样透彻骨髓的吴为时,胡秉宸感到了放松,又毕竟是老夫老妻,轻车熟路。

可是他们失败了。白帆虽有润滑剂的帮助,胡秉宸的运行仍很困难,毕竟白帆是一个老妇人了。

女人一老,那是真的老了。

而他那个靠勃动器启动的家伙,也无法与真正坚挺的效果相提并论。

即便胡秉宸不愿那样想,也得想起与其他女人的性爱,自然也包括与吴为的性爱,更加对比出眼下的勉为其难,也就更显得他们对吴为的报复,以及自己回归这个旧家的努力是那样寒碜。

……………

毕竟世事难以两全。

接着一激灵——一生在女人问题上的反复,不正是缘自不能两全的遗憾?

在以后的日子里,胡秉宸只能处在一面自助,一面想象与吴为做爱的一种新焉旧焉、难分难解的局面中。

五

蜜月刚过,什么都不对劲了。

与吴为离婚、与白帆复婚后,胡秉宸又陷于与白帆离婚、与吴为结婚后对两任妻子、两种生活比较的窠臼。这种比较,哪一天、哪一时、哪一事也没有停止过。并非有意如此,而是身不由己。

两种精神、两种趣味截然不同并且过于悬殊的生活,让胡秉宸彼时的哪一天也没有真正忘记过白帆,当然也让他此时的哪一天没有真正忘记过吴为。

刚与吴为离婚时,胡秉宸可以说是兴高采烈。刚办完离婚手续,以他的年龄,让人无法置信地、连蹦带跳地下了街道办事处的那栋楼。

胡秉宸渐渐品出,部长级房子固然是白帆的兴趣所在,而她更重要的目的旨在复仇。不仅是对吴为的报复,也是对他的报复。

更没有设想的天伦之乐。吴为不但退出了他的生活,也退出了他和芙蓉的话题,他和芙蓉竟无多少话可说了。孩子们过着各自的生活,尤其杨白泉,还不时流露出一种轻蔑——你现在想到我们了!

那些苦心营造的情趣也开始消退——

洗脸池、洗澡盆的边缘上,照旧是几十年前胡秉宸恨之入骨的一圈黑泥;

白帆的头发也不染了,颜色尚未褪尽的发根处,露着一截白茬；

墙上的油画也歪了；

…………

胡秉宸再次面临调频。

如同婚姻大战的第一个回合,胡秉宸手续上离开了白帆,旧日的生活习惯却无处不在地显现于和吴为的新生活里。

同样,胡秉宸也只是手续上离开了吴为,经十年培训建立起来的另一种生活习惯,也无处不在地显现于和白帆那说旧不旧、说新不新的生活里。

本以为会像吴为说的那样,"……想到你能有一个其实从没离开,又非常适应、非常熟悉、不费力气、可以穿着破背心走来走去的轻松日子,我毕竟还是为你高兴的。"

可是历经十年荒疏,竟不能得心应手了。

胡秉宸是左右不是了。

更还有交换后面的冷酷。

正如胡秉宸与白帆离婚时的"约法三章"没有得到落实一样,白帆与他复婚前的"约法三章",也没有得到落实。

当初,白帆难道没有设想过,一旦胡秉宸拿到与她的那纸离婚证书,他能遵守诺言、不和吴为结婚吗?胡秉宸离婚还不是为了这个!

同样,胡秉宸难道没有设想过,一旦白帆拿到与他复婚的那纸证书,她能遵守诺言、不算旧账吗?

用不了久而久之,蜜月刚过,"谁让你回来求我!"便成了白帆的口头禅,那意味着不论什么待遇,胡秉宸都得照单全收。

完全不是给他灌药时的模样。

真是人一阔脸就变,和煽动他与吴为闹离婚时大不一样了。

正是"量小非君子,无毒不丈夫"。

高尔基写过一篇文章,大约写的是人在独处时想些什么、干些什么。文章说到契诃夫独自在花园散步,看到地上一只蜥蜴,问它:"你快活吗?"然后自己摇了摇头,回答说:"不,我不快活。"

回归后的胡秉宸越来越不快活,吴为的"临别赠言"也不期然出现:"相信你有时想起对我的苛待,不见得不后悔,你怎能快活呢?"

是啊,当他们还是夫妻的时候,每逢白帆打电话给他,吴为总是好言相待,热情传呼,明知是白帆的电话,可从来不闻不问;

芙蓉每来看望,进门伊始,当着吴为第一句话总是"爸,我妈让你给她打个电话",或"爸,我妈有事找你"云云,对一旁候着招待的吴为视而不见,吴为也从未抛过半句闲言;

每逢回去看望白帆,吴为从未阻拦,还常常把机关发的东西让司机送到白帆那里,说是"物价这样飞涨,应该多照顾一下白帆,她仅靠工资收入肯定有窘迫之时,不像我还有稿费";

…………

不能想啊,一想这些,更觉得把一个浑浑噩噩的吴为害得不浅。

复婚后的生活,四平八稳则四平八稳矣,饭食翻新的频率高则高矣……而与此同时,胡秉宸又痛感精神生活的匮乏、单调,无从对话,以至他宁肯整天关在书房,也不肯和白帆多说什么。这倒不失为保持关系稳定的一个办法,因为越是交流,就越显出距离的难堪和尴尬。

他常常感叹,再也不能享受与吴为纵横捭阖、海阔天空的辩论或讨论,并随着那辩论或讨论,攀登精神之巅的愉悦,也再不能享受和吴为那有情有致的闺阁之趣了。只好宽慰自己,像吴为那种过于精致的人,只适宜恋爱却不适宜过日子。而日复一日的日子,如空气和水之于人,是须臾不可分离的。

胡秉宸又是知情知意的。每当白帆坐在厨房的炉前,眼盯着炉子上的药锅给他煎药时,他立刻(当然也是暂时)忘记了白帆给他这匹吃了回头草的马的待遇,转过头去发出另一种感叹:还是老夫老妻啊!

也立刻(当然也是暂时)想起了吴为的恶行劣迹。

换了吴为,肯定让保姆去煎。

即便在他病重时,吴为也只是吃不下、喝不下、睡不着、哭哭啼啼、口舌生疮……没头苍蝇似的乱飞乱撞,甚至陪着他一起生起病来。可这有什么实际意义?闹不好,他不但养不好病,还得被她闹得心烦意乱。他们的关系日渐恶化以后,她更是逃之夭夭,把他丢给了小保姆。

…………

胡秉宸是一个不能忍受重复的人,他的一生都在尝试花样翻新、图谋改变,小到家里一个摆设,大至革命生涯。

可是,谁能像吴为那样善待他,宽容他?谁能像吴为那样好对付,或是说像吴为那样便宜,几句软话就能让她放弃一分钟前还誓死坚持的原则?……

胡秉宸再度约会吴为。说到底,他们曾经是夫妻,在某些方面有过不能否认的、白帆永远无法得到无法体味的幸福时刻,但再不会有燃起大火的可能。

正像胡秉宸和吴为的婚姻,不能满足他于天伦之乐、至尊至贵的感觉,他不得不时常回去,与白帆共叙吴为没有的"过去",或是回放一段老温存,感受一下对至尊至贵的敬畏……他们毕竟是老夫老妻。

他重又游刃于这两个女人之间,一个是他的老妻子,一个是他的老情人,用这一个补充、制约那一个,用那一个补充、制约这一个。

往好里揣度,他与吴为的爱情并没有完全消失。也许胡秉宸与她的离婚实在离奇,吴为也始终觉得胡秉宸还是她的丈夫。

虽没有他们第一场恋爱那番惊天动地,但这恋情亦真亦幻,神出鬼没,扑朔迷离。

总算彻底认识胡秉宸的吴为,竟再度被胡秉宸的苦诉征服。

他与白帆复婚、重陷历史泥淖,以及进入耄耋之年,对此再不可能有所改变的哀叹,实在凄婉。

吴为忘记了听信六个耳光以及许多类似版本出入带给她的惨痛教训,再次发作了由怜生爱的老毛病。

当然细节上也有所不同。比如,在他们的第一场恋爱中,胡秉宸每周四上午给吴为打电话或与她约会,现在是每周三上午给她打电话或与她约会。因为在第一场恋爱中,白帆每周四上午到老干部活动中心学习手风琴,现在是每周三上午到青年会学钢琴。

幸亏胡秉宸需要经常上医院,可以借上医院看病的机会,到吴为那里小坐片刻。所以他在候诊时,往往心绪纷乱,老去查看医生诊病的进度,希望前面的病人能够早些看完,为他多留出一些与吴为相会的时间。

他还留心利用哪怕是点滴机会。好比有次陪白帆到人民医院看病,趁她不防,溜到医院门口公用电话亭去打电话,只是为了告诉吴为,星期三上午他要到她那里去。又担心时间过长被白帆发现,跑得气喘吁吁,说起话来上气不接下气,让吴为好一阵心疼。

不过比之从前,胡秉宸对白帆是不是更加关怀了?过去,他什么时候陪白帆上过医院?

可对吴为,比之从前也更加多情。

离婚后的胡秉宸似乎良心发现,常常对吴为说些从来不说的话,比如:"我希望你多写些东西,你被我耽误得太多、太久了。"

辛辛苦苦匿下机关发放的工资外补贴,以备看望吴为时为她买些特别的礼物或食品,件件都是他和白帆极少有的高消费。比起他们还是夫妻时,吴为求一小碟咸菜而不得的景况,是太画蛇添足了。

甚至非要留钱给吴为。吴为深知胡秉宸节俭的习性,怎么也不肯收,"这是何必?我又不缺钱花。"

他就捉迷藏地东放西放,恳求道:"你不知道,你要是能接受我一点儿东西,我有多高兴。"

见他如此真情,吴为只好说:"那就只留下买件毛衣的钱。"

他还是不肯,吴为也只好收下。她现在不缺钱了,自然把钱看得很淡。如果还是缺钱的日子,肯定不会这样通融。穷光蛋时的吴为,对钱是太敏感了,绝对不会让没钱的自己和他人的钱财纠缠在一起。

可是她不知道拿那些钱怎么办,只好留着。

她一直留着胡秉宸那装有一千元的信封,信封上写着"胡秉宸副部长补助"的字样。还有胡秉宸那些带颜色的情书,一直不能确定要不要寄给白帆。

可惜她比白帆死得早,如果她不疯、死得不比白帆早,这些文字是否有一天会出现在白帆面前?很难说。

一旦卸下丈夫的责任,胡秉宸绝对是个迷人的男人。

胡秉宸有大多数男人的缺点,却还有大多数男人没有的优点。

且不说其他,又有哪一个男人,能让吴为愿意与之在烛光下,加之醇香咖啡,构成一道风景?——当胡秉宸不那么呼噜有声地吸食面条或羹汤的时候。

尽管差强人意,可也没有什么人能像他那样懂得如何学做一个绅士了。

真像一个只为爱情而生的男人。

能让吴为倾心不已的男人,这一生也只碰见了胡秉宸这一个。

他常常偷出家门,给吴为打个长长的公用电话。

"……今天白帆又跟我大吵大闹,我去看朋友买了点儿香蕉,她说是我给你买的……"

"你让她给那个姓丁的朋友打个电话,核实一下不就行了?"

"那她也可以说我买了两份儿,给姓丁的那份儿不过是障眼法。"

或在电话里抱怨:"家里好几个朝阳的房间,却把我一个人撂在朝北的小屋里,半躺在那张竹躺椅上咳嗽吐痰……一个人!"却没有说他只不过白天待在那个小屋,晚上还是睡到白帆那个朝阳的大房间去,并在白帆那张床上重拾性爱。

电话那头的吴为,暗暗伤心垂泪,忘记了胡秉宸的无情无意……说些毫无把握的安慰话:"要是有什么困难,急需帮助就对我说,只要我能做到,一定尽力而为。"

怎么帮助他呢?现在他们真是一筹莫展了。不像二十多年前,至少他们还有健康的身体,能到外面约会,打得动官司,对付得了白帆的种种计谋……现在他们都不行了,只有白帆还行。在防范、整治他们的时候,白帆的生命力还是那么旺盛,一如当年。

吴为又能常常听到他那略微颤动的声音,那是只有与可心女人碰撞时才有的颤动,是绝对可以引起共振的颤动,"……我想你,我要是再年轻一些,肯定不会采取这个步骤,我不能忘记你对我的爱……不能忘记……我非常后悔做出这样的决定……"声音里满是委屈,满是知道再无可能挽回的绝望。像是真正的绝望,与刚刚复婚时充满生机的声音判若两人。

说是"我要是再年轻一些,肯定不会采取这个步骤",但如果上帝再假以十年,他绝对不会回归她们中的任何一个,而是开辟新的领域。女人们照旧对他兴趣有加,不会因一个吴为、一个白帆,甚至千万个吴为、千万个白帆的下场而裹足不前。

可惜胡秉宸没有这个时间了。除了这两个女人,再没有一个女人肯向这个曾经卓越的男人投上一瞥。多少更加光鲜的女人,熟视无睹地从胡秉宸身旁经过,让他痛感青春一去不返,让他只好因陋就简地接受这两个老女人。

吴为着急地说:"希望他们对你还好。"

"不过照顾照顾我的生活而已……我常常梦见你,那天梦见我们待在一个很大的四合院里,院子里有假山、水池,水池里面有鱼,还有很多鸟。北屋很大,但是我们不想进去,因为院子里的景致很好。我们挽着手在院子里散步,看水池里的鱼。后来看见许多人在水池里游泳,我问,这些人哪儿来的,是不是外人?你说不会,都是熟人和朋友。我们后来看到两只鸟,一只猫头鹰,一只人面鸟身……然后就醒了。"

该不是带着吴为回了胡家的老宅子吧?

胡秉宸没有撒谎,他真的常常梦见吴为,在梦中他们还没有分开。

"真想和你一起,到二十多年前我们恋爱时候去过的地方再走走。"

吴为答应着,可是她不敢了——要是胡秉宸一激动躺倒在那些地方,白帆还不杀了她?

她还有勇气吗?像当年那样,就是坐牢、杀头也在所不惜?不,她没有那个力气了,她老了,就是有那个心也没那个力了。

有时什么话也没有,只是在电话里互相叫着彼此的名字,然后是长时间的沉默。

天气不好的时候,胡秉宸就给吴为写信——

亲爱的:

欧阳修有一阕《浪淘沙》,两节共十句,我选了五句并成一节,并且改了几个字,如下:

聚散苦匆匆,此恨无穷。垂杨紫陌洛城东,总是当时携手处,夜夜梦中。

你是一个伟大的情人,也是一个充满魅力、十分美妙的女人。这样的女人一千万个中也再找不到一个了。

我准备给你订一份"小参考"、一份《报刊文摘》、一份《南方周末》,这样消息基本上都能知道了。都订到年底,请注意别订重了。我订妥后会通知你起送的日期。

你永远的仆人

亲爱的:

你十分明显地憔悴了,比离婚前判若两人,使我吃惊。希望你好好安静地养些日子,恢复往日神采。头发白得多了,找好的美容师整理一下吧,人还是要精神起来。吃点补药,如参。

我们这番别离,请你看到另一面,过不了几年,我可能行动都不便了,那时你会懂得,及时分开,会使你减去许多麻烦事,包括处理后事的那些厌烦事,所以还是这样为好,希望你迅速把身体恢复起来。

永远爱你的

……夜里做了一个梦,梦中我们还没有分开,晚上睡在一个没有墙的棚子下的大床上。周围漆黑,什么都看不见,但仿佛意识到是在颐和园。夏日的风,凉而舒适。你静静靠在我的怀中,正在说些什么。有个人走了过来,对我们说:"你们的房子在××街××号,找×××,他会给你们钥匙。"我意识到我们分居两处的问题可以解决了,对他说:"今天太晚了,天亮再办吧。"那人就走了。之后又过来一个人,手拿一束花,在我头上举着,我伸手接下来,他又走开了。这时我发现我们处在"in"的状态中,而且十分欢畅。你说:"以后我们每年夏天都要来这里住一阵儿。"我说:"只是不太安全了,会有人来骚扰我们。"这时梦就醒了,但人仍然处在"in"的欢畅中,时间是凌晨三时二十分。

梦,常常暗示一个人(现在、过去,甚至幼年)渴望而不能得到的东西,你记得我过去给你写的那个小曲《疼》吗?

都是我们生活中美好的回忆,你的每一句话、每一个动作,都如在眼前。

永远爱你的秉宸

…………

好像他们从没有过那些庸俗不堪的争吵,好像他们重又回到二十多年前的恋爱时光。

不过,只是"好像"而已……

吴为明知这样对不起白帆,也曾拒绝胡秉宸的电话,一听是他的电话,什么不说就放下。

也曾拒绝过他的情书,对他说:"别再写信了,和白帆好好过下去吧,我们的感情之所以破裂,还不是因为你有太多的女人?现在她能给你这样一个回头的机会,你该珍惜,别再重蹈我们不幸的覆辙。"

可是胡秉宸的电话或信件就像大麻,明知不可为又不能拒绝,吴为甚至暗中企盼着这份像是"吸毒"的快感。靠着这个"吸毒",苟延残喘地过着被胡秉宸说不上是丢弃,而又不能不说是丢弃的日子。

他们或是什么也不说地偎依在沙发上,像冬日里的两只老鸟,偎依在残阳下的寒枝上。

说什么呢?几十年里,好话、不好的话,早已说尽,也没有时间让他们多说,什么话题是三言两语能够说清的?

胡秉宸更是闭着眼睛,享受着仅仅坐一坐的乐趣。他没想到,如今是一坐也难求了。

他们的会面,也常常是败兴的。

可也不能怪胡秉宸。

这里真不再是他的家——

所以电话铃声才会那样突兀,响得那样惊心动魄;

或是有人敲门;

最要命的是,还得时不时看一看时钟,必须抢在白帆回家之前,回到他和白帆那个家……

每每十一点钟敲响的时候,胡秉宸都不得不从沉迷中醒来,也每每重复着多次说过的话:

"与你相识近三十年,每次看见你还是神魂颠倒,实在没法儿忘记……你的素养,你的风度,你的气质……这是多年文化、文明陶冶的结果,没有一个女人能够与你匹敌。"

吴为相信胡秉宸此时此刻的真意。

可也注意到神魂颠倒的胡秉宸不时溜向时钟的贼眼。

于是吴为感到他越来越委琐。

她不明白,他怕什么? 他们之间又没有发生任何越轨的事情。

到老,吴为还是不懂做戏也能使人欢愉的道理。

"那你为什么和我离婚?"胡秉宸谈情说爱的时刻,是最不设防的时刻,她本以为借此可以探知这场情殇的秘密。

可是十一点的钟声已经敲响,胡秉宸已经清醒。清醒的胡秉宸,是任何人也无从了解、把握的胡秉宸。

"生活的具体、琐碎,会毁坏我们的情致,还是这样更好。"

胡秉宸的搪塞倒也说得过去。他们现在可不就是相敬如宾? 再不会因为一只茶杯放得不是地方而翻脸无情了,反倒成了自古以来,男女关系最佳模式的一个诠释。

"这不就是我说过的话吗? 我们不要结婚,做个情人可能更好,可是你不听。现在这样有什么好? 你不又得偷偷摸摸过日子?"

胡秉宸低头不语。

吴为一笑,她不再沉湎于讨论。可从前她并不明白,一个喜欢讨论的妻子,是不讨丈夫欢喜的妻子。

一切都已完结,她还多说什么?

偶尔,胡秉宸还会峥嵘一露:"要是你能把我们现在的恋情写成小说,那就太动人了。"

吴为说:"恋情? 可是你还爱我吗?"

胡秉宸不敢回答。

"如果白帆看到这本小说怎么办? 不是又得军阀重开战?"

胡秉宸说:"我就说,那都是作家胡编的。"

只有对吴为,胡秉宸才敢这样厚颜无耻。

"你就不敢说,你对我还有那么点儿感情上的依恋?"

什么依恋不依恋!

胡秉宸只是不甘于沉寂,不甘于连一点浪花也没有的默默无闻,想让傻×吴为为他再掀最后一次浪潮,做一个亮丽的结尾——一次最后的服务,包括性、声誉,全方位的免费服务。

真还买了一套勃动器放到吴为那里,以重修床笫之欢。

和白帆复婚后,胡秉宸把从前与吴为做爱用的勃动器扔了,重又买了一套新的,他总不能用同一个勃动器在前后两个女人中间穿梭。何况那套老式的质量太差,捏起来叽叽直响。有个晚上,他从楼上的叽叽之声就得知了楼上的情况,换而言之,楼下的人自然也能从他这里的叽叽之声得知他的情况,便扬手把那东西从窗户扔了出去。

新品牌比老式的质量好多了,与白帆的运作虽然不很成功,但不是勃动器的质量问题。

胡秉宸又是抱怨又是试探地对吴为说:"唉,白帆太不尽力了。"

吴为长叹一声,哪个女人能像自己那样,对只能靠勃动器的帮助才能成为男人的胡秉宸牺牲自己?

多少年来,不正是她为胡秉宸制造了这个神话?

直到现在,胡秉宸还以为他的生猛不减当年。

自他们结婚以来,这个年龄大得足以做她父亲、从无能力发动一次有力冲击,也从无能力让她在瞬间羽化登仙的男人,仍像从前那样热衷此道,仍然像从前那样没有多大效果地忙碌着。

彼时彼刻的胡秉宸,多像一个欲望单纯的婴儿;而他效果不甚明显的忙乱,更让吴为想起日落时分。

在这之前,那一抹尚能辉照的暖光,于刹那间跌入地平线的沉落,实在太惨淡了。

她对胡秉宸的爱,何须他人评说?更何须白帆评说?试问,天底下有哪个女人,能为一个男人,一个这方面已然没有多少能力的男人,做这样的事?又有哪一个女人,在如此阉割女人本性的演出中,肯当这样的配角?不是一朝一夕,而是心甘情愿,一做十年?

除了美国电影《当哈里遇到萨丽的时候》(When Harry Met Sally)中的女主角萨丽,在做爱时假装高潮来到,大呼小叫——但那是电影。

离婚后,她已经没有了这样的义务,这样的服务只能由白帆来接手。白帆工作得或好或坏,胡秉宸只能照单全收。

现在她只能在胡秉宸的拥抱中,扮演一个过场的角色,还要努力将这个过场角色演绎得销魂蚀骨。

这将会使热衷此道的他,满怀雄性虚荣的他,不可能从任何女人那里得到如此忘我服务的他……得到一个男人最后的满足。

哪怕是一会儿也好,哪怕是虚假的也好。除此,已经一无所有、所好的胡秉宸,还有什么可指望的?

就像那穷途末路之人,只剩下的那一口小酒。

吴为心中涌起满腔怜爱而不是情爱,怀着如母亲而不是情人般的心绪,抚摸着他的脸颊,叹道:"可怜的!"

胡秉宸那颗空寂而又不甘空寂的老心,是太需要一些欢爱了。

胡子果然是今天刮过的。她不得不承认,胡秉宸的确是个会制作情调的男人,哪个女人能抵挡来自这样一个男人的挑逗?

"唉,我只好自己解决。"胡秉宸好不凄凉地说。

"这对身体不好,还是和白帆再好好试一试。"

吴为居然能够这样闲淡地和他讨论如何与白帆做爱的问题!

她的心,再也不为胡秉宸和其他女人的关系而牵动分毫了。

一直定位于无论自己怎样,女人也会匍匐在地的胡秉宸看出,往日肯为他牺牲一切的吴为,尽管可以与他再度"恋爱",却不会再为他牺牲一丝一毫。换而言之,曾经为吴为大干一场的他,也再不会为吴为付出一丝一毫。他们的二度"恋情",再也不会重现前次爱情的华彩和辉煌,反倒不得不带有苟且的性质。

胡秉宸只好无奈地转向白帆,为白帆买了一些供女人使用,据说是更为有效的润滑剂,还是很不酣畅,但聊胜于无。

事后胡秉宸打电话给吴为,研讨如何将与白帆做爱的效果推进一步:"干是干了,感觉上还是差一些。"

"你不能要求太高。"吴为只得这样劝慰,希望他能自觉,明白症结所在——到了现在,她也不愿戳穿那个神话。

即便不算酣畅,也给胡秉宸和白帆的关系添加了一些温润。胡秉宸甚至陪着白帆,一同到商店去买热水瓶、洗衣机这样的杂物,对他而言,都是从前不可能有的行为。

对于已有定见的选择,白帆也会不断地征询胡秉宸的意见:"怎么样,你说好不好?你说好不好嘛!"言语动作之间,竟也有了些许的娇嗔。

当胡秉宸这样周旋于两个女人之间的时候,并不知道他这匹烈马,是一烈也不烈了。

又总以为白帆还是他在地下党时期领导的下级,却不明白"严师出高徒""道高一尺,魔高一丈"的训诫。今非昔比了,他若有一计,如今的白帆自有破那一计的高招。

这些小计谋能不被白帆发觉?她加紧了防范,哪怕胡秉宸到机关看保密文件,她也坐在胡秉宸的专车里候着,不管时间长短;有时放弃钢琴课,"陪"胡秉宸到医院看病,连胡秉宸上厕所的机会也不放过。

失去自由的胡秉宸,只好偷空在家里给吴为打电话,可是白帆随时出没身旁。只要看到白帆进来,或感到白帆在另一个电话机上窃听,便立刻在电话里没头没脑地指责起吴为,种种莫须有的不是和故事,让吴为不知所云。

在那些指责和故事里,吴为简直是十恶不赦的恶妇。

比如有次吴为问他:"到了现在,你应该对我说句实话,你和我离婚、和白帆复婚,到底是你的主意还是她的主意?这对我非常重要。"

这时白帆突然走进房间,好端端的胡秉宸说变就变了声调,看着白帆说:"是我的主意,我担心死了没人给我收尸。"

一个还爱恋着她的男人,能对着她的后背开枪吗?

上帝真是无所不在。多年后,胡秉宸在与白帆的一次恶吵中,死于心脏破裂。

上帝也应了他那句没有良心的诅咒。

按照有关规定,胡秉宸这种级别的干部,家属在火葬场等三个小时,就可以取到骨灰。可是白帆一家人将他送至火葬场后便扬长而去,不要说没有一个回头,连眼泪都没有掉下一滴。

过了几天,老干部局的工作人员提醒白帆:"是不是该到火葬场去取胡副部长的骨灰了?"

白帆一身轻松地说:"那都是唯心主义。我们是唯物主义者,保留骨灰有什么意义?"

就连胡秉宸最上心、最钟情,甚至为她将吴为牺牲的芙蓉,也没对此有个说法,只洒了几滴眼泪,连父亲一点纪念物也没有留下,更不要说领取他的骨灰。

也就是说,胡秉宸的骨灰与那些无人认领的骨灰一样,垃圾一样被人撮走了。这与暴尸街头有什么两样?可不应了他那句"我担心死了没人给我收尸"的话?

不能责怪白帆无情,她为这个三心二意、无数次背叛她的男人,搭上了一辈子。最后最后,胡秉宸也没有改弦更张,与她复婚后,还时不时到吴为那里幽会。

胡秉宸的归属问题,终于盖棺论定。白帆取得了最后的胜利,胡秉宸至死也归在白帆名下,做鬼也是白帆的鬼。

不过谁能说白帆的胜利不悲壮?

可惜吴为已经不在了,要是她还活着,说不定会给胡秉宸买一块墓地,以安放他的骨灰;或将他的骨灰撒入他最中意的新安江;或是送回老宅子,埋在一棵沁着泥绿色幽香的腊梅树下,而绝不能让他暴尸街头……

可是吴为自己的骨灰都无人处置、考虑、收留,同样被当做垃圾一样处理了。

其实胡秉宸对于自己的骨灰看得太重了,最多下一代还有人为你掸掸骨灰盒上的尘埃,到了再下一代,谁还记得骨灰盒里装的是谁?

这也许就是吴为将她所有的照片,在她还能行动自如的时候早就付之一炬的原因?这也许就是吴为死后,人们翻遍她所有的遗物,不论婚生子和私生子都各有一个的吴为,却找不到一个联系人的缘故?

胡秉宸太自信了,以为什么都不必付出代价,以为可以无债一身轻地离去,以为他有过的女人都会念着、守着他。

胡秉宸终于为自己的轻薄付出了代价。白帆不但为胡秉宸对她一生的负情报仇雪恨,也为吴为报仇雪恨了。

不知吴为的在天之灵会不会感谢白帆?

于是吴为知道,凡是好端端的胡秉宸突然在电话中没头没脑地指责起她,强加给她种种莫须有的不是的时刻,就是白帆突然出现在他身边的时刻。

不知他们最后闹到什么地步,逼得胡秉宸又要与白帆离婚。

老地下党胡秉宸终于甩掉白帆那个尾巴,偷得一个时机,与吴为再议前程。

可吴为对他说:"你都多大年纪了,还像小孩儿那样任性,即便你还有那个兴致,我也不陪你玩儿了。"

不软不硬,却没有一点余地。

胡秉宸也从未像现在这样灰灰溜溜,更奇怪的是,他怎么穿了一件嫩黄色的女式夹克?为什么不穿她给他买的那件意大利风衣?又戴了一副女式花框眼镜。她给他买的眼镜呢?天哪,胡秉宸身上发生了什么?他的没落何以如此迅猛?

现在不要说与胡秉宸再议什么前程,就是与这样一件女式夹克喝杯咖啡,也是不能的了。

离去时,胡秉宸在门口站定,怎么也不明白,这个不再年轻貌美又病成这个样子的女人,竟还有那样大的魅力?

也许她的魅力不在青春貌美。她似乎也从来谈不上美貌,只是飞扬的神采使她有了与众不同的灵秀之气。

还在于她的一举一动,她房间的每处角落、每个物件给人的感觉,那种人们称之为潇洒的感觉——扔了一地的报纸,满处横七竖八的书籍,散乱在书架或是桌子上的杯盏……卧具零乱的睡床。

吴为是不主张叠被的,"晚上不是还得用?"她说,为此他们没少争吵。

现在他倒是睡回了白帆叠得整整齐齐的床上,可又感到了叠被的乏味。

曾几何时,他还是吴为床上的一道风景,面对这张无比熟悉,而今已是咫尺天涯的床,真有说不出的滋味,"过去这也是我的床。"他不无留恋地说。

"唉,这条鸡肋既然已经丢弃,就不要再后悔惋惜。"吴为淡淡地劝慰着。

吴为的劝慰不无敷衍,更没有了离婚初始的悲愤,让胡秉宸很是惆怅。

他惆怅什么?难道吴为永远为这个离婚伤情才好?

"你还是那样,并不特意布置,也没有值钱的东西……可有一种品位。现在我花很大力气才能保持一个简单。如果我不努力,连这个简单也很难保持,很快就会变成一个乱摊子。"

吴为躺在沙发上,看完报纸随意一丢的潇洒,谁能学来?连他看完报纸,学着把报纸随手一丢,都丢不出她那个韵味。

那是"天生丽质",不是后天可以学到的,永远也别指望白帆于丝毫了。

每每来到吴为这里,胡秉宸总是痛切感到,他离当代文明已经很远了。幸好回到他和白帆的家,还能从至尊至贵的感觉里找回一些平衡。

胡秉宸出类拔萃,指挥、命令、领导了一生。一生太长了,至尊至贵的感觉已经长在他的身上,比之文明的生活,于他更是难分难舍。

但是,还有谁能像这个看上去浑浑噩噩、总不清醒的女人那样,理解他的一招一式、一思一念呢？连几十年生死与共的老战友也不能,更不要说白帆。到了现在,"上层人"胡秉宸,不但忘记了他曾对叶莲子的恶声"你们这些小市民""去你妈的"等等,甚至觉得,吴为和他就是在胡家老宅子里一起长大的。

突然想起青少年时代读过的清代王韬为沈复《浮生六记》所作跋中的一些句子:"……从来理有不能知,事有不必然,情有不容已。夫妇准以一生,而或至或不至者,何哉？盖得美妇非数生修不能,而妇之有才有色者辄为造物所忌,非寡即夭。然才人与才妇旷古不一合,苟合矣即寡夭焉何憾,正惟其寡夭焉而情益深;不然,即百年相守,亦奚裨乎？呜呼……彼庸庸者即使百年相守,而不必百年已泯然尽矣。造物所以忌之,正造物所以成之哉？"

青少年时代,他读过的香词艳曲不算少,那是个不事查禁的时代。可《浮生六记》中沈三白和陈芸的闺阁之乐,最让他倾慕,老是想着,不要说六记,哪怕有这一记也好。

于是,禁不住拥着吴为,吻了一下。

与往常不同的是,吴为对胡秉宸这一吻起了疑心。

就在这个门槛上,吴为再次研究胡秉宸。时间很仓促,地点也不对,有点像濒临死亡的人在极其短促有限的时间里,飞速回首一生。

自他们离婚以后,她头一次想到胡秉宸已经不是她的丈夫。

一直没有认真思考过离婚之后胡秉宸对她的所作所为,现在,在这个门槛上,却固执地要想个究竟。

这个在藏满线装书院子里出生的男人,与她离婚后的所作所为,包括这一吻,如果不是狎妓心态,又该如何解释？

出生地是一个人的重要之地。

在那种院子里出生的男人,除了他们的母亲、女儿、心目中的理想女人,顶好又堪实用又堪把玩,类似陈圆圆、董小宛、苏小小那样的女人,连卓文君都不是,更不要说李清照。

但,即便是狎妓心态,也是对白帆的背叛。白帆为胡秉宸浪子回头所做的一切牺牲,白帆与胡秉宸复婚后种种想要超越吴为的苦心孤诣,都让他白废了。

这与吴为还是胡秉宸妻子的时候,不论她的多少努力,还不是让白帆一锅鸡汤、一个电话……或其他女人的一个媚笑、一个媚眼,白白废了一样?

分毫不差。

她对胡秉宸的怜爱又是怎样自作多情、无可救药。

她真是一个把自己赔光了才肯回头的女人。

可胡秉宸眼睛里那点潮湿的流火,确有"执手相看泪眼"的意味,吴为那已然干枯的心,又不免为之一动。

那点潮湿的流火,的确不完全是即兴之作。在他们长达几十年的爱情公式里,她从来爱得比他多,但现时站在这个门槛上对胡秉宸微笑的她,却杂糅了酬酢的成分。这酬酢的成分,与胡秉宸此时此刻眼睛里那点潮湿的流火相比,就有了负情的意思。

……不过是转念之间的事。最后,吴为还是把胡秉宸眼睛里那点潮湿的流火,恶毒地锁定于狎妓心态。

可是太晚了,她到底又让胡秉宸狎弄了一番,这是堪可告慰白帆的。

反过来说,白帆也做了胡秉宸几十年的性工具,直到现在胡秉宸还这样说,这也是堪可告慰吴为的。

吴为心说:白帆,你同样没有得到胡秉宸的心,胡秉宸永远不可能成为任何一个女人的个人网页,胡秉宸只能是一个 internet。

当年胡秉宸对吴为的整治由芙蓉不断传达给白帆时,白帆也是这样说道:"活该,吴为,你并没有真正得到胡秉宸,胡秉宸终于为我报了仇!"

当胡秉宸走向电梯时,吴为叫住了他,递给他一个提包,看上去很像一个包装讲究的点心盒。

"这是什么?"胡秉宸问。

"回去再看吧。"

那是胡秉宸妄图与她重修床笫之欢的勃动器。临近疯狂的吴为歹毒地想,当胡秉宸提溜着这个"点心盒子"走进家门时,如果被白帆一把拦截,该有多好。

她还是蠢,从她那里来的东西,胡秉宸能让白帆拦截吗?

六

不知道是不是巧合,恰恰在叶莲子忌日那天,胡秉宸又来了。他说了些什么？大部分是他和吴为之间那些没有意思而又折磨人的旧事。

渐渐地,顾秋水的影子浮现在吴为的眼前,她不禁脱口叫了一声:"爸爸!"

胡秉宸没听清楚,问:"你说什么?"

吴为说:"爸爸。"

说完这句话,吴为很平和、很从容地过渡到了什么都不会说、谁也不认识的状态。

童稚返回到她满是皱纹的脸上,她的脸变得简单明了,像在少年时代总在渴望而又难以得到的一个白面馒头。

吴为没有能够还上初生伊始就许下的那个愿——为叶莲子写一本书。

禅月曾想帮助吴为将书稿完成,最终只好放弃,因为她早已走出仅仅属于叶莲子和吴为的生活。

胡秉宸到精神病院看过吴为一次。

见到胡秉宸,吴为不再害怕、不再烦恼,可还是叫他"爸爸"。这让他很不痛快,让他想起他们之间并非是年龄的悬殊,也就不再去看望她——反正吴为谁也不认识了,看不看都一样。

他也不再研究共产主义或是党的领导,翻出从前为撰写那部大书积累的资料,还有吴为在电脑上为他拷贝的软盘。

真是物是人非事事休。

随手翻了翻曾经的文字,真像曾经的女人……

这是他写下的文字吗?这些文字到现在还有什么新意?就像当年吴为说的那样,"世界已然变得如此开放,势必变得更加开放,再把这些他人嚼过的东西放在嘴里嚼来嚼去,究竟还能嚼出多少滋味儿!"

他人嘴里嚼过的东西!

然后胡秉宸毫无留恋、毫无不舍地把这些东西烧的烧了、掰的掰了。

胡秉宸不但不再研究这些理论,还与胡秉安在香港的后代取得了联系。以他过去的地位、关系网和他多年对计划经济模式的了解做无形资产,与他最看不起的胡秉安的后人的财力结合,经营起房地产,再次展现了他多方面的才能,成为胡家最有发展、最有眼光、最有成就的红色资本家。古老的胡家,到了二十一世纪,到了胡秉宸这里,才算重振家威。

其实,胡秉宸最早的愿望是继承家业,而不是到延安去参加革命,都是抗战时期,偷听校方要不要迁校内地那次会议惹的祸。

芙蓉那场跨世纪的爱情还是没有着落,情人还在等待着副部长位置,与老婆离婚的事也不再提起……看来他们的婚事在二十一世纪也没有解决的希望。胡秉宸本想在胡秉安的后代中为芙蓉挑选一个金龟婿,可是芙蓉已在漫长的等待中老去,不要说那些老钱户,就是暴发户,也不会挑选这样一个新娘。

再说胡秉宸能拿出什么与他们门对门、户对户？他刚刚积累的资产还不够雄厚,他的权力网也如暮夏的蝉儿,不知还能鸣叫几天。

那天去开房地产公司的董事会,车过天安门,忽然停住。他让司机赶快前行,董事会眼看就要开始。司机说,前面堵车。

不知胡秉宸打了一个盹还是眼花,人民英雄纪念碑上突然走下许多牺牲的战友。他们走近他的小车,好像与他从未有过生离死别,问他:"出了什么事?"

他回答说:"塞车。"

然后脸上有了刺痛,就像白帆当年打在脸上的一个耳光。

胡秉宸从迷瞪中清醒,想起这是去开董事会,有关公司兼并和扩展决策的重要会议。

清醒后的胡秉宸忽然对自己说:历史的进程是不可改变的,谁试图改变它,它就会给你一个响亮的耳光。

转眼清理了刚才的梦也好、眼花也好的烦扰,继续前行。

不能对胡秉宸又当了一个出色的资本家说三道四。

尽管此时他也许很像胡家那个败类胡秉安,可是革命不分先后,资本也不必分先后,一样的道理。

胡秉宸一生拒绝平庸。

以成败论英雄的胡秉宸,自然对现而今以财富论英雄体会得格外到位。一生拒绝平庸的胡秉宸,不得不再用这个方式证明自己。

闲来无事,也会在阳台的摇椅上晒晒太阳、看看书,很少再去回想当年莫名其妙去了延安,又顺理成章成为一个非常赤诚的革命者的往事。

也不再探讨求证,是否正确、是否拯救世人于水火,并为此出生入死的理想。

当然,偶尔也会想起他和吴为以失败而告终的爱情实验,尚不混浊的眼睛也会随之一亮,如远处闪电的尾巴,随即灭入黑暗。

难免还要和白帆以及儿女们谈论一下国际国内大事,过问一下孙子们的功课,以表明他尚未过时。

再也没去过西餐厅。西餐厅和吴为都已成为过去的享受,他已品尝,也就够了。

自吴为发疯后,白帆不再计较他和吴为的事,把他那段行为看做一个梦魇。很多人睡觉时都发生过梦魇,再说,那可不就是他的一场梦魇?

有时他们也会发生争执,逢到那个时候,胡秉宸自己就先敛声屏气地巧笑起来——以前白帆要是惹得他发了脾气,他何尝善罢甘休?可见他已知天命。

痴情的吴为如果还有意识,一定会惊叹胡秉宸那巧笑的魅力到了这个年纪还没有完全消失。也许会想起几十年前,初听胡秉宸巧笑时的心驰神荡。

尽管结婚时胡秉宸的肌肤已经松垂,随时准备用来接吻的两片薄唇已紧缩为两条深色的硬线,多余的赘肉左右横出,突兀在曾经窄小的两胯,他的小脸、他那双青钢色的、冷峻而又多情的桃花眼,也演变为规整的三角,脸上的风采也被家乡那个地区特有的、剽悍的颧骨压倒,双颊上似乎只剩下两个高颧……可是痴情的吴为,透过岁月之痕看到青春,看到他健美的肌肤,看到他总在准备亲吻的、轻颤着的两片薄唇,看到他青钢冷峻而又桃花一样多情的双眼,看到他窄小而性感的胯……

还有胡秉宸与她第一次亲吻时,从禁锢中苦挣出来那不可抑制的放纵;还有那于孤注一掷、奋不顾身的放纵之时,对自身销铄的迷失和迷茫。

胡秉宸不但没有因心脏病很快离世,而且比很多人还长寿。虽然和吴为生活时,胡秉宸老用他的心脏病吓唬、折磨吴为,说自己不定哪一刻就会死掉。吴为也就为此忍让着他,从他们结婚开始一直忍让到婚姻的结束,生怕万一惹恼了他,心脏病突发,死于不该死的时候。

很难说吴为的发疯,与这个常年的压抑无关。

顾秋水也还活着,和胡秉宸一样,在经历了差不多一个世纪的折腾后,如干旱的大地那般狰狞、粗粝,却还行动自如,不要人过多的照应。

就是老做梦,梦里分不清过去那个世纪,还是刚刚开始的世纪。猛然会对比他年轻却没他那样结实的妻子说:"我得劝劝张学良将军,谁也不能信。"

枫丹也到精神病院看过吴为一次,然后便不再去了。她有了很好的发展,既然能凭自己的能力从那个大杂院奋斗出来,当然就会有很好的前途。只是从来没有结婚,也没有孩子,总之没有常人所谓的幸福。冤有头债有主,这笔账还是得归结到吴为头上,而且是吴为对她的又一个伤害。

只要回国,茹风就会去看望吴为,看着而今无知无觉的吴为,她不知道自己是害了吴为,还是帮了吴为。

她应该后悔,还是不应该后悔?

禅月的家庭生活不仅是正常,而且少见的和谐。

过去禅月就老对吴为说,百分之百是个不祥的数字,人对任何事情都不能百分之百地投入,不能把一生孤注一掷地押在一件事情上。

按照禅月的这种说法,综观这部书里的一些人和事……也许有些道理。

禅月倒是生了不少孩子,可惜吴为发疯之前没能看到她的孩子。她从来没对禅月说过,她是多么希望看到她的孩子。

为什么?

早在零霖村、五丈塬的武侯祠外,吴为就知道有个偈语,等着禅月的第一个孩子去破。这个偈语只有吴为和叶莲子知道,所以不但吴为等着,冥冥中的叶莲子也在等着。自己等多久没多大关系,不能让叶莲子等得太久……

但是等到禅月有了第一个孩子时,吴为已经不能知道那孩子破没破那个偈语。

禅月定期到中国探望吴为,带很多吴为爱吃的食品、爱穿的衣服、爱用的用具……有时还带着孩子们。任凭禅月揪心疼痛,吴为依然什么反应都没有。不论对吴为说什么,吴为还是一句"妈妈"或是"爸爸"。

到现在禅月也不死心,看到报刊上有什么所谓新药、新的医疗办法,就不惜任何代价去找。没有她没尝试过的办法,可是谁也救不了吴为了。

其实禅月也不必伤心,要是替吴为着想,这个结局难道不是她最好的结局?她什么都不能感知了,这是她的大幸。

写到这里,这部书可以结束了,书里的大部分人已经或渐渐走向死亡。

充满无耻谎言、幻想冒险、挥霍无度、实验挣扎、骚动浮躁、彷徨不安、无所适从、无可救药、忧郁没落、蛊惑人心、自相矛盾、希望失望、信口雌黄的骗子、残酷血腥的杀戮、对自身生存环境毁灭性的破坏、支离破碎的学派(再没有任何一个世纪,像二十世纪充满那样多的理论、学派)……的二十世纪,终于过去了。

留给下个世纪的这盘残棋,真是一盘臭棋。

再没有什么可说的了。

但是故事并没有结束——可那已经不是吴为的事了。

七

某年某月某日,吴为死了。

此时此刻,许多人和她一样离开世界;此时此刻,也有很多孩子诞生。

这日子于他们一生,都是一个难忘故事的开头或结尾。

不过吴为死得很轻松。

不知是不是受了叶莲子的启发,当护士发现吴为死亡时,也发现她拔掉了赖以支持生命的所有管子。

…………

天高了,云淡了,夏天过去了。

树还绿着,吴为却要走了。

这就是死亡。

像潮水从海滩上退去,她的魂魄也正是这样从躯壳里退去。

像鱼儿游回大海,那生命的始地。

像提琴上的最后一个和弦,弱了,无声无息地消失了。

无论如何,吴为是幸运的,不谈此生幸与不幸,在选择死亡的方式上,她终于、至少保留了生命的尊严。

最后的吴为,并没有像濒临过死亡的人所描叙的那样——踏上死亡之旅,穿过时光隧道,回放一生。

她的魂魄只在一处毫无意义的地方飘过——

当她还算年轻的那一年,为胡秉宸离婚案接受法院调解,事情结束之后,出得门来,发现下起了大雨。她躲在一栋大楼的廊子下,对着雨幕发呆,搞不清自己是躲雨还是不想挪动。一支日本歌曲穿过雨幕断续飘来:

> 我死了,不会有人为我流泪,
> 　只有屋后树上的蝉儿,为我失声悲鸣……

小时在五丈塬武侯祠外占卜的一卦,也飘然而至。

确如卦上所说,吴为不是一个真实的人,不过在人世客串一把,体验一次"活"的滋味,所以她不能胜任任何正式的角色。比起那些到世上真活一世的人,她真说不上认真,总有逢场作戏的味道。她从来没有与这个世界真正和谐过,大部分人与她只是擦肩而过,从来没有真正进入她的心,尽管她从未蓄意拒绝。

胡秉宸并没有真正得到过她。就这个意义上来说,吴为欺骗了胡秉宸。

人们想要通知她的亲友,翻遍她所有的遗物,也没有找到一个亲友的电话或是地址,凡与文字有关的东西都没找到。这个与文字结缘几十年的人,死的时候和文字彻底决绝了。

倒是有禅月的来信,可是只有信纸没有信封。

人们无法不怀疑,是吴为自己,截断了联系人间的所有渠道。

这是什么时候完成的工作?是吴为发疯之前还是之后?

她到底疯了还是没疯?

这个不论婚生子或私生子一个都不少的女人,如此一干二净地离开了这个世界,断然拒绝了这个世界最后的垂怜或饶恕。

对这个世界,还有比这种仇恨更深的仇恨吗?

一九八九年——二〇〇一年九月二十八日
北京
MIDDLE TOWN
LANGENBRUICH
SLEEPY HOLLOW
北京

后　记

我不过是个朝圣的人，
来到圣殿，
献上圣香，
然后转身离去。
却不是从来时的路返回原处，
而是继续前行，
并且原谅了自己。

于二〇〇一年秋
母亲逝世十周年即将到来之时